절제와 인연의 미학

석야 신웅순의 시세계

절제와 인연의 미학

인쇄 · 2017년 6월 5일
발행 · 2017년 6월 10일

엮은이 · 간행위원회
펴낸이 · 한봉숙
펴낸곳 · 푸른사상사

편집 · 지순이, 홍은표 | 교정 · 김수란
등록 · 1999년 7월 8일 제2-2876호
주소 · 경기도 파주시 회동길 337-16(서패동 470-6)
대표전화 · 031) 955-9111~2 | 팩시밀리 · 031) 955-9114
이메일 · prun21c@hanmail.net
홈페이지 · http://www.prun21c.com

ISBN 979-11-308-1102-4   93810
값 38,000원

이 도서의 국립중앙도서관 출판예정도서목록(CIP)은 서지정보유통지원시스템 홈페이지
(http://seoji.nl.go.kr)와 국가자료공동목록시스템(http://www.nl.go.kr/kolisnet)에서 이용하실 수
있습니다.(CIP제어번호 : CIP2017012820)

절제와 인연의 미학

석야 신웅순의 시세계

간행위원회 편

 푸른사상
PRUNSASANG

신웅순의 시·시조 세계를 펴내며

　교수님께서는 올 8월이면 44년간의 긴 교직 생활을 마무리하게 됩니다.

　교수님께서는 초·중 20년, 대학 24년을 봉직해오면서 학술서적, 교양서적, 시조집, 동화집 등 30여 권 넘게 많은 책을 저술하셨고 또한 시조 관련 논문 50여 편과 평론 수백 편을 쓰셨습니다.

　시집의 양은 많지 않으나 적은 양도 아닌『황산벌의 닭울음』,『낯선 아내의 일기』등 2권의 시집과『나의 살던 고향은』,『누군가를 사랑하면 일생 섬이 된다』,『어머니』등 3권의 시조집을 상재하셨습니다.

　교수님께서는 정작 당신의 시는 밀쳐둔 채 남들의 시들만 연구해오셨습니다. 학문이라는 굴레 때문이기도 하지만 좋은 시를 놓칠 수 없어 읽는 것이 그저 행복해 그리하셨습니다.

　저희 간행위원들은 교수님의 정년 퇴임을 맞아 특별한 기획을 마련

했습니다. 문학적인 향기를 뿌리면서 독자들의 영혼을 적셔온 '신웅순 시조'를 바탕으로하여 연구서『절제와 인연의 미학』이라는 제목으로 석야 신웅순 교수의 시·시조의 세계를 조명하기로 했습니다.

적지 않은 교수들과 평론가, 시인들이 여기에 동참해주셨습니다. 선생님들께 감사의 말씀을 드립니다.

시조라는 장르는 역사는 오래되었으나 이에 대해 사람들의 인식은 언제나 다른 문학 장르의 뒷전이었습니다. 교수님께서는 이를 늘 안타깝게 생각하셨습니다. 학문이면 학문, 창작이면 창작, 시조창이면 시조창 심지어는 시조를 붓글씨, 그림으로까지 표현하시는 데 심혈을 기울이셨습니다. 시조의 전문화뿐만이 아닌 시조의 대중화를 위해 시조의 외연을 넓히시는 데에도 각고의 노력을 아끼지 않으셨습니다.

오래전부터 교수님께서는 '시조의 전문화, 시조의 대중화, 시조의 세계화'라는 기치를 들고 1996년 PC통신에서 '시문예대학'을 개설하였으며, 2002년에는『시조 박물관』잡지 1, 2호를, 2006년에는『시조예술』을 창간해 9호까지 발간하셨습니다. 폐간 후에는 일간 신문, 문학 신문, 시조 잡지 등에 시조에 관련된 이야기들을 연재해 시조의 전문화는 물론 시조의 대중화에 많은 기여를 하셨습니다.

저의 간행위원들은 이 모든 것들이 응축된 신 교수님의 시·시조 세계를 이 책『절제와 인연의 미학』을 통해 조명해보았습니다. 물론 교수님에 대한 충분한 연구라 할 수 없는 작은 부분에 불과합니다. 앞으로 많은 연구가 필요하다고 사료됩니다. 이 작은 연구서가 교수님 시·시인 연구의 출발점이 되었으면 좋겠습니다. 나아가 현대 시조사와 현대 시조시인들을 탐구하는 데 하나의 작은 밑거름이라도 되었으면 좋겠습니다.

　교수님의 시조 학문과 창작은 이제부터라고 생각합니다. 늘 건강하시어 기획하신 바, 뜻하신 바를 꼭 이루시길 빕니다.

2017년 6월

간행위원회

차례

절제와 인연의 미학

제4부 숭고의 시조미학

제5부 그리움, 그 영원한 아타락시아

제6부 절제의 시조미학

절제와 인연의 미학

제1부

신웅순의 시세계

절제된 언어와 일상의 시학

— 「황산벌의 닭울음」을 보고

홍문표

1

　신웅순 시인의 중후하고 야심적인 첫 시집『황산벌의 닭울음』의 출간을 진심으로 환영하며 경하하는 바이다.

　최근 우리 시단에서는 과거와는 달리 장년의 묵직한 목소리를 통하여 데뷔하는 풍토를 보게 되는데 매우 든든한 마음이다. 지나간 시대 우리 문학사를 보면 대개가 나이 어린 지식인들의 객기가 상당히 주도했던 경우를 보게 된다. 그들의 미숙한 삶과 절제되지 않은 언어를 역사적인 필연성으로 하여 지나치게 과장하는 사례도 있었다. 하기야 속설에는 20대에는 누구나 시인일 수 있다는 말들을 하는 그것은 시를 기분으로 생각하는 심심파적인 객담일 뿐, 진지한 시학의 견해라고 할 수는 없는 일이다. 왜냐하면 오늘의 시학은 역사적 희소성이나 미숙성에 대한 관대함도 아니고 패기와 열정으로 색칠된 혈기의 강음부가 아니라 가장 정직하고 진실하게 나와 세계를 구현하는 절실한 언어의 미학이어야 하며 냉엄한 이성과 정서의 구조적 체계라는 인식에 직면하고 있기 때문이다. 따라서 오늘의 진지한 시적 발언은 성실한 삶의 체험과 이해가 요구되며 예술적 형상화에 도달할 수 있는 창작의 고통스런 과정이 전제되어야 하는 것이다. 그리고 이러한 시학의 필연성은 결코 미숙한 유년의 공상이 아니라 진지하게 인생을 경험한 장년의 상상이 되어야 한다는 것이 당연한 설득력을 지니는 것이기도 하다.

오늘의 시단이 대거 장년기의 중후한 목소리로 주도되고 있음은 이러한 논리로 하여 성숙한 시학의 면모를 보여주는 증거라 할 수 있으며 이제 신문학 1세기를 내다보는 우리들 시학의 안정된 모습이라 할 수 있는 것이다.

신웅순 시인의 출발도 이러한 시사적 과정을 터득하면서 오랜 유년의 진통을 거쳐 장년의 연륜에 이르러서야 첫 시집을 내게 된 것은 우선 시적 성실성을 읽게 하는 것이며 폭넓은 삶의 발견이 진지하게 표출될 때 독자로 하여금 충분한 신뢰감을 얻게 하는 데 충분한 것이다.

2

신웅순 시인이 고백한 『황산벌의 닭울음』은 먼저 철저한 자기 인식의 언어로 시작되어 있음을 알 수 있다. 그것은 젊음이 주는 재치나 기분이 아니라 인생과 시를 책임질 수 있는 성숙한 연륜이 아니고는 감히 발언할 수 없는 경험이다.

> 목이 길어질수록 자꾸만 움츠러드는
> 나의 생리가
> 막다른 골목에서는 담쟁이 넝쿨로
> 낡은 벽을 타오르다 비밀은 붉은 물이
> 들고
>
> ─「저녁에서 밤까지」 부분

> 철이 들수록
> 괴로운 날이 더 많은 것 같다
>
> ─「화가 날 때」 부분

한번 바람이 불면 이리 저리 옮겨 다니는
낙엽들인데
길 한 쪽 모퉁이 몰릴 판인데

—「내 것은」 부분

갈수록
풀잎도 낯설고
풀벌레 소리도 낯설고
골목길도 낯설고
푸른 하늘도 낯설다

—「길을 걷다가 · 9」 부분

이상의 몇몇 구절에서 보는 바와 같이 그는 먼저 자기 인식에 철저하다. 사물을 보는 우리의 시력은 먼저 자신의 정확한 가늠을 정하고서야 시작될 수 있는 것이다. 많은 시인들이 설득력을 잃거나 일시적인 목청으로 끝나는 이유가 자신의 정확한 가늠이 없기 때문이다. 정신분석학의 첫 단계는 환자의 심리를 분석하는 것이 아니라 자신의 심리를 먼저 분석해야 한다고 한다. 자신 심리의 메커니즘을 파악하고서야 남의 심리를 분석할 수 있기 때문이다. 사물 속에서 새로운 세계를 발견하고 창조하려는 예술가의 자세도 예외일 수는 없는 일이다. 「저녁에서 밤까지」에서는 목이 길어질수록 자꾸만 움츠러드는 자신의 생리를 고백하고 있다. 시인의 겸손이거나 주저함의 자기 모습이다.

그러나, 「화가 날 때」에서는 철이 들수록 괴로운 날이 더 많아지는 것 같다고 하였고 「길을 걷다가 · 9」에서는 갈수록 낯선 것들을 점층적으로 나열하고 있다.

삶의 과정이나 축적이란 따지고 보면 괴로움과 낯섦의 집합일지도 모른다. 이러한 인생론적인 명제들이 시집의 전편을 배음으로 깔고 있는

존재와 언어의 미학

것이다. 더구나 그러한 배움들은 확신과 희망과 충일하는 가능성보다는 우수한 불안의 감정이 내재되어 회색의 자화상이 되고 있는 것이다. 그러나, 그러한 인간의 보편적인 정서의 표현이야말로 인생의 과장하지 않고 정직하게 실토하는 시인의 모습일 수 있는 것이다.

3

우수와 불안으로 이어지는 자기 인식 과정은 마침내 고독이라는 감정의 심연에 도달하게 된다. 인간 존재의 밑바닥에 흐르는 고독한 감정에서 가장 시적인 미학을 실현하고자 하는 것이 신웅순 시인의 시적 노력이다.

> 비가 오면
> 거리와 골목이 비어 있고
> 산과 들이 비어 있다.
> 자그만 도시가 비어 있고
> 우리들의 가슴이 비어 있다
>
> —「비가 오면」 부분

> 혼자 있으면 나는 고독한 대통령이다
> 둘이 있으면 나는 외로운 장관쯤 된다
>
> —「나는·1」 부분

> 들을 보아도 혼자다
> 하늘을 보아도 혼자다
> 여럿이 같이 있어도 혼자다
> 술을 마셔도 혼자다

집에 있어도 결국 혼자다

—「길을 걷다가·25」 부분

　이처럼 그가 확인하고 있는 자기 인식의 근저에는 고독이 뚜렷한 삶의
실존으로 존재하고 있음을 알 수 있다. 더구나 그것은 혼자 있거나 둘이
있거나 하늘이거나 땅이거나 그 어느 곳에도 존재하는 철저한 실존이다.
그러나 고독의 개념은 시적으로 수식되거나 은유로 굴절됨이 없이 그냥
직설적으로 노출되어 있으며 그것은 반복적 절규나 점층적 호소로 강조
되면서 독자에서 호소하는 파격적인 수단을 도입하고 있다. 강한 산문적
시법의 실험이라고 할 수도 있다.

　한편 그의 인생론적 사유나 고독한 삶의 언어가 비내리는 동적 이미지
와 더불어 관념적인 생경성으로 하여 독자와의 거리감을 느낄 수도 있는
데 시인은 이를 부드러운 서정으로 상쇄하고 있다. 말하자면 그의 시적
인 언어의 궤적은 비가 내리는 공간에서 더욱 인간적인 연민의 정을 느
끼게 한다.

비가 내리면
그렇게 살아야만 하는
길바닥에 뻐딱하게 서있는 리아카와
질서 없이 가슴 포갠 빈 연탄재와
도마위에 횡대로 누운 야윈 참새와

—「저녁에서 밤까지」 부분

비가 오는 날이면
내내 비를 맞기도 한다

—「속상한 날」 부분

비가 오면 머무는 데가 따로 있었다.
비가 오면 둘러 보는 데가 따로 있었다.
비가 오래 서성대는 데가 따로 있었다.
거기는 내 고향같은 사람들이 비를 맞고 서 있었고

— 「길을 걷다가 · 5」 부분

그의 시는 비를 맞으며 한 가닥 시적 구원의 통로를 발견하게 된다. 비는 결코 우수의 이미지가 아니라 비를 통하여 시적 이미지를 발견하는 단서가 된다. 비는 그에게 있어서 시학의 폐쇄적인 공간에서 생의 긍정적인 지평을 열어가는 시적인 전이의 상징이 되고 있는 것이다.

비는 하늘과 지상의 무지개가 되고 이곳과 피안의 징검다리가 된다. 따라서 비의 이미지는 단절과 침묵의 세계를 열어가는 상상의 출구가 된다고 할 수 있다.

4

그러나, 신웅순 시인의 시적인 가락은 연시 「한산초(韓山抄)」에서 그 절정을 이루고 있다. 이미 시조시인으로 인정을 받은 바이지만 이들 시조들은 그 내용과 형식에 있어 안정된 조화를 이루고 있으며 시인의 독특한 정서를 보여주고 있다.

베틀 위에 실려오는
황산벌의 닭울음

결결이 맺힌 숨결
가슴속에 분신 되어

지금도 옷고름 풀면
날아가는 귀촉도

— 「한산초 · 2」 부분

노을에서 갈라지네
낙화암의 단소 소리

— 「한산초 · 4」 부분

이승을 헹궈내어
풀밭에 널으면

다림질하는 햇살
그리움은 마르는데

— 「한산초 · 12」 부분

작품 「한산초」가 엮어내는 가락은 모시, 봉선화, 논이라는 향토적 사물을 소재로 하면서 사실은 여인의 절절한 한과 우리의 끈질긴 역사와 강물과 백제의 서러운 연민이 오버랩되면서 도도하게 흘러가는 강물이 된다. 그중에서도 모시의 이미지는 가장 진솔한 시적 언어를 구사하면서 거대한 신화를 구성한다. 한산세모시에 짜여지는 신화 구조는 "주류성의 퉁소 소리", "황산벌의 닭울음", "날아가는 귀촉도", "낙화암의 단소 소리"로 이어지고 금강물, 백학, 달빛, 별빛, 철쭉, 어머니, 기러기, 햇살, 영겁, 이승, 숙명, 젖가슴 등의 다양한 시어를 배치하면서 동양적인 우아함과 전통적인 정서를 한층 고조시키고 있다. 그가 추구하는 모시의 이미지는 따라서 한과 그리움과 서러움으로 상징되는 어머니의 젖가슴이며, 백제의 강물이며, 황산벌이며 이승과 저승이 만나는 초월이다. 너무나 다양한 시어와 비약하는 시간과 공간이 때로는 시적 퍼소나의 표정을 이해하는데 혼란을 줄 수도 있지만 시인이 사용하고 있는 이들 시어는 단순한 의미의 기호로서가 아니라 대개는 시적 분위기를 위한 장식적 기능으로 활용되고 있음도 간과할 수 없는 일이다. '봉선화'나 '논'도 '모시'가 보여주는 정서와 맥락을 같이하고 있다. 그러나, 과거의 심층적 궤적이 현재로 분출하는 강도를 보이면서 회고적 감상을 벗어나고 있다.

5

신웅순 시인의 시적인 미학은 다양한 실험 정신에 있다고 할 수 있다. 시조에서 터득한 형식미와 언어의 절제가 그대로 그의 서정시에서 적절히 활용되고 있으며 사려 있는 관념적 사고를 할 수만 있으면 일상적인 생활에서 발견하려는 노력은 그만큼 인간적이며 소박한 보통 사람의 목소리가 되어 독자와의 거리를 좁히는 계기가 되며 서사적인 양식을 실험하게 되는 경우도 있다.

「아기 무덤」, 「지난이」, 「문둥이」, 「박대 고기」, 「진복이」 등 일련의 작품들은 동화적인 순박함이 있으면서도 다분히 설화성을 지닌 독특한 양식이다. 한편 「시장에서」, 「회상」, 「방학이 되면」이라든지 시조에서 「말씀」, 「수술 후」 등은 혈연적 인정을 강하게 느낄 수 있는 작품들이기도 하다.

이처럼 그의 작품은 폭넓은 삶의 체험과 사물 인식의 과정을 거쳐 과거와 현재가, 전통과 현실이, 그러면서도 철학적 사색과 생생한 일상이 언어의 절제를 통하여 잘 드러나고 있다. 이제 시인에게 기대할 것이 있다면 시적 구조의 긴장성이나 시어의 은유적 결합에서 생성되는 문학성의 실현에 더욱 관심을 가져야 할 일이다. 불안하지 않는 자기 목소리를 다듬는 일은 어느 시인에게나 필요조건일 수밖에 없는 일이다.

신웅순 시인의 중후한 목소리가 계속 시단의 밝은 소식으로 지속될 것

을 기대하며 다시금『황산벌의 닭울음』이 보여준 시적 성공에 찬사를 보
내는 바이다.

경계와 인연의 미학

어둠의 실체와 극복

유창근

신웅순 시인이 첫 시집 『황산벌의 닭울음』을 상재한 것은 1988년이다. 『시조문학』을 통해 시조로 데뷔한 신웅순 시인은 그동안 시와 시조를 꾸준히 발표하면서 우리의 전통적 뿌리 찾기에 관심을 기울여온 것으로 알고 있다. 이번 두 번째 시집에서도 예외 없이 한국인의 전통적 뿌리인 한을 밑바탕으로 깔고 있으면서 아울러 시인의 일상 속에서 추구해온 소망의식이 곳곳에 강하게 잠재되어 있음을 읽을 수 있다.

그의 시는 지극히 일상적인 삶의 이야기가 대부분이다. 일상적인 이야기 중에서도 가족들이나 이웃 사람들에 대한 이야기가 주류를 이루고 있다. 그래서 그의 시를 읽고 있으면 다른 사람의 이야기가 아닌 바로 나의 이야기를 읽고 있는 듯한 친근감에 빠진다.

또한 신웅순 시인은 이번 시집을 통해서 그의 시세계에 대한 다양성을 보여주고 있다. 크게 나누어 자유시와 산문시, 그리고 그가 원래 등단했던 시조의 장르를 신축성 있게 넘나들면서 시창작의 새로운 가능성을 제시하고 있다는 점을 일단 주시할 필요가 있다. 일반적으로 시조시인들이 자유시를 쓸 경우 가장 극복하기 어려운 부분의 하나가 상투적인 외형률을 배제하는 일인데 신웅순 시인은 이 문제를 극복하고자 과감한 변신을 시도하고 있다.

신웅순 시인의 두 번째 시집에서 느낄 수 있는 대표적인 정서는 앞에서 지적했듯이 한(恨)이라고 할 수 있다. 한은 가장 한국적인 슬픔의 정서이다. 같은 동양권이면서 중국이나 일본에는 한은 없고 원만 있다고 한다. 서양인들도 어떠한 외부 충격에 납득이 가지 않거나 불만이 있거나할 때는 그 외부 충격에 대해 자신을 대립시키는 외향 처리를 잘 하므로 그것이 원으로 남는 경우가 별로 없다고 한다.

유독 우리 한국인에게만 한이 많은 이유를 첫째, 우리의 역사는 끊임없는 내란과 외침으로 점철되어 다른 나라 국민들보다 퇴행 심리가 강할 뿐 아니라 우울증이 심하게 되었고, 둘째로 유교 중심의 사상이 빚은 계층 의식 때문에 특히 천민이나 노비들은 인간으로서의 자유가 허용되지 않아 항상 뿌리 깊은 한을 간직해왔으며, 셋째, 남존여비 사상에서 비롯된 남자들의 여자들에 대한 횡포와 인종의 미덕을 강요한 데서 생기는 여한(女恨) 때문이며, 넷째, 가학적 사대부와 그에 따른 피학적 민중의 한때문으로 보는 견해에 주목할 필요가 있다. 그러나 이와 같은 한을 우리민족은 체념으로 끝나는 무력에 빠지지 않았으며, 억제로 인한 불안의 우울증에 걸리지 않았고, 복수의 의지인 폭력으로 유발되지 않고 새로운 길을 찾았다는 데 중요한 의미를 가지고 있다. 우리 문학 속에서 한의 정서가 전통적으로 맥을 이어오고 있는 이유도 바로 여기에 있다고 보는데, 특히 신웅순 시인의 이번 시집에 드러나는 한의 정서는 앞으로 언급한 여러 이유와 복합적으로 작용되어 현대 감각에 맞게 형상화된 것이라고 판단된다.

> 모자라는 우리들의 마음을 생각한다
> 남은 것이 없어 깨끗해져가는 마음을 생각한다.
> 주주 인형 사달라고 조르는 딸년
> 돈 없다고 불평하는 아내
> 용돈을 세고 계시는 어머니
> 어디로 나는 가고 있는가

고향에 있다 타향으로 가는
빈 배에 실린 짐짝들
외줄을 타고 아슬아슬 깨금질해가는
도박판에 승부를 걸고
매양 어장을 찾아나서는 아침
하늘은 텅 비어 있고
바다도 텅 비어 있다

—「내 빈자리」부분

　　신웅순 시인의 한은 고향을 떠나면서부터 시작된다. 외줄을 타고 아슬
아슬 깨금질해 가는 상황이나 하늘과 바다가 텅 비어 있다고 느끼는 상
황을 통해서 앞으로 무슨 심적인 변화가 일어나리라는 암시를 받게 된
다. 고향이 어머니를 상징한다고 볼 때 고향을 떠난다는 행위는 곧 어머
니의 품을 떠나는 것 못지 않게 시인에게 크나 큰 상처가 될 수 있다. 오
랜 시간 정들여 온 곳일수록 공허로움이 더욱 커진다는 사실을 알고 있
기 때문에 신 시인은 공허로움의 정도를 하늘과 바다라는 상징적인 시어
로 대치시키고 있다. 한의 일차적인 가정적 변화는 대체로 공허로움으로
부터 싹튼다. 공허로움은 곧 낯설움의 정서와 만나게 되고, 그 낯설음의
정서는 다시 그리움의 정서로 이어지며, 소망하던 일이 뜻대로 이루어지
지 않았을 때 마침내 한으로 남게 되는 것이다.

낯선 도시의 저녁이 찾아와도
낯선 도시의 비가 찾아와도
낯선 도시의 바람이 찾아와도

저녁하고도 말하지 않고
비하고도 말하지 않고

바람하고도 말하지 않는다

—「여자의 자존심」 전문

　앞의 시에서 발견할 수 있듯이 도시는 그에게 낯섦의 대표적인 상징물이다. 고향에서 일상적으로 만나던 저녁과 비와 바람이지만 모든 게 낯선 도시 생활은 차라리 침묵할 수밖에 없도록 심적 변화를 갖게 한다. 따라서 이 시의 제목「여자의 자존심」은 단순히 어느 한 여성을 지칭하는 것으로 보아서는 안 된다. 전체적인 시의 흐름을 볼 때 시인 자신의 이야기인 동시에 타향살이를 하는 모든 사람들의 이야기라고 보는 게 타당하다. 그러나 그와 같은 보편성을 직설적으로 표출시키기보다 여자의 자존심으로 비유한 점이 이 시를 성공적으로 이끌었다는 점을 밝힌다. 시의 제목만 보고도 무슨 말을 쓰고자 하는지 내용을 미리 짐작할 수 있으리만큼 시의 제목과 내용을 일치시키는 경우가 흔한데,「여자의 자존심」은 그런 일치감을 발견할 수 없어서 애매모호함을 갖게 되나 좀더 생각을 해보면 오히려 상징적 암시성을 풍부히 지니고 있기 때문에 시가 돋보인다고 하겠다. 만약에 이 시의 제목을「낯선 도시」라고 했더라면 좋았으리라는 견해가 있을 수 있지만 이 경우 내포적 의미의 폭이 좁아진다는 지적을 배제하기 어려워 바람직하지 않다고 본다.

언제나 고향 저녁이다
자주 비도 내리고
가끔 눈도 온다

사람들의 눈물도 더러 있다
적막도 있다
때때로 타동네 노을도 마중 나와 있다

—「주막집」 전문

인간은 누구나 어려운 상황에 처했을 때 현실로부터 벗어나 편안히 쉴 수 있는 안식처를 찾고자 한다. 현실 적응이 어려울수록 이른바 모태회귀 본능이나 퇴행이라는 심리적 변화가 크게 작용되기 마련인데, 신 시인은 낯선 도회지의 어느 주막집에서 풋풋한 고향의 정취를 느끼게 된다. 화려하고 번잡스러움을 벗어나 참으로 오래간만에 찾은 여유가 시 「주막집」에서 발견된다. 거기에는 인간의 가장 원초적인 눈물의 아름다움이 있고, 적막도 있고, 가난하지만 인심 좋게 반겨주는 이웃들의 얼굴도 있다. 주막집이야말로 시인의 유일한 안식처다. 주막에 앉아 있는 동안은 삭막함 대신 정감이 넘친다. 자주 비도 오고 가끔 눈도 내린다는 말 속에 그가 꽤 자주 그리고 오랫동안 그곳을 찾는다는 사실이 함축되어 있다. 자주 주막을 찾는다는 사실은 또 어딘가 안주하지 못하고 있는 시인의 심리가 그대로 표출된 것으로 읽을 수 있다.

> 막 구석으로 달아나는 바퀴벌레 몇 마리
> 식탁엔 아침에 먹다 덮어놓은 김치 자반 그리고 멸치조림
>
> 우리 식구 이름으로 된 고지서를 받고 싶다
> 내 이름으로 된 문패를 달고 싶다
>
> …(중략)…
> 저녁 햇살을 반짝이며 고향에는 빨간 감들이 익고 있겠다
> 울타리엔 고추 잠자리 몇 마리가 적요의 저녁 햇살을 접고 사색하고 있겠다
>
> ― 「어느 날 저녁에」 부분

이 시를 통해서 그가 안주하지 못하고 있는 까닭이 무언가 그 일면을 읽을 수 있다. 어둡고 칙칙한 곳에 숨어 사는 바퀴벌레가 이 시의 서두에

등장하면서 암울한 분위기는 시작된다. 궁핍한 생활 모습을 단 한마디로 표현하는데 바퀴벌레라는 말보다 더 적절한 언어는 없다. 시가 언어의 경제성을 배체했을 때 그 기능을 상실한다는 원리를 신웅순 시인은 「어느 날 저녁에」라는 시에서 자연스럽게 보여주고 있다. 자기 이름으로 된 고지서를 받고 싶다, 자신의 문패를 달고 싶다는 말이 더욱 절실하게 가슴에 와닿는 이유도 바퀴벌레의 이미지 때문이다. 「또 이사」라는 시에서 그의 안주하지 못하는 절박한 현실을 다시 한 번 바퀴벌레라는 시어를 통해 암시한다. '아내는 바퀴벌레가 많다고 물이 샌다고/또 이사를 하자고 한다/이젠 죽기보다도 싫다고 했다/제자리에 있어야 할 세간 살림들이/제자리를 지키지 못하고/제자리에 있어야 할 우리들도/제자리에 있지 못하고/망가진 물건처럼 삐딱하게 사는 모습들이/참으로 싫다'고 말함으로써 한의 정서를 고조시키고 있다.

이미 언급했듯이 신웅순 시인은 이번 시집을 통해서 시의 다양성을 시도하고 있다. 어떤 의미에서 자유시, 산문시, 시조를 두루 섭렵하고자 하는 그의 실험 정신이 조심스럽게 평가되는 좋은 계기가 되리라 생각한다. 실험은 확실한 성공을 예측하기 어렵기 때문에 경우에 따라서 상당한 위험성을 안고 있다. 그럼에도 불구하고 문인을 비롯한 모든 예술가들이 숙면처럼 많은 시간을 실험 정신으로 새로운 것에 도전하는 태도야말로 정말 값지다고 본다. 족보를 따져보면 신웅순 시인은 시조시인이다. 작품 또한 상당한 수준에 이르러 많은 사람들로부터 좋은 평가를 받고 있는 것으로 안다. 그가 요즘에 와서 자유시 쪽에 많은 관심을 갖고 있으며 창작한 작품도 꽤 있다는 얘기를 들었다. 이번 시집에서 보듯 자유시에 대한 수준도 상당한 위치에 도달했다고 본다. 그러나 신웅순 시인의 두 번째 시집을 읽으며 솔직히 여러 편의 시조에 더 매료되었음을 고백한다. 우리 시조 시단에 신웅순 시인 같은 분들이 뿌리를 내려야 한다는 생각도 해보았다. 차라리 이번 시집에 시조 작품만 모았더라면 훨씬 더 돋보였을 거라는 욕심도 가져보았다.

> 탱자울 두고 떠난
> 저녁 눈은 도시로 가
>
> 몇십년 빌딩 주변
> 공터에도 내리다가
>
> 검은 물 수도관 타고
> 고향 들녘 적시는가
>
> ──「한산초·33」전문

한산은 신웅순 시인의 고향이라 알고 있다. 「한산초(韓山秒)」라는 동일한 제목 뒤에 일련번호를 붙여나간 것을 보면 쉽게 연작시임이 드러난다. 그것도 수십여 편에 이르고 있어 고향에 대한 정이 남다르다는 걸 알수 있다. 바꾸어 말하면 신 시인의 시조 저변에 딸려 있는 기본적인 정신역시 고향 의식으로 볼 수 있다. 저녁에 내리는 눈마저 도시로 떠나 빌딩주변 공터에 내린다고 했다. 그러나 종장에 가서 고향을 떠난 눈이 수도관을 타고 다시 고향 들녘을 적신다는 상상은 참으로 뛰어나다. 도시와 고향의 좁힐 수 없는 공간에 저녁 눈을 자연스럽게 갖다 놓은 점도 기발하다.

> 샛바람 불어오면
> 뗏목들은 출렁이고

철쭉 뚝뚝 지는 밤은
두견 더욱 자지러져

깨어나 단근질해도
풀무질만 하는 가슴

— 「한산초 · 29」 전문

흔히 시에서 경음이나 격음이 시어로 빈번하게 사용되는 경우 분위기가 긴장되기 마련이다. 앞의 시를 눈여겨 살펴보면 뗏목, 출렁, 철쭉, 뚝뚝, 깨어나, 풀무질 등 경음과 격음이 자주 등장함을 발견할 수 있다. 그러나 짧은 시 한 편 속에 경음과 격음이 빈번하게 사용했는데도 전혀 거칠거나 긴장된 분위기를 느낄 수 없는 까닭은 각 장의 이미지 연결이 자연스럽기 때문이다. 시 창작에 있어서 시어의 선택도 물론 중요하지만 각 시어들이 지니고 있는 이미지의 연결 또한 대단히 중요함을 보여주는 성공작이라 하겠다.

신웅순 시인의 시조는 이제 익을 대로 익었다고 해도 과언이 아닐 만큼 원숙미를 보이고 있다. 역설적일지 모르나 그가 현대 감각에 맞게 시조를 훌륭히 빚어낼 수 있었던 가장 큰 원인은 자유시를 병행하면서 시조의 새로운 세계를 꾸준히 연구해왔기 때문이라는 해석이 가능하다. 항상 진지한 모습으로 연구하고 글을 쓰고 열심히 살아온 신웅순 시인이 올해 문학박사 학위를 받아 이번 시집의 출간은 더욱 뜻이 깊다. 앞으로 좋은 글 많이 쓰기 바라며 아울러 힘찬 격려의 박수를 보낸다.

제2부

인연의 시학

학문과 시인의 외진 길을 넘어

김석환

신웅순 교수님께서 마흔 해가 넘도록 지켜온 교단에서 정년을 맞아 떠나신다니 먼저 축하의 말씀을 전해야겠다. 어느 일이든지 10년만 종사하면 성공이라는 말도 있는데 평생 사도의 길을 걸어오신 신 교수님은 분명히 성공적인 삶을 살았다. 더구나 초등 교사로 출발하여 중등을 거쳐 대학 강단에 서기까지 끝없이 새로운 영역을 개척한 삶의 여정은 박수를 받아 마땅할 것이다. 교육과 학문이라는 교육자의 책임을 넘어 사명을 다하면서도 시조시인으로서 또는 서예가로서 빛나는 업적을 쌓아왔다. 신 교수님은 특히 조선시대 초에 그 형식이 완성되어 500년 이상 전통을 이어 온 시조문학에 남다른 관심을 갖고 많은 연구 업적을 남겼다. 500년 전통을 이어온 우리 고유의 시가인 시조가 자유시의 물결에 밀려 홀대받는 것을 늘 안타깝게 여기며 고집스러울 만큼 그 연구에 남다른 애정을 쏟았다. 그러한 학문적 열정으로 얻은 결실을 밑거름 삼아 시조 창작에도 열중하여 시조문학계에서 큰 빛을 남겼다.

나는 신웅순 교수님과 참으로 많은 면에서 비슷한 길을 걸어온 터라 그 길이 얼마나 험하고 고통스러운지를 익히 알고도 남는다. 나 역시 초등 교사로 출발해서 중고등 교사를 거쳐 대학 강단에 서서 후학을 양성하다 퇴임을 하였다. 뿐만 아니라 신 교수님은 나의 고교 2년 선배로 같은 고등학교 교문을 드나들며 푸른 꿈을 키웠다. 그리고 내가 문학을 체계적으로 공부하고자 초등학교 교사로 재직하며 숭전대학교—현재 한남대학교 야간학부 국어교육과에 편입해서 다니던 중에 신 교수님은 2년 뒤 같은 학과에 편입을 해서 처음 만나게 되었다. 고교 선후배이자 문학에 뜻을 두고 같은 학과에 재학하는 우리는 남달리 두터운 친분을 나누며 지냈다. 학과 학생들 중 문학에 뜻이 있는 이들이 의기투합하여 '무천'이란 동인을 결성하였는데 우리는 함께 참여하여 창작의 고통을 서로 위로하며 열정을 갖고 동인지를 내기도 했다.

나는 졸업 후에 잠시 고향에서 교편을 잡고 있다가 서울 소재 고등학교 교사로 근무하게 되었다. 상경 직후에 명지대학교 대학원 석사과정의 국문학과에 입학하여 주경야독을 하기 시작했다, 그런데 석사과정을 마치고 박사과정에 입학하여 다니는 중에 신 교수님이 나를 찾아왔다. 서울에 올라와 중학교 교사로 근무하고 있다며 명지대학교 대학원에 입학하여 공부를 하고 싶다고 하였다. 나는 대학원에서 다시 만난다면 참으로 좋은 인연이 될 것이라며 적극적으로 권했다. 신 교수님은 합격을 하여 석사과정에 적을 두었으니 강의가 있는 날이면 자연스럽게 자주 만나곤 하였다. 우리는 모두 시를 전공하기 때문에 지도교수님도 같은 분을 모시게 되어 더욱 깊은 관계를 유지할 수 있었다.

그 무렵 신 교수님은 시조시인이 되리라는 꿈을 갖고 창작에 열중한 끝에 월하 이태극 박사님의 추천으로 『시조문학』을 통해 등단하였다. 어느 날인가 신 교수님은 월하 선생님께 직접 찾아가 써놓은 시조를 보여드리며 지도를 받고 싶다고 하였다. 이전에 우연히 월하 선생님을 뵌 적 있던 나는 신 교수님과 함께 서대문구 자하문 근처에 있는 선생님의 댁을 방문한 걸로 기억한다. 그때는 댁에 안 계셔서 원고를 두고 돌아왔다가 후일에 만나자는 연락을 받고 함께 종로의 어느 찻집에서 선생님을 빌 기회가 있었다, 월하 선생님은 대단히 호평을 하시며 등단에 충분한 작품이라고 칭찬하시던 걸 기억한다.

나는 대학을 졸업하던 해에 『충청일보』 신춘문예 시 부문에 당선이 되고 『시문학』지에 추천을 받아 등단하였다. 그래서 시조로 등단한 신 교수님과 작품을 서로 보여주며 창작에 대한 고민을 나누기도 하였다. 대학원에서 여러 가지 다양한 강좌를 수강하면서도 우리의 관심은 늘 어떤 시가 독자들에게 감동을 주며 그 미적 요소가 무엇인가에 쏠려 있었다. 그래서 여러 훌륭한 작품들을 읽고 문학 이론을 섭렵하며 각자 시조와 시 창작을 게을리하지 않았다. 그렇게 시문학에 대한 호기심과 목마름을 채우며 대학원을 다녔다. 신 교수님보다 몇 해 먼저 대학원에 입학한 나는 박사논문을 쓰고 학위를 받으며 모교에 교수로 재직하는 행운을 얻었다. 그리고 신 교수님도 석사과정을 마치고 박사과정에 진학하여 학위를 받고 곧 고향의 중부대학에 교수로 임용되었다.

대학에 몸담을 때까지 주경야독을 해야만 했던 우리는 참으로 많은 우여곡절을 겪었다. 학부 시절이나 대학원 재학 중에 직장에서 상사와 동료들의 눈치를 보며 강의 시간에 늦지 않으려고 애를 썼다. 밤낮을 바쁘게 지내다 보니 밀린 과제나 세미나 준비를 하느라 주말이나 방학엔 두문불출 책상에 앉아 있거나 도서관을 들러 자료를 찾으며 공부했다. 그러나 늦게나마 다시 문학 공부를 정식으로 할 수 있다는 즐거움에 지칠 줄 모르고 낮에는 가르치고 밤에는 배우는 일에 열정을 바쳤다. 늦게 배운 도둑질 밤 새는 줄 모른다는 세간의 말은 당시에 우리를 두고 하는 말인지도 모른다. 한편 대학에 발령을 받은 후에도 신 교수님과 나의 인연은 계속되었는데 지도교수님이 회장으로 계신 한국현대문예비평학회 회원이 되어 학회 일을 도우며 학회지를 통해 연구 결과물을 발표하고 정기 학술대회에도 참석했다. 우리는 늘 성실히 논문을 작성하고 발표를

존재와 인연의 미학

하여 회원들로부터 많은 박수를 받았다.

아무튼 신 교수님은 고등학교에 이어 대학, 대학원 박사과정까지 몇 년 시차를 두기는 했으나 나와 같은 교문을 드나든 유일한 분이다. 우린 모두 초등학교 교사로 교직에 첫발을 내디딘 후 대학에서 정년을 맞기까지 여러 가지 고난을 극복하며 한 걸음씩 나아왔다. 신 교수님을 바라보며 나를 비추어보면서 그런 고난과 영광의 행군을 이어갈 수 있는 힘은 어디서 비롯되었을까를 생각해본다. 우린 모두 어려운 가정환경에서 자랐으나 문학에 대한 열정을 버릴 수가 없었나 보다. 현실보다 나은 상상의 세계에 이르는 길을 찾는 게 문학의 기본이라면 우리는 그걸 몸으로 실천해온 것이다. 상상이 현실이 되고, 그 현실 위에서 늘 새로움을 추구하는 즐거움이 우리를 이끌었던 것 같다.

특히 신 교수님은 일찍 아버님을 여의고 홀로 되신 어머님께 의지하여 지내면서 장남으로서 역할을 다해야 했다. 그래서 명문고를 졸업하였으나 국가로부터 여러 가지 혜택이 주어지는 교대로 진학하여 교육자의 길을 가기 시작했을 것이다. 권력과 명예와 부가 우리 사회의 보편적인 삶의 목표요 길이 되어버린 현실을 외면하고 초등학교 교사로서 헌신하겠다는 것은 큰 용기요 하나의 도전일 것이다. 그러나 내면에 숨겨둔 문학에 대한 꿈을 버리지 못하고 배우고 쓰며 그 꿈을 피우기 위해 노력한 것이다.

2

우리가 연구하고 창작해온 문학의 영원한 주제는 '사랑'일 것이다. 인간의 가슴 깊은 곳에서 끝없이 솟아오르는 욕망은 자신의 존재를 지탱하는 근원이며 삶의 추동력이다. 그것을 사랑의 욕망과 파괴의 욕망으로 나누기도 하지만 실은 동전의 양면과 같아 서로 나눌 수 없는 것이다, 따라서 욕망은 어느 대상, 곧 자연과 인간 그리고 자신을 향한 사랑이다. 인간은 그 밑이 빠진 항아리와 같이 아무리 채워도 다 채워질 수 없는 사랑의 욕망을 품고 죽음의 순간까지 그 대상을 찾고자 몸살을 앓는다. 시는 늘 무의식의 깊이에 '결핍'으로 남은 사랑을 간접적으로나마 채우려는 언어적 방식인지도 모른다.

신 교수님은 줄곧 시집을 내었는데 특히 『누군가를 사랑하면 일생 섬이 된다』를 통해서 못다 한 사랑을 노래하였다. 시집 첫 장에 적힌 '시인의 말'에서 자신의 시를 '사랑하는 연인'에게 바친다고 고백하고 있다.

> 50편의 시조들은 사랑하는 사람들에게 못 부친 엽서 한 장 한 장들이다. 서러운 가슴 한 켠에 남아 흔들리는 풀꽃이다. 바람에 날아갈 것 같아 이제는 이 천치들을 그들에게 부쳐 줘야겠다.
>
> 스스로의 시집 상재 약속, 십년을 훌쩍 넘겼다. 이름 한 번 불러 보지 못하고 상형문자로 남은 사색들, 이 영원한 독백은 이것으로 족하리라.
>
> 사랑하는 연인에게 이 시를 바친다.

"사랑하는 연인"은 늘 기다리며 가까이 다가가 참된 만남을 이루려는 모든 미지의 대상일 것이다. 그런데 참된 만남을 이루는 것이 얼마나 어려운 일인가. 인간은 얼굴이 서로 다르듯 각자가 품은 욕망의 깊이와 대상이 다른 개별자라서 서로가 영원히 남남으로 남아 있을 수밖에 없다. 그리고 세계의 진실은 겹겹 어둠에 싸여 있는 채 그 실체를 결코 다 보여주지 않는다. 그래서 인간은 늘 소외와 고독을 원죄처럼 안고 살아야 하는 수인이나 다름이 없다. 시를 쓴다는 것은 참된 자아와 대상의 진실을 찾아 진정한 만남을 이루어 소외와 고독이라는 감옥으로부터 벗어나 자유를 누리려는 자기 구원의 몸부림이다. 그리고 문학(Litelature)이란 말이 편지(Letter)에서 유래된 걸 보면 시는 자유를 추구하는 사랑의 몸부림, 곧 고통과 쾌락을 동반한 열정을 언어로 써서 부치는 엽서나 다름이 없다.

> 세찬
> 찬바람도
> 그곳에서
> 잦아들고
>
> 종일
> 눈발도
> 그곳에서
> 잦아드는
>
> 아늑한
> 가슴 한 켠에
> 등불
> 걸어둔 그대
>
> —「내 사랑은 · 11」 전문

그대는 먼 어느 곳에서 가슴 한 켠에 등불을 걸어두고 있을 테지만 종일 그대 있는 곳으로부터 찬바람만 불어오고 눈발이 휘날리며 옷깃을 헤치고 잦아드는 까닭은 무엇인가. 그대는 이미 멀리 떠나가서 다가가기엔 너무 먼 곳에 있거나 늘 창문을 굳게 닫아두고 있으니 그저 불빛만을 바라보며 그리움을 태울 수밖에 없다. 그대가 그곳에 머물며 살고 있다는 희미한 신호 같은 등불을 바라보며 세찬 바람과 차가운 눈발을 오히려 그대가 보내는 기별인 양 가슴으로 맞아야 하는 그 이루지 못할 사랑이 애처롭기만 하다. 그렇게 인간은 모두 끝내 못 이룰 사랑임을 알면서도 가슴에 등불을 켜두고 기다리는 부조리하고 아픈 존재인지도 모른다.

> 가슴에
> 일생
> 떠 있는
> 달인지 몰라
>
> 가슴에
> 일생
> 떠 있는
> 섬인지 몰라
>
> 그래서
> 하늘과 바다가
> 가슴에
> 있는지 몰라

—「내 사랑은 · 12」전문

결코 완전한 만남을 이룰 수 없으면서도 사랑의 욕망을 꺼버릴 수 없는 '욕망하는 존재'인 인간은 늘 가슴에 '하늘과 바다'를 품고 살아야 한다. 그리고 그 하늘에 보름달로 차올랐다가 지워져가는 달을 띄우고 그 바다에 외진 섬을 들여놓고 그리워해야 한다. 허공을 올라가 달에 갈 수 없고 파도를 헤치고 섬에 닿을 수 없는 줄 알면서도 그곳에 이르리라는 욕망은 살아 있음을 증명해주는 기초요, 삶을 더욱 역동적으로 만드는 힘이다. 비록 달에 이르지 못하나 달이 내려주는 빛으로 어두운 길을 가고 섬에 이르지 못하나 그 섬 절벽에 부딪혔다 되돌아오는 파도 소리를 들으며 지친 몸과 마음을 다시 일으켜 걷는 게 인생길이 아닌가.

또한 사랑의 욕망을 태우며 더 넓고 환한 세계를 그리며 시심을 닦아신 교수님은 이순을 넘기고 시집『어머니』를 상재하여 어머니 영전에 바쳤다. 아마도 자녀들을 홀로 뒷바라지하다 가신 어머니께 감사와 그리움을 뒤늦게나마 시에 담아 바치고자 했기 때문일 것이다.

머물다간
적막
먼 산녘
불빛 한 점은

스쳐간
고독
먼 강가
바람 한 점은

부엉새
울음 같았다
뻐꾹새
울음 같았다

— 「어머니 · 1」 전문

이승의 경계 너머처럼 "먼 산녘"에 보일 듯 말 듯 깜박거리는 "불빛 한 점"은 어두워진 밤을 더 어둡게 한다. 그 진한 어두움과 함께 찾아온 '적막'의 깊이에 잠긴 채 생전에 곁에 머물다 떠나가 흐린 불빛이 되어버린 어머니를 그려본다. 나그네 인생길에서 인연이란 스쳐가는 바람 같은 것일까. 고독하게 살다가 '고독'을 남겨주고 가신 어머니의 음성이 추억의 시간만큼 "먼 강가"에 우거진 갈대숲을 흔드는 한 바람 소리처럼 잠시 들려오다 멀어진다. 그 소리도 사라지고 더욱 짙어지는 어둠 속에서 어머니의 모습을 보듯 흐릿한 불빛을 바라보고 있노라면 어디서 부엉새와 뻐꾹새가 낮게 울며 빈 가슴을 채워준다.

> 이보다
> 더 먼 곳이
> 어디
> 있으랴
>
> 영원으로
> 소멸해간
> 아픈
> 꽃잎 하나
>
> 이순의
> 산모롱가에
> 하현달로
> 뜨는구나

— 「어머니 · 17」 전문

'영원'은 앞의 시에서 "먼 산녘"과 같이 살아 있는 생명들이 언젠가 찰나에 불과한 삶의 여정을 마치고 소멸되어 가야 할 세계이다. 그곳은 살아 있는 동안은 가볼 수도 없고 한번 가면 다시 되돌아올 수 없으니 그곳보다 "더 먼 곳이/어디/있으랴". 피었다가 지는 꽃잎처럼 잠시 살다가 죽음의 나라로 떠난 어머니의 고독하던 생애를 생각하니 마음이 아프다, 그런데 꿈을 좇아 달려오다 죽음이 가까워지는 이순의 "산모롱가"로 돌아드니 떠나신 어머니 모습을 닮은 "하현달"이 동산 위에 떠오른다. 어머니는 외롭고 아픈 생을 살다 가셨으나 늘 차고 이울기를 반복하며 밤길을 밝혀주는 달처럼 마음의 어둑한 구석에 살아 있다.

3

우연인지 필연인지 모르지만 늘 곁에서 같은 길을 동행한 나는 신 교수님께서 정년을 맞으신다는 소식을 들으니 감회가 새롭다. 늘 밝은 달을 보고 낯선 섬을 그리며 사랑의 열정을 불태우며 달려온 여정엔 고난과 영광의 자취가 역력하다. 그 험한 고갯길을 넘고 넘으며 학문을 하고 시를 쓰며 달려온 삶의 여정에 위로와 축하의 말을 전하고 싶다. 그동안 쌓은 업적은 후학들이나 문단에 큰 빛이 되고 씨앗이 되어 더 향기로운 꽃을 피우리라 믿는다. 비록 정년을 맞이하였으나 연구와 창작에 어디 마침표가 있겠는가. 더욱 건강하셔서 지금까지 이룩한 문학 연구와 창작에 더욱 빛을 발휘해가시길 기원한다.

기억을 가꾼다면, 이처럼

— 기억의 시인 신웅순을 만나다

이상우

1. 신웅순, 기억을 조각하다

우리는 무엇으로 살아가는가? 이것은 한때 나의 머리를 가득 채웠던 질문이었다. 우리가 삶을 살아가게 만드는 에너지는 참으로 많은 곳에서 나온다. 때로는 욕망을 채우기 위해 치열한 삶을 살기도 하며, 때로는 이상을 지키기 위해 완고한 삶을 살기도 한다. 어느 때는 나를 위해, 어느 때는 가족을 위해, 그리고 어느 때는 사회를 위해 우리는 하루를 살아간다. '나는 누구인가?'라고 스스로에게 질문을 던진다면, 우리는 자신이 갖고 있는 사회적 자아들을 하나하나 끄집어내어 답을 할 것이다. 그리고 그것들은 바로 우리에게 삶의 에너지를 만들어내는 동력원이라고 할 수 있을 것이다. 사회적 자아는 찰나에 만들어지는 것들이 아니라는 것을 생각해본다면, 사회적 자아는 오랜 시간을 걸쳐 형성되고 정착된 우리들의 이미지일 것이다. 그렇기에 사회적 자아는 과거의 시간과 떼어놓고 말할 수 없다. 이렇게 볼 때 과거의 시간들은 오늘의 나를, 지금의 우리를 만든 에너지인 셈이다. 이런 이유로 나는 삶의 에너지를 만드는 여러 요인 들 중 하나가 바로 '기억'이라고 감히 말하고 싶다.

기억은 우리의 삶의 곳곳에 투영되어 있다. 우리는 사람을 만나 이야기를 나누면서 항상 과거를 들여다본다. 과거의 이야기에는 수많은 사람들이 있고, 셀 수 없이 많은 장소들이 있으며, 말로 다 이를 수 없는 먹거리가 들어 있다. 우리는 어떤 장소에 가서, 어떤 사물을 접하면서, 어떤 음식을 대하면서 과거의 조각들을 하나씩 끄집어낸다. 우리는 울고 웃으며 기억과 만나고, 도착하고, 만지며 그리고 기억을 먹는다. 기억은 우리가 만들어낸 하나의 완전한 세계이며, 그곳엔 우리를 기다리는 사람들과 사건들이 들어 있다. 그리고 그들은 우리에게 행복함을 안겨 주기도 하고, 슬픔을 되새기게도 한다. 이처럼 우리는 기억과 함께 더불어 살아간다. 어떻게 보자면 기억은 우리들 자신에게는 누구보다도 소중한 친구일지도 모른다. 단언하건대 기억은 가장 인간적인 것이다.

내가 만난 시인 신웅순은 적어도 기억을 먹고, 기억을 입으며, 기억을 만지는, 기억의 시인이다. 그의 시세계는 고향과 사랑과 어머니에 관한 기억으로 가득 차 있다. 그의 시를 만나는 동안은 나의 고향과 나의 사랑과 나의 어머니를 만나게 된다. 그의 시는 우리에게 끊임없이 기억을 더듬게 해준다. 그의 고향은 나의 고향을 상기시키고, 그의 사랑은 나의 사랑을 따뜻하게 만들고, 그의 어머니의, 나의 어머니를 가슴 저미게 만든다.

시인 신웅순의 기억은 이렇게 다른 이의 기억을 충동시킨다. 그리고 그의 기억들은 그가 그려낸 시조에 그대로 펼쳐진다. 그러나 그의 시조는 단순히 우리를 기억의 공간으로 몰아가기만 하는 것이 아니다. 그의 시조는 정형화된 율격으로, 정제된 시어로 강단 있게 우리의 가슴을 훑는다. 45개의 글자는 그로 하여금 기억을 조각하는 재료인 셈이다.

2. 고향, 기억을 재연하다

고향은 우리에게 언제나 기억을 더듬게 하는 공간이다. 고향에 대한 기억은 우리의 삶 곳곳에서 호명된다. 밥 한 술을 뜨면서 고향이 떠오르고, 풀 한 포기를 보면서도 고향은 선명하게 그려진다. 지금의 내가 설 수 있는 바탕을 만들어준 것이 고향이고, 내가 아파 주저앉을 때마다 나를 다독여 준 것이 고향일 것이다. 어리던 나에게 미래에 대한 청사진을 그려준 공간, 그것이 제2의 고향을 희망하며 가슴을 울렁이게 하였든 아니면 고향에서 탈주를 위해 몸서리를 치게 하였든, 나를 성장하게 만든 장소는 고향이며, 믿음으로 사람을 포용하는 힘을 길러주었든 아니면 경쟁하여 더 높은 곳에 우뚝 설 수 있는 힘을 갖추게 하였든, 나의 인간관계의 기초를 만들어준 시간이 고향이다. 그렇기 때문에 우리의 삶은 언제나 고향의 잔상들과 대면하게 된다. 고향은 어찌 보면 우리에게는 노란색 크레파스로 그려진 밑그림과 같은 것이다.

세월이 흐른다는 것, 시간이 흘러 나이를 먹는다는 것은 다른 의미로는 나의 인식과 의식이 변화하는 과정이다. 10년이면 강산이 변한다고 한다. 요 근래는 10년이라는 숫자는 의미가 무색해진 지도 오래다. 올해는 1년 전과 다르고, 이 달은 한 달 전과 같지 않다. 심지어 오늘과 어제 사이에도 변화는 곳곳에서 보인다. 하물며 셀 수 없는 몇 해 전, 어렸을 적의 기억은 지금과 같지 않을 것이다. 우리가 눈으로 보고, 손으로 만지며, 입으로 맛을 보는 모든 것들은 수 년 전, 수십 년 전의 것들과 다른 모습, 다른 감촉, 다른 입맛이다. 시간의 흐름 안에 놓여 있는 우리 삶의 모든 것은 비슷하게 있을 수는 있어도 똑같이 있는 것은 없다고 해도 좋을 것이다.

> 물새가 목이 쉬면
> 갈꽃은 누렇게 펴
>
> 뿌우연 저녁 노을

두엄으로 쏟아내고

별빛은 불 붙지 못해
가로등불 이어간다

─「한산초 · 43」 전문

　그러나 기억만큼은 조금 다르다. 기억은 시간이 흐를수록 퇴색될 수도 있고, 다른 기억들이 덧씌워져 변형된 채로 우리들에게 남을 수도 있다. 하지만 기억은 언제나 그렇듯 자기 자리를 찾아 돌아온다. 우리가 인지하는 모든 정보들이 변화해갈 때에도 기억은 우리가 저장해둔 이미지를 그대로 보관하고 있다가, 우리에게 허락도 구하지 않고 재생을 하곤 한다. 기억은 언제나 완전하여 무결하며, 항상 고정되어 변형을 허용하지 않는다. 고향에 돌아가도 내가 그리던 고향은 아니라며 슬퍼하고, 물새가 지저귀고, 별빛이 반짝이지 못해도 기억 안에 그려진 고향은 여전히 포근하다. 그렇기 때문에 시인은 현재의 현상들 위에 기억을 오버랩시켜두고, 그 벌어진 틈새에서 새어나오는 감정을 시조에 담는다.

3. 사랑, 섬이라 공간 짓다

　기억이라는 공간은 참으로 광대하다. 그 안에 나의 유년이 모두 펼쳐져 있고, 나의 청년도 그 안에 줄지어 있다. 그러한 기억을 더듬다 보면 어느덧 만나게 되는 것은 사랑에 대한 기억들이다.

함박눈 때문에
인생은
굽을 틀고

늘 거기
섬이 있어
사랑은 출렁이나

울음이 섞인 내 나이
해당화로 터지고

—「내 사랑은·1」 전문

　우리의 삶은 돌이켜보면 언제나 치열했다. 남의 염병이 내 고뿔만 못하다고 했던 말은 우리 삶의 진리를 녹여낸 명문장이라 칭송할 만하다. 나의 삶은 언제나 곧게 뻗은 적이 있었을까. 우리의 삶은 누구나 굽을 틀어 아픔을 안고, 그것을 무던히 이겨내야만 했던 삶이었다. 시인 신웅순은 사랑에 대한 탐색을 하는 여정의 시작에서 그것을 처음으로 뱉어낸다. 그리고 굽이 틀어진 그 외곬진 곳에서 사랑을 만난다. 그가 만난 사랑은 그의 삶을 움직여 굽게 하고 그것은 일순간 섬으로 화한다.

　섬이라는 공간은 독특하다. 들고 나는 것이 마냥 자유롭지만은 않은 곳이 섬이다. 섬은 보편적인 의미에선 외부와 차단된 곳, 갇힌 곳의 의미가 강한 공간이다. 시인이 사랑에 대한 기억을 섬이라 명명한 것은 여러 가지로 상징적이다.

　울음이 섞인 나이, 해당화로 터지는 시인의 삶은 하나의 완성이라기보다 조각의 조합이라 명명해야 옳을 듯하다. 그리고 그 조각들은 시인이 말하는 것처럼 그의 삶에 흩어진, 그리고 갇힌, 서로가 차단된 섬일 것이다. 그러니 시인이 말하는 섬은. 섬이 갖고 있는 보편적인 이미지를 따르면서도, 그 섬들을 이어 하나의 삶으로 연계해나간다. 시인의 삶에 대한 회고는 가만히 들여다보면 끊어지고, 다시 시작하고를 반복한다. 시작과 끝, 그것은 굽이 진 곳이든, 물이 든 곳이든, 바람이 분 곳이든 하나의 섬

경제와 인연의 미학

이다. 그리고 시인의 삶은 또 넘는 산으로 나타난다.

> 가을비는
> 그 많은
> 편지
> 쓰고 갔고
>
> 가을 바람은
> 그 많은
> 낙서
> 지우고 갔지
>
> 눈발은
> 이제사 그리운가
> 산 넘고
> 또 산 넘네

—「내 사랑은 · 10」 전문

편지, 바람, 산, 섬. 시인의 사랑은 기억의 조각들로 이루어진 삶의 일부이다.

4. 어머니, 영원한 그리움으로 부르다

누구에게나 어머니에 대한 기억은 그러할 것이다. 항상 애틋하고, 서럽고, 눈물로 그려내는 이름, 그것이 바로 우리들이 써내려가는 그리운 이름, 그러면서도 한 번도 애타게 불러보지 않았던 이름, 어머니라는 이름이 가려진 그곳에서도 어머니의 존재가 가려진 것을 몰랐던 그런 이름, 그 이름이 바로 어머니이다. 가족의 뒷바라지를 당신의 삶으로 삼아

버린, 그러고서도 가족을 위해 내내 노심초사 가슴을 졸이며 하루하루를 지내신, 그래서 우리들 기억에서 눈물로 가득 찬 이름이 바로 어머니이다.

시인에게도 어머니의 기억은 눈물이 글썽거리는 기억들로 가득하다. 2010년 임희택 사제가 남긴 「어머니는 그래도 되는 줄 알았다」를 읽고 가슴 깊숙이 찌르는 애달픔에 몇 날 동안 눈물을 훔친 적이 있었다. 그리고는 또다시 어머니라는 이름을 그래도 되는 이름처럼 놓아버렸다. 나의 삶은 여전히 치열하고 고단했으며, 사랑이라는 섬을 만들고, 산을 넘기를 반복하면서 어머니라는 존재가 가려졌다는 사실조차 인지하지 못한 삶이었다. 그런데 시인 신웅순을 만나면서 어머니를 만났다. 잊으면 안 되는 어머니, 내 삶에서 가려져서는 안 되는 어머니, 그 어머니를 시인의 시를 통해서 다시 만날 수 있었다.

> 툇마루 햇살 옆은
> 내가 기다렸던 곳
>
> 추녀 끝 달빛 아래는
> 어머니가 기다렸던 곳
>
> 서 있는 높은 산이었던 곳
> 흐르는 긴 강이었던 곳
>
> ─「어머니 · 33」 전문

어머니는 불러도 불러도 끝없이 그리운 이름이다. 그리운 마음을 다해 부르면 어머니를 만날 수 있을까. 시인의 시는 어머니에 대한 기억으로 가득하다. 그의 시를 따라가면 언제나 만나는 것은 어머니에 대한 기억들이다. 그의 시조는 너무도 보고 싶은 마음에, 그리운 마음에 눈물이 날

것 같은 이름에 대한 흔들리는 마음이다. 그리고 그의 마음은 기억을 통해서 어머니와 만남을 이루어낸다. 나의 마음이 있는 곳, 그곳이 툇마루가 되었든, 추녀 끝이 되었든, 높은 산이더라도, 흐르는 긴 강이더라도, 기억이 있는 곳에는 언제나 어머니가 함께 있기 때문이다.

> 초승달 뜰 때였나
> 산길을 놓쳤고
>
> 물총새 울 때였나
> 들길을 잃었었지
>
> 노을도 못 간 긴 세월
> 강물이 끌고 간다
>
> —「어머니 · 50」 전문

먼 길을 걸어온 시인의 인생길, 많이 힘들었던 그의 인생길은 고독한 길만은 아니었다. 그는 산길을 놓치고 들길을 놓쳤어도, 노을도 못 간 긴 세월을 어머니와 함께 걷고 있다. 시인과 어머니가 함께 있을 수 있는 것은 시인만이 간직하고 있는 어머니에 대한 기억이 있기 때문일 것이다. 어머니라는 이름은 눈물로 써가는 이름이다. 애달프고 서글퍼서, 그리고 보고 싶어서 눈물이 나는 이름이지만, 시인의 기억 속에 어머니의 이름이 있기에 먼 길을 걷고, 많이 힘들어도 소중함으로 남아 있는 이름 또한 어머니이다. 그렇기에 시인이 노래하는 어머니에 대한 기억들은 보이지 않아도, 눈을 감아도 그 기억만으로 마음속에 다시금 새겨지는 그런 기억들이다.

5. 기억을 가꾼다면

신웅순의 시는 기억의 조각들이다. 기억을 더듬어 조심스레 꺼내놓은 시인의 삶이다. 우리에겐 수많은 기억들이 있다. 그리고 우리는 매일같이 자신의 삶을 기억할 수많은 기억들을 선별하는 되새김을 반복한다. 우리는 자신의 삶을 무엇으로 그려야 할까. 내가 기억을 가꾼다면, 시인 신웅순과 같이 기억을 다듬고 싶다.

시조 이론에서 창작과 예술장르 융합까지

— 석야 신웅순 선생의 연구와 예술세계

권갑하

현대 시문학으로서 시조가 갖는 장르적 포지션은 여전히 불안하다. 종합적인 전통 시가(詩歌) 예술 장르에서 노래와 시 두 장르로 몸이 나눠진 탓이다. 노래는 시조창이라는 음악 장르로 전통 양식 고수 지향을 강하게 보이고 있고, 문학으로서의 시조는 전통 양식을 변용한 현대시 양식으로 혁신의 길을 개척해나가고 있다.

일반적으로 우리가 일컫는 현대시는 서구 자유시 양식을 말한다. 과거 복합예술 형태였던 시는 인쇄술의 발달에 힘입어 300년 이상 눈으로 읽는 문자 중심의 시로 자리를 잡아왔다. 19세기 근대화 과정을 거쳐 현대시로 탈바꿈한 시조 또한 이러한 자유시 이론에 의존하는 문자시의 길을 걸어 오늘에 이르고 있다.

문제는 시조의 경우 문자시로 변신한 기간이 짧은 데다 제대로 꽃도 피워보기 전에 영상 중심 시대라는 새로운 국면을 맞게 되었다는 점이다. 이미 문학을 비롯한 문화 예술의 소비 형태는 문자 중심에서 영상 등과 융합하는 복합적인 형태로 급속히 바뀌고 있다.

그런 측면에서 석야 신웅순 선생이 그동안 고집스럽게 추구해온 현장과 접목한 시조 연구와 시·서·화에서 노래까지 아우르는 종합적인 시조 예술 세계 추구는 독보적일 뿐만 아니라 특별한 의미와 위상을 갖는다고 할 수 있다. 석야 선생은 시조 분야 중에서도 남들이 홀대하는 분야에 남다른 애정을 갖고 연구와 창작을 해오고 있으며 부단히 그 세계를 확장해온 분이시다.

　그동안 석야 선생이 남다른 애정으로 이룩해온 시조 예술세계는 실로 폭이 넓고 깊다. 연구 분야의 공적은 특히 탁월하다. 다수의 시조문학 관련 논문과 함께『시조예술론』,『문학·음악상에 있어서의 시조 연구』,『한국 시조창작원리론』등 시조 관련 많은 단행본을 저술해온 것이 이를 말해준다. 그뿐이 아니다. 석야 선생은『시조로 찾아가는 문화유산』,『시조로 보는 우리 문화』등 테마 중심으로 시조문학과 관련된 다양한 스타일의 글을 집필해 일반인들이 시조를 더욱 쉽게 접할 수 있게 해주고 있다.

　시조 작품을 통해 펼쳐 보인 한의 근원과 사랑에 대한 문학적 탐구는 창작자로서의 열정과 위상을 유감없이 보여주고 있으며 실천적 자세로 추구해온 시조창의 생활화 노력은 시조에 대한 각별한 애정의 발로라 할 것이다. 여기에 선생은 수준 높은 서예와 그림 세계를 더함으로써 자신의 예술적 경지를 한껏 고양시키고 있다. 석야 선생의 이러한 노력과 성과가 없었다면 시조 장르가 얼마나 썰렁했을까를 생각해볼 때 석야 선생의 문화 예술적 존재감은 확연히 정립된다.

　이러한 선생의 시조 예술 세계에 대한 장르적 평가는 앞으로 전문가들에 의해 보다 심도 있게 조명되어야 할 것이다. 시조론 연구에서 시조 창작, 서예·그림 융합 작업 등은 여전히 왕성한 진행형이다. 앞으로의 선생의 활동이 더욱 기대되는 이유이다.

시조문학의 대춘부(待春賦) 명인을 찾아서

― 석야 신웅순의 작품을 중심으로

김우영

시냇물 소리를 들으며 피었던 솔바람 소리에 흔들리며 피었던 언덕 아
래 그 꽃

먹구름 보내고 봄비 혼자 울기도 했던

언덕 아래 그 꽃

— 「무꽃」 전문

금강(錦江) · 비단강으로도 불리는 금강은 중부권 충청도민의 젖줄이
다. 백제 유민의 후예인 이 지역의 금강은 그냥 마을을 지나는 강이 아니
고 역사와 민족의 혼이요, 삶 그 자체이다.

금강은 전북 장수군 장수읍에서 발원하여 충남북을 거쳐 강경에서 부
터 충남과 전북의 도계를 이루면서 군산만으로 흘러드는 강이다. 길이
394.79킬로미터, 유역 면적 9,912.15제곱킬로미터이다. 옥천 동쪽에서
보청천(報靑川), 조치원 남부에서 미호천(美湖川), 기타 초강(草江) · 갑천
(甲川) 등 크고 작은 20개의 지류가 합류한다. 상류부에서는 감입곡류하
면서 무주에서 무주구천동, 영동에서 양산팔경(陽山八景) 등 계곡미를 이
루며, 하류의 부여에서는 백마강이라는 별칭으로 불리면서 부소산(扶蘇
山)을 침식하여 백제 멸망사에 일화를 남긴 낙화암을 만들었다.

충남 강경 부근에서 장항하구까지의 구간은 익곡(溺谷)을 이루어 군
산 · 강경 등 하항이 발달하였으며, 종래 부강(美江)까지 작은 배가 소항
하여 내륙 수로로 크게 이용되어왔다. 그러나 호남선의 개통, 자동차 교

통의 발달로 그 기능을 상실하였다. 상류부에 대전분지·청주분지, 중류부에 호서평야(湖西平野 : 內浦平野), 하류부에 전북평야가 전개되어 전국 유수의 쌀 생산 지대를 이룬다.

기나긴 백제 정한(情恨)의 역사와 선비혼이 살아 숨 쉬는 금강하구언 근처 충남 서천에서 출생한 석야 신웅순 교수님은 향리에서 초등학교와 중학교를 졸업하고 대청댐을 안고 흐르는 금강가 대전에서 고등학교를, 공주에서 교육대학을 마치고 다시 그를 키워준 고향 서천으로 내려가 초등학교 교사를 한다.

그 후 청운의 꿈을 안고 서울로 상경하여 중학교 교사로 근무하며 국문학에 남다른 향학 의지로 명지대학교 국어국문학과에 입학, 문학석사와 박사학위를 받고 잠시 모교에서 교수님으로 지낸다. 그러다가 다시 비단물결이 스치는 금강가 충남 금산에 있는 중부대학교 전임교수님으로 발령을 받아 국어국문학과를 거쳐 현재는 문헌정보학과 교수님으로 재직하며 오는 8월 정년을 앞두고 있다.

한국시조문학의 대춘부(待春賦) 명인(名人)으로 깊게 자리매김하고 있는 신웅순 교수님(이하 아호 석야로 호칭)은 30여 권의 책과 50여 편의 논문, 수백 편의 평론을 쓰며 현재 '한국 시조문학 통사'와 '시조 동화' 등을 선보이겠다는 포부를 갖고 현재 왕성하게 집필 활동을 하고 있다.

지난 2013년 7월부터 금강일보에 「신웅순의 시조 한담」을 연재해온 석야의 능숙한 시조풍을 살펴보자.

'안민영이 사랑한 담양 기생 능운'이라는 제하의 글이다. 안민영은 고시조작가 중 가장 많은 시조를 남긴 시인으로서 『금옥총부』는 그의 개인 가집으로 180수를 곡조에 의해 분류하고 있다. 그의 단시를 살펴보자.

차차(嗟嗟) 능운(凌雲)이 기리 가니 추성월색(秋城月色)이 임자(任者)

없네앗츰 구름 저년 비에 생각(生覺) 겨워 어이헐고 문(問)나니 청가묘무(淸歌妙舞)를 뉘게 전코 갓느니

이 시조를 파자(破字) 해자(解字) 하면 이렇다. 슬프다. 능운이 영영 갔으니 가을 성곽을 비추는 달빛은 임자가 없구나. 아침에 구름이 끼고 저녁에 비가 내리니 너에 대한 그리움을 어찌할까나. 묻나니 맑은 노래 뛰어난 춤 솜씨를 누구에게 전하고 갔느냐.

이런 장르로 풀어가는 석야의 금강일보 인기 연재 '시조한담'을 토대로 펴낸『시조로 보는 우리 문화』는 최근 대한출판문화협회와 한국출판문화진흥재단으로부터 '2015년 청소년 교양도서'로 선정되기도 했다.

또 석야는 2016년 한글서예 평론집『현대한글서예평설』(장수출판사)을 출간했다. 한글 서예가와 일부 문인화가의 작품에 대한 에세이 형식의 평설로 쓰여진 이 책은 최초의 한글 서예 평론집으로 관련 학계의 연구자들에게 좋은 기초 자료로 활용될 것으로 보인다.

『현대한글서예평설』에 수록된 글들은 지난 5년 동안 '한글 서예 에세이'로 연재되었던 것으로 생각과 느낌 그리고 평설, 평론 등으로 구성되어 있다. 한글 서예의 1세대인 일중 김충현, 갈물 이철경 선생 그리고 꽃뜰 이미경, 정안당 신정희 등 50여 명의 현대 한글서예가의 작품을 소개하고 있다.

석야는 직접 시를 짓고 글씨를 쓰고 그림을 입히는 시 · 서 · 화와 자신의 아호에서 딴 '석야체'를 비롯, 캘리그라피 같은 여러 서체를 선보이면서 "서체예술을 현대적으로 복원, 현대인들에게 마음의 여유와 격조를 돌려줘야 한다"고 말하고 있다.

석야는『시조로 보는 우리 문화』를 출간했다. 이 작품은『시조는 역사를 말한다』에 이어 시조의 문화사적인 측면을 재조명하여 학계의 관심을

끌고 있다.

서예가이면서 가곡 무형문화재 전수자인 석야는 지난 2012년 초반에 다소 무거워 보일 수 있는 시조를 문화답사와 함께 쉽고 재미있게 풀어낸 『시조는 역사를 말한다』를 출간한 지 2년 반 만에 이후의 역사적 시조 이야기를 『시조로 보는 우리 문화』라는 제목으로 출간했다.

여기에서 고려 말에서 성종까지의 시조에 대한 문화사적 측면에서 앵글을 맞췄다면, 『시조로 보는 우리 문화』는 성종에서부터 임진왜란 이전까지 시조들의 문화사적 측면을 조명하고 있다.

석야는 이 시기가 강호시조, 군은시조, 한정시조, 인격도야 시조, 인륜도덕 시조, 교훈적 시조 등과 같이 처한 현실로 문학이 나타나거나, 기녀들의 애정시조, 그리고 아이로니컬하게도 김굉필, 조광조, 서경덕, 이언적, 주세붕, 이황, 김인후, 기대승, 이이와 같은 유례 없는 대유학자들이 출현했던 시기이며, 이 시기의 시조 작품 속에 우리가 실천해야 할 덕목들이 고스란히 녹아 있다고 말한다.

유자신의 「추산이 석양을 띠고」, 조헌의 「지당에 비 뿌리고」, 김장생의 「대 심어 울을 삼고」, 박인로의 「반중 조홍감이」, 이덕일의 「학문을 후리치고」, 박계숙의 「비록 대장부라도」 등 임진왜란에서 병자호란 이전까지의 시조를 다루며 작품의 배경이 되는 문화유산을 소개한 이 책은 온 국민이 두루 쉽게 읽을 수 있는 인문학적 교양서다. 자칫 무거워 보일 수 있는 주제를 편안하게 읽을 수 있도록 했고, 시조문학을 공부하고 역사도 공부하면서 문화유산 답사의 길잡이가 될 수 있도록 구성했다는 평가를 받고 있다.

이처럼 시조는 우리의 대표적인 전통 시가(詩歌) 문학이다. 짧은 형식 안에 지은이의 정서와 사상뿐 아니라 당시의 사회·문화·정치적 상황과 소소한 생활 관습까지 담아내며, 위로는 임금으로부터 아래로는 이름

없는 민중에 이르기까지 전 계층이 창작하고 향유한 문학이라는 점에서
독특하다. 그러므로 시조는 역사를 말하고, 문화를 전승한다.

석야는 운문 시조뿐이 아니라 산문 수필 분야에도 독특한 그만의 향기
로 독자를 모으고 있다. 지난 2011년 상재한 수상록『겨울비가 내리다』에
서 녹녹한 서정이 흐르는 작품을 만날 수 있다. 석야의 갑년을 맞아 출간
한 수상록『겨울비가 내리다』는 그간 사색해왔던 수십 편 중의 일부를 수
록하였다.

내용 중에 "산천은 가진 것이 없는가 참으로 눈부시다. 산 허리 저 안개
는 누가 풀어놓고 간 붓질이며, 앙상한 겨울나무는 누가 울고 간 노래인
가. 저 마른 산녘의 강물은 누가 쓰고 간 서체이며 저 하늘 비워둔 세월
은 누가 보내준 편지인가"와 같은 구절들은 한 편의 격조 높은 서정시로
풀이되고 있다. 이 수상록은 석야의 문예 창작과 연구와 예술과 인생이
총체적으로 아우러진 한 폭의 그림으로 평가받고 있다.

수상록에서 자신을 향한 끝없는 물음으로 지금까지 살아온 인생에 대
해 진정으로 성찰하고 반성하고 싶다고 했다. 또한 서문에서도 산 너머
그리움과 만나고 하늘의 고독과도 만나는, 가끔 산방에 들기도 하는, 내
게도 그런 겨울비가 내리고 있다고 말하고 있다.

그리고 국전 서예 작가이기도 한 석야는 이 책에서 수상록의 표지 글
씨와 내지의 궁체 글씨, 창작 글씨들도 함께 선보이고 있어 글과 서예를
아울러 감상할 수는 계기가 되며, 한 작가의 인생이 고스란히 녹아 있어
인생 성찰의 책이기도 하다.

이번에는 석야의 알토라진 시조 작품 메타포(Metaphor) 절창을 감상해
보자.

언제나 가슴 한 녘 하현달로 지나가는

초겨울
달빛 실은
내 사랑
한 척 배

울음도 나이가 들면
들녘에서 맴도는가

— 「아내 · 1」 전문

　석야는 큰아이를 시집 보내며 아래와 같이 그 소회를 잔잔하게 표현하고 있다.

　"큰 아이가 34살이니 아내와 함께한 지가 벌써 35년이나 되었다. 봄에 만났는데 벌써 초겨울이 되었다. 햇살이 가득했는데 이제는 달빛이 가득하다. 아내는 눈부셨는데 지금은 그윽하다. 언제나 가슴 한 녘 하현달로 지나가는 내 아내. 울음은 나이가 들었어도 들녘에서 맴도는가 보다. 애기를 낳아 키우고 공부 가르치고 시집을 보내는 먼 세월을 허겁지겁 살아온 아내는 참으로 대단하다. 아내는 초등학교 선생으로 정년을 했고 나는 대학 교수로 이제 정년을 한다. 폭풍우를 만나기도 했지만 우리는 용케도 살아남았다. 전부 아내 덕분이다."

겨울비는
애잔히도
빈 어깨를
적시고

띄어쓰지 못한 적막
부엉새 울음 같은

내 고향 먼 세월을 돌아
이순에서 굽을 튼다

— 「아내 · 2」 전문

「아내 · 2」 작품에 대하여 석야는 이렇게 말한다.

"지난날 부엉새 울음 같은 내 고향. 먼 들녘을 돌아 이순의 나이에 이 제금 굽을 트는 아내. 교직 사표를 냈을 때 아무 말이 없었던 아내. 묵묵히 내 하고자 하는 일을 저만치서 지켜보며 응원해주었던 내 아내. 그래도 해는 동쪽에서 떠서 서쪽으로 졌다. 부엉새 울음 같고 뻐꾹새 울음 같은 내 이 십 여 년의 나그네 생활. 그래도 강물은 유유히 흘렀고 산은 언제나 그 자리에 서 있었다. 달빛 실은 한 척 배가 이순에서 굽을 틀었으니 이만한 은총이 어디 있으랴. 참으로 우리는 선택 받은 사람이었다. 이런 아내를 누가 내게 보내왔을꼬."

초승달은
가다가
어디쯤서
머무는가

새벽 없는 불빛을
하늘 없는 물빛을

흑백의 건반 두드리는
내 인생
편지 몇 줄

— 「아내 · 3」 전문

석야는 밤하늘을 보며 조용히 이렇게 읊조린다

"초승달은 어머니를 생각나게 하고 내 아내를 생각나게 한다. 퇴근길 하늘엔 언제나 초승달이 떴다. 머무는 곳이 어머니가 있을 것 같고 아내가 나를 기다릴 것만 같다."

이 얼마나 인간적이고 애잔하며 따뜻한 글인가! 자신의 지나온 나날을 성찰하며 애오라지 모든 덕망을 아내한테 돌리는 지고지순한 애처가의 모습. 이 또한 석야의 순애보의 사랑과 정신에서 오늘날 큰 시조학자로, 교수로 우뚝 대춘부로 서지 않았나 생각이 든다.

또한 석야는 그의 다섯 번째 시조집 『어머니』에서 애절하게 그리움을 토로하고 있다. 천 년 후 가슴에나 닿을 그리움 '어머니'라는 제하에서 작품에서 제1부 '초가', 제2부 '대숲', 제3부 '부슬비', 제4부 '눈발', 제5부 '언덕', 제6부 '풍금'에 걸쳐 '어머니'라는 동명(同名)의 시조에 1부터 58까지 숫자가 붙여졌다.

누구에게나 세상에서 가장 아름다운 이름인 어머니. 눈 감으면 고즈넉 흔들리는 어머니의 불빛, 그것은 어머니가 신 교수에게 주고 간 영원한 그리움이며 안식처가 됐다. '풀꽃 시인'으로 유명한 나태주는 "일찍이 우리는 위당(爲堂) 정인보(鄭寅普) 선생의 「자모사초(慈母思抄)」에서 가슴 절절한 어머니의 사랑을 읽은 바 있다. 석야 신웅순의 시조집 『어머니』는 또 다른 '자모사초'라 할 수 있다"라고 평가하기도 했다.

연작 형태의 시조집 『어머니』는 예각적(銳角的)이면서도 부드러운 어머니에 대한 오묘한 내면의 진리를 그리움과 따뜻한 정을 통해 형상화한 수작으로 평가받으며, 석야에게 2016년 제23회 '한성기문학상'을 안겨주었다. 한성기문학상은 대전·충남에서 활발한 문학 활동을 하며 후진양성에 힘쓴 고(故) 한성기 시인(1923~1984)의 문학정신을 기리기 위해 제정된 격조 높은 문학상이다.

석야 신웅순 시조시인은 앞으로 집필, 시조에 대한 평생의 연구를 집대성하여 저서를 출간할 계획이다. 그리고 제자를 키우는 것, 지금까지도 시인들을 많이 길러내셨지만 계속 시조시인들을 길러내시는 것이 기쁨이란다. 참으로 맑고 고고한 계획이고, 멋진 삶에 대한 꿈이다!

벌써 조그만 동구 대전대학교 입구 부근에 매월헌(梅月軒)이란 아담한 연구실도 준비했고 지난봄엔 뜰에 핀 매화를 찾아온 손님들과, 제자들과 함께 즐거운 자리를 마련하기도 했다.

하늘은
낮고

산은
깊었었지

유난히도
진달래꽃
붉게 핀

봄이었지

남몰래
산 넘어 가서
울먹였던
그 봄비

—「어머니 · 5」 전문

산이
먼저 가고
들이
따라서 갔다

그때
진달래꽃
그때
뻐꾸기 울음

뒤늦은 편지 끝 구절에
말없음표 찍고 갔다

— 「어머니 · 11」 전문

바람은
그 날
불빛을 가져갔고

봄비는
그 날
그림자를 가져갔다

영원히
돌아오지 않는
울음도
가져갔을까

— 「어머니 · 13」 전문

석야의 작품에는 유난히 연작시 아내와 어머니, 한산초 같은 가족과 고향 언저리가 많이 등장한다. 그만큼 시인은 정과 한, 인간애적인 모습을 담은 분이라고 생각한다. 눈물과 사랑, 고독과 방황을 겪어보지 않고 어찌 시를 쓸 수 있으랴! 눈물 젖은 빵과 눈물 젖은 사랑을 먹어보지 않고 어찌 이 처럼 절창의 독특한 레토릭(Rhetoric)의 작품을 바구니에 담을 수 있단 말인가!

석야 신웅순 교수님은 국제적인 인물로 평가를 받고 의미 깊은 행사를 가졌다. "한글은 세계문화 유산에 등재된 세계에서 가장 과학적이면서도 우수한 문자다. 다양한 한글 서체 개발 등이 이뤄져야 한다"면서 지난 2014년 제568돌 한글날을 기념해 10월 미국 워싱턴 한국대사관 한국문화원에서 '고전의 향기, 현대의 향기'라는 주제로 특별전을 개최, 한글의 세계화에 기여를 하여 화제를 일으키기도 했다. 이 행사의 주제는 시조와 한글 서예, 수묵화로 표현한 18점을 통해 한글의 아름다움을 알렸었다.

백제 유민의 정한(情恨)을 머금고 중부권 산하를 감고 유유히 흐르는 은빛 물결의 금강(錦江) 가에서 태어나 성장한 시조학자이며 중부대학교 석야 신웅순 교수님.

전북 장수 장수읍에서 발원하여 충남북을 거쳐 강경에서부터 충남 장항만으로 흘러들어 끝나는 금강하구언의 서천은 예로부터 문향(文鄕)으로 잘 알려져 선비를 많이 배출하였다.

고려 말 대학자 목은 이색은 당시 포은 정몽주, 야은 길재와 함께 삼은(三隱)으로 잘 알려진 서천 기산 출생이다. 저서로『목은문고(牧隱文藁)』와『목은시고(牧隱詩藁)』 등이 있다.

또 서천 출신으로 조선 후기 선비인 석북 신광수는 악부체(樂府體)의 시로『관서악부(關西樂府)』를 저술하여 유명하다. 석북은 동방의 백낙천(白樂天)이라는 칭호를 받기도 하였다. 저서로『석북집』16권 8책과『석북과시집』1책이 전한다.

이어 1959년「바라춤」을 발표한 저 유명한 서천 출신의 석초(申石艸) 신응식(申應植) 시인이 있다. 석초는 석야의 당숙으로서 가까운 일가 집안이다.「바라춤」은 승무의 일종으로 부처에게 재를 올릴 때 천수다라니경을 외며 바라를 치면서 추는 바라춤을 소재로 하여 402행으로 구성된 장시이다. 이 시는 자유시, 서정시로서 내재율을 담은 종교적 명상의 불교 사상에 바탕을 둔 고전적 시풍으로서 고전 시가의 운율을 원용한 작품이다.

이래서 흔히 말하기를 서천에는 삼석(三石)이 있다고 전해진다. 석북(石北) 신광수, 석초(石艸) 신응식, 석야(石野) 신웅순 시조시인을 포함한 삼 계보가 그렇다. 이들은 고령 신(申)씨 일가를 이루는 가까운 집안들이다.

이 외에도 서천은 개화기 초 월남 이상재, 근대 작가로는 서울대학교 구인환 교수, 장편소설『동토』의 작가 박경수 소설가, 「풀잎」의 나태주 시인, 「자갈전답」의 구재기 시인, 소설『라이따이한』의 김우영 작가 등 많은 문인들을 배출하였다.

너무나 인간적이고, 너무나 뛰어난 학풍과 절창의 시조학자인 석야 신웅순 교수님을 따라 쓴 글이 행여 그간 쌓아온 금자탑에 누가 안 될까? 하는 기우가 든다.

따라서 석야의 직계 당숙인 석초 신응식 시인의 저 유명한 시 「바라춤」을 감상하며 무딘 붓을 놓는다.

> 언제나 내 더럽히지 않을 티 없는 꽃잎으로 살어 여려 했건만
> 내 가슴의 그윽한 수풀 속에
> 솟아오르는 구슬픈 샘물을 어이할까나.
> 청산 깊은 절에 울어 끊긴
> 종소리는 아마 이슷하여이다.
> 경경히 밝은 달은
> 빈 절을 덧없이 비초이고
> 뒤안 으슥한 꽃가지에
> 잠 못 이루는 두견조차
> 저리 슬피 우는다.
> 아아, 어이하리. 내 홀로

다만 내 홀로 지닐 즐거운
무상한 열반을
나는 꿈꾸었노라.
그러나 나도 모르는 어지러운 티끌이
내 맘의 맑은 거울을 흐리노라.
몸은 설워라.
허물 많은 사바의 몸이여!
현세의 어지러운 번뇌가
짐승처럼 내 몸을 물고
오오, 형체, 이 아리따움과
내 보석 수풀 속에
비밀한 뱀이 꿈어리는 형역(形役)의
끝없는 갈림길이여.
구름으로 잔잔히 흐르는 시냇물 소리
지는 꽃잎도 띄워 둥둥 떠내려가것다.
부서지는 주옥의 여울이여!
너울너울 흘러서 창해에
미치기 전에야 끊일 줄이 있으리.
저절로 흘러가는 널조차 부러워라.

— 신석초, 「바라춤」 부분

제3부

전통의 시조시학

『나의 살던 고향』을 중심으로 본
신웅순의 시세계

이정자

1. 들어가기

뷔퐁(Buffon, 1707~1788)의 말을 빌리지 않더라도 '문은 곧 그 사람이다'. 글을 보면 그 사람을 알게 된다. 정서(正書)든 낙서(落書)든 얼굴 없는 댓글이든 얼굴 있는 댓글이든 한 줄 글에서도 그 사람을, 그 인격을 만나게 된다. 하물며 심혈을 기울여 쓴 시작(詩作)에 있어서야 더 말해 무엇하랴.

신웅순 교수는 진정한 예술인이다. 서예가에 정가 보유자에 시조시인에 문학박사이다. 다재다능하고 부지런하고 노력가이다. 평생을 학문과 교직에 몸담고 이제 정년을 앞두고 그의 분신인 '시조 작품집'을 중심으로 논문집을 마련하는데 필자도 그 한 몫을 담당하는 의미에서 그의 시조집 『나의 살던 고향』을 중심으로 시인의 작품 세계를 살펴보고자 한다.

살아가면서 우리에게는 얼마나 많은 사연들이 있을까. 그 사연 속에는 기쁜 일도 있을 테고 슬픈 일도 있을 테고, 자랑하고픈 일도 있을 테고 숨기고 싶은 일도 있을 것이다. 그 어떠한 경우든 우리는 살아간다. 우리의 역사도 마찬가지다. 흥망성쇠로 이어온 굴곡의 시대를 지나면서 그 역사를 되짚어보며 작품에 표출해내는 것도 시인의 몫이며 작가의 몫이다.

워즈워스(William Wordsworth, 1770~1850)가 시를 가리켜 "강력한 감

정의 자발적인 유로(the spontaneous overflow of powerful feelings)"라 했듯이, 뷔퐁(1707~1780)이 '문(文)은 그 자신'이라 했듯이 모든 만물의 상(像)은 인간의 사고(思考) 내에서 잉태하고 존재한다. 그 '사고'는 사람마다 다르다. 같은 대상을 보고도 보는 이의 관점에 따라 느끼는 감정이 다르다. 그의 인생 경험에서 오는 사고와 철학에 따라 느끼는 감정이 각기 다르게 나타나는 것을 볼 수 있다. 상상력 또한 결국은 개인의 기억 속에서 이루어지는 정신 활동이다. '무'에서 '유'가 안 나온다. 아무것도 경험하지 않고 체험되지 않은 백지 상태에서는 아무런 기억도 없을 테고 아무것도 없는 텅 빈 상태의 머리나 정신 상태에서는 상상력도 없기 마련이다. 그래서 상상력은 기억이라는 의식의 큰 바다로부터 건져 올린 이미지이다. 이러한 이미지에서 시는 탄생한다.

　신웅순의 시조집『나의 살던 고향』은 시인이 유소년 시절부터 보고 듣고 경험한 대상에 대한 이미지를 오랜 세월 시인의 심전(心田)에서 키워 올린 '강력한 감정의 자발적인 유로(the spontaneous overflow of powerful feelings)'이다. 여기에는 대상에 대한 시적 자아의 인격과 사상과 철학이 고스란히 표출되고 있다.

　이에 본 논자는 다음에서 신웅순의 시조집『나의 살던 고향은』을 중심으로 거기에 내재된 작가의 시세계를 논하고자 한다.

2. 작품에 표출된 작가의 시세계

　한 편의 시는 그 시대를 대변하며 시적 자아의 자의식을 표출한다. 영국의 비평가이며 시인인 헌트(Hunt James Henry Leigh,1784~1859)에 의하면 "시란 진리와 미와 힘에 대한 열정(passion)의 표상"이다. 무엇을 하든 열정이 없으면 아무것도 이룰 수가 없다. 하물며 창작에 대한 열정이 없다면 어찌 인생을 말하고 세상을 말하며 자연에 대한 아름다움을 말할 수 있겠는가. 그래서 시인은 자연과 우주에 대한 열정이 있어야 하고 역사와 시대와 인간에 대한 뜨거운 사랑이 있어야 한다. 곧 시란 대상을 향한 이러한 사랑과 열정으로 형상화되어 표출되는 것이기 때문이다. 한 작가의 시세계는 그가 걸어온 흔적과 교육과 환경과 철학과 인생에 이어져 표출된다. 그래서 작품을 보면 그 시인의 인생관, 철학관, 심상을 알 수 있다. 이를 본 논자는 몇 개의 단위로 분류하여 서술할 것이다.

1) 역사의식

베틀 위에 실려오는
황산벌의 닭울음

결결이 맺힌 숨결
가슴속에 분신 되어

지금도 옷고름 풀면
날아가는 귀촉도

— 「한산초 · 2」 전문

시의 세계는 상상의 세계이다. 이성적 현실의 세계가 아니라 현실을 초월한 무한한 꿈의 세계, 상상의 세계이다. '베틀 위에 실려오는 황산벌의 닭울음'은 먼먼 역사의 뒤안길로 회귀한 시적 자아의 기억 속에 내재된 상상력에서 표출된 시인의 심상이다. 물론 이는 유소년 시절부터 심전(心田)에서 키워 올린 시적 대상이다. 황산벌은 백제 말기에 계백 장군이 김유신의 신라군을 맞아 싸운 황산벌 전투가 벌어진 곳으로, 지금의 충남 논산 일대를 차지하는 넓은 들판이다. 시인의 고향 의식과도 유관한 것으로 보인다. 그러기에 황산벌의 닭울음이 시인에게는 '모시' 이미지와 함께 베틀 위에 실려오는 애절함으로 다가온다.

　황산벌 전투는 계백 장군의 가족사와 화랑 관창의 이야기로 마음을 적시는 역사이다. 계백 장군은 패전을 예견한 듯 가족도 다 손수 죽이고 전장에 나아갔고, 화랑 관창은 죽음을 각오하고 적진으로 돌출, 장렬히 전사하여 백제군에 번번이 패하는 신라군의 사기를 돋우어 결국 신라에 승리를 안긴 소년 화랑이다.

　'결결이 맺힌 숨결'은 황산벌의 한숨이고 역사의 숨결이다. 시간과 시대는 과거 속에 흘러갔지만 세월과 함께 이어온 역사는 그대로 살아 있어 그 시간을 외우는 사람들에겐 가슴속에 살아 있기 마련이다. 그래서 그것은 가슴속에 각인되고 세월이 흘러도 옷고름 풀듯 가슴을 열면 훨훨 공간 속으로 날아가는 슬픈 이야기, 귀촉도이다.

노을에서 갈라지네
낙화암의 단소 소리

강물로 듣는 가슴
철쭉으로 풀어내고

풀 먹여 결 고른 티끌
줄 고르는 숨결 마디

—「한산초 · 4」 전문

　우리는 자면서 꿈을 꾼다. 꿈에서는 하늘을 날기도 하고 바다 위를, 강 위를 훨훨 날아서 건너가기도 한다. 현실에서 듣지도 보지도 못한 동화의 세계를 가기도 한다. 그런가 하면 돌아가신 분들을 만나기도 한다. 그리고 역사 속으로 들어가기도 한다. 간절히 바라고 잠이 들면 그것을 꿈에서 볼 수도 있다. 이것이 꿈의 세계이고 상상의 세계이다. "낙화암의 단소 소리" 역시 먼먼 역사의 뒤안길로 회귀하여 듣는 시적 자아의 심상이다.

황산벌과 함께 백제의 한이 깃든 낙화암은 부소산 북쪽 백마강을 내려다보듯 우뚝 서 있는 바위 절벽이다. 사비성이 나당 연합군에게 유린될 때, 수많은 백제 여인들이 꽃잎처럼 백마강에 몸을 던졌다는 전설이 깃든 곳이다. 이 전설로 낙화암이라는 이름을 얻었지만,『삼국유사』에는 타사암(墮死岩, 사람이 떨어져 죽은 바위)이라고 기록되어 있다.

목가적이고 아름다워야 할 고향 이미지가 시적 자아에게는 슬픈 역사와 함께 '모시'라는 직조의 과정에 얽힌 인고의 세월을 열다 간 숨결 소리로 귀결된다.

경제와 인연의 미학

앉으면 베실 새로
들려오는 함성 소리

한밤이 깊을수록
탄금은 울리는데

날줄은 죽음을 깨워
철컥철컥 이어간다

———「한산초 · 9」 전문

상상력도 결국은 기억 속에서 이루어지는 정신 활동이다. '무'에서 '유'가 안 나오듯이 직접이든 간접이든 경험하지 않고 체험되지 않은 백지 상태에서는 상상력도 없다고 앞에서 언급했다. 상상력도 기억이라는 의식의 큰 바다로부터 건져 올린 이미지이다. 이러한 이미지에서 시는 탄생한다. 시인은 고향과 이어지는 추억 속 시적 대상에서 황산벌 → 낙화암 → 백마강으로 흐르는 백제의 슬픈 역사를 베틀 → 모시 → 아낙의 고

단한 삶으로 이어가고 있다. 곧 베틀에 앉아도 철컥이는 베실 새로 황산
벌의 함성 소리가 들리고, 밤이 깊을수록 탄금은 울려오고 날줄은 졸음
(죽음)을 깨우고 함성 소리가 들리듯 철컥이며 이어간다.

2) 환경의식

시인은 자연을 사랑하고 아끼며 친구가 된다. 그리고 자연을 인격체로
육화시킴으로 물아일체가 되고 동일시가 된다. 뿐만 아니라 시인은 인
간 이외의 모든 사물이나 대상을 인격화하여 대화를 나누고 함께 어울리
며 공동체를 이룬다. 이는 과학 이전의 시대인 원시시대부터 종합예술의
모태를 보는 것과 같다. 시인은 자연이나 사물에 생명을 부여하고 감정
을 이입시켜 대상을 인격화시켜 표출한다. 이것이 자연과 더불어 인간이
공존하고자 하는 시적 구원의 몸짓이다. 이렇게 자연과 공존하고 조화를
이루고자 하는 것이 시정신의 본질이기도 하다. 그래서 시인은 끊임없이
대상을 자기화하고 세계를 자기화하려는 동일시의 어법으로 대상과 세
계 또한 인격화한다. 세계와 대상과의 화해 또 자신과의 화해를 통하여
보다 아름다운 세계, 꿈을 갖고 상상의 나래를 펼칠 수 있는 세계를 만드
는 것도 시인의 특권이면서 의무이기도 하다.

그런가 하면 인간의 역사는 끊임없는 발견과 발명, 발전으로 성장하고
이어간다. 과학은 물질적인 존재 발전에 공헌한다. 여기서 산업화가 따
르고 환경이 파괴되고 지구 한쪽이 몸살을 앓는다. 지구 한쪽이 파괴되
고 오염되면 지구에 몸담고 있는 생물들은 그 영향을 받기 마련이다. 그
래서 오염된 지역에 사는 동식물을 포함한 생명체에서 이상 징후가 나타
나는 것을 보게 된다. 대우주를 반영하는 우리네 소우주(mikros kosmos)
또한 당연히 그 영향을 받는 것은 자명한 사실이다. 그래서 산업화의 바
람은 양날의 칼이기도 하다. 어느 쪽이 더 인류에 이점을 갖느냐에 따라

역설적이게도 산업화는 시작되고 자연은 훼손되고 현대화는 박차를 가한다.

> 허리 다친 푸른 산맥
> 붕대 굵게 감은 도로
>
> 시대마다 굽이치며
> 산하 붉게 물이 들고
>
> 무더기 들꽃으로 핀
> 혼불 밝힌 아파트
>
> ─「한산초·30」 전문

푸른 산은 개발 물결로 도로가 만들어졌으니 다친 허리에 붕대 감은 형국이다. 들꽃으로 피어 있어야 할 들녘은 불 밝힌 아파트로 탈바꿈했다. 푸르른 산과 드넓은 들판을 보는 것이 평화롭고 푸근한 고향의 이미지인데 산업화의 물결을 타고 온통 도시화되어 가는 어설픈 환경이 시적 자아에게는 삭막하고 답답하고 안타깝기만 하다.

> 무슨 한이 있었길래
> 산자락을 싹뚝 잘라
>
> 천형의 헤진 하늘
> 기중기로 들어 올려
>
> 간음을 당한 한 시대
> 수술대에 뉘어 놓나
>
> ─「한산초·32」 전문

산은 대지의 기둥이고 지구의 한 축이다. 산의 정기는 그 맥을 이어가는 마을까지 내려간다. 그래서 명산의 정기를 받아 인물이 나고 동네가 발전하고 평화롭다. 그런 산 한 자락을 잘라버렸으니 이를 어찌하랴. 세월이 지나면 이어질까. 그러니 '천형'을 받고 '수술대'에 뉘어 있는 형국이다. 세월의 의술을 받아 수술이 잘 되어 상처도 아물고 새로운 정기가 재생되기를 바랄 뿐이다.

여기서 시인의 말을 빌려본다. "80년대 중반이었던 것으로 기억된다. 고향의 산천은 일그러져가고 있었다. 그 많은 메뚜기도 그 많은 물고기들도 급속히 사라졌다. 산업화의 물결에 죽어가는 환경을 바라볼 수밖에 없었다. …… 후손에게 길이 물려줄 산천이 산업화로 파괴되어가는 것을 더는 보고 있을 수 없었다."[1] 그래서 시인은 환경시를 쓰기 시작한 것으로 진술했다.

환경은 참으로 소중하다. 앞에서도 언급되었지만 환경이 오염되고 병이 들면 거기에 사는 생명들 또한 온전치 못하다. 그래서 환경 보전을 위한 캠페인이 있고 정부의 큰 사업이 있을 때마다 환경 문제가 제기되기도 한다.

> 탱자울 두고 떠난
> 저녁 눈은 도시로 가
>
> 몇십 년 빌딩 주변
> 공터에도 내리다가
>
> 검은 물 수도관 타고

---

1   신웅순, 『한국 시조창작원리론』, 푸른사상사, 2009 참조

고향 들녘 적시는가

—「한산초·33」 전문

청청하고 소담한 자연 그대로의 탱자 울타리, 상상만 해도 코끝에 상큼하게 다가오는 샛노란 탱자의 향이다. 어린 시절 고향에서 사과밭 주위를 탱자 울타리로 한 것을 보았다. 봄이면 하얀 꽃이 피었고 가을이면 샛노랗게 익은 탱자를 보았다. 가지에는 단단하고 날카로운 가시가 있어서 감히 근접하지 못한다. 그래서 높은 담장 대신 탱자 울타리를 하는 것으로 안다.

파란 탱자나무 울타리에 하얗게 내려앉은 눈송이, 송이…… 싱그러운 한 폭의 정물화이다. 그 모습이 지금은 없다. 아파트가 들어선 그 자리, 그 공터는 허허하기만 하다. 산업화의 바람을 타고 온 각종 폐수로 오염된 물조차 고향 들녘을 적시는 것이 안타깝기만 하다.

몇십 년 만에 찾은 고향, 백설의 흔적조차 몇십 년을 삭막한 빌딩 공터에 내리더니 결국은 도시의 탁한 환경에 오염되어 검은 물로 변하여 고향의 들녘까지 적신다. 재앙을 불러오는 산업화의 심각한 문제를 시인은 고발한다.

3) 내면의식

시는 감정과 정서의 표현이다. 유가에 의하면 정(情)은 인간의 본성이 외물에 감응하여 발현한 결과 또는 결과로서의 상태를 가리킨다. 또 정(情)은 외물의 자극이나 조건에 심기(心氣)가 성(性)을 근거로 하여 구체적으로 발현한 것이라고 한다. 그러니 감정은 외부 조건에 가장 영향을 많이 받는다. 그래서 우리의 감정은 갈대 같고 구름 같아 그 변화 또한 헤아릴 수 없다. 감정은 신체적 반응에서 올 수도 있고 심리적 변화에서 올 수도 있다. 이러한 반응과 변화가 없다면 목석이다. 그래서 우리는 감각 기관을 통하여 끊임없이 경험하고 인식하고 반응한다. 여기서 시가 탄생한다.

> 지병으로 누운 들녘
> 종일 울다 가는 철새
>
> 붉은 놀은 난파되어
> 철석이다 잠이 깨고
>
> 강물은 이승을 끌고
> 숨을 거둬 흐르는데

―「한산초 · 22」 전문

'들녘이 지병'으로 앓고 누워 있으니 이 또한 물론 환경오염으로 인한 것이다. 그러나 구별하여 내면의식으로 다룬 것은 시적 자아의 내면의식에 주안점을 갖고 작품을 살펴보고자 하는 데 연유한다. 안식을 위해 찾아온 철새가 안주할 곳이 없다. 이는 시적 자아의 마음의 풍경이다. 고향을 찾았으나 옛 고향의 풍경은 사라지고 없으니 낯설기만 하다. 지인들도 고향을 떠났으니 어느 집에 들어가 정담을 나눌 사람도 없다 그러니 종일을 헤매다 돌아오는 시적 자아의 마음을 종일토록 울다가는 철새에 기대어 표출했다. 이는 곧 철새라는 객관적 상관물에 기댄 시적 자아의 심상이다.

붉은 노을은 조용히 서산을 넘어가야 하는데 이도 제 길을 못 가고 바다인 양 철석이고, 강물은 또 이승을 끌고 저승으로 숨을 거둬 흐르니 카오스의 상황, 혼돈의 시간이다. 숨을 거둬 흐르는 것은 죽은 물이다. 환경오염은 육체를 병들게 할 뿐만 아니라 마음을 병들게 한다.

뉘 가슴에 매달고서
허공에다 종을 치나

그쳐야 두루미는
이승 하늘 넘어가고

들녘 밖 굽을 튼 강물
갈 곳 없어 철석인다

—「한산초 · 25」 전문

　시인이 바라보는 시적 관조의 대상은 오염된 자연환경이다. 종을 치는
것은 목적이 있고 대상을 향해 치는 것이 정상이다. 그런데 허공을 향해
종을 치니 대상도 없고 목적도 불분명하다. 또 그 종소리가 그쳐야 두루
미는 이승 하늘을 넘어간다니 종은 조종(弔鐘)인가 보다. 계속 치는 형국
이다. 사물에 매달고 목적에 따라 울려야 할 종을 가슴에 매달고 허공에
다 치니 그 울림은, 그 아픔은 가슴으로 돌아온다. 그 종소리가 그쳐야만
넘어가야 할 하늘을 두루미는 넘는데 이 또한 미련이다.

　그 위에 들녘 밖 굽을 튼 강물은 또한 갈 길이 막혀 철석인다. 강물은
드넓은 바다를 향해 흘러야 정상이다. 그 길을 못 가고 제자리서 철석이
니 답답한 형국이다. 시적 자아가 바라보고 살피고 관조의 대상으로 하
는 주위 환경이 오롯이 비정상이다. 병적이다. 시적 자아의 정서 또한 오
염된 환경으로 인해 병적 혼란 상태다. 그러니 대상을 향해 당당하게 고
발하지 못하고 대상이 없는 허공을 향해 고발한다.

불 밝힌 들꽃들은
무죄로만 가슴이 타

침계와 인연의 미학

돌아온 물새 울음
갈꽃으로 부서져

들녘의 투명한 달빛
물소리로 신음하고

—「한산초 · 26」 전문

불 밝힌 들꽃들은 무죄로 가슴이 타고, 돌아온 물새들은 갈꽃으로 부서지고, 들녘의 투명한 달빛은 물소리로 신음한다. 이 또한 참 딱한 시인의 심상이다. 이를 어쩌랴. 오염된 환경을 바라보다 생긴 마음의 병인 것을……

불 밝힌 들꽃은 아름다워야 하고, 돌아온 물새들은 갈꽃에서 즐겨야 하고, 들녘의 투명한 달빛은 물소리로 노래를 불러야 정상인데 그 모두가 병들어 신음을 하고 있으니 안타까울 뿐이다. 병든 고향의 들녘을 바라보는 시적 자아의 참담한 심상이다.

변두리 어둠 밖을
뱉어내는 저녁 해살

누가 산자락에
고향 하늘 내버렸나

세상을 투병한 강물
흰 거품만 터졌다

—「한산초 · 42」 전문

고향은 삶의 원초적 기억의 자리이다. 그 자리는 시적 자아가 갖는 관조의 대상에 따라 그의 시대나 정서에 따라 행복의 공간이 될 수도 있고,

불행의 공간이 될 수도 있다. 기쁨의 공간이 될 수도 있고, 슬픔의 공간이 될 수도 있다. 그래서 같은 대상을 두고도 상반된 시상이 나올 수 있고 그 당시의 기분에 따라 다르게 표출될 수도 있다. 그것은 밤하늘의 환한 보름달을 보고도 관조자의 심상에 따라 슬프게 느껴질 수도 있고 기쁘게 느껴질 수도 있는 것과 같다. 곧 보는 이의 마음의 상태에 달렸다고 볼 수 있다.

표출된 시어를 보면 저녁 햇살도 어둠을 사랑으로 비추는 것이 아니라 어둠을 향해 뱉어내는 이미지이다. 고향 하늘도 산자락에 내버려졌고, 맑게 흘러야할 강물조차 세상과 투병을 하다 거품으로 가득하다. 환경오염으로 찌든 고향의 하늘이고, 고향의 햇살이고 고향의 강물이다. 어찌 마음이 온전할 수가 있을까. 그 옛날 유소년 시절의 고향은 경제적으로는 어려운 시절이었지만 푸르른 하늘은 시리도록 맑았고, 파란 강물은 맑아 낚시라도 할 수 있었고, 노을은 서녘 하늘을 곱게 물들였다. 그런데 지금의 고향은 그 옛적의 고향이 아니다. 그 흔적조차 찾기 어렵다. 그러니 시인의 마음은 어둡고 답답하고 참담하기만 하다.

산업화와 개발에 따른 환경 문제는 그간 많이도 논란이 되었고, 지금도 찬반으로 이어지고 있다. 수많은 과거의 것은 그만두고라도 4대강 개발사업도 지금까지 문제가 제기되기도 한다. 환경과 개발, 자연보호와 산업화, 양날의 칼일지라도 어느 쪽으로 저울추가 급격히 많이 기우는가에 따라 이루어지는 것이니 개발 가운데도 최대한 환경 보호도 이루어져야 한다. 오늘 한 세대만 사는 것이 아니고 미래를 위해서 환경은 보호되고 자연은 보존되어야 한다. 이것이 시인의 마음이고 모든 독자들의 마음이리라.

3. 나오기

이상으로 신웅순 교수의 시세계 일부를 살펴보았다. 처음은 고향 의식과 회귀 의식까지 다루려고 했는데 원고 분량도 넘쳐서 여기서 마무리한다. 다루지 못한 부분은 차후 다른 논자의 몫으로 돌린다. 본 논제에서는 '역사의식'과 '환경의식'과 '내면의식' 세 파트로 나누어 살펴보았다.

'역사의식'에서는 「한산초·2」에서 유소년 시절부터 심전(心田)에서 키워 올린 시적대상에 대해 살펴보았고, 「한산초·4」에서는 슬픈 역사와 함께 '모시'라는 직조의 과정에 얽힌 인고의 세월을 열다 간 숨결 소리로 귀결시켰으며 「한산초·9」에서는 고향과 이어지는 추억 속 시적 대상에서 황산벌 → 낙화암 → 백마강으로 흐르는 백제의 슬픈 역사를 베틀 → 모시 → 아낙의 고단한 삶으로 이어갔음을 진술해보았다.

'환경의식'에서는 「한산초·30」에서 산업화의 물결을 타고 온통 어설프게 도시화되어간 고향을 바라보는 시인의 심상을 살펴보았고, 「한산초·32」에서 '천형'을 받고 '수술대'에 뉘어 있는 환경시를 쓰게 된 동기를 살펴보았으며 「한산초·33」에서는 인류의 재앙을 불러오는 산업화의 심각한 문제에 대해 살펴보았다.

'내면의식'에서는 「한산초·22」에서 환경오염으로 인해 카오스의 상황, 혼돈의 상태가 된 시적 자아의 심상, 내면의식에 대해 서술해보았고, 「한산초·25」에서 시적 자아가 바라보고 살피고 관조의 대상으로 하는 주위 환경이 오롯이 비정상화된 것에 대해 기술해보았으며 「한산초·26」에서는 이 또한 산업화로 환경이 파괴된 고향의 들녘을 바라보는 시적 자아의 참담한 심상에 대해 살펴보았다. 그리고 「한산초·42」에서 환경오염의 절정을 토해냈다. 저녁 햇살도 어둠을 향해 뱉어내고. 고향 하늘도 산자락에 내버려졌고, 맑게 흘러야 할 강물조차 세상과 투병을 하다 거품으로 가득하다. 환경오염으로 찌든 고향의 하늘이고, 고향의 햇살이고 고향의 강물이다. 어찌 마음이 온전할 수가 있을까.

그 옛날 유소년 시절의 고향은 경제적으로는 어려운 시절이었지만 푸르른 하늘은 시리도록 맑았고, 파란 강물은 맑아 낚시라도 할 수 있었고, 노을은 서녘 하늘을 곱게 물들였다. 그런데 지금의 고향은 그 옛적의 고향이 아니다. 그 흔적조차 찾기 어렵다. 고향 산천을 바라보는 시인의 마음은 어둡고 답답하고 안타깝기만 하다. 그러니 표출된 시어 또한 하나같이 어둡다.

환경과 개발, 자연보호와 산업화, 양날의 칼일지라도 어느 쪽으로 저울추가 급격히 많이 기우는가에 따라 이루어지는 것이니 개발 가운데도 최대한 환경 보호도 이루어져야 한다. 오늘 한 세대만 사는 것이 아니고 미래를 위해서 환경은 보호되고 자연은 보존되어야 한다. 이것이 시인의 마음이고 논자의 마음이고 독자의 마음이기도 하리라.

이 한 권의 시집으로도 학위논문을 논할 수 있는 자료가 풍성하다. 미처 논하지 않은 더 많은 논제는 다음 논자가 보다 풍성하게 풀어주기 바란다.

본향을 찾아가는 그리움의 날갯짓

이광녕

신웅순 교수는 전통의 시맥과 한평생을 같이하는 시인이요 교육자요 학자이다.

특히 그의 학구열은 매우 뜨거워서 그는 교육대학을 졸업하고 일반대학과 대학원을 거쳐 최종 학위까지 취득하고 초등학교와 중등을 거쳐 대학 강단까지 교육현장에서 사도의 길을 걸어왔으며, 그동안 시조학 연구에도 몰두하여 교육자로서 학자로서 그 공헌도가 매우 뛰어나며 시조단의 학술적 성과에도 남다른 큰 족적을 남기고 있다.

이러한 그의 학구열이나 교육열은 모든 문인들의 귀감이 되고 으뜸의 반열에 서 있다. 그가 그와 같이 많은 사람들의 존경을 받으며 우뚝 설 수 있는 것은 그의 인생철학이나 삶의 철학이 남달리 탐구적이고 목표 지향적이어서 끊임없이 자기 계발을 하고, 창작을 하고, 시조학을 연구하여 모든 문인들의 표본이 되는 족적을 남기기 때문이다. 일찍이 필자와도 『시조예술』 저술이나 학문적 교유를 계속해왔고, 또 그의 학술서적도 많이 참고한 바 있으니 그의 학문적 예술적 역량을 가히 짐작할 수 있다.

이제 신 교수 사도의 길에 정년을 맞이하여, 그가 걸어온 인생과 함께 작품 세계를 살펴보는 것은, 작가로서의 품성이나 학자로서의 본보기를 전수시켜주는 일이 되겠기에 대단히 의미 있는 일이라 생각된다.

다음에 본향을 찾아가는 향수 어린 시조집 『나의 살던 고향은』과 내면

욕구와 사색의 면모가 잘 드러난 사랑시조집『누군가를 사랑하면 일생
섬이 된다』를 중심으로 그의 작품 세계를 살펴보도록 한다.

1. 『나의 살던 고향은』

1) 한산(韓山)의 하늘과 귀소(歸巢) 의식

신웅순 교수는『관서악부(關西樂府)』의 저자인 석북 신광수(申光洙,
1712~1775) 선생의 후예로서 그의 고향은 충남 서천이다. 서천은 한산
모시의 고장으로서, 거기에는 석북 선생의 시조유래비(2014년 건립)가
세워져 있고, 목은(牧隱) 이색(李穡) 선생을 배향한 문헌서원(文獻書院)이
있으며, 이육사와 활동을 같이 한 신석초(申石艸) 시인의 생가터가 있는
문향(文香)의 명소이다. 그러한 입지적인 조건과 선조들의 정기를 이어받
은 신 교수가 오늘날 그토록 학자요 교육자요 시인으로서 명성을 떨치는
것은 그의 부단한 노력의 결과이기도 하겠지만, 어쩌면 그의 조상이나
선현들의 영향을 받는지도 모른다.

서천은 석북 신광수의 고령 신씨 집안과 목은 이색의 한산 이씨 집안
이 뿌리를 내린 곳이다. 그러기에 신 교수는 남달리 추억 어린 고향 마을
에 대한 애향심이 강했고, 그의 초기 시조집도『나의 살던 고향은』이라고
명명하여 그 애향심을 진솔하게 나타내었다.

> A
> 한산의 하늘에는 눈물이 섞여 있어
> 바람 불면 독한 농약 들녘에다 뿌려놓고
> 밤 내내 강물은 흘러 하구둑서 신음한다
>
> ―「한산초 · 48」 전문

B

오늘 따라 유난히도 깊이 우는 귀뚜라미
타향 하늘 비친 눈물 부슬비는 뿌리는가
감나무 떨친 잎 하나 앙가슴을 긋는다

— 「한산초 · 15」 전문

C

바람 불면 쓰린 속을 잡풀로만 달래는데
강물은 콜록이며 들녘으로 수혈하고
웃자라 흔들리는 갈 달빛으로 울고 있다

— 「한산초 · 31」 전문

  (인용된 예시문들의 원문은 다양한 행갈이를 취하여 시상 전개의 의미를 부각시켰으나, 여기 선 지면을 고려하여 편의상 시조 한 수를 3행으로 배열하였음을 밝혀둔다.)

  윗글에는 작가의 고향 마을에 대한 애향심이 곡진한 감성적 표현으로 도드라져 있다. 향리의 숨소리를 그대로 듣고 삶의 애환도 그대로 비쳐 주고 있기에 '한산의 하늘'이라 명명된 고향 마을……. 험난한 역사의 바람결을 타고 신음하는 고향 마을이 지금은 처연한 모습으로 눈물 어린 시상으로 전개되어 있다.

  애정(愛情)과 애련(哀憐)은 진정한 사랑의 큰 물줄기 안에 있다. 그것은 측은지심(惻隱之心)에서 우러나오며 어진 마음(仁)이 그 샘이고 종종 눈물을 동반한다.

  고향 마을에 대한 애착심은 글 A에서는 신음하는 슬픈 강물로, 글 B에서는 "유난히도 깊이 우는 귀뚜라미"로, 글 C에서는 "달빛으로 울고 있는, 웃자라 흔들리는 갈(갈대)"로 비유되었다. 너무나 고향 마을에 대한 애착심이 도드라져서 오히려 눈물로 슬픔으로 애틋한 모습으로 다가오

경제와 인연의 미학

는 고향 산천, 작가는 그러한 시심을 고도의 비유 기법과 감정이입 수법
으로 곡진하게 표출해내면서 한껏 문학적 가치를 높여주고, 귀소 본능과
인간성 회복의 길까지 은연중에 제시해주고 있다.

2) 향수(鄉愁)와 애수(哀愁)의 사이에서

고향은 누구든지 갖고 있는 것은 아니다. 태어난 장소는 누구든지 있
지만, 그곳의 추억을 그리워하고 평생 애착심을 갖고 있는 건 소수에 불
과하다. 그러기에 애향심이 강한 사람이 고향 상실의 현실을 바라보고
있을 때에는 더욱 가슴이 저리고 아픈 것이다.

조상의 숨결이 고스란히 남아 있는 고향 마을에 세월은 때론 무자비하
게도 칼을 휘두르거나 불도저를 들이대기도 한다. 이럴 때 상처 받은 고
향 마을 앞에 선 애향 시인의 마음은 그 허전함이 천 갈래 만 갈래다. 고
향과 자연과 풍류는 늘 동행하는 것인데, 갈가리 찢겨진 '풍월주인'이라
는 시혼이 그저 무색하기만 할 뿐이다.

    A
    문풍지 빈 바람은 모시단에 새어들고
    싸락눈은 어김없이 마루 끝에 쌓이는가
    차라리 마른 입술은 백의 혼을 쪼갠다

—「한산초 · 9」 전문

    B
    허리 다친 푸른 산맥 붕대 굵게 감은 도로
    시대마다 굽이치며 산하 붉게 물이 들고
    무더기 들꽃으로 핀 혼불 밝힌 아파트

—「한산초 · 30」 전문

C
세상 뿌연 물이 들면 무서리는 내리는데
탁류로 건너와선 들녘에다 피를 쏟고
바람을 타고 온 들꽃 새하얗게 울고 있다

— 「한산초·50」 전문

글 A는 모시단과 문풍지와 싸락눈의 추억을 떠올리며 그 향수심의 아쉬움을 달래볼 길 없는 자신을 처지를 안타까워하고 있다. 지금도 싸락눈은 어김없이 마루 끝에 쌓일 듯한데, 비록 메마른 시혼이지만 그 전통의 혼불 속에 들어가보고 싶다는 가녀린 감성이 전편에 흐른다.

글 B와 C에 담겨진 시심은 고향 상실감에서 느끼는 회의와 비애, 그리고 소박하고 순수한 삶의 의지가 드러나 있다. 글 B에서는 허리 다친 푸른 산맥, 붕대 감은 도로, 붉게 물든 산하가 슬픈 모습으로 다가오지만, 그래도 아파트 숲에서는 혼불 밝힌 민초들이 들꽃처럼 피어 있다. 그리고 글 C에서는 탁한 세상의 오욕(汚辱)이 고향 마을을 탁류로 흐려놓고 피를 토하게 하였지만, 바람 타고 온 소박한 민초들의 영혼은 비록 슬프지만 순수하고 고결한 모습으로 비쳐지고 있다고 하였다.

작가 신 교수가 보기에 고향 마을의 모습은 세월의 풍파에 꺾이고 시달려 중병을 앓고 있지만, 거기에 들꽃처럼 피어 있는 민초들의 모습은 매우 소박하고 순수하며 소망의 불빛이라 하면서 스스로를 위안해보고 있다.

이러한 글들을 읽으면 고향의 황폐함을 탄식하며 지은 시, 석북 선생의 「관산융마(關山戎馬)」가 얼핏 떠오른다. 도죽 지팡이 짚고 남은 인생 백구를 쫓아 안식하려는(桃竹殘年隨白鷗) 작가의 모습을 연상해본다.

3) 백제의 숨결과 부활의 꿈

신 교수의 고향 서천은 부여와 이웃하고 있다. 부여를 지나는 금강은 백마강으로 불리는데, 금강 유역은 백제 문화권의 중심지로서 유유히 서천 땅을 거쳐 바다로 이어진다. 백제와 백마강, 그리고 낙화암, 한산모시, 신 교수의 고향은 골골이 백제의 한이 그 함성과 함께 서리어 있다. 걸출한 문인들과 백제의 숨결이 살아 있는 그러한 풍토에서 자라온 신 교수는 그 아쉬움과 애정이 남다를 수밖에 없을 것이다. 그래서 고향을 찾는 그의 목소리는 늘 가슴 저리고 애틋하고 애련하다.

A
철새 떼 잦은 울음 백제 하늘 찾아가고
달빛 젖은 미루나무 낯선 밤길을 떠나
고향은 간이역 불빛 철길에서 졸고 있다

—「한산초 · 49」 전문

B
노을에서 갈라지네 낙화암의 단소 소리
강물로 듣는 가슴 철쭉으로 풀어내고
풀 먹여 결 고운 티끌 줄 고르는 숨결 마디

—「한산초 · 4」 전문

C
풍경 소리 어둠 밖을 등잔불 이어가고
한 올 한 올 숨을 뽑아 무릎에 감는 슬기
온밤을 잉아에 걸고 백마강물 짜아가네

—「한산초 · 5」 전문

D
앉으면 베실 새로 들려오는 함성 소리
한밤이 깊을수록 탄금은 울리는데
날줄은 죽음을 깨워 철컥철컥 이어간다

—「한산초 · 9」 전문

작가가 이 글의 제목들을 일률적으로 '한산초(韓山抄)'라고 한 것은, 작품별로 한눈에 차별 성향을 드러내지 못할 수도 있다는 생각도 들 수 있으나, 오직 향리인 한산에 대한 애향심만을 폭포수 쏟아지듯 거침없이 표출해내고 있다는 점에서는 크게 이해가 간다. '수구초심(首丘初心)'이라 하였듯이, 작가는 오직 고향을 그리워하고 사랑하는 애향심이 남달리 지극하다.

작가의 마음속에는 지금도 고향 마을은 백제의 하늘이다. 천년의 숨결은 끊이지 않고 지금도 흐르고 있으니 고향을 바라보는 그의 마음은 낙화암, 백마강, 그리고 한산의 베틀 속에서 지난날의 함성까지 듣고 있는 것이다. 글 A에서는 세월의 무상함 속에 혼재하는 자아를 철새에 비유하고, 거친 세월에 지쳐 간이역 불빛같이 졸고 있는 고향 마을을 애처로운 눈으로 바라보고 있다. 글 B, C, D에서는 낙화암의 단소 소리와 한산모시의 한 올 한 올을 짜내고 엮어서 지금도 백마강의 역사를 이어가고 있다는 시상을 비유적 기법으로 전개하고 있다.

찬란했던 백제의 문화와 넋을 끊어진 것으로 보지 않고 살아 있는 영혼, 이어지는 강물로 인식하는 신 교수의 시혼이 신선하고 은혜롭기만 하다. 그것은 부활이며 재생이며 생명의 의지이다. 그래서 고향을 찾는 그의 발길과 목소리는 여린 듯 애련하지만, 그 내면적인 시혼은 긍정적이고 생명력이 있다.

2. 『누군가를 사랑하면 일생 섬이 된다』

1) 사랑, 그 그리움의 실체

신 교수는 50편의 시조가 실려 있는 시조집『누군가를 사랑하면 일생 섬이 된다』를 내면서 '시인의 말'을 통해 그것은 '사랑하는 사람들에게 못 부친 엽서 한 장 한 장'이라고 하였다.

작가는 왜 '사랑하는 사람'이 아니고 '사랑하는 사람들'이라고 복수형으로 제시하였을까? 사랑이 복수형으로 분산될 때 사랑의 농도는 떨어지는데 말이다. 이러한 의문에 대한 답은 '시인의 말'의 말미에 '사랑하는 연인에게 이 글을 바친다'라는 말로 미루어 짐작할 수 있다. 그것이 플라토닉이든 에로스이든 사랑의 진실은 대상이 '두루'보다는 '오직'이라는 단서가 붙을 때 더욱 도드라진다.

많은 작가들이 사랑시를 내놓고 있지만, 사랑시는 눈물과 고난과 진실이 농축된 사랑 체험에서 우러나와야 독자들의 공감대를 얻고 감동을 산다. 신 교수의「내 사랑은」은 눈물로 쓴 고백서이다. 편편마다 애틋하고 절실하고 진솔하여 독자로 하여금 감동의 경지에 이르게 한다. 그것은 사랑하는 이에게 바치는 편지요, 호소문이다. 후학을 키우는 교육 현장에, 학문 연구에 쫓기는 신 교수가 어찌 이런 구구절절 눈물 어린 감동적인 사랑시만을 연속적 장편으로 읊어낼 수 있단 말인가? 그의 필력과 감성에 새삼 놀라면서 신 교수의 시적 역량과 인간미에 그저 찬사를 보낼 뿐이다.

> A
> 당신은 나에게 첫 기도 첫 눈물
> 빈 잔엔 낱말들이 잠 못 자고 있는데
> 달빛이 다녀간 밤엔 영혼마저 앓는구나
>
> ―「내 사랑은 · 28」 전문

B

얼마를 감겨가야 얼마쯤이 풀리는가
우주에서 미움 되어 놓쳐버린 철새울음
어딘지 지금도 몰라 가슴에선 달이 뜨고

— 「내 사랑은 · 6」 전문

C

강가에 혼자 왔다간 달빛인지 몰라
누구의 울음 남겨둔 등불인지 몰라
늦가을 그대 기슭에서 한 잔하는 이 가을비

— 「내 사랑은 · 19」 전문

사랑의 실체는 무엇이며 당신이란 존재는 무엇인가? 작가는 이러한 명제에 대하여 머리가 아닌 가슴으로 선명히 말하고 있다. 당신이란 존재는 글 A에서처럼 "첫 기도"요 "첫 눈물"이란다. 사랑 중에 '첫 사랑'이 더욱 애련하고 진술하듯이, '첫'이라고 강조된 시어에 '기도'와 '눈물'이 따라왔으니 이보다 더 곡진한 사랑이 어디 있겠는가? 그러기에 화자는 달빛처럼 왔다간 당신 생각에 잠 못 이루고 가슴앓이를 계속하는 것이다.

신 교수에게 있어 '달'은 소망의 빛이요, 사랑하는 이의 상징물로 늘 떠 있다. 윗글 A, B, C에서도 전편에 걸쳐 '달(또는 달빛)'이 등장한다. 글 B에서는 우주의 미아처럼 홀로 소외된 자아, "철새울음"에 비유된 화자의 비애가 달빛에 소망을 걸었고, 글 C에서도 사랑의 실체를 소망의 달빛과 등불로 보면서 쓸쓸한 가을비 속에 스스로를 위안하고 있다.

달과 시인은 늘 위안받는 벗으로 따라다닌다. 그러기에 벗 붕 자(字)도 달이 두 개인 '朋'이다. 이백(李白)의 벗이 달이요 그들이 하나이듯이, 대문장가 석북 선생의 후예요, 시조시인이며 석학인 신 교수의 문장들 속에 '달'이 자주 등장하는 것도 어쩌면 당연한 일인지도 모른다. 그의 사랑

철제와 인연의 미학

은 달에 기대어 있고 그래서 그는 풍월주인(風月主人)으로서의 면모를 한 껏 발휘하고 있는 것이다.

2) 파도치는 그리움, 그리고 외딴섬

사랑은 늘 그리움과 외로움을 동반한다. 신 교수의 사랑은 '술이부작 (述而不作)'의 경지와 맞먹는다. 억지로 꾸미지 않더라도 그냥 내심에서 우러나오는 그 감성이 그대로 시가 되고 고백서가 된다. 그래서 그의 사 랑시는 머리가 아닌 가슴으로 쓴 편지이며 구구절절 진솔한 핏빛 사랑을 토해낸다.

A
기어이 불혹 끝에서 파도가 이는구나
한 마디 말도 못하고 파도가 이는구나
그게 다 망초꽃인 줄 아는 이 하나 없구나
― 「내 사랑은 · 41」 전문

B
함박눈 때문에 인생은 굽을 틀고
늘 거기 섬이 있어 사랑은 출렁이나
울음이 섞인 내 나이 해당화로 터지고
― 「내 사랑은 · 1」 전문

C
풀벌레 울음 섞인 한 세상 앓고 난 후
그렇게도 퍼붓다가 함박눈은 떠났는데
술잔엔 저 하늘 말고 멀리 섬도 떠 있다
― 「내 사랑은 · 3」 전문

D
누군가를 사랑하면 일생 섬이 된다.
유난히 파도가 많고 유난히 바람이 많은 섬
그래서 가슴에는 평생 등불이 걸려 있다

—「내 사랑은 · 47」 전문

청마(靑馬) 유치환은 그의 「그리움」이란 시에서 "파도야 어쩌란 말이냐, 파도야 어쩌란 말이냐"라고 울부짖었다. 밀려오는 그리움의 실체를 주체하지 못해서 차라리 직설적 화법으로 토해버린 것이다. 윗글 A에서도 '파도'는 무엇을 상징하는 것일까? 아마도 사랑 사이에 느닷없이 끼어들어 사랑을 방해하는 엄청난 시련을 의미할지도 모른다.

순수한 사랑이라 할지라도 그것에는 늘 고난과 슬픔과 주변의 따가운 눈총이 끼어든다. 그러한 파도가 겹겹으로 공격해 오기에 사랑은 더욱 애절하고 눈물겹다.

글 B, C, D에서는 고독한 자아의 모습을 외로운 '섬'에다 비유하고 그 섬이 견디어내야 하는 사랑의 슬픔을 비유적 기법으로 형상화시켜놓았다. 글 B에서는 외로운 자아의 모습을 그 외로운 섬에서 피어나는 해당화로 비유하기도 하였다. 그리고 글 C에서는 얼마나 외롭고 그리워했기에 술잔에 떠 있는 섬이 되었다는 것인가? 고독한 술잔 속에 떠 있는 외로운 섬은 아마도 시련을 겪은 화자의 자화상이요 실존 의식의 그림자일 것이다.

글 D에서는 이 시집의 발문이 드러나 있다. "누군가를 사랑하면 일생 섬이 된다"는 진실이다. '섬'이란 망망한 바다 가운데 외롭게 떠 있는 존재이기에 거기에는 유난히 파도도 많고 바람도 많다. 그리고 그것은 늘 외로운 모습으로 기다리고 있는 존재이기에 가슴에는 평생 등대 같은 등불이 걸려 있다.

3) 외로움과 실존 의식, 그리고 자리 찾기

세인들은 흔히 사랑은 '눈물의 씨앗'이라고 한다. 눈물의 속성이 자비요 측은지심이기 때문에 그 말은 뜻하는 바가 자못 깊다. 필자는 신 교수의 사랑 작품을 살펴보면서 학자로서 이론가로서의 신 교수보다는 인간미 넘치는 신 교수를 발견할 수 있었다.

그의 사랑 철학 그리고 외로움으로부터 우러나온 실존 의식은 참으로 진솔하고 인간적이며 정감이 앞선다.

> A
> 비를 두고 왔지 바람을 두고 왔지
> 세월은 강가 저쪽에 혼자 있었고
> 봄비가 그친 저쪽엔 내 설움이 있었지
>
> ―「내 사랑은 · 24」 전문

> B
> 눈 멀고 귀가 멀면 해 뜨고 달 뜨는가
> 그리움도 물빛 섞여 생각까지 적시는데
> 오늘은 영혼 끝자락 가을볕에 타고 있다
>
> ―「내 사랑은 · 25」 전문

> C
> 그리움의 기슭은 너무나도 차갑다
> 졸지 않으려고 얼지 않으려고
> 물 가득 연못에 담고 밤마다 철석거린다
>
> ―「내 사랑은 · 14」 전문

신 교수의 사랑 노래는 바람과 눈물이 강물처럼 이어지고 있다. 그는 바람의 실체를 "바람은 부는 게 아니라 몹시 그리워하는 것이다"(「내 사랑은 · 36」)라고 하였다. 글 A에서 "비를 두고 왔지 바람을 두고 왔지"라는 말은 눈물과 바람으로 쟁여진 추억 속의 잔상을 말하리라. 글 B에서는 사랑에 눈먼 자아의 영적 실체를 가을볕에 타고 있는 존재로 형상화시키면서 자신의 존재적 위치를 확인하고 있다

윗글에서 신 교수의 부활과 생명 의지가 두드러지게 잘 나타난 것은 글 C이다. "그리움의 기슭"은 너무나 차갑기에 "졸지 않으려고 얼지 않으려고" 물을 가득 연못에 담고 "밤마다 철석거린다"는 것이다. 연못의 물은 철석거리지 않으면 얼어버린다. 얼음은 곧 경직이요 죽음의 길이다. 나무가 흔들리지 않으면 수분을 잘 빨아올리지 못하듯이, 그리움도 바람을 타고 흔들거리며 철석거려야 실하게 익어간다는 시적 표현이 매우 참신하고 공감이 간다.

이러한 시적 표현은 신 교수의 내면적 사유의 세계가 무한하며, 아울러 그의 작품 세계도 진부한 관념적 표현에서 벗어나 고도로 형상화된 작가적 기풍을 드러내준 결과라고 보아야 할 것이다.

바람에 날아갈 것 같아 이 편지들을 부친다는 신 교수의 작가적 태도에 공감이 간다. 그의 고향 노래는 원점 회귀를 위한 날갯짓이며, 그의 사랑노래는 외로움에서 벗어나 안온한 사랑의 안식처를 찾아가려는 몸부림이다.

정년을 맞아 부활의 의지를 품고 작가로서, 학자로서 새로운 지평을 열어가는 신 교수의 앞날에 하늘의 크신 은총과 축복 있기를 기원한다.

개인과 전통의 맥락, 그리고 향수

채수영

1. 시조를 위한 몫—특성을 위해

한 민족에게는 그 민족의 삶에 상응하는 표현의 일정성이 정서로 수용되어 문학의 특성을 만들게 된다. 즉 민족의 특성은 곧 문학의 특성으로 연결되고 또 미래를 가늠하는 기준 자로 나타나기 때문에 민족의 삶에 대한 몫과 얼굴은 결코 분리되어 나타나지 않게 된다. 이런 현상은 비록 도식적인 이름으로 연결되지 않을지라도 장구한 생명력의 문학은 민족의 이름에 포괄되는 운명을 예외로 하지 않는다.

시조를 말한다는 것은 우리 민족의 애환을 말하는 방향으로 자리 잡게 된다. 다시 말해서 시조는 700여 년의 장구한 민족사의 정서를 함축했고 또 민족의 삶에 들어 있는 영광의 성쇠의 흔적들이 배어 있기 때문에 전통적인 삶이 응축되어 표현의 절차를 수행한다. 한국 문학사에서 다양한 문학의 형태가 부침했지만 시조만은 유독 지구력을 발휘하는 원인이 우리들의 감수성과 표현의 그릇에 합당하다는 증거를 제공하게 된다.

3장 6구 12음보라는 적당한 표현미의 호흡과 문학적인 긴장의 유지는 맥락을 함께하면서 우리적인 정서를 내포하는 길이에서도 민족의 정서와 상통하게 된다.

신웅순의 시조는 한국 시조의 전형을 바라보는 느낌을 준다. 정갈한 언어의 깔끔성과 세련된 함축미, 그리고 시가 갖는 탄력적인 특성은 곧 시인의 시적 재능으로 귀환하는 점이 될 것이다.

　단시조 50수로 구성된 「한산초」-한산모시는 우리 민족의 깔끔한 성정 (性情)을 나타내는-모시옷의 아름다움을 나타내는 지명이자 민족의 고 고성과 연결되는 점에서 이중적인 의미를 내포하고 있다. 이런 표현의 기교는 시가 갖는 다양성의 특성을 함축하고 있을 뿐만 아니라 시인의 정신적인 함축성을 표현하는 뜻도 될 것이다.

　신웅순의 시조-시에서 느끼는 최조의 발성은 간결성으로 정형화되었 다는 점과 함축성에서 오는 긴박성이 시조의 맛을 배가하고 있다는 점이 다.

> 허리 다친 푸른산맥
> 붕대 굵게 감는 도로
>
> ──「한산초 · 30」 부분

　시어(詩語)의 재치는 시의 맥을 살아나게 하는 동력을 제공한다. 가령 "허리 다친 푸른 산맥"이란 뉘앙스는 황폐화된 산하를 고발하는 뜻이지 만, 질축거리지 않고 시적인 간결성을 유지하면서 시에 생동감을 배가한 다. 서구적 과학 위주의 편린을 앞세우는-고속도로를 만들기 위해 산맥 을 잘라내는 현상, 생태계의 파괴와 기후의 이상 현상을 초래하는 발상 을 고발하는 뜻-"허리 다친"의 묘미를 표현미로 내세우는 데서 신웅순 의 시어는 교과서적인 특성으로 이어진다.

2. 의미의 숲을 향해

1) 백제라는 이름의 전설

우리 민족사를 검토하다 보면 굴곡의 역사를 바르게 펴야 하는 일들이 산재하고 있다. 다시 말해서 이미 지났다는 것 때문에 평가의 기준이 후하거나 아예 무시되는 경우가 허다하다는 점이다. 가령 신라가 삼국을 통일했다는 경우를 예로 하면 그 가치의 전도 현상은 매우 심각할 수밖에 없다.

고구려와 백제, 그리고 신라는 우리의 조상들이 각기 나라를 세웠고, 또 서로가 영토를 확장하기 위해 다툼을 벌였을지라도 줄기는 하나의 조상을 둔 민족이라는 점에 예외가 아닐 것이다. 가령 부모를 함께한 형제가 서로 경쟁을 한다 하더라도 거기에는 서로가 잘 되기 위한 경쟁의 원리가 설정되어야 한다는 것은 명백한 가치의 문제일 것이다. 그러나 이런 경쟁의 원리를 파괴하고 형제와 골육상쟁의, 유린하는 방도로 목표를 달성했다면 그 비난은 당연한 일이 되어야 할 것이다.

주지하는 바, 신라는 삼국 중에서 가장 작은 영토의 국가였고, 이를 확장하기 위해서 명백하게 당나라를 끌어들여 고구려와 백제를 무너뜨리고ㅡ열흘 동안 백제인들을 나당 연합군이 도륙했다는 사실, 한민족으로의 비극적인 현상이었고 민족사에 비극과 배반을 동시에 갖게 된 것이 신라의 통일이라는 뜻이다. 또 신라의 영토 확장의 오도된 목표가 만주벌판을 영영 잃어버리는 결과를 남겼기 때문에 기존의 평가는 수정되어야 하고 김춘추나 김유신의 평가 또한 신라의 기준으로서가 아니라 민족의 기준에서 설정되어야 할 것이다.

백제인의 비극은 곧 민족의 또 다른 비극을 잉태했고ㅡ이들이 뿔뿔이 일본으로 도망ㅡ일본의 지배족이 되었다는 것은 민족사에서 볼 때는 처참한 참극이 아닐 수 없다.

신웅순은 백제의 멸망에 대해 비극적인 인식을 앞세우면서 의식의 중심을 설정하고 있다. 인용으로 정신의 맥을 찾아본다.

> 베틀 위에 실려오는
> 황산벌의 닭울음
>
> 결결이 맺힌 숨결
> 가슴속에 분신 되어
>
> 지금도 옷고름 풀면
> 날아가는 귀촉도
>
> ─「한산초·2」 전문

신웅순은 한산모시에서 민족의 애환─백제인의 비극적인 숨결을 발견하는 에스프리와 시적인 상징성을 동시에 구축하는 양면성을 담으려 한다. 이는 시에서 가장 핵심적인 요소를 이루는 부분으로 여타의 글과 구별되는바, 시의 맛을 부추기는 작용을 한다.

신 시인은 한산모시를 만드는 베틀로부터 아득하게 들려오는 백제인들의 소리를 베틀의 의성음과 연결시키면서 유장한 역사의 음성을 현실의 전면으로 부각시키는 기법을 구사한다. 이런 절차는 슬픈 싸움인 '황산벌'의 함성이 결코 사라지는 소리가 아니라 영원하게 들려오는 것이라는 백제의 한스런 뉘앙스를 자극하고 있다. "결결이 맺힌 숨결"의 베틀에 엉켜진 소리와 백제인의 비참한 소리가 혼합하여, 이중적인 암시를 나타내면서 현실인 "지금도"를 연결하면서 귀촉도의 애절한 소리가 현대인의 면전으로 이어진다.

T.S. 엘리엇이 그의 짧막한 논문「개인적인 전통과 재능」에서 전통과

연결된 문학의 문제를 거론했다면 공자 또한 '我非生而知之者 好古이而求古者也'라는 말로 박학다식한 소리를 잠재우는 뜻이 전통의 중요성을 강조하였다.

전통이란 낡은 개념이 아니라 현실을 새롭게 한다는 점에서 오늘을 풍윤하게 살찌우는 역할을 한다. 다시 말해서 전통은 하루아침에 형성된 것이 아니며, 시간의 연면성을 떠나서는 오늘이라는 시간은 있을 수 없고, 또 미래의 문을 열 수 없게 된다. 이 점에서 전통은 단순한 과거의 개념이 아니라 오늘에 이어지고 또 내일을 알게 하는 개념으로서의 작용을 할 수 있게 된다. 여기에 전통의 소중함은 문학의 입지라 해서 예외가 아니라는 뜻이 성립된다.

시조가 아마도 가장 한국적으로 민족의 숨결을 담고 있는 보고라는 데이의가 없을 것이다.

> 절절이 젖어오는
> 주류성의 통소 소리
>
> 모시옷에 표백되어
> 금강물은 굽이치고
>
> 전설을 찾아 백학이
> 남은 한을 쫓는다
>
> ―「한산초 · 1」 전문

모시는 신선의 옷인지 모른다. 흰색의 순결성과 고급성, 그리고 시원한 통기성으로 하여 가장 고급한 이름을 헌사하게 된다. 백제 땅 한산을 고향으로 둔 시인의 경우―백제인의 피를 추적하는 데서 오는 역사의 아픔을 시의 의미로 채택하고 있다는 점에서 모시는 곧 민족의 개념으로 이어진다.

모시의 흰빛은 민족의 애환을 뜻한다. 자주색은 천자지색(天子之色)이
고 백색은 순결과 충성을 끝없이 강요한 이름 없는 백성에게 입혔던 색
채였다. 백의민족이라는 말은 무명의 백성을 나타나는 색채로 참담한 역
사의 땀이 절어진 색채의 비유적인 표현이었다.

"모시옷에 표백되어"와 슬픈 전설을 찾아 "백학"의 흰빛이 민족의 얼굴
에 닿고(백제인), 이런 주체가 주류성에 슬픈 한(恨)을 소리로 재현하는
퉁소 소리에 담겨지고, 흰 모시옷이 "금강물"에 흘러 굽이치는 형상으로
그림을 그린다. 결국 퉁소 소리의 전통적인 뉘앙스와 굽이치는 유장한
금강물과 백학이 "남은 한"을 쫓아가는 흐름의 이미지에서 백제인들의
한이 자연과 어울려 진행형을 이루고 있다. 신웅순의 시는 정지태이기보
다는 유동적인 형상으로 이미지를 직조해 나아간다는 점에서 시적 분위
기의 생동감을 자극한다.

결국 백제의 한은 비단 백제의 한이 아니라 민족의 한이라는 점에서,
신 시인의 시는 단순한 언어의 조립을 넘어 민족의 정기를 어떻게 세울
수 있을 것인가의 화두를 던지는 점에서 음미를 요하는 시가 된다. 아울
러 한번 잘못 잡혀진 길을 바로잡는다는 것이 얼마나 지난(至難)한 일인
가의 문제를 숙고하게 한다.

2) 재생의 마음

가버린 것은 다시 돌아올 수 없지만 변형의 몸짓으로 변화시킬 수는
있다. 이런 조건은 역사의 줄기를 바로잡는 데서 개념의 변화를 뜻한다.
이런 조건은 장구한 시간의 늪으로 비록 묻혔다 하더라도 이성의 힘으로
정정할 수 있을 때, 현재를 살아가고 있는 인간의 임무가 된다면 백제의
한은 곧 민족의 한을 교정하는 의미에서 중요한 문제가 된다.

노을에서 갈라지네
낙화암의 단소 소리

강물로 듣는 가슴
철쭉으로 풀어내고

풀먹여 결 고운 티끌
줄 고르는 숨결 마디

—「한산초 · 4」 전문

　재생은 끊어졌던 의미가 아니라 묻어 있던 의미가 다시 이어지는 것이고, 이는 시간의 연속성을 인정하는 인간의 개념으로 인식되어야 한다. 왜냐하면 인간에게만 시간이란 개념이 있고 우주 자연에는 시간이란 의미가 없기 때문이다. 천 년 뒤에 신라를 지우고 백제라는 이름을 붙였다 해서 우주의 질서에는 하등의 변화가 없지만, 인간의 개념에는 중대한 변화가 마련되기에 역사를 바르게 교정한다는 것은 인간의 귀중한 목표가 되어야 한다. 여기서 신 시인의 시조는 재생의 소리를 암중모색하는 느낌을 준다.

　낙화암에 단소 소리가 강물에 젖어 흐르고, 이런 소리와 흐름의 연속성은 이내 철쭉으로 풀어내는 꽃의 이미지를 내세움으로써 화려한 재생의 뜻을 부가한다. 이런 환생의 손길이 "줄 고르는 숨결 마디"로 다시 살아나는 환희를 모시에서 접하게 된다는 점이다. 이런 시들의 흔적은 다음의 시에서 쉽게 접할 수 있다.

앉으면 베실 새로
들려오는 함성 소리

한밤이 깊을수록
탄금은 울리는데

날줄은 죽음을 깨워
철컥철컥 이어간다

—「한산초 · 9」 전문

　백제인의 함성 소리가 모시의 베실에 엉켜들고, 씨줄과 날줄이 엉겨서 옷이라는 궁극의 지점을 향하는 절차를 갖지만 실은 "철컥철컥 이어간다"라는 데서 백제인의 함성이 다시 소생하는 의미로 남게 된다. 이는 함성 소리가 날줄(백제인)과 씨줄로 엉겨서 함성 소리로(모시옷) 진전되면서 살아나는 암시를 상징화한다.

끊어질 듯 새벽 햇살
꾸리에 감겨지고

비치는 푸른 살결
숨어서 뛰는 정맥

올올이 피륙은 짜여
영겁으로 펼쳐지네

—「한산초 · 10」 전문

　「한산초 · 9」가 재생, 혹은 소생의 이미지를 남겼다면, 「한산초 · 10」은 영원성을 상징하고 있다는 점에서 신 시인이 노리는 백제의 전설은 단절이 아닌 계기성으로 진전한다. 즉 "끊어질 듯"이라는 연면성이 실꾸리에 감겨진다는 점에서 "살결" 혹은 "정맥"의 인간의 개념이 도입되고－생명의 의미가 "영겁으로 펼쳐지네"라는 영원성을 남기게 된다.

한산모시는 곧 백제인의 환생을 부추기는 뜻을 남기고, 비록 백제라는 이름으로 지상에서 없어졌지만 모시에 올올이 박혀 백제인의 다감성과 예술적 취향을 재현하는 상징으로 현실에 손짓을 보내는 셈이다.

3) 고향 풍경

고향이란 말은 어머니라는 말과 가장 친근하게 어울리는 암시를 나타낸다. 또한 다시 돌아가야 할 영원성의 이미지를 만들면서 귀소 본능의 애틋한 정서를 발산한다. 모든 인간이 고향에 대한 집념을 갖는 이유가 돌아가야 할 마지막 거점으로의 친밀감을 나타내기 위한 본능적인 행위를 뜻하게 된다. 신웅순의 시는 고향 노래로 개인적인 자화상의 투영과 민족의 삶을 오버랩하여 시화(詩化)의 길을 만들고 있다.

> 그리우면 보름달 떠
> 징이 되어 되울리나
>
> 그렇게도 울먹이다
> 적막으로 깔린 어둠
>
> 갈꽃은 서천을 밝혀
> 쓰러져서 타고 있다
>
> ── 「한산초 · 28」 전문

신웅순이 그리는 고향은 이제 도시화의 물살이 훑고 지나가는 드라이한 풍경화가 연상된다. 낭만적인 아련함을 자아내는 고향은 이미 꿈속에만 남아 있는 허무적인 긴 그림자의 쓸쓸함만 남기고 있다. 아울러 비극적인 인식을 앞세우는 형상으로 "쓰러져서 타고 있다"라는 아픔에 젖은 풍경화가 전재된다. 이런 현상은 비단 신 시인의 고향만이 아니라 산업화의 물살에 이미 침몰당한 고향의 풍경이 되었다. 여기서 그리움의 농도는 더욱 깊어지고 또 돌아가고 싶은 열망은 더욱 기승을 부리게 된다.

> 바람 불면 쓰린 속을
> 잡풀로만 달래는데
>
> 강물은 콜록이며
> 들녘으로 수혈하고
>
> 웃자라 흔들리는 갈
> 달빛으로 울고 있다
>
> ─「한산초·31」 전문

　문명은 인간을 편리하게 할 수 있지만 행복을 주지는 못한다. 이런 과학 문화 속에서 인간은 더욱 비정함을 키우게 되고 자연 파괴의 속도전을 벌이게 된다. 결국 편리가 인간의 삶을 더욱 황폐화시키는 원인이 된다는 점에서 문명의 발전은 다시 부메랑의 비극으로 돌아오는 것이 과학이고 산업화라는 미명인 셈이다. 여기서 자연으로의 귀환은 곧 원시적인 상태가 아니라 자연을 더욱 소중한 이름으로 친근미를 새겨야 할 명제인 셈이다. "강물이 콜록이며"라거나 갈대가 달빛으로 슬피 울고 있는 오염된 산하를 염려하는 시인의 마음은 곧 고향의 상실감과 연결되는 아픔의 토로인 셈이다.

> 무슨 한이 있었길래
> 산자락을 싹뚝 잘라

천형의 헤진 하늘
기중기로 들어 올려

간음을 당한 한 시대
수술대에 뉘어 놓나

—「한산초 · 32」 전문

공기는 썩었고 산천은 생기를 잃었다면 인간이 살기에 부적당한 현상을 고발해야 한다. 합리라는 이름으로 산의 허리를 잘라내고 편리라는 미명으로 물의 흐름을 방해할 때, 자연은 공기의 변화, 혹은 생태계의 변화라는 재앙을 인간에게 넘겨준다. 하늘을 잃었고 푸른 산야를 잃었다면 경제적인 풍요에 무슨 의미가 있으며 공기나 물이 오염되었다면 인간에게 과학이라거나 안락함이 무슨 의미를 얻을 수 있겠는가, 여기서 고향의 상실은 곧 인간의 낙원을 상실하는 일로 이어지기 때문에 고향의 산하를 지킨다는 것은 결국 인간을 보호하려는 개념으로 진전된다. "간음을 당한 한 시대"라는 고발장에서 인간 구원의 음성을 메시지로 삼는 신 시인의 정서는 순수를 지향하는 마음으로 응축된다. "탱자울 두고 떠난/저녁 눈은 도시로 가//몇십 년 빌딩 주변/공터에도 내리다가//검은 물 수도관을 타고/고향 들녘 적시는가"(「한산초 · 33」)의 탄식과 괴로운 신음은 상실되어가는 고향의 아픔을 대변하는 시조의 편린들이다. 이런 현실을 깊게 천착하면 허무라는 옷을 입고 「한산초 · 49」, 「한산초 · 50」과 같은 비극적인 인식을 만나게 된다.

3. 마무리에서

시조라는 그릇은 민족의 정서를 걸러서 아름다움의 옷을 입히는 전통적인 혈맥을 간직하고 있다는 점에서 역사적인 호흡에 값한다. 한 민족의 역사는 단순히 사전의 기록을 정리하는 데서 벗어나 정신적인 층계를 어떻게 만들 수 있는가에서 민족의 자랑은 빛을 발휘할 수 있다. 영국의 셰익스피어가 영국민의 정신적인 우월을 나타내는 표상이라면 마땅히 문학의 역사는 소중한 가치에 우선해야 할 것이다. 이 점에서 우리의 시조는 사실상 홀대 내지는 서구시의 패턴에서 지질린 현상이 지적되어야 할 것이다.

개화 100여 년이 경과한 지금 우리의 전통에 대한 자각이 성숙해지는 즈음에 정신의 응축을 나타내는 시조는 세계적인 문학의 가능성을 잠재하고 있다. 다만 이론의 개발이 상품의 가치를 높일 수 있다는 전제를 앞세워 새로운 실험 정신의 경주와, 문학도 상품의 일환이라는 새로운 인식하에서 내일의 빛나는 유산을 만들 수 있다는 점에서 시조는 가능성의 문이 넓을 것이다.

특히 신웅순의 고향에 대한 절절한 호소는 시조의 내일을 말하는 데 하나의 귀감이 될 것이라는 자위를 앞세워 논지의 문을 닫는다.

「한산초-모시」 15수에 대한 소고

권기택

1. 들어가며

석야(石野) 신웅순(申雄淳, 1951~) 시조시인은 충남 서천 출생이다. 그의 모든 활동은 시조로부터 시작해서 시조로 귀결된다. 문학적으로 단시조의 새지평을 연 시조시인이자 시조에 관한 수많은 논문·평론 등 끝없는 시조 연구를 통해 현대시조 이론 정립에 이바지하고 있다. 음악적으로 시조창을 한자이 선생님으로부터 사사받아 시조의 음악성을 역설하고 있다. 그리고 오랜 묵향이 밴 국전 한글 서예가이다. 그는 석북 신광수의 후손이며, 「바라춤」의 시인 신석초 선생의 집안이 되는 사람이다. 시·서·화를 겸비한 충청의 선비의 전형을 보여주는 듯하다.

필자는 한석규, 전도연 주연의 영화 〈접속〉이 나오기 한해 전인 1996년 하이텔, 나우누리, 천리안, 유니텔 등 PC통신 시대 때 PC Link의 한문학동호회에서 신 시조시인의 시조 강좌를 접하고 온-오프라인 모임을 통해 시조의 멋과 맛을 알게 되었다. 이듬해에 시솝으로부터 신 시조시인의 시조집『나의 살던 고향은』을 받고 더욱 시조에 매료되어 인생의 터닝포인트가 되었다. 그해 8월에 시솝과 함께 중부대학교 국어국문학과 3학년에 편입하여 신 시조시인으로부터 본격적으로 문학 공부를 하게 되었다. 현대시조교육연구회, 나우누리 '한국시문예대학', 인터넷 시조 박물관, 반연간지『시조예술』등 신 시조시인의 문하에서 줄곧 시조와 함께

해왔다.

2. 「한산초 – 모시」의 한(恨)

신웅순 시조시인의 고향은 한산면과 인접한 기산면 산정리 181번지이다. 한산면은 한산모시(韓山紵)와 한산소곡주(韓山素麴酒)가 유명하다. 그리고 백제부흥운동의 근거지였던 주류성(현 건지산성)이 있었던 곳으로 추정되고 있다.

문헌에서 모시에 관한 문학작품으로는 최경창(崔慶昌, 1539~1583)의 「백저사(白苧辭)」와 채제공(蔡濟恭)의 「백저행(白紵行)」 등이 있으며 서정적이다.

> 장안 시절 그리워라/새로 지은 흰모시 치마.
> 떠나와 어이 입으리/노래하고 춤 춰도 임이 없는데.
>
> — 최경창, 「백저사」 부분

> 새하얀 모시 베 백설처럼 하양구나
> 당신이 살아있을 때 남긴 물건
> 사랑하는 남편 위해 모시 한 필 끊더니
> 바느질 미처 못 마치고 당신이 먼저 떠났구려
>
> — 채제공, 「백저행」 부분

모시에 관한 민요에는 〈모시날기, 모시매기〉 등이 있다.

> 그 베짜서 뭐 할라나 울 어머니 생일날에
> 모시치마 하여 가지 그 나머지 뭐 할랑가
> 울 아버지 환갑날에 모시 도포 하여가지
>
> —민요 〈모시날기, 모시 매기〉 부분

「한산초—모시」 15수[1]는 모시를 짜는 어머니 모습을 통해 당시 여인의 삶과 백제의 한을 날줄과 씨줄로 삼아 정교하게 직조하고 투명하게 투영시키고 있다. 한여름의 비단이라고 하는 잠자리 날개 같은 한산세모시는 어머니의 지극 정성이자 찬란했던 백제 문화 재현의 표징이 아닐까? 한(恨)이 혼(魂)을 깨우고, 혼(魂)은 불멸의 역사로 백제를 다시 펼쳐진다.

태모시만들기 : 그 어둠 물들이며/태모시 펼쳐내면(「한산초 · 3」)

모시째기 : 차리리 마른 입술은/백의 혼을 쪼갠다(「한산초 · 11」)

모시삼기 : 한 올 한 올 숨을 뽑아/무릎에 감는 슬기(「한산초 · 5」)

모시날기 : 쩐지에 걸어 놓아/잿불로 정을 말려(「한산초 · 6」)

모시매기 : 풀먹여 결 고른 티끌/줄 고르는 숨결 마디(「한산초 · 4」)

꾸리감기 : 끊어질 듯 새벽 햇살/꾸리에 감겨지고//

　　　　　비치는 푸른 살결/숨어서 뛰는 정맥(「한산초 · 10」)

모시짜기 : 베틀 위에 실려오는/황산벌의 닭울음(「한산초 · 2」)

　　　　　온밤을 잉아[2]에 걸고/백마강물 짜아가네(「한산초 · 5」)

　　　　　한 필 한 필 삼경을/숨소리에 포개놓고//

　　　　　실밥에 맺히는 평생/북 위에서 한을 푼다.(「한산초 · 6」)

　　　　　앉으면 베실 새로/들려오는 함성 소리//

　　　　　한밤이 깊을수록/탄금을 울리는데//

　　　　　날줄은 죽음 깨워/철컥철컥 이어간다(「한산초 · 9」)

　　　　　울음이 피륙은 짜여/영겁으로 펼쳐지네(「한산초 · 10」)

　　　　　우주 밖 은색의 빛/베틀에 감겨지면//

　　　　　한 점 새벽 바람/어둠을 걷어가고(「한산초 · 14」)

모시표백 : 이승을 헹궈내어/풀밭에 널으면//

　　　　　다림질하는 햇살/그리움은 마르는데(「한산초 · 12」)

모시옷 짓기 : 시침하는 손길마다/한 생애 끝나가고//

---

1   신웅순, 『나의 살던 고향은』, 오늘의문학사, 1997.

2   잉아 : 베틀의 날실을 엇바꾸어 끌어올리도록 맨 굵은 실

「한산초 – 모시」 15수에 자연스럽게 세모시 직조 과정(태모시 만들기→ 모시째기 → 모시삼기 → 모시날기 → 모시매기 → 꾸리감기 → 모시짜기)이 순차적이진 않지만 모두 포함되어 있다는 것은 주목할 만하다. 유년 시절 어머니의 모시 짜는 모습이 밑그림이 되고 그 위에 절제된 서사적 표현이 있기 때문에 생동감을 더한다. 어머니의 모시 짜는 모습과 백제의 애환이 고스란히 담겨 있다. 특히 모시 짜기 부분에 할애가 많다. 이는 모든 준비를 마치고 무념무상의 적막 속에서 면벽하는 시간이 아닐까 생각된다.

「한산초 – 모시」 15수에서 모시(苧)는 어머니의 한(恨)과 백제의 한(恨)의 객관적 상관물이다. 인고의 세월을 살다 가신 어머니와 흥망성쇠 끝에 역사의 뒤안길로 사라진 백제, 전체적인 시적 전개가 마치 DNA 이중나선 구조를 연상케 한다. 한(恨)을 혼(魂)으로 재생하여 다시 불멸의 세계를 열고 연면히 이어져 오늘에 이르고 있다.

시적 공간 이동은 주류성(한산)에서 출발하여 황산벌(연산)을 거쳐 낙화암(사비, 부여)에 이르고, 시간 이동 또한 백제부흥운동에서 백제의 멸망까지 거슬러 올라가고 있다. 주류성(한산) → 황산벌(연산) → 낙화암(사비, 부여)으로 이어지는 육로와 금강 → 백마강으로 이어지는 수로는 '백의 혼'을 찾는 노정이라고 할 수 있다.

(1) 절절히 젖어오는/주류성의 퉁소 소리(「한산초 · 1」),
(2) 베틀 위에 실려오는/황산벌의 닭울음(「한산초 · 2」),
(3) 노을에서 갈라지네/낙화암의 단소 소리(「한산초 · 4」)
(4) 모시옷에 표백되어/금강물은 굽이치고(「한산초 · 1」)
(5) 온밤을 잉아에 걸고/백마강물 짜아가네(「한산초 · 5」)

주류성(건지산성 比定)은 백제부흥운동의 근거지였다. 퉁소는 보기 드물게 관통한 관악기인데 역사를 관통하지 못하고 좌절된 백제의 꿈, 그 한(恨)이 서려 있다. 백제 부흥의 소리가 퉁소에서 나왔을 것이라는 귀결은 백제의 혼을 달래주기 위함이 아니었을까 생각된다.

백제의 마지막 저항은 백강과 황산벌에서의 전투였다. 수적 열세를 극복하지 못하고 참패해 백제는 멸망하게 된다. 끝내 황산벌에 새벽은 오지 않았지만 백제의 혼은 여전히 닭울음으로 남아 여명을 밝히고 있다. 비록 참패를 했지만 그 정신만큼은 후세의 큰 귀감으로 남아 있다. 황산벌에서의 결사항전처럼 베틀 위에 한생을 올려놓고 불 밝힌 가난했던 시절의 어머니 또한 잊을 수 없다.

낙화암은 삼천궁녀가 투신했던 곳이다. 이는 사치와 향락에 빠진 백제가 망할 수밖에 없었다는 방증으로 내세우지만 지나친 과장이 아닐 수 없다. 비록 백제가 나당 연합군에게 패배해 국운이 다하여 망국의 한을 안고 왜로 건너간 것은 민족의 비애가 아닐 수 없다. 백제는 왜의 아스카 문화에 지대한 영향을 끼쳤고 이후 일본 문화 발전의 근원, 근간이 되었다. 낙화암의 단소 소리는 주류성의 퉁소 소리와 함께 백제의 한(恨)을 노래하고 있다.

금강(錦江)은 장수 뜬봉샘에서 발원하여 진안·무주·금산·영동·옥천·대전·세종·공주·부여·논산·강경·서천 등 10여 개의 지역을 지나 군산만으로 흘러간다. 금강(錦江)은 말 그대로 비단강인데, 한산에 와서 여름 비단이라고 하는 모시옷과 만난다.

백마강³⁾은 백강(白江)의 다른 이름이며, '백제에서 가장 큰 강'이기에 붙여진 이름으로 보아야 할 것이다.

1) 관음의 세계로 본 한(恨)

어머니의 한(恨)과 백제의 한(恨)의 소리는 어떤 모습일까?

퉁소와 단소같이 깊이 들이마시고 내뱉는 애절한 바람 소리부터 목 놓아 우는 울음소리와 탄주, 탄금의 현처럼 제 가슴을 누르며 튕기는 소리, 숨소리를 지나 적막의 형식으로 나타나고 있다. 특히 베틀 위에 앉아 모시를 짜는 어머니 모습을 가야금 등 현악기를 타는 모습으로 환치하여 여인의 한(恨)과 백제의 한(恨)을 포개어 한(恨)의 깊이를 더해준다.

(1) 관악 : 퉁소(洞簫)와 단소(短簫)

> 절절히 젖어오는/주류성의 퉁소 소리(「한산초 · 1」)
> 노을에서 갈라지네/낙화암의 단소 소리(「한산초 · 4」)

백제부흥운동의 근거지였던 주류성의 퉁소 소리와 멸망한 백제의 낙화암의 단소 소리는 절절하고 가슴 아픈 소리임에 분명하다. 단소 소리가 갈라지고 퉁소 소리에 젖어오는 백제의 운명, 그 한(恨)의 깊이를 들여다 볼 수 있다.

(2) 울음 : 닭, 부엉새, 기러기, 귀뚜라미

> 베틀 위에 실려오는/황산벌의 닭울음(「한산초 · 2」)
> 부엉새 울음 소리/달빛을 토해내고(「한산초 · 3」)
> 움 밖의 기러기 울음/모시결에 스미는데(「한산초 · 8)
> 오늘따라 유난히도/깊이 우는 귀뚜라미(「한산초 · 15」)

새벽닭 울음소리, 밤에 우는 부엉새, 철 따라 찾아온 기러기, 그리고 가을 전령사 귀뚜라미는 신 시조시인의 유년 시절 친구들이다. 모시를 짜는 어머니의 모습에 여인의 한과 백제의 한을 울음으로 담고 있다. 닭울음은 새벽을 밝히는 것이다. 황산벌의 닭울음은 결사항전했던 백제의 원혼을 위로하고 있다.

닭, 부엉새, 기러기, 귀뚜라미는 어머니와 백제를 의미한다고 볼 수 있다. 움집 베틀 위에서 부엉새가 우는 밤에도, 닭이 우는 새벽까지 기러기 날고, 귀뚜라미 우는 가을날에도 철컥철컥 모시를 짜는 어머니와 황산벌의 닭울음과 부엉새 울음소리, 움 밖의 기러기 울음, 귀뚜라미 울음은 멸망한 백제의 슬픔을 담고 있다.

(3) 현악(베틀) : 탄주, 탄금

> 탄주의 마지막 줄은/끊어진 채 되울리고(「한산초 · 3」)
> 한밤이 깊을수록/탄금은 울리는데(「한산초 · 9」)

탄주(彈奏) 탄금(彈琴), 어머니는 가야금인 양 베틀을 연주하고 있다. 어머니께서 베틀에서 끊어진 실을 잇듯이, 백제의 한은 끊어진 채 되울려 백제혼을 깨우고 있다. 밤 깊도록 모시를 짜는 어머니와 역사의 뒤안길로 사라진 백제의 한이 느껴진다.

(4) 풍경 소리, 적막

> 풍경 소리 어둠 밖을/등잔불 이어가고(「한산초 · 5」)
> 지금도 남은 적막을/숙명으로 깁는데(「한산초 · 14」)

봉서사의 풍경 소리는 좌절된 주류성(건지산성)의 꿈을 다시 일으켜 세워 백제의 혼을 되살리고, 적막 속에도 그 맥을 지키고 있다.

(5) 숨소리, 함성 소리

　　　한 필 한 필 삼경을/숨소리에 포개놓고(「한산초 · 6」)
　　　앉으면 베실 새로/들려오는 함성 소리(「한산초 · 9」)

　모시 짜는 일은 습기가 필요한 모시 특성상 밤에 한다. 숨소리 포개놓
듯 한 필 한 필 모시를 짜는 어머니와 오늘날에도 살아 있는 역사로 백제
의 함성 소리를 듣는다.

2) 투영의 세계로 본 한(恨)

　「한산초 – 모시」 15수의 물과 불과 바람 이미지를 통해 백제의 한과 여
인의 한을 극적으로 표현하고 있다.
　물의 이미지는 다음과 같이 세 가지 양상을 띠고 있다.

　　　(1) 금강물(「한산초 · 1」)/강물(「한산초 · 4」)/백마강물(「한산초 · 5」)/
　　　　 눈물(「한산초 · 15」)
　　　(2) 가을비(「한산초 · 7」)/부슬비(「한산초 · 15」)
　　　(3) 싸락눈(「한산초 · 11」)

　강은 물리적 공간인 강과 정신적 공간인 역사의 중의성을 가지고 있
다. 우리는 도도히 흐르는 강물을 바라보며 많은 상념에 빠져든다. 강은
말없이 유유히 흐르는 그 모습만으로도 염화미소를 짓게 하고, 형용할
수 없는 우리의 고단한 삶과 역사적 교훈을 불립문자로 담아내기도 한
다. 금강은 찬란한 문화를 피웠던 백제의 역사이다. 백제의 운명과 함께
했던 백마강은 애달픈 노랫가락에 실려 전해오고 있다. 눈물은 한(恨)의
표상이자 정화의 표상이기도 하다.

「한산초－모시」에는 가을비와 부슬비가 내리고, 싸락눈이 쌓여 있다. 쓸쓸하고 애처로운 백제의 마음을 그대로 보여주고 있다. 마루 끝에 쌓이는 싸락눈처럼 발붙일 곳 없는 지배층은 그렇게 왜로 떠났을 것이다. 타향 하늘에서 수많은 날들을 부슬비 오듯 눈물을 흘렸을 것이다.

「한산초－모시」 15수의 불 이미지는 등잔불(「한산초 · 5」)/잿불(「한산초 · 6」)/숯불(「한산초 · 8」)이다. 이 불은 모시와 백제혼을 한자리에 앉힌다. 등잔불 아래서 모시를 짜는 어머니와 풍전등화 같던 백제의 패망과 부흥운동이 오버랩되는 것은 이러한 까닭일 것이다. 잿불 위에서 풀 먹이고 줄을 고른다.

「한산초－모시」 15수의 바람 이미지는 서릿바람(−), 빈 바람(0), 새벽바람(+)으로 이어진다. 서릿바람이라는 온갖 고난과 시련의 시간을 말하며 이를 견뎌내고 공(空)의 빈 바람으로 남아 유구한 세월을 왔지만 마침내 새벽바람이 되어 여명을 밝히겠다는 역사의식이 스며 있다. 가난했던 유년 시절의 어머니의 자화상이 마치 어제인 듯 눈에 선하게 떠오른다.

> 어느새 서릿바람/빨래줄만 흔드는가(「한산초 · 8」)
> 문풍지 빈 바람은/모시단에 새어들고(「한산초 · 11」)
> 한 점 새벽 바람/어둠을 걷어내고(「한산초 · 14」)

3. 나아가며

「한산초－모시」 15수의 시어들은 전체적으로 촉촉이 젖어 있다. 이는 모시의 특성과 한(恨)의 특성이 부합하기 때문이다. 모시는 습기가 매우 중요하고 한은 눈물 마를 일이 없는 까닭이다. 모시는 습기가 있는 움집에서 짜야 상품을 얻을 수 있고, 또한 모시장도 동이 트기 전 새벽 4시경에 성시를 이루다가 날이 새면 금세 파했다 한다.

> 전설을 찾아 백학이 남은 한을 쫓는다(「한산초·1」)
> 실밥에 맺히는 평생 북 위에서 한을 푼다(「한산초·6」)

백제의 한(恨) 풀이는 전설을 찾아 그 한을 쫓는 데 있고, 어머니의 한은 평생 베틀에 앉아 탄주, 탄금의 가락으로 풀고 있다.

「한산조-모시」 15수는 절제된 시어 속에 모시의 직조 과정을 정교하고 섬세하게 형상화하고 있다. 그 위에 어머니의 한과 백제의 한을 보름새의 씨줄과 날줄로 짜아가고 있다. 그렇게 금강물은 유유히 흐르고 있다.

「한산초-모시」 15수는 세모시 직조 과정을 통해 어머니의 삶과 백제의 한을 섬세하게 전개하고 있다. 태모시 만들기 → 모시째기 → 모시삼기 → 모시날기 → 모시매기 → 꾸리감기 → 모시짜기 순으로 진행된다.

관음과 투영의 세계를 통해 절제된 언어 속에 어머니의 삶과 백제의 한과 얼을 담고 있다. 체험적 경험과 문학적 감성이 낳은 절창이 아닐 수 없다.

필자로서 「한산초-모시」 15수 연구는 미흡한 부분이 많다. 문학에 있어서 모시 연구와 함께 다각도로 심층적으로 지속적인 보완 연구가 필요할 것이다.

제4부

숭고의 시조미학

석야 신웅순의 사랑 시학

원용우

시조는 우리 민족의 전통시가이다. 700년 이상의 역사를 가진 자랑스러운 문화유산이다. 시조의 특징은 정형시라는 데 있다. 그 정형을 잘 지키면 시조이고 제멋대로 파격을 하면 자유시이다. 그래서 조상들이 물려준 시형을 잘 지켜서 작품을 쓰면 그것이 애국하는 길이라고 생각한다.

석야 신웅순 시인은 충남 서천 출신이다. 서천은 목은 이색의 출신지이고 석북 신광수의 출신지이다. 신웅순 시인은 이처럼 출중한 인물의 맥을 이어받았으니, 그 시적 성과가 기대되는 바 크다. 시인은 시조뿐 아니라 서예, 시조창까지 아우르고 있으니, 뛰어난 예술가라고 생각한다. 한 가지 장르에서 성공하기도 어려운데, 세 가지 장르에서 성공하였으니, 이제는 한숨 돌리시고 느긋하게 지내셔도 좋을 것이다.

그는 『누군가를 사랑하면 일생 섬이 된다』라는 시집의 서문에서 "50편의 시조들은 사랑하는 사람들에게 못 부친 엽서 한 장 한 장들이다"라 하였고, "사랑하는 연인에게 이 시를 바친다"고 하였다. 이 시집은 「내 사랑은」이라는 제목으로 50편을 쓴 연작시이다. 그 연인에게 얼마나 할 이야기가 많았으면 50편의 연작시를 썼겠는가? 사랑이란 단어 자체는 관념어이다. 그 사랑이란 단어를 설명할 수 없으니까 구체적인 사물로 대치시켰다. 예를 들면 "사랑은 거센 눈보라 휘몰리는 빈 허공", "술잔엔 저 하늘 말고 멀리 섬도 더 있다", "아늑한 가슴 한 켠에 등불 걸어둔 그대", "행간에서 이별한 그 많은 빈 칸들", "제일 외로운 곳에 놓여 있는 빈 잔"

등이 좋은 예이다. 여기서 '빈 허공', '섬', '등불', '빈 칸', '빈 잔' 등이 사랑을 빗대어 표현한 말이다. 특히 '빈 허공', '빈 칸', '빈 잔' 등은 사랑의 부재를 의미하는 것으로 이해된다.

1. 함축성과 참신성의 의미

① 세찬/찬바람도/그 곳에서/잦아들고
종일/눈발도/그 곳에서/잦아들고
아늑한/가슴 한 켠에/등불/걸어둔 그대
　　　　　　　　　　　　　　　—「내 사랑은·11」 전문

② 참으로/비가 많고/눈이 많은/사십에
참으로/산이 높고/강이 깊은/사십에
그 누가/맨 나중에 와/등불 하나/걸고 갔나
　　　　　　　　　　　　　　　—「내 사랑은·31」 전문

필자는 현대시조의 특성에 ① 함축성, ② 참신성, ③ 차별성 등 세 가지가 있다고 본다. 함축성은 달리 다의성이라고도 한다. 다의성은 한 가지 뜻만 있는 것이 아니라 여러 개의 뜻이 내포되어 있다는 이야기다. 이것이 인문학의 특성이다. 그리고 함축성이 있는 작품에는 반드시 속뜻이 있다. 만약에 속뜻이 없다면 그것은 수필이나 일기처럼 되어 격이 떨어질 것이다.

인용 작품 ①에는 각 장마다 속뜻이 들어 있다. 세찬 바람이나 종일 내리는 눈발도 그곳에서는 잦아든다고 하였다. 그곳이란 바로 사랑을 의미하는 것 같다. 사랑 앞에는 모든 고난과 고통이 사라지게 마련이다. 그리고 종장에서 "등불 걸어둔 그대"라고 하였는데, 이때 등불의 의미도 사랑을 지시하는 것 같다. 그대가 사랑 이외에 걸어두고 갈 것이 없기 때문이다.

인용 작품 ②도 함축성이 있기에 겉뜻보다는 속뜻이 중요하다. 시적 자아의 사십대는 비가 많고 눈이 많은 시대라고 하였다. 산이 높고 강이 깊은 사십대라고 하였다. 여기서 비, 눈, 산, 강은 살아가는 데 어려움을 주는 장애물이다. 그런데 그 누가 맨 나중에 와서 등불 하나 걸어주고 갔다는 것이다. "그 누구"는 사랑하는 사람이고, "등불"은 사랑을 의미한다. 사랑하는 사람이 걸어두고 간 것은 어둠을 밝히는 사랑 이외에 두고 갈 것이 없기 때문이다. 이처럼 함축미가 있는 작품은 읽을 맛이 나고 독자에게 호기심을 불러일으킨다.

> ③ 첩첩 잠근/하얀 갈증/산 하나 앓고 있다
> 아침 햇살 산마루에/흰 구름 서성대는
> 사십의/터엉 빈 하늘/부욱/찢어가는 그대
>
> ―「내 사랑은 · 5」 전문

> ④ 철새는/쉴 자리 없어/하늘을/날아가고
> 눈발은/닿을자리 없어/지상에서/녹는다
> 인생은/앉을 자리 없어/끝없이 바람 불고
>
> ―「내 사랑은 · 43」 전문

현대시조에서 중요한 것이 참신성이다. 참신성이 없으면 음풍농월하는 옛시조와 같게 된다. 시상이든 내용이든 표현기교이든 새로워야 한다. 그러나 시조의 형식은 전통을 지키는 것이 좋다. 참신성이 있으려면 남들이 많이 한 이야기, 남들이 이미 알고 있는 이야기는 하지 말아야 한다. 뭔가 현대감각을 살리고, 혁신적이고, 기발한 면을 보여야 한다. 사람들은 누구나 새 옷 입기를 좋아한다. 마찬가지로 새로운 시조 새 시조를 내놓았을 때 독자들의 호응을 얻을 수 있다.

절제와 언어의 미학

인용 작품 ③의 초장을 보면 "첩첩 잠근/하얀 갈증"이란 말이 나온다. 이런 말은 어느 누구도 사용하지 않은 새로운 것이다. "사십의 터엉 빈 하늘"도 마찬가지다. 정말로 새로운 표현이다. 종장에서 "부욱/찢어가는 그대"라 했는데, 이것은 자아의 심기가 불편하다는 표현이다. 그러한 '연인'이라면 그리워할 것이 아니라 멀리하는 것이 마땅할 것이다.

인용 작품 ④의 내용도 참신성이 돋보인다. "철새가 하늘을 날아가고"는 새로운 이야기가 아니지만 "철새는 쉴 자리가 없어/하늘을 날아간다."는 것은 처음 보고 처음 듣는 이야기다. 중장에서도 눈발은 지상에서 녹는다고 했는데, "눈발은/닿을 자리가 없어/지상에서/녹는다."는 것은 처음 대하는 이야기다. 종장의 "인생은/앉을 자리 없어/끝없이/바람 불고"라는 내용도 참신성이 있다고 하겠다.

이 밖에도 "불혹의 기슭에 와 서럽게도 출렁이는", "가을비는 그 많은 편지 쓰고 갔고", "그리움의 기슭은 너무나도 차갑다", "제일 외로운 곳에 놓여 있는 빈 잔", "그리움도/물빛 섞여/생각까지 적시는데", "내 사랑 띄어쓰지 못하고 빈 칸만 끌고 왔네", "기어이 불혹 끝에서 파도가 이는구나", "누군가를 사랑하면 일생 섬이 된다" 등은 새로운 맛을 느끼게 하는 가구(佳句)들이다.

2. 사랑의 부재와 등불의 미학

⑤ 눈물/많은 이가/한 번/다녀갔었지
　　나머진/물새가/저녁 끝까지/울었었고
　　내게는/그런 강가가/언제부턴가/있었지

　　　　　　　　　　　　　　　　　—「내 사랑은 · 16」 전문

⑥ 태어날/때부터/철길이/생겼고

불혹을/넘어서는/간이역이/생겼지
이제는/망망대해의 섬/터엉 빈/대합실

— 「내 사랑은 · 32」 전문

만해 한용운은 '임의 부재'를 노래했는데, 석야 신웅순도 '임의 부재'를 노래했다. 만해 한용운의 '임'은 잃어버린 조국이지만, 석야 신웅순의 '임'은 떠나버린 여인 같다. 우리의 옛시조를 보아도 사랑의 합일보다는 이별의 슬픔을 노래한 것이 많다. 신웅순 시인의 작품에서는 임의 부재를 암시하는 구절이 많다 예를 들면 "나에겐/가을과/겨울만이/오고 갈 뿐", "산은/서럽게도/기다리는 것이다", "유난히/길이 많아/참말로/그리운 사람", "그리운 것들은/다/산너머/있는데", "그리움의/기슭은/너무나도/차갑다" 등은 임의 부재에서 오는 감정의 표현이다.

인용 작품 ⑤에서 "눈물 많은 이가" 등장하는데, 자아가 사랑하는 대상을 이렇게 표현하였다. "한 번 다녀갔었지"라고 했으니, 현재는 그 임이 없는 상태다. 중장에서는 "물새가 저녁 끝까지 울었다"고 했는데, 이것은 감정이입의 수법을 쓴 것이다. 물새가 울었다는 것은 자아가 울었다는 것을 빗대어 표현한 것이다. 종장은 중장의 내용을 다시 한 번 강조한 것으로 이해된다. 여기서 "그런 강가"는 물새가 저녁 끝까지 울었던 강가이다.

인용 작품 ⑥에서는 "태어날 때부터 철길이 생겼다"고 하였다. 그러니 그 길을 통하여 모든 사람들이 자유롭게 왕래할 수 있는 것이다. 또한 불혹을 넘어서는 간이역이 생겼으니, 그 간이역을 통해서 승차할 수도 있고 하차할 수도 있다. 간이역은 사람들의 만남과 헤어짐이 이루어지는 곳이다. 그런데 그 간이역에 찾아오는 사람이 없어 "터엉 빈 대합실"이라 하였으니, 임의부재를 실증해 주는 것이고, 그런 상태를 자아는 "망망대해의 섬"이라 표현했던 것이다.

⑦ 세상에/그리운 것/세상에/보고 싶은 것
　　다/생각과 만나/생각과/헤어지는데
　　지천명/끝에 와서는/등불은/늦도록 앓고
—「내 사랑은 · 22」 전문

⑧ 누군가를/사랑하면/일생/섬이 된다
　　유난히/파도가 많고/유난히/바람이 많은 섬
　　그래서/가슴에는 평생/등불이/걸려있다
—「내 사랑은 · 47」 전문

　　신웅순 시인의 작품집 『누군가를 사랑하면 일생 섬이 된다』에는 '등불'
이란 용어가 다섯 번 등장한다. 예를 들면 "아늑한 가슴 한 켠에 등불 걸
어둔 그대", "누구의 울음 남겨둔 등불일지 몰라", "그 누가 맨 나중에 와
등불 하나 걸고 갔나" 등이다. 그렇다면 '등불'에는 어떤 의미가 함축되어
있는 걸까? 그 '등불'이란 말은 긍정적인 의미로 쓰였고, 어둠을 밝히는
물체이고, 희망이나 안내자 역할을 한다고 본다. 이 시집에는 반대로 부
정적인 뜻을 나타내는 구절이나 단어가 눈에 많이 띈다. 예를 들면 '울음
이 섞인 내 나이', '서럽게도 출렁이는', '산 하나 앓고 있다', '상처받은 낱
말들은', '혼자 눈물 서성일까', '결국 길 잃고 말았지', '그렇게 서러운 것
들은' 등 부지기수이다.

　　인용 작품 ⑦에서는 '그리운 것', '보고 싶은 것'이 모두 생각과 만나고
생각과 헤어지는 것이라 하였다. 종장에서는 "지천명 끝에 와서는 등불
은 늦도록 앓고"라 했는데, 이때의 등불은 사랑을 대변해주는 말 같다.
늦도록 앓는 존재는 자아이지만 앓고 있는 것은 사랑을 앓고 있기 때문
이다.

인용 작품 ⑧에서는 누군가를 사랑하면 일생 섬이 된다고 하였다. '섬'은 외따로 떨어진 존재이다. 한마디로 고독하다는 이야기다. 그 섬은 유난히 파도가 많은 섬이고, 유난히 바람이 많은 섬이다. 파도가 많고 바람이 많으니, 사랑하는 대상을 만나기도 어렵다. 그래서 그 사랑을 한평생 가슴에 품고 살아야 한다. 그것을 "가슴에는 평생 등불이 걸려있다"고 빗대어 표현한 것이다.

3. 긴축미와 여백의 미

⑨ 가슴에/일생/떠 있는/달인지 몰라
　　가슴에/일생/떠 있는/섬인지 몰라
　　그래서/하늘과 바다가/가슴에/있는지 몰라

　　　　　　　　　　　　　　　　— 「내 사랑은 · 12」 전문

⑩ 한 생애 따라온 비/갯벌은 흠뻑 젖고
　　세상 몇 번 돌아도/언제나 낯선 길들
　　사랑은/거센 눈보라/휘몰리는/빈 허공

　　　　　　　　　　　　　　　　— 「내 사랑은 · 2」 전문

긴축미는 시를 시답게 만드는 중요한 기법이다. 긴축미가 있으면 시적 효과를 나타내고 긴축미가 없으면 산문에 가깝다. 시의 문장을 너무 압축시키면 무슨 소린지 모를 수 있고, 너무 풀어주면 수필과 차이가 없게 된다. 시의 길이가 짧을 수밖에 없는 것은 그 문장을 압축해서 쓰기 때문이다. 우리가 많은 작품을 대해보면 시의 문장을 너무 비비 꼬고 압축시켜서 독자를 힘들게 하는 경우가 있다. 예를 들면 "고요는/내내 귀를 맑혀/품을 열고, 붐비고"라는 문장이 있는데, 아무리 생각해보아도 무슨 뜻인지 모르겠다.

신웅순 시인의 작품적 특징은 긴축미가 넘치는 데 있다. 예시로 인용한 작품 이외에 모든 작품이 압축을 잘해서 독자에게 읽을 맛이 나게 한다. 인용 작품 ⑨를 보면 가슴에 일생 '달'이 떠 있다고 했고, 가슴에 일생 '섬'이 떠 있다고 하였다. 이 작품을 읽으면 독자는 그 '달'이 무엇을 상징하는지, 그 '섬'이 무엇을 상징하는지 긴장하면서 읽어야 한다. '달'은 하늘에 떠 있고, '섬'은 바다에 떠 있으니, 종장에서는 "그래서/하늘과 바다는/가슴에/있는지 몰라"라고 했는데, 이 또한 선문답 같아서 독자가 알아서 음미하는 수밖에 없다고 본다.

인용 작품 ⑩에서는 "한 생애 따라온 비"를 제시했는데, 이때의 '비'는 무슨 뜻인지 되새겨보아야 한다. 그리고 중장에서는 "언제나 낯선 길들"을 제시했는데, 여기서 '길'의 의미도 깊이 생각해보아야 한다. 필자가 단언하기는 어렵지만 이 작품에서의 '비'나 '길'은 사랑을 뜻하는 것으로 이해된다. 왜냐 하면 한평생 따라다니는 '비'가 사랑 말고 무엇이 있겠는가. 늙어 죽을 때까지 따라다니는 것이 '사랑'이라고 생각된다. 또한 세상을 몇 번 돌아도 낯선 '길'은 사랑밖에 없다고 본다. 사랑은 낯선 길처럼 늘 새롭고 우리의 호기심을 만족시킨다.

> ⑪ 제일/외로운 곳에/놓여 있는/빈 잔
> 　　그 바람소리/듣는 이/아무도/없는 빈 잔
> 　　달빛이/가져가 제 눈물도/담을 수/없는 빈 잔
>
> 　　　　　　　　　　　　　　　　　　—「내 사랑은 · 20」 전문
>
> ⑫ 아마도/저/수평선였는지/몰라
> 　　그래서/더욱 서럽고/그래서/더욱 절절한
> 　　한 척 배/세월의 끝에/매어 있는지/몰라
>
> 　　　　　　　　　　　　　　　　　　—「내 사랑은 · 15」 전문

문학작품은 체험과 상상력의 소산이다. 체험을 바탕으로 하지만 상상력의 폭이 넓어져야 한다. 체험과 상상력이 각기 50%는 되어야 하지만 상상력의 비중이 확대될수록 문학성이 뛰어난 작품이 된다. 상상력의 폭이 넓다는 것은 독자의 몫이 넓어진다는 뜻도 된다. 초보자의 작품은 거의 설명에 가까워 상상력 자체를 찾아보기 힘들다. 그리고 작품에 대한 답이 그 작품 안에 제시되면 곤란하다. 작가는 문제를 제시하고 그 해답은 독자의 자유에 맡겨야 한다. 그래야만 작품 속에서 여백의 미를 찾아볼 수 있게 된다.

인용 작품 ⑪을 보면 각 장의 끝마다 '빈 잔'이라는 낱말이 반복되어 나온다. 이러한 반복법은 강조의 수법으로 쓰인다. 여기서 '빈 잔'은 사랑의 대상이 옆에 없기 때문에 빈 잔이라고 한 것 같다. 사랑의 대상이 옆에 없으니까 외로운 곳에 놓인 '빈 잔'이라 했고, 듣는 이 아무도 없는 '빈 잔'이라고 했다. 또한 제 눈물도 담을 수 없는 '빈 잔'이라고 하였다. 그러나 이 '빈 잔'에 대하여는 여러 가지 해석이 가능하다. 독자가 헤집고 들어가 자유롭게 사색할 수 있는 여유 공간이 있는 것이다.

인용 작품 ⑫에서 내 사랑은 "저 수평선이었는지 모른다"고 하였다. 수평선은 바라보기만 해도 아득하다. 사랑을 수평선에 비유한 것은 자아와 대상이 합일될 가능성이 없다는 이야기다. 그래서 더욱 서럽고 더욱 절절하다고 토로하였다. 그리고 한 척의 배가 세월의 끝에 매달려 있다는 것도 좋은 현상은 아니다. 배는 수평선을 향해 힘차게 항해해야 되는데, 세월의 끝에 매어 있으니, 제 역할을 할 수 없는 것이다. 그러니 그 사랑이 원만하게 이루어지겠는가? 아무튼 이 작품도 독자에 따라서 얼마든지 다른 해석을 할 수 있기에 여백의 미가 있다고 본다. 다시 말해서 독자의 몫이 넓어졌다고 보는 것이다.

석야 신웅순 시인의 작품 세계는 한마디로 그 구조가 탄탄하다. 허술

한 데가 보이지 않는다는 이야기다. 깊이 사색하고, 언어를 갈고 닦아서 쓰신 것으로 이해된다. 특히 언어의 함축성과 참신성이 뛰어나다. 시집 전체에 50편의 사랑시가 실렸는데, 제목이 똑같다는 특징이 있고, 주제도 비슷하다는 특징이 있다. 그 모든 작품에서 긴축미나 압축미를 느낄 수 있었는데, 그러면서도 장과 장, 구와 구 사이에 행간을 넓게 두어 독자가 자유로운 상상을 펼칠 수 있었다. 작품의 주제는 주로 '임의 부재'이고, 임이 부재하기에 외롭고, 서럽고, 그립고, 허전한 감정을 표출하였다. 그의 사랑 노래가 많은 사람들의 심금을 울려주기 바라면서 독후감을 마친다.

신웅순 시조 작품에 나타난 '아니마' 연구

백승수

석야(石野) 신웅순 시인은 참 멋있는 분이다. 타고난 재능이 많아 주위 사람들을 놀라게 한다. 언제는 흐드러지고도 간결한 기막힌 서예 글씨의 솜씨로 사람의 혼을 빼놓다가, 갑자기 전혀 새로운 방법을 시도하는 평필을 들어 학계를 흔들고, 더러는 구성진 시조창으로 주위를 압도하기도 한다. 그는 시(詩)·서(書)·예(藝)를 두루 갖춘 인물이나 본연의 업은 역시 시조 창작이다. 시조집 『누군가를 사랑하면 일생 섬이 된다』 외 총 다섯 권의 시조집을 편찬하여, 이에 수록된 작품 수는 수백 편에 이른다. 그의 시조 작품을 대하면 일관성이 짙은 방법으로 이상스러운 향기를 풍기는 사랑 숭배의 신성한 정신이 엿보인다. '내 사랑 그 무한한 열림의 공간'이라는 주제하에 문학평론가 이완형 선생님은

> 그의 시조 세계에서 사랑은 구애-사랑, 열애-결별, 순애-애증으로만 국한 되지 않고 자아를 떠난 우주론적인 존재원리와 맞닿는다. …(중략)… 독백마저도 무언과 실어로 대치되는 상황에서 시인에게 주어진 선택은 기다림뿐이다. …(중략)… 어쩌면 이 세계에서 아직 정착하지 않았을 사랑을 지속적으로 기다리는 수밖에 없다.[1)]

라고 하고 있거나, 나태주 시인께서는

---

1   신웅순, 『누군가를 사랑하면 일생 섬이 된다』, 푸른사상사, 2008, 72~73쪽 요약.

위당 정인보 선생의 「자모사초」가 가슴 절절한 어머니의 사랑이라면 신 시인의 시조는 또 다른 「자모사초」이다. 편편이 살아서 숨을 쉬며 독립하였으되 서로 연결하여 하나의 강물로 흐르고 있음을 본다. 물론 어머니란 강물이다.[2]

라고 하고 있고 문학평론가 채수영 선생님은

고향의 상실은 곧 인간의 낙원의 상실과 이어지기 때문에 고향의 산하를 지킨다는 것은 결국 인간을 보호하려는 개념으로 진전된다. …(중략)… 신 시인의 고향에 대한 절절한 호소는 시조의 내일을 말하는 하나의 귀감이다.[3]

라고 하고 있어 사랑과 연민에 대한 숭고한 신 시인의 정신을 알 수 있게 한다. 그리고 앞의 사모의 마음을 담은 작품만 해도 연작 수십 편, 고향 향토애를 담은 작품도 연작 수십 편이나 되지만, 가장 특기할 것은 이러한 사모곡과 고향 향토애 정신과 더불어 누군가를 사랑해본 사람만이 간절하게 느끼는 아픈 사랑의 마음을 담은 다음과 같은 작품이다.

누군가를/사랑하면/일생/섬이 된다//
유난히/파도가 많고/유난히/바람이 많은 섬//
그래서/가슴에는 평생/등불이/걸려있다///
— 「내 사랑은 · 47」 전문[4]

---

2   신웅순, 『어머니』, 문경출판사, 2016, 92쪽.
3   신웅순, 『나의 살던 고향은』, 오늘의문학사, 2000, 95~96쪽 요약.
4   본고에서 시조 작품을 표기함에 /은 1행을 //은 1장을 ///은 한 수의 시조 작품이 끝남으로 대체하여 간편성을 추구하였다.

시인이 시를 쓴다는 것은 다음과 작업 과정을 거친다는 뜻이 된다. 즉, 자연어인 1차 언어를 2차적 의미 언어로 바꾸어 쓴다는 말이며, 이는 시인이 선택한 언어(말이나 글)를 통해 시각적 이미지를 다룬다는 뜻이기도 하다. 그 방법은 음성학적인 면과 음운론적인 두 가지 면이 있는데, 음성학적인 것은 표현, 실질적인 것으로 원자론적인 것이고 음운론적인 것은 표현, 형식으로서의 구조적인 것인데 이 두 가지의 통합, 즉 이미지의 선명성을 상호 관련성으로 바라보겠다는 것은 곧 시인이 느끼는 구체적인 감각을 특정한 하나의 기호 형식으로 바꾸어놓는 일이다. 쉽게 말하면 세상의 모든 사물이나 사건을 시인이 느끼는 일정한 표현을 말이나 글로 표현하는 일, 즉 세상은 하나의 큰 그림처럼 기계적 불변적인 고정성으로 되어 있는데 그런 것을 시인이 일정한 특정한 언어로 기호화하는 작업이 곧 시라는 뜻이다. 이는 곧 시인이 자라난 사회적 풍습 인류 문화의 전수의 입장에서 본다면 지극히 일회적인 그러한 글은 존재하지 않는다는 뜻이다.

신웅순 시인의 경우는 이러한 의미로 사랑이라는 절대적 정신이 작품 곳곳에 배어 있다. 이는 일찍이 만해 한용운 선생의 독립운동가로서의 활동과 면모, 업적을 강조한 교훈적 내용의 평전에서 보는 『임의 침묵』의 형식으로 여성적인 톤으로 독자의 흥미를 유발하는 경우와 더불어, 1940년대의 청록파 시인 중에서 특히 목월의 경우 여성적 인물의 묘사를 통한 내면적이고 향토적 에스프리를 구성하는 경우와 같다.[5] 신 시인의 시조 소재 언어는 아주 단순하다. 사랑을 주제로 하는 잠재적 그리움의 대상으로 하는 님(주로 여성)이나 배우자로서의 여성, 앞의 나태주 시인의 지적처럼 사모의 정이 배어나는 어머니와, 어머니의 공(工)이 밴 모시 작업에 대한 연민, 자녀 특히 딸에 대한 부모의 정을 느끼게 하는 대상으로

5   백승수, 「청록집에 나타난 아니마 연구」, 『동아어문론집』, 1991, 110쪽.

서의 여성, 앞의 이완형 평론가의 지적처럼 우주론적인 존재 원리로서의
사랑―이에는 주로 신 시인이 나고 자란 한산 고향에 대한 에스프리 같
은 것이고―더구나 작품 구성 방법도 단순하며 주로 연작의 단시조를 쓰
기 때문에 언어에 대한 특성이 이같이 쉽게 드러난다. 이는 넓은 의미의
페미니즘이 아닐까 한다.

  페미니즘이란 여성이 사회 제도 및 관념에 의해 억압되고 있다는 것
을 밝혀내는 여러 가지 사회적이고 정치적 운동과 이론들을 포괄하는 용
어이다. 역사적으로 남성이 사회활동과 정치 참여를 주도해왔기 때문에,
페미니즘은 여성의 권리를 주장하고 실현하는 것을 목표로 한다. 19세기
에 '여성다움'이 수동성 및 가정의 영역과 결부되어 더욱 억압적인 형태
를 띠게 되자 이에 대응한 이치와 노동 환경과 임금 수준 개선을 비롯한
여러 사회적 불평등 현상으로부터 여성을 해방시키는 것에 대한 관심과,
여성의 인종과 국적 그리고 종교 등 문화적 다양성에 관심 등이 그것인
데, 이에 대하여 특히 여권 신장 운동을 다룰 때는 여성 의식과 여성 역
할 등도 아울러 다루어야 마땅하다.[6]

  그러한 이유와 함께 신 시인의 이러한 페미니즘의 특성은 특히 '아니
마'라는 탈을 쓰고 전개된다. 작품을 읽어보면 자연히 아니마가 드러나는
것이다. 아니마란 남성의 무의식 속에 있는 여성적 요소를 말하는 것으
로, 이 아니마는 남성에 있어서 조상 대대로 여성에 관해서 경험한 모든
것의 침전물이며, 인간 정신 속에 전승된 여성적 요소로 남성에서의 아
니마는 기분(mood), 정동(emotion)으로 나타나는데, 여러 느낌과 기분,
예견적 육감, 비합리적인 것에 대한 감수성, 개인적 사랑의 능력, 자연에
대한 느낌, 무의식과의 관계 등과 같은, 남성의 마음에 숨은 모든 여성적

---

6   박덕은, 『현대문학비평의 이론과 적용』, 새문사, 1998, 388쪽.

인 심리적 경향들이 인격화된 것 등이 총체적으로 포함되기에 신 시인의 작품도 이런 관점에서 다루어져야 한다.

그리하여 신 시인의 작품을 이에 따라 나누어 설명하면 보통 네 가지 발전 단계에 따라 나눌 수 있으며, 이러한 남성 속의 아니마는 남성이 여성을 볼 때 현실적인 여성을 보는 것이 아니라 자기의 무의식에서 투사된 여신상을 보거나 이념이나 물질에 투사되기도 한다는 점에 유의해야 한다. 아니마의 발전 네 단계는 첫째 이브(eve)상으로 본능적이고 생물학적인 자연적인 감정의 여성상이다. 이에는 이브가 갖는 신화적인 의미는 물론 원시적인 몸짓과 말씨 등도 아울러 포함된다. 둘째는 낭만적이고 미적인 수준의 성적인 이미지로 인간이 태어나서 자연히 느끼는 상상이나 환상 같은 것의 잠재된 형태의 것도 포함된다. 셋째는 성모마리아상에서 표현되는 영적 헌신으로 지양된 에로스이다. 이에는 불교에서의 보살상 같은 것이거나 고대 인류의 동굴에서 발견되는 십자가의 상징성 같은 것도 포함된다. 넷째 단계는 거룩하고 가장 순수한 지혜, 모나리자상이며 꼭 모나리자상이 아니라도 고대 신화에 등장하는 현인 혹은 주술사 같은 존재도 이에 포함된다. 신 시인의 작품을 이에 대비하여 살펴보면 몇 가지 유효한 동질성이 쉽게 발견된다.

첫째, 이브상으로 본능적이고 생물학적인 아니마로서의 여성상이다. 이는 집단 무의식적으로 나타나는 이브의 상으로 본인이 꼭 그렇다고 확신하여 보다 합리적인 방법으로 설명될 수는 없지만 현실적으로 존재하는 이브의 원형적 이미지이다.

> 유난히/파도가 많아/참말로/서러운 사람//
> 유난히/길이 많아/참말로/그리운 사람//
> 그렇게/많은 빗방울/서성이던/그 사람///
>
> — 「내 사랑은 · 37」 전문

"파도"와 "길"과 "빗방울"에 따라 서럽고 그립고 서성이는 모습에서 시인 자신의 아프고 슬픈 정감을 자아내었으되 너무나 그립기에 서성이며 기다리는 모습을 단시조 형식을 통해 표출하고 있다. 면면한 음악성과 제도적 장치를 되살려낸 특성을 지니고 있으며 보다 현대적인 의미로 새롭게 한 흔적을 엿볼 수도 있다. "파도"와 "길"은 주로 정감을 나타내는 수평적 기호이고, "빗방울"은 수직인 기호 중 하강을 드러냄으로서 슬픔과 애상을 더하는 매개적 역할을 한다. 여기에 등장하는 여성상은 타고난 사랑의 본능과 실존적 의미의 이브상이다. 읽어보면 알려니와 남을 사랑하는 것이 얼마나 서럽고 그립고 시시때때 서성이며 애태워야 하는 것인가를 알려주면서 신 시인의 '아니마'를 현대적인 감각으로 스케치하여 육화시킨 작품인 것이다.

> 세찬/찬바람도/그곳에서/잦아들고//
> 종일/눈발도/그곳에서/잦아드는//
> 아득한/가슴 한 켠에/등불/걸어둔 그대///
>
> ―「내 사랑은 · 11」 전문

"바람", "눈발", "가슴", "등불" 등이 작품을 불꽃처럼 타는 정열을 현대 감각으로 섬세하게 그려 내어 동통과 같은 무게를 실어, 감히 넘보지 못할 경지를 개척하고 있다. 그러나 이는 바람과 눈발의 이미지로서 흔들리고 설레이며 누군가를 사모하고 기다려야 하며 혹 오시더라도 길을 잃지 않게 등불을 걸어두는 마음으로, 내가 그렇게 기다렸듯 그대가 나와 같이 기다린다는 투사의 기법으로 작가 의식을 내면으로 감추고 감추어 결국 유혹의 정감이나 환상으로 그려내는 이브의 상을 드러낸다. 다음과 같은 작품도 마찬가지다..

불빛은/무얼하는지/밤새/켜져 있고//
바람은/무얼하는지/밤새/창을 흔든다//
어둠은/무얼하는지/밤새/문 기웃거리고///

— 「내 사랑은 · 30」 전문

"불빛", "바람", "어둠", "밤" 등이 "창", "문" 등의 이미지를 통하여 매개 항적 역할을 하고 이는 수직적이고 수평적인 슬픔과 안타까움의 존재를 보다 더 확실한 객관적 존재로 드러낸다. 바람과 불빛은 수평적 공간과 수직적 공간을 공유하며 일정한 정감을 표현하기에 알맞지마는 결국 기다림이라는 정감을 자아내어 심한 갈등적 우울을 자아내는 탈을 쓰고 있되, 불빛, 바람, 어둠 모두가 이브의 상으로 드러나며 환상을 겪게 된다는 이야기이나 작품 내면에는 유혹과 시련, 어쩔 수 없는 죄스러움 같은 것이 드러난다. 그러나 그것은 한편으로 매우 깨끗하고 준일한 품성을 간직한 아름다운 모습이다.

둘째, 낭만적이고 미적인 수준의 성적인 이미지로서의 아니마이다. 이에는 사물이나 대상을 바라봄에 보다 아름답고 선한 정감이 드러나거나 작품 그 자체가 지극히 안정되고 세련된 느낌이나 정감을 표출한다.

산은/달 때문에 저리도 높고//
들은/달 때문에 저리도 멀다//
일생을 기다려야 하는 산/일생을 보내야 하는 들///

— 「어머니 · 44」 전문

"산", "들", 그리고 이에 대비되는 "달"을 통하여 이항대립적 체계를 이루어나가기는 하나 "일생을 보내야 하는 들"을 통하여 결과적으로 어머니의 아니마적 이미지를 드러낸다. 이들은 서로서로 소중히 한다는 의미로 서로 일체감을 잃지 않는 모습이 닮아 있다. "일생을 보내야 하는 들"

에서 한국인의 여성적인 한과 정서를 담되 그 구성이 단시조의 짧고도 세련된 표현으로 언단의장(言短意長)의 묘(妙)를 지닌다. 짧은 말로서 뜻이 깊고 긴 함축된 아름다움을 자아내고 있다.

> 새소리 때문에 산국은 지천으로 피고//
> 물소리 때문에 산국은 지천으로 진다//
> 울음이 그렇게 많아 지천으로 피고 진다///
>
> ── 「어머니 · 30」 전문

"새소리", "물소리", "울음"과 "산국"이 대비되어 얼음 박힌 마음의 그루터기에 성에를 밟듯 조심스럽지만 지천으로 꽃이 피고 지는 아픈 정감을 아름다움으로 구성하여 일종의 투사의 형태를 이루어내고 있다. 울음이 그렇게 많다는 것은 곧 일종의 한이며 이는 곧 시인이 시를 언어로 표현한다는 의미가 사실은 자기의 정감을 사물을 빌어 한을 나타내는 것이며, 그것도 끝없이 자연에 접근하여 이를 자기 나름의 시어로 자기를 육화하고 자기 세계에 맞게 동화하려고 혼신의 노력을 하는 모습인 것이다.

> 바람은/그날/불빛을 가져갔고//
> 봄비는/그날/그림자를 가져갔다//
> 영원히/돌아오지 않는/울음도/가져갔을까///
>
> ── 「어머니 · 31」 전문

"바람", "봄비", "울음"과 "불빛", "그림자"를 통하여 '영원'이라는 상상력으로 서럽고 고된 모든 것들이 정제된 일체감을 살려내고 있다. 자연보다는 인간의 실감나는 정서를 표현한 경우에 속한다. 신 시인 모두 자기 탐구와 자기 성찰에 충실하여 어머니의 정제된 아니마적 이미지를 표현함에 착상의 기교가 놀랍도록 세련되어 있되, 이미 타계하신 어머니에 대한 슬픔과 눈물을 섬세한 고르기를 통하여 막힘없이 자연스럽게 표출하고 있다. 시조의 형식과 내용은 전통적이고도 아름다운 향기가 배어나기 마련인데 신 시인의 이러한 특성이 하나의 장점이 되고 시조가 오랫동안 자생력을 획득하였음을 보여주기도 하는 모습인 것이다. 그것은 완결미이며 격조 높은 기상(anecdote)인 것이다.

셋째는 성모마리아상에서 표현되는 영적 헌신으로 지양된 에로스로서의 아니마로 이에는 성스럽고 고귀한 이미지를 드러내는 경우이다.

> 풍경 소리 어둠 밖을/등잔불 이어가고//
> 한 올 한 올 숨을 뽑아/무릎에 감는 슬기//
> 온 밤을 잉아에 걸고/백마강물 짜아가네///
>
> ―「한산초·5」 전문

충청남도 서천군 안에 있는 면 소재지 한산은 목은 이색의 본향이고 월남 이상재 선생 같은 애국지사의 고향인 한편, 영조 때 석북 신광수 선생님이 그의 문집『석북집』에서 처음으로 이세춘을 인용하여 '시조(時調)'라는 이름을 처음으로 명명한 문학사적으로 유래 있는 고장이다. 석북은 고령 신씨인데 그의 후손인 신석초 선생께서 시인으로 명망이 높으셨으며 신웅순 시인도 고령 신씨로서 그들의 후손인데, 앞의 작품은 평생 모시짜기에 애쓰신 신 시인의 어머니 혹은 대등의 직녀를 성스러운 아니마적 이미지로 드러낸 경우이다. "풍경 소리"와 "등잔불", "올"과 "무릎", "잉아"와 "백마강"은 향토적 정서가 밴 모시짜기의 공(工)을 드러내어 성스러운 정감을 드러내고 있다.

> 쩐지에 걸어 놓아/잿불로 정을 말려//

한 필 한 필 삼경을/숨소리에 걸어 놓고//
실밥에 맺히는 평생/북 위에서 한을 푼다///

—「한산초·6」 전문

"쩐지"란 모시를 걸어놓는 작은 나무 횃대이고, 잿불은 모시를 베틀에
올리기 전에 날줄 한 필을 늘어놓고 콩풀을 먹여가며 매고 말리는 일을
할 때 왕겨 잿불을 사용한다는 말이며, 북은 씨실인 꾸리를 넣는 나무배
같이 생긴 기구를 말한다. 신 시인은 이렇게 정교한 모시짜기의 실상을
낱낱이 묘사하여 자기의 잠재된 정감을 표출하고 있는데 이는 곧 모시짜
기의 성스러운 작업을 나타내고, 보이지는 않지만 그 안에 한없이 숭고
한 여인네의 손길을 그려내고 있다. 그리하면서도 시조 작품을 통한 가
락과 율조를 나름대로 멋스럽게 펼쳐나가고 있는 것이다.

끊어질 듯 새벽 햇살/꾸리에 감겨지고//
비치는 푸른 살결/숨어서 뛰는 정맥//
올올이 피륙은 짜여/영겁으로 펼쳐지네///

—「한산초·10」 전문

"햇살", "살결"과 "피륙"과 "꾸리", "정맥"이 "영겁"으로 어우러져 모시가
정성스레 짜여지는 동적인 삶의 모습에서 실로 엄숙한 작업의 신성함을
보다 성스럽게 펼쳐내고 있다. 작업하는 묘사를 통하여 절로 일종의 음
악 소리 같은 것을 담고 있어, 이는 곧 소리가 작업에서 시작되지만 인간
의 음성을 통하여 작품이 되고 저절로 음률을 가지게 되고 혈액 순환처
럼 순환되듯 숭고하고 성스러운 아니마 상에 닿고 있다는 뜻이다.

넷째 단계는 거룩하고 가장 순수한 지혜, 모나리자상인데 이는 사람의
한계를 벗어난 범 우주적 아름다움까지 확장되고 있다는 말이다.

천방산 걸친 구름/때론 천둥 울고 가고//
만 갈래로 찢어져서/원한도 몸살 앓는//
몇 생을 표류한 새벽/해조음도 끊어지고///

— 「한산초 · 27−사녀멀」 전문

"천방산", "구름", "천둥"과 "몸살", "표류"를 통하여 "해조음"이 끊어지는 충청남도 서천 지방의 아름다움을 드러낸다. 서천은 차령산맥 아래 금강이 가로로 대전 지방에서 부여 백마강을 거쳐 이곳 서천 지방에서는 신성리 갈대밭을 지나 장항과 군산 사이로 서해에 드는가 하면, 세로로는 서해 바다가 드넓게 펼쳐져 꽃게나 새우, 박대와 모시조개는 물론 조기와 조기의 사촌격인 황석어가 철마다 가득한 고장이다. 천방산은 서천의 중심에 자리잡은 해발 323미터의 산이다. 사녀멀은 역시 이 고장의 작은 동네이름이다. 신 시인은 이러한 풍광을 나고 자란 한산이라는 고장을 통하여 진한 향토애를 드러내는데 이는 곧 자연을 가장 자연스럽게 보아 현상학적 측면에서 판단 중지시킨 경우로 모나리자 같은 아니마 상을 드러내고 있다.

물새가 목이 쉬면/갈꽃은 누렇게 펴//
뿌우연 저녁노을/두엄으로 쏟아지고//
별빛은 불붙지 못해/가로등불 이어간다///

— 「한산초 · 43」 전문

"물새", "노을", "별빛"과 "갈꽃", "두엄", "등불"을 이항대립적으로 대비시켜 한산 지방의 아름다움을 다시 드러내고 있다. 서천군 내에는 홍림저수지, 봉선저수지를 비롯한 여섯 개의 넓은 호수가 자리 잡고 있고, 군의 한가운데 천방산이 높게 솟아 있어 강과 호수 바다와 산이 잘 어우러져 그 풍치가 그저 그만인 곳이라는 점은 앞의 경우에서 밝혔다. 다만 신

결제와 인연의 미학

시인은 이렇게 소박하고 아름다운 한산 지방의 이미지를 통한 향수와 애향의 정서를 표출하는 방법이 자연을 자연 그대로 던져두고 바라보는 태도가 남다르다는 점이 특이하다. 이는 실로 기호학적인 면에서 실어증적 어투를 쓰는 시인의 특성을 넘어 부연할 말이 없이 조용히 자연애와 생활 감정 같은 것이 가장 유효하게 드러나면서 자연을 자연답게 바라보는 신 시인의 건강한 모습이라 여겨진다.

> 한산의 하늘에는/눈물이 섞여 있어//
> 바람 불면 독한 농약/들녘에다 뿌려놓고//
> 밤 내내 강물은 흘러/하구둑서 신음한다///
>
> ──「한산초 · 48」 전문

"하늘", "농약", "밤"과 "눈물", "들녘", "둑"을 통하여 자연스러운 이미지 구축을 하되 츠베탕 토도로프의 말처럼 인류의 문화 역사는 결국 한 권의 책으로 꾸며지고 마련된 것과 같아서 서로 영향을 주는 모든 것이 밀접하게 짜여져 상호 연관 있음을 말하였고, 줄리아 크리스테바는 이를 '상호텍스트성'이라 하였는데 한산 지방의 소박하고 아름다운 모습과 훼손되어가는 농촌 현실을 안타깝게 생각하면서도 과장 없이 있는 그대로를 보여주어 독자로 하여금 무언가를 깨닫게 하는 기법을 채택하였으나 내실은 신 시인의 고향에 대한 극진한 사랑을 담고 있는 점이 특이하다.

신웅순 시조 작품의 특성은 여러 평론가의 의견을 종합하여 페미니즘을 구현하는 갈래의 작품들이며, 이는 특히 작품 분석을 통하여 볼 때 '아니마'라는 의식을 통하여 구현되고 있음을 보았다. 그 갈래로는 이브의 상으로 본능적이고 생물학적인 여성상, 낭만적이고 미적인 수준의 성적인 이미지, 성모마리아상과 같은 이미지 표출로서 영적 헌신으로 지양된 에로스, 거룩하고 가장 순수한 지혜, 모나리자나 현인 같은 자연애를 지향하는 이미지로 분화되어 나타난다. 앞에서 설명하였듯 페미니즘은 널리 말하여 여성 인권 신장의 일환이기에 신 시인은 그런 의미로 여성의 고귀한 존재로 여기는 휴머니스트이며, 구원자이고 더구나 작품 속에 등장하는 아니마가 너무 순수하고 지고지순하기에 참으로 영혼이 깨끗하고 아름다운 시인이라 칭할 수 있다. 더구나 친근감이 나는 언어의 맛과 향기, 구수한 토장국 같은 우리말로 된 명사 등의 인명과 지명은 물론 고사와 속담 격언 등에 흔히 나타나는 말을 어감에 맞게 적절하게 사용하고 있어 말들이 풍기는 어조, 어투, 빛깔, 느낌과 가락에 있어서 나름대로의 아름다운 미적 정서를 꾸며 자신의 정신세계를 풍요롭게 형성하고 있어 보기에 매우 무던하고 좋다. 신 시인의 이러한 문예적인 특성은 보다 계속적으로 연구되어야 하리라 믿는다.

『누군가를 사랑하면 일생 섬이 된다』의 사랑의 숭고 연구

박은선

1. 서론

시조(時調)는 우리 민족이 만든 고유의 단형 정형시의 하나이다. 우리
의 전통적인 문학 양식 가운데 가장 오랫동안 많은 사람에 의해 창작·
가창 되었다. 3장(章) 12구(句)로 이루어진 간결한 형식, 절제된 언어, 시
상의 흐름을 알맞게 통제하면서도 개별적 변이를 소화해내는 서정 구조
를 지니고 있다. 담백하고 따뜻하고 부드러운 미의식을 특징으로 한다.[1]
시조(時調)는 고려 말기[2]부터 발달해 내려온 한민족의 대표적인 정형시여

---

1 한국문학평론가협회, 『문학비평용어사전』(하), 국학자료원, 2006, 320쪽.
2 시조의 형성기라 할 수 있는 시기는, 고려 말에서부터 15세기 무렵에 연시조라
는 새로운 형식이 등장하기 전까지이다. 형식적인 측면에 있어서는, 시조가 신
흥사대부에 의하여 형성된 후, 여말(麗末)·선초(鮮初)를 거치면서 단형시조로서
그 형식이 정제(整齊)되어 정형시로서 완전한 형식과 율격을 갖춤으로써, 시조가
형성·성장해나가던 시기라고 할 수 있다. 내용적으로는 고려에서 조선으로 왕
조가 교체되었던 시대적 배경이 작품에 반영되고 있음을 알 수 있다. 고려시대
시조 작품의 경우에는 조선에 비해 상대적으로 유교 이념이 확고하게 자리 잡기
전이라는 것과 관련을 가지며 서정적이며 낭만적인 성향의 작품이 눈에 띄는 것
이 특징이다. 아울러 왕조 교체기에 있어서는 고려의 멸망과 조선의 건국이라는
역사적 상황 속에서 그 희비가 교차되는 작품들과 회고를 주로 노래한 작품들을
확인할 수 있다. 김성문, 「時調의 文體 硏究」, 중앙대학교 대학원 박사학위 논문,
2012, 215쪽.

서 우리의 고유한 정서가 고스란히 담겨 있다.

현대시조는 전통과 현대가 조화를 이룬 우리 민족 고유의 문학 형식으로 발전해왔다. 현대시조는 기승전결(起承轉結)이나 선경후정(先景後情)의 원리로만 존재하는 것이 아니라 때로는 더욱 창조적인 시적 추구를 모색해왔다. 시조의 현대성을 확보하려는 노력은 크게 두 가지로 나타난다. 첫째는 추상적이고 관념적인 내용에서 구체적이고 사실적인 현실 인식의 시선으로 서정성을 확대했다는 것이고, 둘째는 시조의 율격을 충분히 아우르면서 형식에 대한 다양한 변주와 실험적 의지가 왕성하게 표출되고 있는 현상을 들 수 있다.[3] 시조의 현대성 확보를 위한 이러한 노력의 중심에 신웅순[4]이 있다. 신웅순의 시적 추구는 정형의 규칙 속에서 자유시를 추구하는 것이 특징이다. 윤금초의 "시조는 곧 시이다. 형식만 정형을 따를 뿐이지 거기에 담는 내용은 오늘의 정서, 오늘의 삶의 이야기를 아우르는 현대시와 같다. 시조는 불완전한 정형시이다."[5]라는 견해에 닿아 있다.

신웅순은 시조 이론서, 시조집, 시조 평론집, 에세이 등 다작(多作)의

---

3 이교삼, 「현대시조의 형식 연구」, 고려대학교 대학원 석사학위 논문, 2007, 2쪽. 참조.

4 신웅순(1951~) 충남 서천에서 태어났다. 대전고를 졸업하고 공주교대, 한남대에서 수학, 명지대 대학원에서 박사학위를 받았다. 1985년에 시조, 1995년에 평론으로 등단하였다. 시조 관련 학술 논문 50여 편, 학술서 『한국 시조창작원리론』외 15권, 교양서 『시조로 보는 우리 문화』 외 3권이 있다. 시조집 『황산벌의 닭울음』, 『낯선 아내의 일기』, 『나의 살던 고향은』, 『누군가를 사랑하면 일생 섬이 된다』, 『어머니』가 있다. 평론집 『무한한 사유 그 절제 읽기』, 동화집 『할미꽃의 두 번째 전설』, 수상록 『겨울비가 내리다』, 『서천 촌놈 이야기』 등 10권의 창작집이 있다. 최근에 시조 시편과 이야기를 엮은 『연모지정』을 출간했다. 시조시인, 평론가, 서예가로 활동하고 있으며 현재 중부대 교수로 재직하고 있다.

5 윤금초, 『현대시조 쓰기』, 새문사, 2003, 27쪽.

창작 활동을 의욕적으로 실천해나가고 있는 시인이다. 신웅순에 대한 기존의 연구들은 주로 현대시조의 이론적 체계를 정립한 학문에 대한 것과 시에 대한 것이 있다. 이광녕은 신웅순이 그의 저서 『현대시조시학』을 통해 시조창작론에 앞서 '시조시학(時調詩學)'이 선행되어야 함을 강조하였던 것에 주목하고 있다. "신웅순의 '시조시학'은 시조의 원리를 규명하는 학문이며 '시조 창작론'은 시조 창작을 위한 이론이다. 그는 이 연구서를 통하여 가곡과 시조창을 비교한 시조의 개념 정리와 함께 현대시조의 창작 원리를 시조시학의 입장에서 밀도 있게 제시하였다."[6]고 하였다. 이완형은 "신웅순 시인의 시에서 느끼는 동시적 감성은 일상성을 뛰어넘는 매력을 지닌다. 동시는 동안, 동심과 일체를 이룰 때 그 효력은 배가된다. 동시적인 객관적 상관물로 시조의 영상을 빚어내면서도 단 한 번의 어색함이나 초라함을 드러내지 않는 것은 시인의 도저한 내성과 끈질긴 수련에서 비롯된 결과라 할 것이다."[7]라고 하였다. 나태주는 "신웅순 시인의 시조시는 연작시 형태를 취하면서 편편이 서로 다른 독립된 단형시조로 표현해내고 있음을 본다. 그것도 '어머니'란 단일 주제 안에 모든 시들을 수렴시키고 있다. 놀라운 일이고 대단한 일이다."[8]라고 하였다. 이상의 논의에서 신웅순의 시조 연구는 주로 시인의 시조의 이론적 체계와 창조 원리, 그리고 그의 자유시 형태의 순수한 시세계에 주목하고 있다.

　본고는 기존의 연구를 참고로 하면서 신웅순 시인이 『누군가를 사랑하면 일생 섬이 된다』에 실린 시들을 종합적으로 고찰하며 시에 나타난 '숭

6　이광녕, 「현대시조의 미의식 연구」, 세종대학교 대학원 박사학위 논문, 2010, 7쪽.
7　이완형, 「내 사랑, 그 무한한 열림의 공간」, 『누군가를 사랑하면 일생 섬이 된다』, 푸른사상사, 2008, 84쪽.
8　나태주, 「또 다른 '자모사초'」, 신웅순, 『어머니』, 문경출판사, 2016, 91쪽.

고(sublime)'에 대하여 논의하고자 한다. 그의 시에는 '사랑'의 공포가 자아내는 두려움, 불편함, 마비, 고통의 의식이 있다. 이러한 시 의식 속에는 에로틱한 힘이 강력히 개입되기도 하고, '사랑'의 경험 속에서 초월 추구가 드러나기도 한다. 이처럼 신웅순의 시에 나타난 사랑의 특별한 위대함은 초월적 이념을 실천하는 '숭고'와 관련이 있다.

"숭고의 어원은 높이 혹은 높음(Höhe)이라는 원래의 의미에서 전이되어 격정적으로 솟아오르는 영혼의 고양(die Erhöhung der pathet isch sich aufs chwingenden Seele)을 지칭하는 데 쓰였던 그리스어 'Hypsos'이다."[9] 그런데 '숭고'는 고대부터 현재에 이르기까지 지속적으로 논의되어 온 미학의 한 분야이다. 고대 미학의 주요 범주가 '비극'이라면 근대 미학의 주요 범주는 '숭고'이다. '숭고'는 그 중심 사상을 '투쟁과 승리', '고통과 쾌감', '투쟁을 통한 초월'에 두고 있다.[10] '숭고'에 대한 것은 롱기누스(Cassius Longinos)로부터 시작된다. 그는 문학의 숭고에 대해 "웅대한 것은 듣는 이들을 설득하는 것이 아니라 황홀하게 한다." [11]고 하였다. 버크(Edmund Burke)는 자기 보존과 사회성이 인간의 두 가지 본능이라고 제시한다. 이에 상응하는 감정이 고통과 쾌감이라고 하였다. 그래서 심리적 차원에서 숭고는 고통에서 유쾌한 감정(delight)으로 전이된 것으

---

9   안성찬, 「숭고의 미학」, 서강대학교 대학원 박사학위 논문, 2000, 21쪽. 특히 이 그리스어는 문학작품을 낭송할 때 느끼게 되는 정신적 고양과 감동을 뜻하였는 데 고대 그리스에서의 문학적 체험은 오늘날처럼 독서라고 하는 간접적인 방식이 아니라 시인이나 낭송가가 광장이나 연회에 모인 청중에게 직접 음송하는 방식으로 이루어졌기 때문에 넓은 의미에서 이 용어는 문학의 창작에서 전달과 감상에 이르는 전 과정을 포괄한다.

10 장파(張法), 『동양과 서양, 그리고 미학』, 유중하 역, 푸른숲, 1999, 201쪽 참조.

11 롱기누스, 「숭고에 관하여」, 아리스토텔레스 외, 『시학』, 천정희 역, 문예출판사, 2002, 267쪽.

로 보았다. 그는 숭고의 원천을 주로 성질에 따라 분류했다. 숭고는 어둠, 힘, 거대함, 무한함, 고요함, 돌연함 등으로 구분했다.[12] 그리고 칸트(Immanuel Kant)는 버크의 숭고에 대한 이론을 철학적 또는 심리학적으로 더욱 심화시켰는데 "숭고란 그것을 단지 생각할 수 있다는 것만으로도 감각기관의 모든 척도를 능가하는 어떤 마음의 능력이 있음을 증명하는 것이다."[13]고 하였다. 그는 숭고의 원천을 인간의 주체적인 실천 활동에서 찾고자 하였다. 브래들리(Francis Herbert Bradley)는 도덕적 힘을 숭고 객체의 특징으로 여겼다. 그는 인간 의지에 적대적인 것, 즉 좌절, 장애 두려움, 위협 같은 것도 미적 객체와 결합될 수 있다고 보았다. 자기 보존의 본능에서 벗어나려는 객관적인 미(美)로 인해 (인간을) 희열하도록 만든다고 하였다. 그는 "폭풍이 바로 이와 같다. 그 파괴성으로 인해 우리는 그것을 거부하지만, 다른 한편으로는 그 웅장한 힘에 매료된다."[14]고 하였다.

본고는 이상과 같은 '숭고'에 대한 담론을 참고하여 신웅순 시에 나타난 '숭고'를 고찰하고자 한다. 시집 한 권을 '사랑'의 연작으로 발표한 점을 고려하여 '사랑의 시학'으로 접근하려 한다.

2. 우연, 그 사랑의 숭고

신웅순은 자신의 저서 『서천 촌놈 이야기』에서 시조의 본질적 구성 원리, 혹은 보편적 진리 체계로서의 시조의 존립, 시조의 미학에 대한 견해

---

12   장파(張法), 앞의 책, 205~207쪽 참조.

13   임마누엘 칸트, 『판단력 비판』, 김상현 역, 책세상, 2006, 91쪽.

14   장파(張法), 앞의 책, 215~216쪽 참조.

를 다음과 같이 밝히고 있다.

> 시조는 12개의 돌로 단칼 승부를 내야 한다. 하고 싶은 말을 해버리면
> 시조는 결국 실패하게 된다. 세상을 살면서 말을 다하고 살 수는 없다.
> 행간마다 하고 싶은 말을 숨겨두어야 한다. 어쩌면 시조가 우리가 살아
> 온 세월과 닮았는지 모른다.[15]

이러한 진술에는 시는 정형성이 생명이므로 그 형식적인 틀을 벗어나
지 않으면서 시의 창조와 변화를 끊임없이 추구해야 한다는 뜻이 들어
있다. 그래서 그 정형성의 여백 속에 시의 수많은 진리를 담아내야 하는
것이 시조의 본질이어야 한다는 것이다

그간의 신웅순의 시조는 자유시처럼 시로서 꾸준히 그 개성적 영역을
확장해 나가고 있다. 시의 의미 구조는 초, 중, 종장이 서로 밀접한 관계
를 맺으며 하나의 주제를 전개하는 방식을 취하고 있다. 그는 시조『누군
가를 사랑하면 일생 섬이 된다』에서 오직 사랑만을 이야기한다. 그가 발
견한 사랑의 사유와 느낌의 방식들은 우리가 흔히 인간 존재의 무한한
갈망이라는 것과 동떨어져 있지 않다. 그것은 우리의 본래 모습인 초월
적 자유를 발견하는 과정이다. 일상적 현실 속에서 갈구하는 사랑이라는
표면적인 모습에도 불구하고 시인은 사랑의 진리를 찾아가려는 시적 탐
구를 보여준다.

스산히
바람 불면
강을

15　신웅순,『서천 촌놈 이야기』, 장수출판사, 2015, 167쪽.

건너고

우수수
낙엽 지면
산을
넘었었지

가슴에
달 뜨고부터는
결국 길
잃고 말았지

— 「내 사랑은 · 9」[16] 전문

　인용시에서 처음 발견되는 것은 정도를 넘지 않는 절제와 균형의 형식
이다. 이 시는 여백에 의해 의미가 구축되고 있다. "스산히/바람 불면/강
을/건너"는 것, "우수수/낙엽 지면/산을/넘"는 것은 시적 주체가 주변의
힘에 민감하게 반응, 이동하고 있는 것을 의미한다. 그런데 "가슴에/달
뜨"면 "길을/잃"는 것은 시적 주체 내부의 힘에 의한 내부의 움직임이다.
외부의 힘이 시적 주체에게 영향을 미치는 것이 그의 의식이 분열되는
모습이라면, 내부에서 내부의 힘이 미치는 것은 그가 강력한 무엇인가에
떠밀려 심리적 변화가 생겼음을 의미한다. 불다, 건너다, 지다, 넘다, 뜨
다, 잃다 등의 동사는 시적 주체의 심리 변화 양태들을 나타낸다. 심연에
달이 떠서 시적 주체가 길을 잃을 만큼인 이것은 어떤 '돌연성'에 의한 자
아의 행로 이탈을 의미한다. 그만큼 '달'은 그의 감정을 고양시키고, 교란

16　신웅순, 『누군가를 사랑하면 일생 섬이 된다』, 푸른사상사, 2008. 본고에서 인용
　　할 모든 시는 이 책의 표기를 따른다.

시키는 원인으로 드러난다. 이것은 "힘의 반작용, 자아 확장의 돌연한 용출이자 혹은 순간적 비상"[17]에 의해 숭고의 근거가 된다.

> 기어이
> 불혹 끝에서
> 파도가
> 이는구나
>
> 한 마디
> 말도 못하고
> 파도가
> 이는구나
>
> 그게 다
> 망초꽃인 줄
> 아는 이
> 하나 없구나
>
> ― 「내 사랑은 · 41」 전문

"기어이"란 말은 '바로 그 순간의 붙들림'이라는 의미가 있다. 이 붙들림에는 "지금 여기에서 무언가가 일어난다"[18]로서 존재하는 그 무엇이란 뜻이 들어 있다. "불혹"의 화자를 향해 "파도"로 이는, 파도로 일어도 화자는 한마디 말도 못 하게 하는 그 무엇이다. 이 파도는 "폭풍우가 이는 바람처럼 우리의 내면을 고조시키는 것"[19]이라는 숭고의 의미를 내재한

---

17 장파(張法), 앞의 책, 215쪽.
18 장 프랑소아 리오타르, 『포스트 모던의 조건』, 유정완 역, 민음사, 1992, 209쪽.
19 진중권, 『현대 미학 강의』, 아트북스, 2003, 235쪽.

다. 주체, 즉 시적 화자는 이 숭고한 제재들을 중심으로 맴돈다. 그런데 시적 화자에게 위력을 가하는 이 파도는 "망초꽃"으로 치환되는데 서로 등가의 의미를 지닌다. '파도'와 '망초꽃'이라는 이질적인 이미지를 제시, 격정과 아름다움을 지닌 외부의 힘이 화자의 내면을 뒤흔들어 어지럽게 하고 있음을 드러낸다. 시적 화자가 처한 상황이 사회적 상황이라는 관점에서 보면 화자는 거칠고 광포하고 매혹적인 그러면서 어떤 필연적인 계기로 인해 극심한 심리적 불안을 겪는 모습을 보인다.

> 나에겐
> 가을과 겨울만이
> 오고 갈 뿐
>
> 늦가을
> 바지랑대
> 낮달 하나
> 걸려 있네
>
> 수신이
> 되지 않는 날은
> 새가 되어
> 날아가고
>
> ―「내 사랑은 · 35」 전문

이 한 편의 시에는 「내 사랑은 · 9」와 「내 사랑은 · 41」의 '돌연함'과 '느닷없음'으로 촉발되었던 '사랑'의 의식이 압축되어 있다. 황량한 늦가을 풍경과 "바지랑대", "낮달", "새"는 이 시의 중요 모티프이다. 바지랑대는 시적 화자의 모습이면서 우주수(宇宙樹)로서의 의미를 지닌다. 이 시의 낮달은 구체적인 '사랑'의 객관적 상관물이며 새는 시적 화자의 지금 이

순간의 심리를 나타낸다. 시적 화자는 자신의 지금 이 순간의 내면을 "가을과 겨울만"이 오가게 한다고 함으로써 그 쓸쓸하고 황량한 내면에 회화의 이미지를 부여한다. 바지랑대에 걸린 '달'은 시적 화자가 달에 향하고 있는 지금 이 순간의 갈망이다. 그 갈망은 화자의 숨을 멎게 하고, 피를 얼어붙게 하며, 몸을 돌처럼 굳어버리게 하는 무엇이다. "다른 어느 때가 아닌 바로 이 순간에 일어나고 있는, 존재하는"[20] 시적 화자의 '달'을 향한 사랑의 의식이다. 이것은 "표면적 풍경이 암시하는 바와는 정반대로, 그 대상이 보여질 수 없는 어떤 것, 혹은 재현될 수 없는 것을 암시하는 것"[21]이다. 겉으로 표현할 수 없는, 재현될 수 없는 '사랑'에 대한 감정이 새가 되어 날아가는 것이다. 시는 새가 높이 날아가는 아득한 하늘이 그 사랑의 무한 크기임을 보여준다.

지난 날엔
달빛이
창가를 다녀가더니

오늘은
영혼에까지
가을볕이

20 진중권, 위의 책, 243쪽.
21 장 프랑소아 리오타르, 앞의 책, 203~204쪽 참조. 장 프랑소아 리오타르는 숭엄한 감정은 '지금 여기'가 암시하는 바와는 정반대로 그 대상이 보여질 수 없는 어떤 것과 재현될 수 없는 것임을 암시한다고 하였다. 그것은 의식으로 파악될 수 없는 것이며 또한 의식에 의해 구성될 수 있는 것도 아니다. 심지어 의식이 그 자신을 구성하기 위해서는 망각해버려야 하는 어떤 것이다. 우리가 규정할 수 없는 것은 무언가가 일어나고 있다는 것이다.

들어와

내 사랑
뜨겁게 적시곤
서럽게도
타는구나

— 「내 사랑은 · 49」 전문

시 「내 사랑은 · 49」에서 "달빛"과 "가을볕"은 시적 화자가 사랑하는 '사
랑'의 주체이다. '달빛'과 '가을볕', 즉 '밤/낮'의 대립은 '차다/뜨겁다'의 대
립으로 변용되어 있다. 그러나 이 '달빛'과 '가을볕'은 '빛'이라는 동질성
에서 서로 등가의 의미를 지닌다. '나'가 '빛'과 만나는 순간에 발견하는
것은 점점 커지는 '사랑'의 크기이다. 이러한 '사랑'은 일방적인 것이어서
열정적이고, 도취적인 동시에 파괴적인 양상을 띤다. 이때 '사랑'의 "서럽
게/타"는 강력한 속성은 '내 사랑'을 점화하고 고통에 이르게 하는 전략적
성격을 갖는다. 그런 의미에서 달빛과 가을볕은 '나'에게 출현해 "고통을
격발시키는 외적 사물"[22]이다. 그것은 숭고함의 알레고리이자 시학적 알
레고리가 된다.

이상에서 살펴본 것처럼 신웅순의 시에서 '사랑'은 시적 주체가 길을
잃을 만큼인 어떤 돌연성에 의해 출현한다. 이것은 그의 자아를 고양시
키고 교란시키는 원인이 되며, 숭고의 근거가 된다. 또한 이 '사랑'은 '바
로 그 순간의 붙들림'으로서 존재한다. 격정의 '사랑'을 '파도'와 '망초꽃'
이라는 이질적 이미지로 제시, 시적 화자의 극심한 심리적 불안을 나타
낸다. 바지랑대에 걸린 '달'을 통해 사랑하는 이에게 가기를 열망하는 모

경계와 인연의 미학

---

22   장파(張法), 앞의 책, 205쪽.

습을 숭고의 시선으로 포착하고 있다. 이렇게 '사랑'은 '달빛'과 '가을볕'이며 이 '빛' 속에서 발견하는 것은 점점 커지는 사랑의 크기이다. 이것은 숭고함의 알레고리이자 시학적 알레고리가 된다.

3. 고통과 쾌락 사이를 부유하는 숭고

버크(Edmund Burke)는 미와 숭고가 서로 다른 경험에서 유래하는 상이한 범주라는 것을 명백히 한다. 미는 질서와 조화 그리고 명료함 등을 속성으로 하는 대상에서 경험되지만 숭고는 그 정반대의 속성, 즉 무질서하고 형식이 없으며 불명료한 대상들에 의해 촉발되는 강렬한 감정이라는 것이다. 이 강렬한 감정에는 고통과 쾌락이 하나로 결합되어 있으며 이 양가성(Ambivalenz)이 숭고의 근본 특징이라고 규정한다. [23] 버크는 숭고와 관련한 감각을 두 가지로 구분한다. 하나는 '절대적 쾌(快)'이고, 다른 하나는 '고통의 제거 또는 감소'이다. 버크는 고통의 제거나 감소를 '환희(Delight)'라고 한다. 이 숭고의 근원은 우리의 영혼이 느낄 수 있는 가장 강한 감정을 생산해내는 것이다. 고통과 공포는 그것이 실제로 해가 되지 않는 한 숭고의 원인이 될 수 있다. [24]

신웅순의 '사랑'의 시세계는 버크가 제시한 '숭고'처럼 공포와 쾌락이 혼재된 세계이다. "번개에 얻어맞은 것 같은 경험"[25]으로 시작되는 '충동

---

23 안성찬, 앞의 책, 65쪽.

24 이정재, 「근대 이후 숭고미의 역사적 전개」, 원광대학교 대학원 박사학위 논문, 2013, 13~14쪽.

25 미셸 투르니에, 『상상력을 자극하는 시간』, 김정란 역, 예담, 2011, 20~21쪽 참조. 미셸 투르니에는 사랑의 격정은 사랑하는 대상의 어리석음, 비겁함, 천박함 따위엔 관심이 없다고 진술한다. 그는 이 격정의 사랑 이후엔 이혼하는 일만 남

과 충돌의 세계이다. '사랑'을 향한 두려움과 매혹의 의식이 순환, 반복되어 나타나고 있다. '사랑'의 고통에 견딜 수 없을 것 같으면서도 때론 그 '사랑'에 현혹되고 미혹되는 사유로 나타난다.

> 첩첩 잠근
> 하얀 갈증
> 산 하나 앓고 있다
>
> 아침 햇살 산마루에
> 흰 구름 서성대는
>
> 사십의
> 터엉 빈 하늘
> 부욱
> 찢어가는 그대
>
> ─「내 사랑은·5」 전문

인용시에서 "산"은 시적 화자의 "하얀 갈증"을 표상한다. 갈증은 "첩첩 잠근" 상태여서 그리고 하얀색이어서 '사랑'에 의한 파괴적인 고통이 암시되어 있다. 이것은 자크 라캉(Jacques Lacan)의 "인간의 기본 욕구 너머의 충족될 수 없는 어떤 것"[26]을 가리키는 욕망과도 같다. 이 욕망은 본질적으로 시적 화자의 결여와 관계되는 어떤 것이다. 때문에 '산'은 상징적 사회질서 안에서 기표로서 그 위치를 확보하고 있는 욕망의 실체이다.

"사십의/터엉 빈 하늘/부욱/찢어가는 그대"라는 진술에서 시적 화자가

왔다고 정의한다. 이 광기의 사랑은 성실한 사랑마저도 이 일시적인 현기증의 영향을 받는다고 하고 있다.
26 손 호머, 『라캉 읽기』, 김서영 역, 은행나무, 2007, 136~137쪽 참조.

욕망하는 '사랑'의 대상이 드러난다. '그대'는 시적 화자의 사십 대를 황폐하게 하는 '사랑'의 대상이다. 이렇게 '그대'는 '그대'를 사랑하고 있는 시적 화자를 고립시키고, 고통스럽게 한다. "빈 하늘"은 시적 화자의 모든 자아를 뒤흔드는 지진이며 계시가 되는 상징적인 사랑의 크기이다. 이것을 '부욱 찢어간다'고 함으로써 '사랑'으로 인해 촉발된 시적 화자의 몹시 괴롭고 아픈 고통의 심리를 보여준다. "흰 구름"은 '그대'를 대신하는 기표이다. 그런데 여기에서 주목할 점은 '구름'이라는 기호이다. 순수 순결, 성스러움을 상징하는 흰색[27]의 구름은 물과 관계되기 때문에 풍요, 비옥, 다산(多産)을 상징하면서 "신의 나타남"[28]을 뜻한다. 말하자면 이 시에서 '흰 구름'은 시적 화자의 뮤즈이자 어머니로 인식된다. 또한 이 구름은 사라진다는 점에서 공허, 무상, 허무, 다가가지 못함을 나타낸다. 그만큼 시적 화자가 느끼는 '그대'는 심리적으로 그와 많이 떨어져 있다.

그런데 "아침 햇살 산마루에/흰 구름 서성대"고 있다는 진술에는 '사랑'은 고통스럽지만 고통스럽지 않다는 아이러니한 고백이 들어 있다. '아침', '햇살', '산마루'에서 그 근거를 찾을 수 있다. '아침'은 시작, 기대, 열정을 의미하며, '햇살'은 희망, 기쁨. 젊음이란 의미가 내재하여 있다. '산마루'는 산등성이의 가장 높은 곳인데 이 높이로 하여 이곳은 신성하고, 초월적이며, 순수한 공간으로 인식된다. 이를테면 시적 화자는 그가 사랑하는 '그대'를 아침 햇살 가득한 높은 산마루에 데려다 놓음으로써 자신이 사랑하는 '그대'에 대한 긍정의 심리를 드러내고 있다. 또한 이 '흰 구름'이 서성대고 있는 것으로 하여 '그대'를 향하는 시적 화자의 의식이

27　미란다 브루스 미트포트 · 필립 윌킨스,『기호와 상징』, 주민아 역, 21세기북스, 2010, 283쪽.

28　이승훈,『문학으로 읽는 문화상징사전』, 푸른사상사, 2009, 70쪽.

여전히 현재 진행형임을 보여준다.

　이 시에 제시된 '사랑'은 시적 화자를 "약간의 공포가 수반되고 우리의 마음이 그 대상에 완전히 사로잡혀서 어떤 생각도 못 하고 그 대상에 대하여 그 어떠한 이성적인 사고를 할 수 없는 상태"[29]에 놓이게 한다. 그러나 그는 '사랑'의 고통 속에 있으면서도 동시에 그 '고통'을 기꺼이 감내하고 있는 모습을 보여준다. 이 '사랑'은 시적 화자에게 고통과 쾌감을 함께 부여하는 숭고의 본질과 연관된다.

파도가
이는 날은
둥근 달이
떠올랐지

바람이
부는 날은
목선 하나
떴었지

그대가
보고 싶은 날은
동백 붉게
터졌었지

　　　　　　　　　　　　　　　　　　　　—「내 사랑은 · 39」 전문

경계와 인연의 미학

29　이정재, 앞의 책, 14쪽 참조. 버크는 이러한 상태에서 우리는 숭고의 힘을 느끼게 된다고 한다. 그에 의하면 숭고는 이성적 추론으로 생겨나는 것이 아니고 도리어 우리가 저항할 수 없을 때 우리 안에서 생성되는 것이다.

함박눈 때문에
인생은
굽을 틀고

늘 거기
섬이 있어
사랑은 출렁이나

울음 섞인 내 나이
해당화로 터지고

― 「내 사랑은 · 1」 전문

시 「내 사랑은 · 39」의 "둥근 달"과 시 「내 사랑은 · 1」의 "함박눈"은 시적 화자가 사랑하는 사랑의 주체이다. '둥근 달'과 '함박눈'에서 '둥글다'와 '함박'은 시적 화자가 사랑하는 사람을 향해 있는 사랑의 의식이다. 사랑의 꽉 찬 기표이다. 그리고 시 「내 사랑은 · 39」의 '목선'과 시 「내 사랑은 · 1」의 '섬'은 시적 화자를 표상하고 있다. 위 시들에서 '달'과 '함박눈'은 '목선'과 '섬'으로 수직적으로 이항대립하고 있다. 이러한 대립이 시적 화자의 다가가지 못하는 상실을 드러낸다. 가까이 다가가고 싶지만 그 사랑의 거리가 너무 먼 탓에 사랑하는 사람을 향한 사랑의 욕망만 치열할 뿐이다. 그런데 '뜨다'와 '출렁이다'의 동사는 시적 화자가 사랑하는 사람에 대한 사랑이 여전히 현재 진행형임을 나타낸다. 이 시에서 암시되어 있는 '바다'는 시적 화자인 '목선'과 '섬'이 의식하고 있는 거대하고 무한한 사랑의 크기이자 상실과 억압의 크기이다. 그만큼 시적 화자는 사랑 때문에 고통을 겪고 있음을 나타낸다.

시 「내 사랑은 · 39」의 '동백꽃', 시 「내 사랑은 · 1」의 '해당화'는 '꽃'이라는 점에서 여성을 상징한다. 모두 붉은색을 띠고 있으므로 생명, 심장,

격정, 열정, 욕망, 광기, 불, 공포, 전쟁 등을 상징한다. 이 꽃들은 의식적으로 제어할 수 없는 광포한 사랑으로 인해 고통스러운 심리를 대변한다. 그런데 이들 시에서 시적 화자는 자신에게 심리적 고통을 겪게 하고 있는 사랑하는 사람을 향한 마음을 '꽃'으로 지칭하고 있으므로 이 사랑을 향한 시적 화자의 의식 역시 공포와 쾌락의 의미가 내재하여 있다. 그리하여 "쾌락과 공포가 기이하게 뒤섞여 있는 현기증 나는 불균형 상태에 데려다 놓는 숭고"[30]의 근거가 된다.

그리움의
기슭은
너무나도 차갑다

졸지
않으려고
얼지
않으려고

물 가득
연못에 담고
밤마다
철석거린다

—「내 사랑은 · 14」 전문

이렇게 "졸지/않으려고"와 "얼지/않으려고" 하는 행위는 자아를 그리움의 심연으로 데려가 그 상태를 계속 지속시키고자 하는 시적 화자의 심리이다. 즉 깨어 있기 위해서, 죽지 않으려는 시도이다. '사랑'을 향한 고

---

30 미셸 투르니에, 앞의 책, 148쪽.

178

통스러운 자아 싸움을 그리고 있다. 이 어법은 앞의 시(詩)들보다 더 파괴적이고 더 공격적이다. '사랑'을 향한 감정이 죽을 만큼 괴롭고 고통스러운 것임을 나타낸다. 이 시는 "연못"에 스스로 물을 채워 넣음으로써 '사랑'의 고통을 향유하고 있는, 향유하고자 하는 심리를 드러낸다. "철석거리다"의 동사는 그 운동성으로 하여 '사랑'의 주체, 즉 사랑하는 사람을 향해 있는 시적 화자의 강렬한 사랑이 여전히 진행 중임을 드러낸다. 사랑하는 사람을 향한 고통과 쾌(快)의 의식이다. 마지막 행의 '철석거림'은 '사랑'을 향한 열광과 열정의 감정이다. 이것은 성애적 욕구를 내재한 의식의 충동이자 충돌이기도 하다. 이 "사랑의 힘은 죽음보다 커서, 고통에서 벗어나려는 본능을 압도"[31]하는 숭고에 연계된다.

살펴본 것처럼 신웅순 시에서 '사랑'은 인간의 기본 욕구 너머의 충족될 수 없는 어떤 '갈증'으로 나타난다. 그러나 "아침 햇살 산마루에 흰 구름 서성대"고 있다는 진술 속에서 '사랑'은 고통스럽지만 고통스럽지 않다는 아이러니한 이중적 내면을 드러낸다. 시「내 사랑은·39」의 '동백꽃'과 시「내 사랑은·1」의 '해당화'는 의식적으로 제어할 수 없는 광포한 '사랑'의 이미지이다. 시적 주체를 고통스럽게 하는 '사랑'을 꽃으로 지칭하고 있으므로 사랑은 고통이면서 기쁨이라는 이중적 의식을 드러낸다. 시적 주체는 '연못'에 스스로 물을 채워 넣는 행위를 통해 사랑을 향한 감정은 죽을 만큼 괴롭고 고통스러운 것임을 드러낸다. 시 속에서 "철석거림"은 사랑을 향한 열광과 열정의 감정이며 성애적 욕구를 내재한 의식의 충동이자 충돌로 나타난다. 결국 이 '사랑'은 고통과 쾌락 사이를 오가는 숭고에 연계된다.

---

31 장파(張法), 앞의 책, 214쪽.

4. 초월과 합일의 숭고

줄리아 크리스테바(Julia Kristeva)는 '글쓰기'에 대해 다음과 같이 밝히고 있다.

> 글쓰기는 언어의 범주 안에서 절대로 언어화되지 않은 초언어적인 의미를 암시한다. 간단히 말해서 글쓰기를 언어의 본질 속에서 찾지 말라는 뜻이다. 글쓰기는 언어적 즉각성에서 주어지는 것이 아니다. 글쓰기는 즉각성을 벗어나서, 기호 그리고 나아가 명명된 것의 외관을 벗어나 해석해야 한다. 글쓰기는 의미가 고갈되지 않는 것이며, 오직 끝없는 해석으로만 이해할 수 있다.[32]

줄리아 크리스테바의 분석처럼 신웅순의 시를 언어의 범주 안에서 해석하면 자칫 그 본의를 놓칠 수 있다. 그의 시에서 발견되는 특징 중의 하나는 '기호'를 통해 축조한 시의식이다. 그의 시의 기호는 "기표가 계기가 되어 기의들을 찾는 과정"[33]이다. 그의 시는 표면에 파도, 섬, 빈 배, 하늘 등의 풍경 이미지를 배치, 그 풍경에 대해 이야기를 하고 있지만 기표를 해석하지 않으면 시의 의미를 찾아내기란 쉽지 않다. 이것은 시인이 4음보격 구조로 이루어진 가장 정제된 시조의 형식과 문장을 놓치지 않으면서 시 속에 시의 다의성을 추구하려는 고도의 시적 전략이다.

신웅순이 '사랑'의 숭고를 통해 드러내고자 하는 것은 인간의 초월 심리이다. 시인은 자신의 한계나 절망을 뛰어넘음으로써 인간만의 존재 방식인 '변화'를 모색한다. 그것은 시인을 새로이 창조하게 하고 세계와의

---

32 줄리아 크리스테바, 『반항의 의미와 무의미』, 유복렬 역, 1998, 408쪽.
33 김경용, 『기호학이란 무엇인가』, 민음사, 2002, 125쪽.

합일을 시도하려는 의식이다.

> 아마도
> 저
> 수평선였는지
> 몰라
>
> 그래서
> 더욱 서럽고
> 그래서
> 더욱 절절한
>
> 한 척 배
> 세월의 끝에
> 매어 있는지
> 몰라

― 「내 사랑은 · 15」 전문

　신웅순의 시에는 파도, 바다, 섬, 배, 하늘 등의 바다 이미지가 많다. 이
것은 시인의 고향인 서천(舒川)의 바닷가 이미지가 투영된 것이기도 하
지만 '바다'가 상징하고 있는 모성의 이미지와 연관되어 있다. 즉 시인의
'사랑'의 연작시 속 바다 이미지는 모든 생명이 탄생하였던 어머니 품으
로 돌아가고자 하는 존재의 회귀 의식으로 이해할 수 있다.
　이 시에서 "수평선"은 '사랑'의 주체인 '너'와 '나'의 심리적 거리를 나타낸
다. 그만큼 '사랑'의 주체인 '너'는 '나'와 멀리 떨어져 있다. 폭풍우처럼 몰아
치던 '사랑'의 광기를 이제 멀리 바라볼 수 있게 되었다. 사랑의 고통과 압
박에서 벗어나 '나'는 이제 일정한 거리를 두고 바라볼 수 있게 된 것이다.

이 거리가 의미하는 것은 '사랑'에 초연해진 자아의 일정한 '거리 두기'[34]를 의미한다. 이 시에서 '배(船)'는 시적 화자를 의미한다. '나'가 '사랑'의 열정을 수평선 너머에 위치시키는 것은 광기의 '사랑'을 욕망하던 현실 세계가 아닌 자신을 관조해보는 세계에 가 있는 내면이다.

참으로
비가 많고
눈이 많은
사십에

참으로
산이 높고
강이 깊은
사십에

그 누가
맨 나중에 와
등불 하나
걸고 갔나

—「내 사랑은 · 31」 전문

"비"와 "눈"은 사적 화자에게 찾아왔던 자신의 "사십"대 때 '사랑'의 열병을 암시한다. 그 '사랑'의 크기는 "산"과 "강"의 이항대립을 통해 구축

---

34 장파(張法), 앞의 책, 205~206쪽. 버크는 심리적 차원에서 숭고를 유쾌한 감정 (delight)으로의 전이라고 규정한다. 그는 위험이나 고통의 압박이 너무 가까이 있을 때는 어떤 유쾌한 감정도 생기지 않는다고 본다. 하지만 일정한 거리를 두고 있을 때에는 어느 정도 시간을 두고 이해할 수 있기 때문에 그것은 유쾌함의 대상이 될 수 있다고 하고 있다.

된다. '많다', '높다', '깊다'의 서술어는 시적 화자의 그간의 '사랑'의 고통이 암시되어 있다. 그런데 "등불 하나/걸"고 있는 것은 '사랑'의 고통을 극복한 모습이다. 이를테면 '등불을 거는 것'은 시적 화자가 현실 세계를 벗어나 '안으로 밝아오는 세계'[35]를 구축하고 있는 모습인 것이다. '사랑'은 그에게 큰 고통을 주었지만 그것을 극복, 이성적·정신적으로 거듭난다는 점에서 칸트의 숭고[36]에 연계된다.

> 누군가를
> 사랑하면
> 일생
> 섬이 된다
>
> 유난히
> 파도가 많고
> 유난히
> 바람이 많은 섬

---

35 이승훈, 앞의 책 170쪽.

36 『판단력 비판』에서 칸트는 숭고란 매우 강력한 위력을 지닌 자연 대상(혹은 현상)에 비하면 자연적 존재로서의 자신의 저항력이 무력하다는 감정(불쾌=공포)에서 그러한 자연의 강력한 위력마저 극복하고 있는 또 다른 자신, 즉 이성적·정신적 존재자로서의 자신을 발견하고, 그런 자신이 오히려 고양됨을 느끼는 감정(쾌감=안도감)으로 전환됨으로써 성립한다. 임마누엘 칸트, 앞의 책, 167쪽.
　　이정재는 칸트의 숭고에 대해 다음과 같이 설명한다. 지극히 높은 산봉우리와 소용돌이치는 안개, 그 가운데 홀로 서 있는 인간은 자연의 광대함에 위축된다고 본다. 이러한 그림들은 칸트가 설명하고자 했던 숭고의 시각적 표현이다. 여기서 칸트는 숭고에 대해 예전과 같이 하늘, 신, 태양, 사막 등의 대상이 아닌 인간 주체를 문제 삼는다. 즉 주체는 자신 속에서 숭고함을 발견하는 것이다. 이정재, 앞의 책, 22쪽 참조.

그래서
가슴에는 평생
등불이 걸려 있다

—「내 사랑은 · 47」 전문

이 시에서 "섬"은 시적 화자인 '나'이다. '나'가 '섬'이 된 이유는 "누군가를/사랑"했기 때문이다. '나'는 "일생/섬"이 되고 있으므로 이후로 '나'는 그 모습이 바뀌지 않을 것이다. 여전히 "파도"와 "바람'으로 부는 '사랑'의 감정을 두고서 심리적 평정을 유지하고 있는 이러한 진술은 시적 화자의 자기 초월의 모습이다. 하이데거(Martin Heidegger)는 "초월은 주체를 어떤 내적 공간에 당분간 가두어두었던 경계를 넘어서는 것을 의미하지 않는다. 오히려 넘어서게 되는 것은 특히나 주체의 초월을 근거로 주체에게 개방될 수 있는 존재자 자체이다."[37]라고 한다. 이 시에서 '나'는 정신이라는 내면적 영역을 초월하고 있음을 보여준다. 현존재가 존재자 이전의 존재로 초월하고 있다. 이것에서 장파(張法)가 자신의 저서『동양과 서양, 그리고 미학』에서 언급하고 있는 숭고론을 살필 수 있다.[38]

이 시에서 주목할 것은 "등불"의 의미이다. '나'는 내면적 영역을 초월

37 손영삼, 「하이데거에 있어서 존재와 초월에 관한 연구」, 부산대학교 대학원 박사학위 논문, 2000, 49쪽.

38 장파(張法), 앞의 책, 202쪽. 장파는 자신의 저서『동양과 서양, 그리고 미학』에서 숭고론에 대해 다음과 같이 밝히고 있다. "숭고론이 설명해야 할 것은 인간의 초월심리이다. 그것은 초월의 과정, 즉 초월이 어떻게 발생 · 발전 · 완성되는가를 설명해야 한다. 그래서 숭고론의 기본 전제는 "① 자아라는 존재는 일반적 상황에 있다. ② 자극물이 등장하면서 자아는 자신이 왜소함을 느끼게 된다. ③ 이에 자아는 위대한 무엇인가의 도움을 구하게 되고, 그로 인해 자아는 왜소함을 넘어 숭고의 경지에 이르게 된다. 숭고론의 변천은 바로 '자극물과 위대한 그 무엇' 사이의 변화로 이루어진다. 인류의 진보는 언제나 초월을 동반한 것이었다."

하여 '사랑'의 열정에서 벗어났지만 여전히 가슴속에 "등불"을 걸어놓았다. 바슐라르(Gaston Bachelard)에 의하면 이 '등불'은 "훔치는 것"[39]이라는 의미가 있다. '불'이 간직하고 있는 열은 하나의 재산이며 소유의 의미를 지니고 있다. 그래서 '나'가 걸어두는 등불은 사랑하는 사람을 자신의 심연 속으로 훔쳐오는 것을 의미한다. 그리고 이 불은 '침투'의 의미도 지니고 있으므로 그 사랑에 여전히 스며들고자 하는 욕구도 내재해 있다. 이때 '불'은 그것이 타고 있어서 섹슈얼리티(sexuality)와 연관된다. 또한 '등불'의 따스함은 애틋한 사랑의 기억이라는 의미도 지니고 있다. 그래서 이 내밀한 빛은 존재를 행복의 감정에 휩싸이게 한다. 이렇게 '나'는 가슴속에 '등불'을 걸어두면서 자신의 삶을 재정립한다.

> 강이 있어 꽃은 붉게 피는 것이다
> 산이 있어 꽃은 붉게 타는 것이다
> 그리운 사람이 있어 꽃은 붉게 지는 것이다
>
> ―「내 사랑은 · 34」 전문

이 시는 시인이 시조 형식으로 즐겨 취하던, 시조 음보(音步)를 의미 단위로 하여 세로의 연(聯)으로 나누던 형식에서 벗어나 초 · 중 · 종장의 각 장(章)을 가로로 배치한 독특한 시 구조를 보여주고 있다. 이러한 시 구조는 강력한 메시지를 담기 위한 시인의 의도적인 시적 전략이다. 그간의 시인의 '사랑' 연작시를 통해 유추할 수 있는 것은 "강"은 시적 화자가 사랑했던 '사랑'의 주체이다. "산"은 시적 화자이다. 이 시에서 '꽃이 붉다'의 의미는 시적 화자 자신의 '사랑'을 향한 숭배와 경배의 의식이 들어 있다.

---

39 가스통 바슐라르, 『불의 정신분석』, 김병욱 역, 이학사, 2007, 74쪽.

그만큼 시인이 추구했던 '사랑'은 고귀하고 격정적이었고 파괴적이었고 공격적이었으며 또한 아름다웠음을 고백하고 있다. 그런데 '피다', '타다', '지다'의 동사는 '꽃의 한 주기'라는 의미를 내재하고 있다. 이러한 서사 구조에서 살필 수 있는 것은 '사랑'의 발생·발전·완성의 모습이다. 사랑의 시작과 끝이 서로 이어져 있음을 암시한다. 이것은 숭고의 "모든 장애와 한계를 제거·초월하려는 감각"[40]이며 자연 합일의 관점과 연계된다. 정리하자면 이 시는 '사랑'이란 우리 인간을 초월하게 하는 것이며 그것은 인간 삶의 결핍이 아니라 반대로 삶을 완성하는 것임을 이야기하고 있다. '사랑'은 앞으로 나아가는 것, 낯선 것을 향해 전진하는 것이며 이것은 결국 우리가 우리 자신을 만나러 가는 것임을 이야기하고 있다.

이상에서 살펴본 것처럼 시적 주체가 수평선과 배(船)를 통해 드러내는 것은 '사랑'에 초연해진 자아의 일정한 '거리두기'를 의미한다. 그가 '사랑'의 열정을 수평선 너머에 위치시키는 것은 광기의 '사랑'을 욕망하던 현실 세계가 아닌 자신을 관조해보는 세계에 가 있는 심연을 보여준다. 그에게 '사랑'은 큰 고통을 주었지만 그것을 극복, 이성적·정신적으로 거듭난다는 점에서 칸트의 숭고에 연계된다. 또한 '사랑'의 감정을 두고서 심리적 평정을 유지하고 있는 모습은 시적 화자의 초월의식으로 나타난다. 시 「내 사랑은·34」의 서사 구조는 '사랑'의 발생·발전·완성의 모습을 보여준다. 사랑의 시작과 끝이 서로 이어져 있음을 암시한다. 이것은 모든 장애와 한계를 제거·초월하려는 감각이어서 숭고와 자연 합일의 의식과 결합한다.

---

40   장파(張法), 앞의 책, 215쪽.

5. 결론

이상에서 신웅순 시조집『누군가를 사랑하면 일생 섬이 된다』의 시세계를 숭고의 이론으로 고찰하여 살펴보았다. 시집 한 권을 '사랑'의 연작으로 발표한 점을 고려하여 '사랑의 시학'으로 접근하였다.

먼저 '우연, 그 사랑의 숭고'에 대한 논의를 요약하면 다음과 같다.

신웅순의 시에서 '사랑'은 시적 주체가 길을 잃을 만큼인 어떤 돌연성에 의해 출현한다. 이것은 그의 자아를 고양시키고 교란시키는 원인이 되며, 숭고의 근거가 된다. 시에서 '사랑'의 숭고는 '바로 그 순간의 붙들림'으로서 존재한다. '파도'와 '망초꽃'이라는 이질적인 이미지를 제시, 격정과 아름다움을 지닌 외부의 힘이 시적 주체의 내면을 뒤흔들어 어지럽게 하기도 한다. 바지랑대에 걸린 '달'을 통해 사랑하는 이에게 가기를 열망하는 모습이기도 하다. 이렇게 '사랑'의 숭고는 '달빛'과 '가을볕'이며 이 '빛' 속에서 발견하는 것은 점점 커지는 사랑의 크기이다.

다음으로 '고통과 쾌락 사이를 부유하는 숭고'를 요약하면 다음과 같다.

신웅순 시에서 '사랑'의 숭고는 인간의 기본 욕구 너머의 충족될 수 없는 어떤 '갈증'으로 나타난다. "아침 햇살 산마루에 흰 구름 서성대"고 있다는 진술 속에서, '사랑'은 고통스럽지만 고통스럽지 않다는 아이러니한 이중적 의식 속에서 찾을 수 있다. 또한 시인의 시에서 숭고는 '동백꽃'과 '해당화' 같은 꽃 이미지를 통해 구현된다. 시적 주체가 '연못'에 스스로 물을 채워 넣는 행위를 통해 그 의식을 드러내기도 한다. 시 속 '연못'의 '철석거림'은 사랑을 향한 열광과 열정의 감정이며 성애적 욕구를 내재한 의식의 충동이자 충돌로 나타난다. 때문에 이러한 '사랑'은 고통과 쾌락 사이를 오가는 숭고에 연계된다.

다음으로 '초월과 합일의 숭고'를 요약하면 다음과 같다.

신웅순의 시에서 '사랑'의 숭고는 수평선과 배(船)의 거리를 통해 형성된다. '사랑'이라는 감정에 초연해진 시적 주체의 일정한 '거리두기'이다. 이것은 시적 주체가 '사랑'을 욕망하던 현실 세계가 아닌 자신을 관조해 보는 세계에 가 있는 의식이기도 하다. 시에 제시된 '사랑'은 큰 고통을 주었지만 그것을 극복, 이성적·정신적으로 다시 태어난다는 점에서 칸트의 숭고에 연계된다. 시에서 '사랑'의 숭고는 '사랑'의 감정을 두고서 심리적 평정을 유지하고 있는 존재의 초월을 통해서도 나타난다. 한편 시 「내 사랑은·34」의 서사 구조는 '사랑'의 발생, 발전과 완성의 모습이다. 사랑의 시작과 끝이 서로 이어져 있음을 암시한다. 이것은 모든 장애와 한계를 제거·초월하려는 감각이어서 숭고와 자연 합일의 의식과 결합한다.

신웅순 시조의 특징은 시의 형식으로 시조를 형상화하고 있다는 점이다. 이것은 시조의 절제미와 균제미를 지향하면서 그 형식적 변주를 통해 현대성을 모색하는 방법이다. 이러한 형식의 추구를 통해 시인은 시조 최고의 미적 쾌감을 향유하고자 한다. 한편 시인의 시조에서 발견되는 것은 여러 상징적 기호를 통해 시의 다의성을 시도하고 있다는 점이다. 이것은 시조라는 정형의 틀 안에서 더욱 다양한 의미를 시에 담고자 하는 방법으로 인식된다.

신웅순 시에 나타난 또 다른 시의 특성은 사랑하는 사람을 향해 있는 시의 언술이다. 시인은 '사랑'의 연작(聯作)을 통해 끊임없이 여인을 향한 사랑을 간구하지만 늘 일방적이다. 때문에 이 여인은 실재하는 여성이 아니라 시인에게 영감과 재능을 불어넣는 뮤즈(Muse)로 볼 수 있다. 시는 '사랑'의 숭고를 통해 인간의 근원적 결핍에 대해 묻고 있음도 발견할 수 있는데 앞으로 더 다양한 연구의 모색이 필요하다 하겠다.

본고는 시조를 통해 '사랑'의 숭고 의식을 살필 수 있었다는 점에서 그 의의를 찾고자 한다. 신웅순 시조에 대한 연구는 많이 있었지만 앞으로 다른 시각의 연구가 계속됨으로써 그의 문학적 위상이 새로이 정립되기를 기대해본다.

내 사랑, 그 무한한 열림의 공간

이완형

1. 거리두기 — 독백

신웅순의 시조 세계에서는 지체할 수 없는 '궁금증'이 묻어나온다. "내 사랑은?"으로 시작되는 '궁금증'은 연이은 조어들을 쏟아내면서 내내 시 전체를 지탱하는 힘으로 작용한다. '궁금증'은 동시에 존재론적 사랑과 인식론적 사랑 사이에서 끝없이 회유를 거듭하면서 응어리들을 털어내는 역할도 가능하게 만든다. 그가 그렇게 오랫동안 정성을 들여왔던 '궁금증'이 시공간이 열리면서 더욱더 위력을 발휘하는 것은 이 때문이다.

"참으로 가난하게 살았던, 진절머리 나도록 가난하게 살았던 시절에 한 겨울 한 필 한 필 삼경을 숨소리에 포개놓으면서, 혼자서 기나긴 밤 잉아에 걸고 백마강물 짜아 갔을 어머니의 한"('모시' 이야기)에서 배태되었을 '내 사랑'에 대한 '궁금증'은 그래서 시인의 내면을 읽어내는 잣대로도 응용된다. 이번 시조집 『누군가를 사랑하면 일생 섬이 된다』에서 시조에 대한 그의 열정이 유독 '내 사랑'에만 고스란히 얹히는 이유는 여기에 있다.

그의 시조 세계에서 사랑은 더 이상 사랑(구애–방황, 열애–결별, 순애–애증)으로만 국한되지 않는다. 사랑하는 자체보다 문애(問愛)로 '궁금증'을 유발하는 것부터가 예사롭지 않은 시적 터전은 그래서 충분한 시야를 확보한다. 좀처럼 그치지 않는 한의 근원을 밝혀내려는 시인의 노력은 이제 자아를 떠난다. 자아를 떠난 '궁금증'이 우주론적인 존재 원리와 맞닿는 것도 그와 같은 의미에서이다. 그 한없는 사랑에 대한 물음으로부터 자유로울 수 없는 시인은 '궁금증'에 대한 답을 쉽게 찾지도 찾을 수도 없는 한계에 다다른다. 그러하기에 시인은 말이 없다. 아니 말을 잊는다. 시인의 시조 세계에서 자주 눈에 띄는 무언과 실어는 이러한 현상을 대변하기에 족하다.

독백마저도 무언과 실어로 대치되는 상황에서 시인에게 주어진 선택은 기다림뿐이다. 모태부터 수반되었을 한에서 자신을 꺼내오는 길(나르시시즘)은 수없이 많은 '궁금증'을 촉발시킨, 어쩌면 이 세계에 아직 정착하지 않았을, 사랑을 지속적으로 기다리는(이니시에이션) 수밖에 없다. 시인이 지금까지 탈자아의 형상체로 여겼던 그 사랑은 그래서 우리의 통제 영역 너머에 존재하는 무선성(randomness)이나 불확실성(uncertainty)의 공간과 끝없이 혼동된다.

그 혼돈의 공간을 통어하고 '내 사랑'에 대한 실체를 확인하려는 시인의 열정은 이제 우리의 '궁금증'을 자아내면서 우리 곁에 바싹 다가와 있다. 결코 통제력의 착각(illusion of control)으로 인지될 수 없는 '내 사랑'의 시공은 그래서 시인의 전부가 된 지 오래다.

2. 실종된 자아를 찾아서 – 탐문

신웅순의 시조에서 빈번이 되물림되는 언어들은 라슬렛(Laslett)이 말한 '독자가 나누어 가진 반영'만으로 평가하기 힘들다. '수태된 한'과 '여정의 독'이 합치와 대결을 이루면서 형상화된 그만의 여운이 스며 있기 때문이다. 그것은 또 비관주의나 허무주의와도 구분된다. 비관주의나 허무주의는 대부분 자포와 좌절을 동반하기 일쑤이다. 그래서 맹목적인 집요함이나 극심한 허탈감에 빠지기 마련이다. 하지만 신웅순 시인은 그것들로부터 자신을 보호하려 애쓴 지 오래다. '궁금증'과 그것으로부터 배양된 '기다림'은 그러한 무모주의로부터 일탈을 꾀하기 위해 그가 준비한 방어기제인 셈이다.

신웅순 시인은 유폐된 자아를 꺼내고(나르시시즘), 실종된 자아를 찾기(이니시에이션) 위한 장치들을 일찍부터 준비해왔었다. 『황산벌의 닭울음』으로 자아 탐색을 시작한 시인은 7년여의 사이를 두고 『낯선 아내의 일기』를 누설하고 만다. 그리고 이어진 『나의 살던 고향은』에서 시조에 대한 그의 사랑을 유감 없이 쏟아낸다. 그래도 계속되는 내재된 한은 그를 더욱 동심으로 몰고 간다. 동화집 『할미꽃의 두 번째 전설』은 유폐되고 실종된 자아를 찾아 나선 혹독한 그의 심정을 대변해주는 것에 다름 아니다. 그로부터 다시 8년, 시인은 실종된 자아로부터 또 다른 자아가 있음을 목격한다. 그것은 지금까지 자신이 꺼내고 찾아내야 했던 자아보다 훨씬 더 끈질기게 자신을 자극하는 것이었다. 지천명을 훨씬 지난 지금에서야 목도된 그 자아는 어찌 보면 신웅순 시인이 그토록 인내심을 가지고 '궁금증'마저 유발하며 기다렸던 자아였을 것이다.

신웅순 시인이 꺼내고 찾아야 할 자아(내 사랑)의 대상은 한의 모태였던 어머니도, 수년 한의 세월을 묵묵히 지켜주었던 아내도, 수없이 자신을 굶어먹었던 시대적 적폐도, 순수 작품에 대한 지독한 열정도 모두 가능했으리라 본다. 그런데 우리가 여기서 인내를 가지고 지켜보아야 할 항목은 바로 그러한 대상들을 추출 가능케 한 그만의 장치이다. 시인들은 시를 통해 자신의 환경과 삶의 방식을 변화시켜왔다. 그러한 장치로서 선택된 것 중의 하나가 물질적인 자신의 삶을 정서화함으로써 교묘하게 그것을 은폐시키려는 태도였다.

그런데 신웅순 시인에게서는 그러한 시적 장치는 찾아볼 수가 없다.

누가 보아도 확연히 드러나는 그의 시적 작업은 이를 뚜렷하게 보여준다. 첫 번째 시조집을 뜨겁게 달구던 「한산초」는 그에 대한 확답인 셈이다. 전체의 시 세계가 오직 「한산초」만을 지향하고 있다는 사실은 "내 고향이 참으로 싫다"(나의 살던 고향은)라고 잘라 말하는 그의 심연의 한과 통째로 닿아 있음을 말해주는 것이기 때문이다. 연이어 8년을 기다려 내놓은 「내 사랑은」 역시 그와 동일선상에서 뚫어지게 그를 응시하고 있다는데서 그러하다. 그래서 한 번도 예외를 허용치 않고 되물음되는 「내 사랑은」은 「한산초」를 떠나 일기 시작하는 '궁금증'과 '기다림'에 대한 변론이자 '못다 부친 엽서'에 대한 회의를 동반한다.

동일 제목으로 내려놓은 이와 같은 시인의 시적 장치는 때로 단순함과 단조로움을 전할지도 모른다. 하지만 분명한 것은 그런 시적 장치를 아무나 할 수 없다는 데 있다. 그동안 시인은 잠시도 머무르는 적이 없었다. 그는 학문과 시와 서예, 그리고 시조와 시조창 사이를 수없이 넘나들었고 이제는 그것들을 아우르려는 계획에 흠뻑 빠져 있다. 그런 그에게서 시조와 시조창은 무슨 의미를 갖는 것일까.

그에 대한 해답은 '시조∩시조창∩시조이론'의 공집합을 주창한 시인의 의도에서 구할 수 있을 것이다. 시조와 시조창은 암시조, 수시조창처럼 동반자의 길을 걸어왔다. 하지만 현대시조가 이러한 관계를 외면한 채 현대시와의 조우만을 고집함으로써 이론가(학문)와 작자(시조 창작), 그리고 예술가(시조창) 사이의 이해관계를 좀처럼 좁힐 수가 없었다.

신웅순 시인은 그런 관계에서 이들의 통합을 지속적으로 문제 삼아왔었다. 그는 시조가 결코 시조성과 현대성에서 자유로울 수 없음을 실천적으로 보여준 작가였다. 「한산초」와 「내 사랑은」은 그의 그와 같은 성향을 충족시킨 시조라 할 수 있다. 그렇다 보니 그의 시조는 무모한 실험정신에 경도되지 않는다. 읽혀서 정감을 촉발하고 소리에 얹혀져 유장함을 설창할 수 있는 기예가 돋보이는 이유는 여기에 있다.

> 함박눈 때문에
> 인생은
> 굽을 틀고
>
> 늘 거기
> 섬이 있어
> 사랑은 출렁이나
>
> 울음이 쉬인 내 나이
> 해당화로 터지고
>
> ―「내 사랑은 · 1」 전문

시인에게 "함박눈"은 "몇 번"씩 "돌아도" "언제나 낯선 길"일 뿐인 "세상"("내 사랑은 · 2」)을 용서하는 단서가 된다. 그런데 그런 "함박눈" 때문에 "인생은" "굽을 틀고"만다. "굽"은 '곱다' '굽다'와 맥을 같이하면서 '인생이 순탄치 않다', '인생이 꼬이다', '인생이 뒤틀리다'와 동궤의 의미로 활용되는 것이다. 또 '인생이 지난하다', '인생이 험난하다', '인생이 힘겹다'로 풀이되는 상징어이기도 하다. "함박눈"이 "내 사랑"의 조건이 될 터인데 그것이 도리어 인생의 "굽"이 되고 마는 지독한 현실을 시인은 "늘 거기"서 "출렁이"는 "섬"으로 표현하고 있다. 이 또한 내 "사랑"이 "출렁이"는 "섬"으로 지칭된다는 혹독한 역설과 접하는 것이어서 냉혹함마저 들게 한다.

시인의 바람이 이같이 충격적 고백으로 비춰지는 것은 지난했던 삶이 '내 사랑'으로 반추되기 때문이다. 그것은 '궁금증'과 '기다림'의 반향이 식지 않고 지속적으로 유지되는 방법을 선택하는 시인의 의지와도 직결

된다. '내 사랑'을 "거센 눈보라"에 "휘몰리"(「내 사랑은 · 2」)게 하고 "불혹의" "기슭에 와" "서럽게" "출렁이"(「내 사랑은 · 4」)도록 방치하고 있으면서도 "울음이 섞인 내 나이"에 "해당화로 터지"기를 강하게 열망하고 있는 것에서 드러난다. '해당화'는 죽음이 언급되는 곳이면 언제나 노래되는 꽃이다. '명사십리 해당화야 꽃진다고 서러워 마라 명년삼월에 봄이 오면 너는 다시 피련만'으로 노래되면서 재생의 강한 염원을 담아낸다. 그런 "해당화"에 지천명의 "울음"이 얹혀지면서 참담한 현실을 오히려 당연한 것으로 돌려놓는다. 그것은 시인이 아직도 꺼내지 못한 자아와 실종된 자아에 대해 강한 미련을 보내고 있다는 반어적 언술에 다름 아니다. "밀려오는 파도"를 구학에 둘 수도 없고, "산녘"을 떠날 수도 없는 속앓이 때문에 이는 시인의 이중적 변명은 그래서 더욱 "내 사랑"에 "빗방울"(「내 사랑은 · 4」)만 더해주고 만다.

첩첩 잠근
하얀 갈증
산 하나 앓고 있다

아침 햇살 산마루에
흰구름 서성대는

사십의 터엉 빈 하늘
부욱
찢어가는 그대

— 「내 사랑은 · 5」 전문

가을비는
그 많은
편지

쓰고 갔고

가을 바람은
그 많은
낙서
지우고 갔지

눈발은
이제사 그리운가
산 넘고
또 산 넘네

—「내 사랑은 · 10」 전문

불혹은 완성이라기보다 조각에 가깝다. 파편인 것이다. 얼마나 견디기 어려웠으면 불혹(不惑)이라 했겠는가. "갈증" 그것도 "하얀 갈증"을 참아 내야 했으며, "산 하나"를 통째로 "앓"게 했는데도 그 지독한 한은 떠나질 않는다. 하는 수 없이 "터엉 빈 하늘"을 "부욱 찢"고 갈 수밖에 없다. 불혹을 넘긴 사람이라면 누구나 한 번쯤은 겪게 되는 것이 인생에 대한 회의다. 그래서 인생은 "풀리는" 것보다 "감"(「내 사랑은 · 6」)기는 것이 절반이다. 그 절반이 절망적이면 나를 떠난 우주에도 희망은 없다. "우주에서" "미움 되어" "놓쳐 버린" "철새 울음"에 화자의 심상이 개입된 것은 그 때문이다(「내 사랑은 · 6」). "그리운 것들"과 "파도", 심지어 "바람"마저도 "산너머"에 "있는"(「내 사랑은 · 8」) 것 역시 아직도 시인이 자아 탐색을 끝내지 못한 데서 오는 시련이 아닐 수 없다. 시인의 시조에서 유난히 "산"이 많이 언급되는 까닭도 여기에 있다.

"가을비"가 "쓰고"간 "그 많은" "편지"들은 시인이 찾아야 할 자아요, "가을 바람이" "지우고"간 "그 많은" "낙서"들은 시인이 풀어야 할 한이다.

찾아야 할 자아와 풀어야 할 한이 상충되는 정점에서 시인은 산을 넘어야 한다. 사랑에 대해 시인이 느꼈을 모든 분노, 증오, 절망, 회의, 패배 등이 고스란히 얹혀져 전해지고 있는 산에서는 그 많은 "편지"와 "낙서"도 스산한 것일 뿐이다. "이제사" "그리운" "눈발"이 "산"을 넘고 "또 산"을 넘는 까닭은 이것 때문이다.

시인이 산을 넘어야 하는 이유는 명백하다. 그 이유는 내 사랑에 대한 탐문에서 비롯된다. 통째로 지독히 앓았어야 하고 번번이 고비로 넘었어야 할 "산"의 중독에서 벗어날 수 있는 길을 통감한 시인이 이제 할 수 있는 일은 "내 사랑"을 향한 강렬한 집념과 열정을 키우는 것이다.

3. 타자들과의 조우—대화

신웅순 시인은 일상적 변인들로부터 직관적인 삶을 살고자 했었다. 그런 그가 수많은 비와 눈과 파도와 울음을 만나야 하는 이유는 어디에 있는가? 「한산초」에서 배태된 한을 떨쳐버리지 못한 채 곤혹스러운 '내 사랑'을 찾아나서야 하는 이유는 또 어디에 있는가?

기향(棄鄕)을 선택한 그가 탈자아를 위해 스스럼없이 강을 건넌 것은 그래서 충분한 이유가 있다.

세찬
찬바람도
그 곳에서
잦아들고

종일
눈발도

그 곳에서
잦아드는

아늑한
가슴 한 켠에
등불
걸어둔 그대

— 「내 사랑은 · 11」 전문

시인은 이제 "등불" "걸어둔 그대"를 기다린다. "등불"은 시공간을 초월하는 존재 그 이상의 상징성을 함유한다. 물론 영육 간을 아우르는 형상체로서의 기능도 가능하다. 가시적인 상태를 확인시켜준다는 점에서 시간적 개념을 가지며, 일정한 시야를 확장시켜준다는 점에서 공간적 개념을 가진다. 물질적인 실체들을 확보해주고 실제적인 현상들을 인식케 한다는 점에서 육신을 지배하고, 혜안의 대상인 심안과 무욕의 본질인 득안을 가능케 한다는 점에서 영혼을 일깨운다. 그런 "등불"이 항존하는 "그 곳에서" 성장 가능한 "그대는" 죽음보다 혹독한 사랑을 체험한 자라야 가능하다. 시인에게서 때로 초월적인 삶과 인식 불가능한 가치에 대해 통찰을 요구하는 것은 이 때문이다.

가슴에
일생
떠 있는
달인지 몰라

가슴에
일생
떠 있는

섬인지 몰라

그래서
하늘과 바다가
가슴에
있는지 몰라

—「내 사랑은 · 12」 전문

　신웅순 시인의 시조에서 느끼는 동시적 감성은 일상성을 뛰어넘는 매력을 지닌다. 동시는 동안, 동심과 일체를 이룰 때 효력이 배가된다. 동시적인 객관적 상관물로 시조의 영상을 빚어내면서도 단 한 번의 어색함이나 초라함을 드러내지 않는 것은 시인의 도저한 내성과 끈질긴 수련에서 비롯된 결과라 할 것이다. "가슴" 한가운데에 "일생"토록 "떠 있는" 것이 "달인지" "섬인지" "몰라" "하늘과 바다가" "가슴에" "있는지" 없는지 모른다는 시인의 고백은 그래서 무한한 공간을 확보하며 시정을 확장시킨다.

　'달'과 '섬'은 보통 두 가지 이상의 관념을 전달해주는 요소로 알려져 있다. '달'은 '구제(어둠으로부터의 구제)'와 '보호(식별 불가능한 것으로부터의 보호)'와 '풍요(생번력으로서의 풍요)'와 '생산(여성 상징체로서의 생산)'의 주재자로서, 그리고 '고독(밤에 홀로 떠 있는 존재로서의 고독)'과 '소멸(해와 상대성으로서의 소멸)'과 '회의(어둠 속에서 무엇인가를 감지해야 하는 회의)'와 '절망(이별 대상으로서의 절망)'의 주관자로서 표징됨으로써 그러하다. 반면에 '섬'은 '희망(망망함에서 벗어날 수 있는 희망)'과 '안도(폭풍우와 해일로부터의 안도)'와 '지표(항해 방향으로서의 지표)'와 '고요(혼잡으로부터의 고요)'의 배려자로서, 그리고 '불안(인간 부재로부터 오는 불안)'과 '절박(구조 불가능한 상태에서 오는 절박)'과 '단절(외부와 차단됨으로써 오는 단절)'과 '소외(문명과의 고립에서 오는 소외)'의 인식자로 표장됨으로써 그렇다.

그런 '달'이고 '섬'이기에 시인의 "가슴"에 떠 있는 "달"과 "섬"은 늘 결핍을 수반한다. "그리운 것들"과 "서러운 것들"에게서 끝없이 "바람"이 "불고" 파도가 "출렁"(「내 사랑은·13」)댈 수밖에 없는 것은 그러한 성향이 내재된 까닭이다. 이는 시인이 보강하고 보충해야할 사랑으로서의 "하늘과 바다"를 포용해야 하는 것과 같다.

그런데 하늘과 바다를 가슴에 묻어봐도 "내 사랑은"은 돌아오지 않는다. "수평선"인지도 모른 채 "배" 한 척을 "세월의 끝"에 "매어"(「내 사랑은·15」) 놓고 차가운 그리움에 내맡긴 것도 지독한 '내 사랑'과의 인연 때문이다. 결코 기다림만으로 만족치 못하는 그리움은 이미 싫어나 우울을 동반한지 오래고 죽음과도 친숙한 사이가 되어 있다. 그래서 "졸지"않고 "얼지"않으려고 수없이 "철석거"(「내 사랑은·14」)려만 하는 것이다.

눈물
많은 이가
한 번
다녀갔었지

나머진
물새가
저녁 끝까지
울었었고

내게는
그런 강가가
언제부턴가
있었지

— 「내 사랑은·16」 전문

신웅순 시인에게서 "강가"는 '내 사랑'을 찾지 못할 때 만나게 되는 또다른 도피처다. 그가 아직도 '못다 부친 엽서'를 가슴에 묻고 있는 것도 이와 무관하지 않을 것이다. 바다를 가슴에 가둬놓았는데도 '내 사랑'은 포구로 돌아오지 않는다. 그래서 이번엔 "강"에게 모든 것을 의지해본다. 그것은 "눈물 많은 이가" "한 번" "다녀"가고 "물새"가 "저녁 끝까지" "나머지" "울"음을 터트린 뒤부터였다. 그가 바다를 떠나 "강"에게 모든 것을 의지할 수밖에 없는 것은 강이 덜 멀기 때문인지 모른다. 아니 그가 인식의 터를 묻어놓은 곳이 "강가"라서 그럴 것이다.

강은 곧잘 사람들을 현혹시킨다. 강심이 속내를 잘 드러내려 하지 않기 때문이다. 하지만 강가는 그런 강심과는 대조적이다. 언제나 자신을 드러내놓고 누구를 기다리기 일쑤다. 강가에서 강심을 바라보면 한없이 친숙함이 느껴지는 것은 그러한 이중적 대립이 존재하는 경우여서 그렇다. 단절이 도래할지도 모른다는 생각은 전혀 들지 않고 오로지 '내 사랑'이 건너올 것이라는 환상만을 자아낸다.

한편 "강가"는 조우와 별리의 중간적 역할 공간이기도 하다. 생과 사의 목이요, 합과 산의 터여서 그곳을 통해 수많은 조우가 이루어졌고 수없는 별리가 진행되었었다. 그곳에 거주하는 사람들에게는 삶의 현장으로서의 길목으로, 그곳을 떠나 있는 사람들에게는 고향으로 돌아오는 건널목으로서의 기능성도 함께 가진다. 그런 "강가"에서 시인은 '내 사랑'을 기다린다. "빈칸"과 "쉼표"(「내 사랑은 · 17」)가 되어 떠난 '내 사랑', 그것에 대한 간절함이 곧 "강가"에 모아진다. 시인의 이타적인 여정이 "강가"라는 공간과 만나면서 열린 모습으로 다가오는 현장이기도 하다. 그곳에서 시인은 타자와의 조우를 기다린다.

행간에서

이별한
그 많은
빈 칸들

겨우내
산녁에서
억새들은
목이 쉬고

영원히
침묵한 창가를
흔드는
내 사랑

— 「내 사랑은 · 18」 전문

　시인은 "내 사랑"이 "영원히" "침묵한 창가를" "흔"들 때면 더욱 강렬하게 누군가를 찾는다. 그것은 시인이 결코 편애나 자기애에 집착하고 있지 않음을 보여준다. 빈 잔은 그러한 시인을 위해 확보된 공간이다. 그래서 빈 잔은 "가을비"가 "한 잔" 할 때면 누구의 "등불"(「내 사랑은 · 19」)인지도 몰랐다가, "달빛이" "가져"갈 때면 "제 눈물"을 "담을 수"(「내 사랑은 · 20」)조차 없는 무심과 허심의 자리가 되었어야 한다. 하지만 그 '빈 잔'은 "뜨겁게 울다가"(「내 사랑은 · 26」) "지천명"이 되어서야 잔인하게 "등불"을 "앓"게 만든다. 내 삶의 지킴이가 되어야 할 "등불"이 "앓"(「내 사랑은 · 22」)는 것은 곧 '내 사랑'이 앓는 것이고, 그것은 다시 절망과 환치되면서 또 다른 "설움"(「내 사랑은 · 24」)으로 들어앉는다. 그러다가 "가지도" "서지도" "못하"는 내 "눈물"(「내 사랑은 · 29」)과 합일된다. '눈물'은 정화와 용서의 구성체이자 해소와 안정의 합일체이다. '눈물'을 통해 불안은 카타르시스로 구현되고 응어리는 사랑으로 재현되는 과정은 그러한 기능성에서 비롯된 것이다.

시인이 '궁금증'과 '기다림'을 포기하지 못하고 '내 사랑'을 끝내 찾아나서야 하는 이유가 여기에 있다. 비인부전(非人不傳)도 그러한 시인의 삶에서 배태된 또 다른 실천의지였다. 수많은 타자들과의 조우에서 쓸쓸함을 체험한 시인은 그래서 이번엔 사불범정(邪不犯正)을 체득하게 된다. 그것은 집요하게 '내 사랑'을 뒤흔들려는 집단에 대한 저항이자 수호의 의미 그 이상을 우리에게 안겨준다.

4. 인식의 눈뜸, 그리고 기다림 ― 방백

참으로
비가 많고
눈이 많은
사십에

참으로
산이 높고
강이 깊은
사십에

그 누가
맨 나중에 와
등불 하나
걸고 갔나

― 「내 사랑은 · 31」 전문

내 어머니의 살을 깎아 먹은 눈물은 "비"와 "눈"이 되고, 내 어린 시절을 앗아간 한은 "산"과 "강"이 된다. 자기 합리화가 절실한 불혹에서야 노정되는 이러한 아픔은 '내 사랑'을 찾는 일에 더욱 시인을 매달리게 만든다. 사십은 때로 견딜 수 없는 수치와 굴욕과 상실을 안겨다 주는 경계선이다. 그래서 그 엄연한 현실을 직시한 자만이 지천명의 혜택을 부여 받는다. 시인이 지천명의 끝자락에서도 '내 사랑'을 만나지 못하고 이내 그 냉혹한 불치병에 붙들리고 마는 것은 아직도 마음은 사십에 머물러 있기에 경험하게 되는 혼돈이다. "비"와 "눈", "산"과 "강"이 "참으로" 지척에 많은 것도 그러한 사실을 말해준다. 시인에게 이처럼 "비"와 "눈", "산"과 "강"이 많은 것은 "태어날" "때부터" 생긴 "철길" 때문이다. 처음에는 "철길"이 생기는가 싶더니 불혹이 돼서야 겨우 "간이역"이 놓이고, 그러다가 "이제는" "망망대해의 섬"에 달랑 "터엉 빈" "대합실"(「내 사랑은 · 32」)만 남았다. 철길은 구조상 좀처럼 만남을 허용하지 않는다. 간이역과 대합실 역시 잔존과 연속을 용납하는 공간이 아니다. 그래서 철길은 헤어짐과 기다림으로 인한 아쉬움이 존재하지 않는 반면 언제나 바라보기만 해야 하는 외로움이 사무치는 곳이다. 그리고 간이역은 오고 가는 사람들과 차량들로 인해 단조로움이 존재하지 않는 반면 스치고 지나감으로 인해 항구성이 부재된 장소이다. 대합실은 기다리고 헤어지는 사람들로 인해 외로움은 존재하지 않는 반면 늘 함께 하는 영원성이 결여된 공간이다. 그래서 철길과 간이역과 대합실은 이어짐과 헤어짐, 기다림과 떠나감의 긴박감이 절묘하게 이어지는 곳, 그로 인해 무언과 실어가 실존하는 아이러니한 구조가 아닐 수 없다. 그 불가사의한 구조 사이에서 시인은 '궁금증' 뒤에 도래할 '기다림'의 공간을 확보해야 하는 사명감까지 얻게 된다. 기향(棄鄕)에서 자인된 자아탐색이 방황과 혼돈, 울분과 회의 시대를 거쳐 치유와 용서와 화해의 세계를 향해 내달음치는 단계가 바로 그것이다. 사십에 달랑 "낮달 하나"(「내 사랑은 · 35」) 걸린 "간이역"으로 전락하고 만 '내 사랑'이 "맨 나중에 와"서 "등불 하나" "걸고" 간 사람을 기다리는 것도 그 때문이다.

봄비는
언제나
거기서
떠났었지

저녁눈은
언제나
거기서
그쳤었지

오늘도
잠 못 이루는
먼 철길
간이역 불빛

—「내 사랑은 · 38」 전문

강을
건너기 위해
산은
서있고

산을
적시기 위해
강은
철석거린다

강물에
산이 빠질까

배 한 척
띄우는 강

— 「내 사랑은 · 40」 전문

　"봄비"와 "저녁눈"이 쉴 새 없이 떠나고 그치길 반복할 때마다 '내 사랑'은 한곳에 머물질 못하고 거쳐 가기만 했었다. 그것이 강이든 산이든 바다든 하늘이든 심지어 빈 칸과 빈 잔이든 그저 "간이역"으로 "불빛"만 전해줄 뿐이었다. 그리고 "동백 붉게" "터"(「내 사랑은 · 39」)진 날이면 내 모든 의지의 대상인 이러한 것들이 함몰될까봐 "배 한 척"을 남몰래 "강"에 띄운다. "강을/건너기 위해/산은/서있고" "산을/적시기 위해/강은/철석거"리는 자연 친화적인 시적 구성은 독자의 심상을 매료시키면서 시인의 마음을 올곧이 전해준다. "망초꽃인 줄" "아는 이" "하나도" "없구나"(「내 사랑은 · 41」)라고 개탄하는 시인의 심정에서 이를 알 수 있다. 화해를 꽃말로 가진 "망초꽃"이 망국초(亡國草)로 변질되는 순간이 아닌 이상 시인은 그 마음을 멈출 수가 없다. 그럴 때마다 시인의 시조에서 무언과 실어의 증세가 지속적으로 증가한다. "파도가" "이는 날"에는 "둥근 달이" "떠"오르고 "바람이" "부는 날"에는 "목선 하나"(「내 사랑은 · 39」) 뜨는 것은 절묘한 상충이 엇섞이면서 시인의 굳은 다짐이 결속되는 것이다. 그 오랜 기다림이 매듭질 때까지 무언과 실어가 반복될 거라는. 그런 다짐이 강하면 강할수록 시인은 더 이상 귀향, 실향, 망향이 아님을 숙지하게 된다. 그 인식의 폭이 확산되면 될수록 '내 사랑'의 실체가 다가옴을 실감하게 되는 것이다.

바람은
눈과 비를
데려올 수

있지만

산너머
그리움은
데려오지
못하네

그 때에
불빛은 생겼고
그림자도
그 때 생겼지

— 「내 사랑은 · 42」 전문

누군가를
사랑하면
일생
섬이 된다

유난히
파도가 많고
유난히
바람이 많은 섬

그래서
가슴에는 평생
등불이
걸려있다

— 「내 사랑은 · 47」 전문

시인이 등불을 만난 것은 바람 때문이었다. "바람"이 "눈과 비를" "데려"왔을 때 당연히 '내 사랑'도 동반했으리라 생각했었다. 하지만 지독한 "눈과 비"를 "데려"오는 바람에 "불빛"도 "생"기고 "그림자"도 "생"긴다. 시인의 시조에서 바람과 인생이 동반 상승하는 것은 이 때문이다. 그래서 "인생은", "앉을 자리"가 "없어" "끝없이" "바람"이 부는 것이라고 하고 "꽃들이" "피다만" "것"이라고도 하고 "물새들이" "울다만" "것"이라고도 하면서 자조하게 만든다. 강가에서 얻은 무언과 실어의 철학이 발휘되는 시점인 것이다. 기다리다 지치면 생각하고, 생각하다 지치면 다시 그리워하고 그리워하다 지치면 어느덧 "강가"에서 "눈썹 젖"도록 눈물짓는다. 이 냉혹한 역설은 시인에게 '내 사랑'에 대한 끝없는 갈망을 부르짖도록 강요한다. 눈물은 흐르는 것이므로 일부러 퍼포먼스를 하지 않는 한 눈썹이 젖을 리 없다. 눈썹이 젖을 정도의 눈물을 흘리려면 몸이 눈물 속에 잠겨야 가능하다. 그 정도의 눈물이라면 그것은 곧 죽음을 의미한다. 죽음까지 경험해본 뒤라야 눈과 비도 없고 바람과 울음도 없는 무욕, 무상의 지평을 열게 되는 것이다. "참으로" "서러운" "사람은" "파도"도 없고 "참말로" "그리운" "사람은" "바람"(「내 사랑은 · 45」)도 없는 "불빛"이 머무는 공간, 그 공간이야말로 '내 사랑'에 대한 조작되지 않은 인식의 터를 가리킨다.

　시인은 다시 "섬"이 된다. 아니 그것은 "섬"이 "바람"과 "파도"를 앉고 다시 시인이 되는 과정이다. "섬"이라는 객관적 상관물이 "바람" "파도"라는 심상적 상관물과 합치되면서 일궈내는 이미지가 무척이나 돋보이는 대목이다. "섬"이라는 부정적 이미지마저도 왜곡된 채 "유난히"도 "바람"과 "파도"가 많은 "섬"은 그래서 사람들의 시야에서 멀어질 수밖에 없다. 그런 그곳에 "등불"을 "걸"어야 하는 것은 시인의 '내 사랑'이 도래하지 않아서이다. "등불"을 걸면 '내 사랑'은 당연히 내 곁으로 와야 한다는 진술이 절대로 필요한 것은 이 때문이다. '사랑 → 섬 → 등불'로 이어지는 시상의 전위는 그래서 특별하다.

시인은 이제 '못다 부친 엽서' 앞에서 망설인다. 그러다 "울음의 절반"을 "그대에게" "부치"(「내 사랑은 · 48」)는 것으로 마무리하려 한다. 그것은 인식의 눈뜸을 보여주는 것인 동시에 시적 삶에 대한 생명력이 지속되는 정황을 드러내주는 것이다. 타자와의 조우를 통해 자아 탐색에 실패한 시인이 '내 사랑'의 실체를 우주론적 본질에서 찾고자 한 발 내디디는 입아 과정과 마주하는 장면이 아닐 수 없다. "지난 날에" "창가를" 다녀간 달빛이 오늘은 "영혼에까지" 들어온 "가을볕"과 만나 "내 사랑"을 "뜨겁게 적시곤" "서럽게도" "타는"(「내 사랑은 · 49」) 것은 나만의 자조이지 '내 사랑'의 회신이 아님을 직관하게 됨으로써 인식의 눈뜸은 비로소 자리를 여는 것이다. '속이는 사람을 만나거든 성심으로써 감동시키고, 포악한 사람을 만나거든 온화한 기운으로써 감화시키며, 마음이 비뚤어 삿되고 사욕으로 왜곡된 사람을 만나거든 명분과 정의와 기개와 절조로써 격려하면, 천하에 내 도야 속으로 들어오지 않는 사람이 없을 것(遇欺詐的人，以誠心感動之．遇暴戾的人，以和氣薰蒸之．遇傾邪私曲的人，以名義氣節激勵之．天下無不入我陶冶中矣)'이라는 『채근담(菜根譚)』의 진술이 신웅순 시인의 고백과 맞닿는 것도 이러한 입아의 과정과 무관치 않을 것이다.

시인이 여전히 '못다 부친 엽서' 한 장을 되뇌는 것은 그 곁에 아직도 '궁금증'과 '기다림'의 주체인 '내 사랑'이 도래하지 않고 있다는 반증이다. 그래서 봄비가 내리는 날이면 시인은 시를 쓴다. '못다 부친 엽서' 한 장을 가슴 한 켠에 두고 시조를 쓴다.

5. 여운―침묵

신웅순 시인의 '내 사랑'은 언제 돌아올지 모른다. 모태의 한과 여정의 독소를 해소하고, 궁금증과 기다림을 위한 순결한 기도를 드리고, 화해와 용서를 위한 소곡을 준비하고, 귀향과 실향에서 벗어나기 위한 희망의 움직임을 마련할 때, 자연이 다가올지도 모를 '내 사랑', 그 내 사랑이 그래서 무척이나 궁금하다.

신웅순의 시세계

최길하

신웅순 시인의 『누군가를 사랑하면 일생 섬이 된다』, 『어머니』 두 시조집을 단숨에 읽었다.

풀잎 끝에 대롱거리는 맑은 이슬방울, 그 눈망울에 비친 풍경이라고 비유할까. 아님 소매끝동에 앉은 색동, 고와서 더욱 서러운 물색, 이런 것으로 눈과 마음을 기를 때 소소한 바람 같다고 할까?

"이 맑은 눈물과 눈물에 어리는 그리움과 설움의 무지개 파문은 어데서 왔지?"

"어쩜 내 주파수와 이리도 같지?"

풀잎같이 풀잎에 앉아 우는 풀벌레같이 여리게 떠는 마음, 이 마음을 길러낸 풍경과 삶의 사연이 궁금했다. 검색창에 물어보았다.

신웅순 시인의 작품을 감상하며 뿌리를 찾아보았다. 그가 살아온 고향 산천 환경을 풀어놓은 글을 발견했다. "신웅순의 시 이야기"를 만났다. 거기서 그는 유년의 풍경화를 보여주었다.

시인을 따라 시인의 고향 산천으로 시인의 유년 시절로 시공간을 거슬러 소풍 가듯 동행해본다.

산은 달 때문에 저리도 높고
들은 달 때문에 저리도 멀다
일생을 기다려야 하는 산 일생을 보내야 하는 들

「어머니·44」이라는 작품이다. 그리고 시의 배경을 다음과 같이 회상하고 있다.

> 나는 산과 들을 보며 자랐다. 초등학교나 면사무소에 갈 때면 산을 넘고, 중학교나 읍내에 갈 때는 들을 건넜다. 초등학교 때는 무서운 공동묘지를 지났고 중학교 때는 긴 개천을 건넜다.
>
> 거기서 나는 초등학교, 중학교를 다녔고 나이 들어선 잠시 초등학교 선생을 했다. 초년 20년을 고향에서 살았다. 내 교과서는 산과 들, 강이 전부였다. 산과 들을 외우며 강을 복습하고 또 복습했다. 밑줄을 그어가며 바람소리로 꽃 이름을 외우고 새 울음을 익혔다.
>
> 내 고향의 달은 언제나 산에서 떠서 들을 오랫동안 비추다가 산으로 졌다. 달 때문에 산은 높고 달 때문에 들은 멀어졌다. 산녘에서 누군가를 기다렸고 들녘으로 누군가를 보냈다. 이것이 내 고향의 숙명이었다. 그때 그 달은 내 가슴에 떠서 영원히 지지 않고 있다. 어두울 때마다 지금도 내 인생의 들을 멀리 비추고 있다.
>
> 내 고향은 충남 서천이다.

이 몇 줄의 시와 시의 배경으로 그의 내경(內景)이 환히 보인다. 더 이상 설명할 것이 없다.

그래 그의 감각기관엔 그런 색소(色素)가 있었어.

그의 시각, 청각, 후각, 촉각에는 풀잎 끝에 매달린 이슬, 소매 끝동의 색동처럼 고와서 그 극치에 어리는 서러움의 파문이 늘 무늬를 짜고 있었어. 그 무늬로 일평생 자기를 흔들었고 삼라만상을 흔들어 공명하며 감각하고자 했어.

풀섶에 살던 풀벌레가 풀 한 포기 없는 시내에 가끔 날아와 울음을 잃고 말라가는 것을 목격한다. 그 풀벌레는 울음이 터지지 않지만 속으로 울 것이다. 그 풀벌레의 속울음 같은 것이 신웅순 시인의 시다. 바닷물도 이어진 탯줄은 첩첩산중 옹달샘이다. 그 속울음을 더 따라가보자

울음은 글자가 없어
띄어 쓸 수가 없다

읽을 수도 지울 수도 없는
그런 문자 있었나

내 삶이 그런 것이라면 빈 칸들은 어쩌는가

—「어머니 · 25」 전문

언제나 봄비는 산 너머 그 바위 밑에서 오랫동안 내렸다. 거기에는 진달래가 나를 반겼고 산딸기가 내게 미소를 보냈다. 그 봄비가 왜 오랫동안 내렸는지 모르겠다. 고향을 떠나고 싶어 주룩주룩 내렸는지도 모르겠다. 반세기를 고향 밖에서 살았지만 지금도 고향이 그리운 것은 그 때 그 봄비 때문이었다. 나는 그때 아버지보다도 나이를 더 많이 먹었다.

산 같은 아버지였고 들 같은 어머니였다. 산과 들은 예대로인데 오래 전에 아버지는 산을 넘고 어머니는 들을 건넜다. 다시 산 같은 나와 들 같은 아내가 남아 또 나의 자식들을 기다리며 살고 있다. 이제는 고향집이 아닌 도심의 회색 아파트에서 살고 있다. 도시에 살면서도 그래도 보이는 것은 산과 들이 전부였다. 보고 배운 것이 그것뿐이었으니 그래서 나는 도심의 나그네가 되었는지 모르겠다. 고향에서 오랫동안 내리던 그 봄비는 불립문자였다. 띄어 쓸 수도 없고 읽을 수도 없고 지울 수도 없는 그런 문자였다. 그래서 나는 봄비의 고독을 모른다. 모르는 것이 나에게는 더 어울릴지 모른다. 나머지 생각을 정리했으나 이렇게 또 한 수가 나머지로 남았다. 어머니의 불립문자로 남았다.[1]

그의 창인 마음의 눈은 항상 진달래 피는 산언덕 그때 그 시절의 어머니 아버지를 겹쳐서 사물을 읽고 있는 것이다.

---

1 『뉴스서천』, 2016.2.22(월)

시인은「봉숭아」,「무꽃」이라는 시를 쓰며 이런 회상도 하고 있다.

누이도 나처럼 이순에 들어섰다. 주름살이 늘고 머리 위에는 두껍게 하얀 눈이 쌓였다. '참, 세월 빠르지. 뜬구름 같아, 세월이.'

옛날 어른들은 늘 그렇게 말씀하셨다. 정말 그렇다. 어버이 제사 때나 눈발처럼 찾아오는 누이. 어떤 땐 매니큐어 대신 손톱에 빨간 봉숭아물을 들이고 온다. 그 분홍빛 반달이 아득히 산을 넘어갈 때 누이는 무슨 생각을 했을까.

봉숭아를 바라보면 왜 그리도 측은지심이 생기는 것인지. 감나무, 달빛, 장독대가 생각나고 누이가 생각난다. 저녁 바람, 저녁 햇살도 생각난다. 잊을 때도 되었건만 가난했던 그 때를 잊지 못하는 것은 나의 못된 성정 탓이리라. 누가 예쁜 꽃을 보면서 그랬다 한다. '저 꽃 때문에 내가 죽을 수 없어.'

나도 그 짝이 되어 가는가. 듣기만 해도 왈칵 눈물이 쏟아질 것만 같은 봉숭아. 무엇이든 조금은 서러워야 예쁘고 아름다운 법이다. 누이 같은 봉숭아가 바로 그런 꽃이다. 끝없이 저며와 내 가슴에서 해마다 피고 지는 내 고향집 빨간 홑봉숭아.[2]

어머니는 일생 일만 하다 갔다. 밭일과 집안일만 하다 갔다. 아침에 밭에 나가 일하고 점심때가 되면 집에 와 점심을 차렸다. 그리고 밭에 나가 또 일을 하고 저녁때면 돌아와 또 저녁을 했다. …(중략)… 누구 하나 읽어주지 않는 '어머니'. 나는 어렸을 때 어머니와 함께 밭에 나가곤 했었다. 아름답게 피어 있는 자주감자꽃이 참으로 좋았고 청량한 무꽃이 그렇게도 좋았었다. 어머니와의 아련한 추억이 깃든, 누구 하나 눈길을 주지 않는, 나에겐 서러운 무꽃이었다.[3]

2   『뉴스서천』, 2012.9.3.
3   『뉴스서천』, 2012.2.13.

지금까지 신웅순 시인의 내면을 훔쳐보았다.

우리 뇌는 어떤 상(像)을 보고 느끼는 감정이 과거 경험에 의해 잠재해 있던 이미지(외경과 마음에 비친 내경까지)에 의해 지금 보는 상을 재해석(흔들어서 본다)한다고 한다.

'모아레(Moiré)'는 빛의 신비로운 현상을 이르는 아름다운 모음의 프랑스 말이다. 속이 환히 비치는 반투명한 비단이나 명주 노방 같은 옷감이 빛과 바람에 아롱거릴 때 서로 교직하며 일어나는 빛의 간섭 무늬를 말한다. 규칙적으로 되풀이되는 모양을 여러 번 거듭하여 합쳐졌을 때, 이러한 주기의 차이에 따라 시각적으로 만들어지는 줄무늬다.

모아레가 빛의 간섭 무늬라면 소리의 간섭 무늬는 공명이다. 삼라만상의 모든 물질은 자기 고유의 진동지수 즉 자기의 주파수 채널 사이클이 있다는 것이다. 음악에서 음계가 3도의 배수로 파고를 형성하며 어울리는 소리 즉 화음이 형성되듯 말이다. 우리나라 범종은 혜원의 〈미인도〉처럼 종의 치마 끝이 살짝 오므라져 있다. 그래서 웅웅거린다. 살짝 오므라져 벌어진 입 때문에 자기 소리를 자기가 가두어 되새김질하며 울음을 증폭시키는 것이다. 그래서 엉엉 울듯 삼라만상을 흔드는 소리의 파도가 되는 것이다. 과거 우리 어머니들이 신세 한탄을 소리로 풀어내던 것도 같은 원리다. 소리로 자기 속에 들어 있는 화뭉치의 주파수를 맞춰 공명을 일으키고 화덩이를 고체에서 액체를 거치지 않고 드라이아이스처럼 바로 기체로 승화시키는 것이다.

물리적 형상학적으로는 빛과 소리의 두 축이, 또 형이상학적 생각이라는 뇌의 과거 경험과 망상에 의해 이 3합의 상호작용으로 세상의 모든 상(像)과 념(念)은 맺힌다. 상(像)은 상(相)이 만들어가는 공명 주파수의 잠깐 잠깐의 착시현상이라는 것이다.

빛, 소리, '념(念)'의 공진과 상호작용이 어찌 보면 우리가 실체라고 하는 착각의 꿈 속에 헤매게 하는 것이다. 그러나 어느 누구도 이 착각을 착각으로 생각하지 않아야 삶이 된다.

미국 워싱턴주 타코마 해협에 놓인 다리가 어이없이 바람에 무너진 적이 있다.

미국 현대 건축 기술의 자존심을 건 건축물이었던 만큼 타코마교는 시속 190킬로미터의 초강풍에도 견딜 수 있도록 설계됐다. 그런데 완공 석달 만에 불과 시속 70킬로미터의 바람에 맥없이 무너져 내린 것이다.

흔들림(공진) 현상 때문이었다. **이 세상 모든 물체는 저마다 고유한 진동을 가지고 있다.** 같은 진동수를 갖는 소리굽쇠 둘을 연이어 놓고 한쪽 소리굽쇠를 치면 다른 한쪽도 같이 울리게 된다. 다른 진동수를 가진 것을 놓을 경우 같은 실험에 소리굽쇠는 진동하지 않는다.

"다리의 내진 내구력에 비하면 솔솔 부는 봄바람 정도인데 그 다리가 무너진다?"

이것이 바로 공명 공진이고 화음의 상호작용이며 큰 흔들림이 되기도 하고 세상만물이 이 현상으로 반짝반짝 현현하는 것이라고 한다. 즉 '찰나생찰나멸' 하는 불티라는 것이다. 시와 음악은 공명 공진의 증폭기인 것이다. 깊이 들어가면 시와 음악엔 아주 정교한 과학의 원리가 들어 있다.

히트곡과 명시가 되는 것은 청자와 독자를 어떻게 공명시키느냐 어떻게 흔드느냐다. 그러자면 받아보는 사람의 주파수 공명 화음하는 주파수를 보내야 같이 떨며 수신이 되는 것이다.

50~60대의 농어촌 환경에서 자란 사람들은 신웅순 시인의 시가 가슴을 울리는 주파수가 맞는 노래가 될 것이다.

몇 편의 시조를 보자.

풀벌레 울음 섞인
한세상 앓고 난 후

그렇게 퍼붓다가
함박눈은 떠났는데

술잔에 저 하늘 말고 멀리 섬도 떠 있다
— 「내 사랑은 · 3」 전문

60갑자는 형이상학적 하늘의 수인 10의 배수와 땅의 수인 12동물 12의 수가 교직하며 만나는 공배수다. 이 속에는 어떤 비밀이 들어 있는지 사주팔자를 척척 짚어낸다. 실을 뽑았으면 옷감을 짜야 한다. 하늘의 수 간지로 씨줄을 걸고 땅의 수 지지로 무늬와 씨눈을 엮어나가는 것이 인생사 삶이라는 것이다. 아마 운명이라는 말에서 명은 바꾸지 못하는 간지인 씨줄 같은 것이고 운은 지지의 날줄처럼 무늬도 넣고 거칠고 섬세한 베올을 조율하듯 인생사를 엮어나가는 그런 이치는 아닐까? 인생사가 60갑자 속 공약수 공배수의 변곡점에서 굽이지고 꽃 피는 것, 갑자가 지나면서 눈을 감고 돌아보면 바로 이런 시가 될 것이다.

세찬 찬바람도 그 곳에서 잦아들고
종일 눈발도 그 곳에서 잦아드는
아늑한 가슴 한 켠에 등불 걸어둔 그대
— 「내 사랑은 · 11」 전문

포유류는 부모의 품에서 자라다가 씨앗을 만들 조건이 되면 몸이 꽃이 된다. 꽃이 피고 씨앗을 만든다. 포유류의 사랑 모성은 자기의 한시성을 영원성으로 만들려는 DNA적 요소가 들어 있기 때문이다. 부모의 품에서 사춘기가 되면 뛰어나왔다가 씨앗을 다 만들고 나면 부모의 품 같은 것이 그리워지게 된다. 생물학적으로 호르몬 분비가 그렇게 되어 뇌를 움직인다는 것이다. 유년의 그 품이 다시 그리워지는 인생의 계절에 시인의 그림자가 보인다.

> 강가에 혼자 왔다간 달빛일지 몰라
> 누구의 울음 남겨둔 등불일지 몰라
> 늦가을 그대 가을에서 한 잔하는 이 가을비
> ──「내 사랑은 · 19」 전문

> 제일 외로운 곳에 놓여 있는 빈 잔
> 그 바람소리 듣는 이 아무도 없는 빈 잔
> 달빛이 가져가 제 눈물도 담을 수 없는 빈 잔
> ──「내 사랑은 · 20」 전문

인생을 돌아보는 나이가 되었을 때 남자(아버지)와 여자(어머니)의 뒤에 생기는 그늘이 좀 다르다. 남자 즉 아버지는 가끔 섬 그림자를 만들고 싶어 한다.

고독하게 떨어진 섬, 그 섬 그림자가 되고자 한다. 그런데 참 이상도 하지, 그렇게 만든 고독이 자기 위안이 된다. 인생이 이쯤 되면 병이 병을 거느리며 산다.

> 바람은 눈과 비를 데려올 수 있지만
> 산너머 그리움은 데려오지 못 하네
> 그때에 불빛은 생겼고 그림자도 그 때 생겼지
> ──「내 사랑은 · 42」 전문

시인의 창은 유년의 산언덕과 들녘으로 향해 있다. 그때의 유년이 인

상파 화가의 그림처럼 시시각각 변하며 반짝거리는 빛살의 변화라면 지금은 그 빛 뒤에 그림자를 보는 것이다. 즉 그림자 진 의경(意景)을 보는 것이다.

> 세상에서 제일 멀 때 철새는 아득히 운다
> 울어도 별이 되지 않는 철새가 있다
> 끝없이 별이 되지 않는 그것은 그리움
>
> ——「내 사랑은 · 46」 전문

인생이 아득해 보이는 시다. 한 무리의 철새떼가 가물가물 사라지는 허공의 하늘이다. 시인은 지금 그 허공을 바라보고 있는가?

제5부

그리움, 그 영원한
아타락시아

사랑, 그 아늑한 가슴에 피어난 영혼의 등불

— 신웅순 시인의 시세계를 탐구하다

이석규

1

필자는 신웅순 교수의 시조집 『누군가를 사랑하면 일생 섬이 된다』(2008)와 『어머니』(2016) 등 두 권을 중심으로 그의 시세계를 두루 여행하고 관광하며 탐구하고자 한다. 아마도 푹 빠져서 헤어나지 못할 지도 모른다. 전자는 「내 사랑은 · 1」부터 「내 사랑은 · 50」까지 같은 제목으로 된 50편의 시조를 연작시 형태로 싣고 있으며, 후자는 시조집 제목과 같은 시조 「어머니 · 1」부터 「어머니 · 58」까지 모두 58편을 실은 시조집이다.

이 두 시조집의 공통점은 각각 하나의 제목으로 된 단시조 모음집이며, '사랑'을 주제로 하고 있다는 점이다. 물론 '사랑'과 '어머니'가 동의어는 아니다. 하나는 추상어고 하나는 구체어며, 하나는 의미 범주가 넓고 다른 하나는 대상과 개념이 구체적이고 분명하다. 그런데 우리는 종종 '어머니'를 사랑의 상징으로 여기거나 사랑의 환유(metonymy)적 표현으로 인식한다. 그런 의미에서 두 시조집에 흐르는 공통 제재는 온전히 '사랑' 하나로 일관되어 있다. 그러니까 신웅순 시인의 작품은 처음부터 끝까지 사랑을 이야기하고 노래하며 사랑을 신음한다. 한마디로 신웅순은 '사랑의 시인'이다.

이 시집들을 읽는 동안 내내 사랑이란 무엇일까? 그리고 신웅순 시인이 추구하는 사랑의 세계는 어떤 것이며 세상을 향하여서는 무엇을 이야기하고 싶은 걸까? 사랑이 투영된 창의적 세계를, 그 체험을 어떻게 자신에게 그리고 독자들에게 호소하고 있을까 하는 궁금증을 지울 수가 없었다.

세상에는 참으로 많은 사랑이 존재하며 그 개념 정의도 다양하다. 사랑을 내용에 따라 에로스, 필리오, 아가페로 나누기도 하고 또 어떤 종교에서는 탐애(貪愛), 갈애(渴愛)와 법애(法愛), 자애(慈愛) 등으로 나누기도 한다. 이는 각각의 종교나 문화에 따라 성자들, 현자들이 오랜 세월의 체험과 인생의 원리를 바탕으로 인식하고 있는 합리적 견해들일 것이다. 그리고 그것을 통하여 우리는 사랑의 본질을 이해하며 동화되기도 한다.

그러나 어찌 겨우 몇 가지의 개념으로 사랑의 그 개별적 상황과 변화에서 우러나는 아픔과 기쁨을, 그리고 절절함과 그 소중함을 다 드러낼 수 있을까?

사랑이 잉태되고 발생하고 진행되기 위한 정신적 심리적 요인은 첫째로 인간이 지니는 대상을 향한 합일 욕구가 바탕을 이룬다. 그리고 합일 욕구의 결과는 공존이요 나아가서는 융합일 것이다. 경우에 따라서는 대상을 흡수하거나 대상에게 흡수되는 것일 수도 있다. 좀더 쉽게 이야기하면 공간과 시간을 함께하고 싶은 욕구요. 육체적 물리적 동행이나 공유는 물론 생각과 느낌의 공유도 포함된다. 그리하여 합일 욕구가 완전히 이루어졌을 때 무한한 평화와 안정감, 기쁨과 만족감을 누리며 나아가 그 속에서 완전한 해탈을 이룰 수도 있을 것이다. 그러나 이러한 일단의 사랑론은 결국 이론이 그렇다는 이야기일 뿐이다.

둘째로 사랑이란 나를 위하는 것이 아니라 대상을 위하는 것이라는 이야기다. 나를 위한 것을 욕구, 욕망이라 하고 상대를 위한 것을 사랑이라고 한다면, 분명 욕망과 사랑은 반대어요 상대어이다. 그런 의미에서 사랑은 나의 행복이 아니라 상대를 행복하게 만드는 것, 상대를 이해하고 존중하고 보살피며, 기쁘고 행복하게 하는 것, 잘 되게 하고 아름답게 만드는 것, 그것을 위하여 노력하는 것이다. 그리고 그렇게 노력하는 것이 아무리 힘들고 고통스러워도 그 자체가 진정한 기쁨이요 즐거움이요 그 자체가 너무 좋기 때문에 그 일에 집중하고 열심을 다할 수밖에 없는 상태에 있는 것, 그것을 사랑이라고 하는 것이다.

이 두 가지 요인은 각각 사랑이 내포하는 서로 상반되는 속성이다. 이 두 가지 핵심 요소 때문에 사랑은 정말로 소중한 것이지만, 바로 그 때문에 진정한 사랑을 이루기는 결코 쉽지 않다. 더구나 사랑은 그 속성이 언제나 완전을 추구하고 또한 무한을 추구한다. 그러니 불완전하고 유한한 인간에게 진정한 사랑을 이루기가 얼마나 어려운가? 매양 부족하고 매양 배고픔을 느끼지 않을 수 없는 것이다. 그래도 그게 좋은 걸 어찌한단 말인가. 그리하여 인간은 누구나 그것을 위하여 아픔과 슬픔과 서러움 속에서 끝없이 좌절하는 형극의 길을 마다 않고 걷게 되는 것이 아니겠는가!

2

내 사랑은!

이러한 사랑을 신웅순 시인은 특유의 섬세하고 예민한 감각으로 더욱 구체화하여 새로운 이미지로 구체화한다. 그리하여 더욱 아프고 춥고 그리고 따뜻한 사랑의 리얼리티를 아주 새롭고 다양하게, 누구나 공감할 수 있도록 끊임없이 제시하고 보여준다. 특히 감각적 측면에서의 접근이 뛰어나다.

세찬/찬바람도/그 곳에서/잦아들고

종일/눈발도/그 곳에서/잦아드는

아늑한
가슴 한 켠에
등불
걸어둔 그대
　　　　　　　　　　　　　　　—「내 사랑은 · 11」 전문

　먼저 시인은 사랑이 잉태되어 싹트는 곳에 대하여 언급한다. 사랑은
너무 소중한 것이어서 아무 데서나 피어날 수 없다고 한다. 그곳은 아무
리 세찬 비바람이라도 그냥 잦아들고 아무리 심하게 쏟아져 내리는 눈발
이라 해도 흔적 없이 잦아들 수밖에 없을 만큼 그렇게 포근하고 아늑한
곳, 사랑은 바로 그곳에 잉태된다는 것이다. '가슴 한 켠'이라고 표현된
그곳은 결국 마음의 가장 깊숙한 안쪽, 세상에 태어나서 겪는 어떤 고초
와 세파에도 흔들린 적이 없는 가장 안정되고 편안한 곳이다. 인간의 내
면에 가장 깊은 곳 그리고 결코 변하지 않는 곳, 바로 인간의 본성(本性),
그곳일 터이다, 이를테면 진아(眞我)요, 진여(眞如)이다. 그곳에서 사랑이
싹튼다. 그러니까 사랑은 바로 그곳에 켜진 등불이라는 것이다.
　신웅순 시인의 사랑은 이렇게 시작한다. 그것이 앞으로 어떤 모습으로
어떻게 변하든 아무 문제가 없다. '참'에서 생성된 것이기 때문이다.

당신은
나에게
첫 기도 첫 눈물
　　　　　　　　　　　　　　　—「내 사랑은 · 28」 부분

그리하여 시의 화자는 '사랑'을 스스로의 첫 기도였고 첫 눈물이었다고 고백한다. 그가 사랑을 알기 전엔 기도하지 않았다. 그럴 필요가 없었던 것이다. 눈물을 흘리지도 않았다. 그럴 일이 없었던 것이다. 그럼에도 그것은 결코 비극을 불러오는 피해야 할 대상이 아니라 처음으로 진실로 소중한 그 무엇을 깨닫고 알게 하는, 그 무엇을 얻었음을 의미한다. 그에게 사랑의 의미는 이와 같은 것이다.

참으로/비가 많고/눈이 많은/사십에

참으로/산이 높고/강이 깊은/사십에

그 누가
맨 나중에 와
등불 하나
걸고 갔나

— 「내 사랑은 · 31」 전문

따라서 신웅순의 사랑은 메마르고 힘든, 일도 많고 탈도 많고 사연도 많은 인생길에서 세상을 환하게 비춰주는 유일한 꿈이고 희망이며 보람이다. 낙타가 사막에서 오아시스를 가슴에 품는 것과 다르지 않다. 그것을 마음에 미혹됨이 없는, 호수처럼 잔잔함을 견지할 수 있는 불혹(不惑)에 이르러서야 새삼스레 그러나 진지하게 깨닫는다.

가슴에
일생
떠 있는
달인지 몰라

가슴에

일생

떠 있는

섬인지 몰라

—「내 사랑은 · 12」 부분

살아온 것은/꽃들이/피다만/것이고

나머지는/물새들이/울다만/것들이다

강가에

혼자 있을 것 같은

눈썹 젖은

내 사랑

—「내 사랑은 · 44」 전문

　사랑이란 아름다운 것이다. 행복한 것이다. 그리고 외롭고 슬프고 아픈 것이다. 그러나 사랑이 없이는 언제나 미완성이다. 사랑과 하나 되기 전엔 꽃들도 피다 만 것이요, 물새도 울다 만 것이다. 살아온 날들이 그랬고 살아갈 날도 그럴 것이다. 언제나 가슴이 뻥 뚫린 공허 속에서 채울 수 없는 없는 가슴을 안고 살아가야 하는 것이 인생이다. 오직 사랑만이 유일하게 나를 채우고 완성시켜줄 대상이다. 그러나 그 사랑이 항상 나와 함께 있는 것이 아니다. 사랑은 어디 갔을까? 아무리 생각해도 해가 기울어져 저무는 세월의 강가에 저 혼자일 것 같다. 깊은 슬픔에 젖은 채. 그리하여 나도, 사랑도 슬픔에 젖어 울고 있을 수밖에 없는 것이다. 이제 사랑의 부재 속에, 그 공허 속에 사랑을 만나기를 소망한다. 그러나 사랑을 완전히 상실한 것은 아니다. 만나지 못했을 뿐이다. 사랑을 누리는 것 못지않게, 사랑의 부재를 확인하고 그것을 찾아 헤매고 또한 기다리는 아픔은 사랑 속에 깃들인 또 하나의 본질적 속성인 것이다.

누군가를/사랑하면/일생/섬이 된다

유난히도/파도가 많고/유난히도/바람이 많은 섬

그래서
가슴에는 평생
등불이
걸려있다

—「내 사랑은 · 47」 전문

사랑에는 고통과 슬픔이 따른다.

일단 사랑이 시작되면 그것이 물리적이든 심리적이든, 생명과 생명의 관계이든, 사랑의 주체와 그 객체는 특별한 관계로 맺어진다. 세상 그 누구도 범접할 수 없는 두 사람만의 새로운 공간이 창조되는 것이다. 그것이 기쁨이든 외로움이든 그 무엇이든 모든 것과 단절된 특별한 관계이다. 사랑은 그래서 '섬'이다. 당연히 외로움도 두려움도 겪게 될 것이다. 아픔과 질병도 몰아칠 수 있다. 왜냐하면 사랑은 완전한 것인데, 사랑을 하는 주체와 대상인 객체는 목숨을 가진 불완전한 존재이기 때문이다. 그것이 피할 수 없는 사랑의 행로이다. 그래도 좋다. 그래도 기쁘다. 그래도 행복하고 만족스럽다. 왜냐하면 사랑하고 있기 때문이다. 시인은 그것을 보여주기 위하여 '등불'이란 언어를 선택한다. 시인은 사랑이라는 추상의 구상화, 관념의 구체화를 이런 식으로 창출해낸다.

그에게 있어서 사랑이란 가슴에 한평생 떠 있는 자기만의 세상을 비추는 달이요, 세상의 모든 것과 단절된 자기만의 섬이다. 이러한 달과 별이 존재하기 위하여 스스로의 가슴 속에 하늘과 바다가 존재한다는 것이다

(「내 사랑은 · 12」 참조). 지극히 심리적 상황과 형상을 시인 특유의 공간 지각력으로 구체화한 새로운 세계이다.

빈 칸이
되어 떠나갔지
쉼표가
되어 떠나갔지

—「내 사랑은 · 17」 부분

풀벌레/울음 섞인/한세상 앓고 난 후

그렇게도 퍼붓다가/함박눈은 떠났는데

—「내 사랑은 · 3」 부분

빈 잔을
서성이던
빗방울
거기 없다네

—「내 사랑은 · 8」 부분

　신웅순은 스스로가 창조한 시 세계에서 가장 극적으로 표현하는 화자가 되어 끊임없이 그 절절함을 호소한다. 정성을 다하여 추구하는 사랑이, 아니 사랑의 대상이 떠나갔다고. 그런데 그 사랑의 대상은 흔히 '그대' 또는 '임'이라고 불리는 물리적 대상만을 의미하지는 않는다. 오히려 심리적 대상을 지칭하며, 불완전한 인간이 추구하는 완전에의 못 미침을 포함한다. 어쩌면 후자가 더욱 중요한 것일지도 모른다. 이른바 '곁에 함께 있는 그대가 그립다'는 바로 그것이다. 사랑의 떠남 그래서 사랑의 부재를 인식하기 시작하면서 사랑은 다시금 변용된다.

산을/넘지 못한/그 많은/눈발들은

깊은 밤/읽는 이 없는/기인/편지를 쓰고

빈 칸이
되어 떠나갔지
쉼표가
되어 떠나갔지

—「내 사랑은 · 17」 전문

인간의 한계에 부딪쳤을 때, 그 한계 안에서 아무도 알아주지 않는 수많은 소망과 이야기들을 눈발은 송이송이 송이가 되어 휘날린다. 그리고 남은 것은 텅 빈 마음의 공간, 그리고 어쩔 수 없는 단절, 그리하여 새로운 부재의 현장을 체험한다. 그것 역시 사랑의 또 다른 의미요 형상이다. "빈 칸", "쉼표"는 대상의 부재와 그 부재의 심리적 공허, 그 변화의 진실을 형상화한 멋진 은유들이다.

빈 잔엔
낱말들이
잠 못 자고 있는데

달빛이
다녀간 밤엔
영혼마저 잃는구나

—「내 사랑은 · 28」 부분

임의 부재는 시간이 지날수록 상실감에 빠져든다. 그것은 새로운 소망 새로운 열망으로의 통로가 된다. 바로 그리움이라는 통로다. 신웅순 시인의 사랑은 바로 이 부분에 집중한다.

세상에는 많은 고통이 있다. 두려움, 외로움, 허무감—모든 고통은 결국 이 세 가지로 휘갑칠 수 있을 것이다. 그런데 그리움은 이 모든 것을 포함하고 또 초월한다. 그래서 그리움을 가장 아름다운 고통이라고 했던가. 신웅순 시인을 앞에서 '사랑의 시인'이라고 했는데, 그중에서도 그리움 쪽으로 많이 경도되어 있는 것 같다. 아마 이루어진 사랑보다 맺지 못한 사랑이 더 오래 기억되기 때문일 것이다. 더 아름답게 느껴지기 때문일 것이다. 그리움의 연원은 사랑의 떠남, 부재, 상실감, 그리고 때로는 소망에서 오는 것이기 때문이다. 그리하여 그것은 절망과 희망을 동반한다. 결국 합일에의 갈망이다.

> 가을비는/그 많은/편지/쓰고 갔고
>
> 가을바람은/그 많은/낙서/지우고 갔지
>
> 눈발은
> 이제사 그리운가
> 산 넘고
> 또 산 넘네
>
> —「내 사랑은 · 10」 전문

말 그대로다. 가을비는 시정(詩情) 같은 많은 사연을 가슴에 남겨두었다. 그리고 가을바람에 모든 것이 지워지고 모든 흔적이 이제는 사라진 것 같다. 남은 게 없다. 불현듯 공허감이 몰려든다. 그렇게 되고 난 후에야 진짜 그리움은 눈발처럼 "산 넘고 또 산을 넘어" 아득히 번져나간다는 것이다. 그의 시세계에서 그리움은 시간과 공간 속에 편지, 낙서, 가을비, 가을바람 그리고 휘날리는 눈발의 역동적 역할로 이미지화하고 있

235

다. 그리고 매 표현마다 애틋한 분위기와 정조, 곧 그리움의 실체가 알알이 살아나고 있다.

> 그렇게/부딪치고도/소리하나/남지 않고
>
> 그렇게/부서지고도/적막하나/남지 않고
>
> 소리도
> 적막도 없는
> 그리운
> 그대 생각
>
> —「내 사랑은 · 21」전문

　　소리 하나 적막 하나 남지 않은 텅 빈 마음의 공허 속에 소리도 적막도 없는 그리운 그대 생각, 그대를 향한 순도 100%의 그리움으로 가득 채우고 있다. 일찍이 만해 선생은 "타고 남은 재가 다시 기름이 된다"고, 그래서 님의 어둠(중생은 알 수 없는 진리)을 밝히는 꺼지지 않는 작은 등불이 되고 싶다고 하였거니와(한용운의「알 수 없어요」참조) 신웅순 시인은 재도 기름도 없는, 모든 것을 다 비운 마음의 공간 전부를 그리움으로만 가득가득 채우고 있다. 이러한 그리움은 이미 슬픔도 기쁨도 넘어선 차원에서 저『중용(中庸)』이 말하는 솔성지위도(率性之謂道)라는 그 도(道)의 차원을 살고 있는 것이 아니겠는가!

> 그리움의/기슭은/너무나도/차갑다
>
> 졸지/않으려고/얼지/않으려고
>
> 물 가득

연못에 담고
밤마다
철석거린다

— 「내 사랑은 · 14」 전문

　사랑을 이루고 싶으나 능력 밖의 차가운 현실 속에서 마지막 순간까지 끈을 놓지 않으려는 안간힘으로 끝없이 출렁거리는 그리움의 실체를 본다. 그것은 이미 비원(悲願)이 되어버린 합일의 열망이다. 어쩌면 이제는 손을 놓고도 싶은데 그리움 그 자체가 스스로를 유지하려고 하는 구심력, 아니 극대화한 염원이 마침내 사랑을 이루려는 더욱 큰 집념으로, 결코 멈출 수 없는 출렁거림에 빠져든다. 집요하고 끈질긴 생명력이 창출해내는 그리움의 이미지이다.

3

아침/그 하늘이/얼마나/촉촉했는지

저녁/그 하늘은/또 얼마나/그윽했는지

찔레꽃
필 때쯤이었나
뻐꾸기
울 때쯤이었나

— 「어머니 · 57」 전문

어머니!
　어린 시절의 어머니는 누구에게나 이 세상의 전부다. 신웅순 시인은 어머니와 함께하던 시절을 이와 같이 회상한다. 모든 것을 생략한다. 그러고도 모든 이야기를 다 하고 있다. 그분과 함께 하던 시절은 아름다움 그 자체였다. 기쁨과 즐거움이 가득했었다. 무한한 평화와 충만함 그 가운데서도 결코 잊을 수 없는 그윽한 서정−어머니와 함께한 모든 구체적 행복을 시인은 슬쩍 비켜선다. 그냥 비단 같은 그날의 후광 한 자락만 슬쩍 내비친다. "아침 하늘이 말할 수 없이 촉촉했고, 저녁 하늘은 말할 수 없이 그윽했다"고. 절제력이 돋보이는 그야말로 여백의 미를 극대화한 절창이라 아니할 수 없다.

여기서 '어머니'에 대한 그리움과 사랑은 앞의 시조집 『누군가를 사랑하면 일생 섬이 된다』의 그것과 근본적으로 완전히 하나임을 알 수 있다. 그것이 신웅순이 외치는 사랑의 온전한 품격이요 심미적 우주이다.

> 구름은/길 없이도/왔다가는/또 가고
>
> 바람은/길 없이도/갔다가는/또 오는데
>
> 어쩌랴
> 평생 가슴에서
> 철썩이는
> 파도는
>
> —「어머니·38」 전문

이 시조 초장, 중장에서는 안타깝게도, 정말로 안타깝게도 어머니는 되돌아오실 수 없는 분임을 감추고 있다. 행간이 그것을 침묵으로 전제하고 있음을 본다. 그리고 그 사실은 시인도 알고 독자도 안다. 잘 알고 있지만, 아니 잘 알고 있기 때문에 결국 포기하는 수밖에 없지만 오히려 더욱 잊을 수가 없는 것이다. 결국 종장에서는 그로 인하여 극대화한 그리움과 슬픔을 체념으로 그리고 자발적으로 수용하고 있음을 볼 수 있다.

늦가을/잎새 하나/천년으로/지고 있다

물빛도 스쳐가고/불빛도 스쳐가고

불이문
끊어진 길을
초승달이
가고 있다

―「어머니 · 35」 전문

　이제 시간이 차면 잎새도 지고 계절도 가고 사람 또한 가는 수밖에 없다. 그리하여 알 수 없는 영원 속으로 영영 사라져가는 것이다. 그다음은 기약할 수가 없다. 우리가 아는 것, 우리가 체험하고 누리고 사는 것은 모두 완전한 것이 아니기에 이 세상에서 진리로서 완성될 수 없다.

　불이(不貳)란 둘이 아니라는 뜻이다. 생과 사, 만남과 이별이 그러하고, 부처와 중생도 그 근원은 하나라는 뜻이다. 이 불이문을 들어서야만 진리의 세계로 갈 수 있다. 그런데 이 불이문이 어찌 이승과 이어져 있을 수 있단 말인가. 그것은 다음 세상에서나 가능한 이야기이다. 알 수 없는 세계, 인간의 한계 너머까지 이어지는 한없이 아름답고 슬픈 어머니에 대한 그리움은 빛나는 사랑의 가교가 되어 초승달로 빛나고 있다. 어머니의 이미지와 어머니에 관련된 정서가 너무도 신비스럽고 한국적이다.

　신웅순의 두 권의 시조집『누군가를 사랑하면 일생 섬이 된다』와『어머니』는 전적으로 사랑이라는 주제의 작품을 묶은 시조집이다. 그런데 이제까지 보아온 바와 같이 전자는 일반적 사랑 전체를, 후자는 어머니에 관한 사랑을 토로하고 있는데, 이를 비교하면 다음과 같다.

　첫째, 전자 곧『누군가를 사랑하면 일생 섬이 된다』에서의 사랑과『어머니』에서의 사랑은 예시문「어머니 · 57」에서 보았듯이 완전히 동일한

이석규 사랑, 그 아득한 가슴에 피어난 영혼의 드높

사랑이다. 곧 '사랑' 하면 어머니고, '어머니' 하면 사랑이다. 전혀 차이점이 있을 수 없다. 둘째, 그러나 「어머니 · 38」과 「어머니 · 35」에서는 『누군가를 사랑하면 일생 섬이 된다』에서의 사랑과 차이점이 발견된다. 곧, 『누군가를 사랑하면 일생 섬이 된다』에서 사랑은 설혹 사랑이 떠남으로 인해 느끼는 부재와 상실감 또는 공허감을 다루고 있지만, 그 그리움은 합일의 욕구를 완전히 포기한 데서 오는 것이 아니다. 오히려 소망을 내포하고 있다. 포기 여부는 드러나지 않은 채로 그냥 아파하고 앓는 것이다. 그러나 『어머니』에서는 상실과 부재를 기정사실로 받아들이고 그 상태에서 슬퍼하고 아파하는 그리움임을 확인할 수 있었다.

그러나 가장 중요한 것은 두 가지 다른 대상에 대한 사랑의 본질과 속성 그리고 그 절절함에 있어서는 역시 둘이 아닌(不貳) 하나라는 것이다. 그것이 바로 두 권의 시집에서 신웅순 시인이 속삭이고 외치며, 독백하고 하소하는 바 '사랑'인 것이다. 따라서 신웅순은 진실로 사랑을 알고 사랑을 살아가는 '사랑의 시인'이라는 것을 확인할 수 있다.

4

이상에서 살펴본 바, 신웅순 시인은 '사랑'이라는 관념, 또는 추상을 끝없이 추구하고 묘사한다. 이러한 관념을 다루는 작품의 생명력은 이미지로 형상화하는 데서 생성된다. 물론 시인은 이미지 창출을 위하여 은유(metaphor)와 환유(metonymy)를 비롯한 다양한 장치를 활용하고 있다. 그런 방식으로 구체적이고 심미적이며 감각적으로 변용된 작품을 선보인다. 어느새 독자들은 예술적 경지를 넘어서는, 누구와도 비교할 수 없는 독특한 작품들을 만나게 된다. 이렇게 해서 신웅순 시인은 시조의 또다른 가능성을 제시한다. 새로운 지평을 열고 있는 것이다.

강가에/혼자 있을 것 같은/눈썹 젖은/내 사랑

—「내 사랑은 · 44」 부분

사십의/터엉 빈 하늘/부욱/찢어가는 그대

—「내 사랑은 · 5」 부분

불이문/끊어진 길을/초승달이/가고 있다

—「어머니 · 35」 부분

이러한 예는 특별히 골라낸 것들이 아니다. 그의 어느 작품에서나 쉽게 볼 수 있는 은유요, 환유요, 의인이다. 이러한 비유가 예술적 감각을 살리기 위해서는 특별히 두 가지 문제를 해결해야 한다.

하나는 적절성이다. 사랑이나 그리움과 같은 지극히 추상적 관념을 구체화하기 위해서는 원관념을 대신할 수 있는 아주 적절한 보조관념을 찾아내야 한다. 만약에 적절하고 알맞은 보조 어휘를 발견하지 못하면 아무도 공감하지 않을 것이다. 다른 하나는 그 보조 관념이 원관념에서 거리가 먼, 쉽게 생각해낼 수 없는 엉뚱한 것일수록 좋다. 아무리 적절해도 상투적인 표현이라면 참신하지도 예술적이지도 못하다. 전혀 생각하지 못한 엉뚱한 말 같은데 생각하면 할수록 무릎이 쳐지는 유사성을 지닌 표현이야말로 이미지 창출에 가장 중요한 것이 아닐 수 없다. 그런 의미에서 위의 예들은 이 두 가지 요건을 만족시키는 참신하고도 아름다운 표현이라고 하겠다.

오선보/첫 줄에서/종일 운 적 있었지

—「어머니 · 43」 부분

물 가득/연못에 담고/밤마다/철석거린다

—「내 사랑은 · 14」 부분

빈 잔엔/낱말들이/잠 못 자고/있는데

— 「내 사랑은 · 28」 부분

남몰래/산 넘어가서/울먹였던/그 봄비

— 「어머니 · 5」 부분

신웅순 시인의 이미지 창출의 뛰어난 또 하나의 특장(特長)은 관념의 공간화 방식이다. 일상생활에서 많이 쓰는 공간 언어들을 관념어와 연결하여 그것을 감각화하는 수법이다. 이를테면 관념의 공간적 지도 그리기라 할 만하다. 위의 구절들은 그러한 예의 작은 일부이다. 구체적 스토리가 가미되지 않은 '사랑'이란 관념을 예술적으로 이처럼 세련되게 이미지화하는 것은 특별한 감각이 있어야 가능하다.

또한 상징적이고 은유적 어휘들이 환경과 상황에 잘 어울리도록 끝없이 변화하면서 사랑의 깊이와 절절함을 인식할 수 있도록 도형화하는 것도 깊은 재능에 의하여서만 가능한 것이다.

몇 가지 예를 들면 '사랑'이나 그 '대상'을 표현하는 어휘들로는 등불, 불빛, 그림자, 별빛, 별, 달, 달빛, 해, 꽃…… 등이 무수하게 변형된 형태로 나타난다. 임의 '부재'나 '상실'에 관하여서는, 새, 철새, 물새, 기러기 울음소리, 뻐꾸기…… 로, 고독과 아픔을 나타내는 미디어로는, 비, 봄비, 찬 비, 빗방울, 바람, 눈, 눈발, 저녁 눈, 파도…… 로 표현된다. 시의 화자의 의식 또는 무의식 세계는 바다, 연못, 하늘, 허공, 강, 대합실, 행간, 길, 빈 칸, 가슴, 엽서…… 등으로 표현되어 있다. 물론 이 밖에도 염원이나 소망, 마음의 상태 등 더 많은 소재들이 그의 특유한 방식으로 표현하고 있는데, 이 모든 것이 특징 있는 그의 시세계를 이루어가고 있음에 대하여 높이 평가하고 싶다.

5

이제까지 살펴본 신웅순의 시세계는 다시 말하지만, '사랑의 시인'답게 '사랑'이란 주제로 초지일관하고 있다.

그의 사랑은 그 무엇과도 비교할 수 없는 너무나 아름답고 행복한 것이다. 그래서 가슴의 가장 아늑하고 포근한, 깊고 진실한 마음 밭에서만 싹이 튼다. 그러나 그 또한 인간이라는 한계를 벗어날 수 없는 존재이기에 역시 고통과 슬픔이 따른다. 늘 시리고 시장하다. 실제로의 어머니를 포함하는 임의 부재나 거기에서 오는 상실감뿐 아니라, 불완전함에서 오는 한계와 그 아픔이 그의 작품 속에는 어디서나 출렁거린다. 그리하여 절대 고독의 큰 적막과 공허를 그리움으로 채우고자 한다. 신웅순 시인은 그리움을 좋아하고 사랑한다. 그리움은 그에게 있어서 놓을 수 없는 생의 동반자이다. 또한 그리움은 완전을 향한, 완성을 향한 끝없는 생명의 추구요 보람이다.

그의 사랑은 이처럼 건강하고 아름다우며 또한 슬프고 안타깝다. 한마디로 불완전한 인간을 아름답게 만드는 원천, 그것이 그가 추구하는 사랑의 진면목이다.

신웅순 교수가 이제 대학 정년퇴임을 눈앞에 두고 있는 것으로 알고 있는데, 사실은 지금부터다. 우리 시조의 발전을 위하여 그의 활동이 정말 기대된다.

또 다른 '자모사초'

— 신웅순 시조집 『어머니』

나태주

1

명망 있는 대학교 교수이기도 한 신웅순 형은 나로서는 여러 가지로 연결이 있는 인물이다. 우선은 고향이 같은 사람이다. 충남 서천군. 그의 고향은 기산면 산정리이고 나의 고향은 그 옆 동네 막동리이다. 뿐더러 우리는 젊은 시절 한동안 같은 초등학교에서 교편 생활을 했다. 그러나 그는 그 뒤 공부를 계속하여 대학교 교수가 되고 나는 그냥 초등학교에 눌러 앉아 교장으로 정년퇴임을 한 입장이다.

그러나 우리는 서로가 닮은 구석이 있다. 그것은 평생을 두고 문학을 놓지 않았다는 점이다. 하지만 여기서도 우리는 조금 빛깔을 달리하여 갈라진다. 내가 자유시를 했다면 그는 시조시를 했다. 그러면서 우리는 또 조형예술에도 관심이 있어 나는 어설픈 그림을 그렸는데 그는 수준급의 붓글씨를 썼다는 점에서 우리는 다시금 비슷하면서 끝내 같지 않다. 말하자면 화이부동(和而不同) 그쯤인 셈이다.

신웅순 교수는 본래 석북(石北) 신광수(申光洙) 선생의 후손이라서 일찍이 문기가 있고 역시 불세출의 시인 신석초(申石艸) 선생의 집안이 되는 사람이다. 그러니까 나같이 한미하고 뭐 하나 내세울 것 없는 자갈밭 출신과는 영판 다른 사람인 것이다.

젊어서는 충분히 학문에 매진했을 세월이다. 그러나 나이 들어 다시금 시의 품이 그리워 시에게로 돌아왔으며 이번에는 또 대학 정년의 날을 기념하여 기념품 삼아 시집을 엮겠다고 해서 원고를 보였다. 나는 실상 문학에서 이론을 배우지 못한 독학파로서 신웅순 교수의 시조집에 뭐라고 꼬리표를 달 만한 입장이 아니다.

하지만 우정으로 몇 마디 말씀을 붙여달라 그래서 그야말로 사족 삼아 몇 마디 말씀을 여기에 붙이고자 한다.

2

우리는 어려서부터 시조시를 익혀왔다. 옛시조를 읽었으며 현대시조도 틈나는 대로 읽었을 것이다. 시조시는 우리나라 고유의 정형시이다. 중국 한시의 4행이 우리에게 와서는 3행으로 줄어서 시조이다. 그만큼 우리는 4행보다는 3행을 선호해왔으며 시조의 3행 안에 한시의 4행을 충분히 담을 수 있었기에 그러했을 것이다.

애당초 시조시는 단시조 형태가 기본이다. 더러 연작시 형태나 연시조 형태가 없었던 건 아니나 주류가 그렇다는 말이다. 시란 짧을수록 좋은 문학 형식이다. 3행의 단출한 형식 안에 모든 것을 다 담았으니 이 얼마나 좋은 일이겠는가. 그저 시조는 단시조의 단아한 형식미 안에 인생과 자연의 핵심을 담는 것이 제일이다.

그러나 현대시조로 내려오면서 연시조가 유행을 하고 단시조는 뭔가 모자란 형식처럼 치부되어오고 있음을 보는데 이것은 많이 비뚤어진 현상이라고 본다. 그야말로 본말이 전도된 일이라 하겠다. 그래서 과연 어쩌겠다는 것인가! 양으로 해결할 것이 따로 있지 시는 절대로 아니올시다인 것이다.

신웅순 시인의 시조시는 이러한 점을 충분히 감안하여 그 허방다리에 빠지지 않고 있다. 연작시 형태를 취하면서 편편이 서로 다른 독립된 단형시조로 표현해내고 있음을 본다. 그것도 '어머니'란 단일 주제 안에 모든 시들을 수렴시키고 있다. 놀라운 일이고 대단한 일이다.

이 세상 낱말 가운데서 가장 위대하고도 완미한 단어 하나를 찾으라면 단연코 어머니이다. 그것은 시대와 지역을 뛰어넘어 그러할 것이다. '어머니'. 이 얼마나 울림이 큰 단어인가. 인간 된 자 어머니의 자식이 아닌 사람이 어디 있겠으며 어머니의 피와 살과 뼈를 빌리지 않고 인간인 자 그 누가 있겠는가.

이러한 지고지순, 위대한 어머니를 시의 대상으로 삼았다. 어머니는 우리가 만나는 최초의 인간이며 최초의 스승이며 최초의 친구이며 동행인이면서 최후까지 남을 오직 한 사람의 동행인이다. 어머니는 우리 자신이며 우리 또한 어머니이다. 그러므로 어머니는 모든 인간의 고향이며 인생 그 자체이며 영원한 문학과 예술의 주제이다.

3

일찍이 우리는 위당(爲堂) 정인보(鄭寅普) 선생의 「자모사초(慈母思抄)」에서 가슴 절절한 어머니의 사랑을 읽은 바 있다. 이번에 보이는 신웅순 시인의 시조는 또 다른 '자모사초'이다. 편편이 살아서 숨을 쉬며 독립하였으되 서로 연결하여 하나의 강물로 흐르고 있음을 본다. 물론 어머니란 강물이다.

좋은 시 앞에 무슨 군말이 필요하고 더구나 해설 나부랭이가 더 필요하겠는가. 다만 읽고 느끼고 배우고 내 것으로 함이 백번 옳은 일일 것이다. 하지만 먼저 읽은 자의 책임 회피로 몇 편만 여기에 옮겨 적으며 간략한 소감 몇 말씀을 얹어보고자 한다.

하늘은
낮고
산은
깊었었지

유난히도
진달래꽃
붉게 핀
봄이었지

남몰래
산 넘어가서
울먹였던
그 봄비

—「어머니 · 5」 전문

   시조시가 갖는 가지런함을 충분히 유지하면서도 행갈이를 자유시처럼 하여 매우 편안한 호흡으로 시를 읽을 수 있도록 배려했음이 매우 노련하다. 거기에 시어의 섬세함은 또 어떠한가! 시조도 이쯤 되면 자유시와 시조의 한계를 넘어 또 다른 그 무엇이 되고 싶어 하리라.

산이
먼저 가고
들이
따라서 갔다

그 때
진달래꽃
그 때

뻐꾸기 울음

뒤늦은 편지 끝 구절에
말없음표 찍고 갔다

— 「어머니 · 11」 전문

　시 안에 들어 있는 내용이나 사연은 오직 시인만이 아는 비밀이다. 그
렇지만 그런 사단들 넘어 느낌으로 아련히 전해져 오는 빛깔이며 미세한
소리들이 독자의 몫이다. 도대체 우리는 이 시에서 무엇을 느낄 수 있는
가? 웅혼한 자연과 어울린 인간의 가냘프게 떠는 내심이 보여 우리는 짐
짓 옷깃을 여미기도 하리라.

젊었을 땐 먼 곳에서 새 울음소리 들렸는데
지금은 가까이에서 목어 소리 들려온다

몰랐네
산 너머 하현달이
일생
숨어있는 줄

— 「어머니 · 23」 전문

　그야말로 인생의 표백이다. 나이 들어서 보이는 것들을 놓고 담담한
회고와 자성을 앞세우고 있음을 본다. 사람이 나이 들어 들리지 않던 소
리가 들리고 보이지 않던 것이 보이기 시작함도 인생이 주는 귀한 축복
가운데 하나이다. 그런 점에서 어머니의 인생이 나의 인생이고 어제의
일이 또 오늘의 일, 내일의 일이겠다.

툇마루 햇살 엹은

내가 기다렸던 곳

추녀 끝 달빛 아래는
어머니가 기다렸던 곳

서 있는 높은 산이었던 곳
흐르는 긴 강이었던 곳

― 「어머니 · 33」 전문

   기다림은 분명 같아도 기다림의 자리와 시각이 영판 다르다. 차마 어려서 짐작조차 못했던 일들을 나이 들어서야 알게 되니 이 또한 슬픔이고 기쁨이고 한편 깨침이겠다. 그것이 다시금 높은 산이 되고 긴 강이 되었으니 인생 그 자체 아니고 무엇이겠는가. 여기서 또 모친과 자식은 한마음이 되고 한 자리에 서게 된다.

   그러고서도 마음에 남아 어른거리는 시편들을 옮겨보면 이러하다.

   우수수 바람 불면 잎새들이 지는데//마지막/이름 하나/툭,/지는//천년 후 가슴에나 닿을/거기가 그리움입니다

― 「어머니 · 36」 전문

   산은/달 때문에 저리도 높고//들은/달 때문에 저리도 멀다//일생을 기다려야 하는 산/일생을 보내야 하는 들

― 「어머니 · 44」 전문

   찬바람으로도 못 가고/가을비로도 못 가고//쑥부쟁이/보러간다고/저녁길을/나섰는데//날리는 눈발 어디쯤서/영원한 적막/되었네

― 「어머니 · 45」 전문

흰 구름도/지우고/먼 하늘도/지우고//그렇게/가도 가도/닿을 수 없는/
그믐달//고독한/당신의 길가에/피어 있는/씀바귀꽃

— 「어머니·48」 전문

초승달 뜰 때였나/산길을 놓쳤고//물총새 울 때였나/들길을 잃었었
지//노을도 못 간 긴 세월/강물이 끌고 간다

— 「어머니·50」 전문

시 작품에 대한 감상이나 평가로서 가장 좋은 길은 우선 작품을 여러
차례 정성껏 읽는 일이고 마음 깊이 느껴보는 일이다. 그런 심정으로 신
웅순 시인의 시집 가운데 마음 깊숙이 와 닿는 시 몇 편을 옮겨보았다.
이런 시에서도 보거니와 신웅순 시인은 언어 감각이 매우 예각적이면서
도 부드러운 시인이다. 이러한 언어 능력이 그를 앞으로 더욱 좋은 시인,
나이 들수록 더욱 싱싱한 시를 쓰는 시인으로 유지시켜줄 것이다.

10년 만에 한 번씩 시집을 엮는다 했던가. 앞으로는 5년마다 한 권씩
시집을 엮으면서 인생의 후반부에서 더욱 좋은 시업을 이루어 전반부 인
생에서처럼 좋은 성취를 얻기를 축원한다. 내 알기로 인생에서 가장 보
람 있는 일은 시를 쓴 일이고 그렇게 쓰여진 시 몇 편이 독자들 가슴에
가서 살면 시인은 죽어서도 사는 목숨이 되는 것이다.

이러한 오묘한 내면의 진리를 신웅순 시인이 깨쳤으니 그의 앞날에 더
욱 눈부신 시의 정진이 있을 것이 분명하고 그 정진 앞에 황금덩이 같은
시들이 떨어져 나올 것을 믿고 바란다. 우리가 젊은 시절 초등학교 교단
에서 직장의 동료로 만났지만 그보다는 함께 시를 가슴에 품고 살아온
사람들이었기에 우리들의 만남이 더욱 의초롭고 감사하고 가득하고녀.

어머니에 대한 본원적 그리움

— 신웅순 연작시조집 『어머니』의 작품 세계

구재기

'어머니'는 분명 자식의 여성 부모이다. '엄마'라고도 한다. '어머님'은 돌아가신 어머니나 시어머니, 장모, 또는 다른 사람의 어머니를 높여 부르기 위해 쓰이는 말로 자신의 살아 계신 어머니를 가리키는 경우에는 쓰지 않는다. 다른 사람의 어머니를 높여 부르는 말에는 '자당(慈堂)'과 같은 말이 있고, 자신의 어머니를 높여 부를 때에는 '자친(慈親)'이라고 부른다. 신라시대의 학자 최치원이 쓴 하동 쌍계사 진감선사탑비의 비문에 '阿㜷'가 어머니를 가리키는 신라어라고 기록되어 있어 신라 시대에 이미 '어미'라는 말이 쓰였다는 것을 알 수 있다.

이러한 '어머니'를 함께 한집에서 반세기를 살아온 신웅순은 50년 전 초가집에서 만나 50년 후 아파트에서 이별했다고 말한다. 그렇게 긴 세월 동안 살아온 신웅순은 스스로 "고독한 것들은 항상 가까이에 있고 그리운 것들은 늘 멀리에 있다. 어머니는 그곳에서 누군가를 기다렸다. 그러다 어느 날 겨울 울음이 아닌 것들, 겨울 달빛이 아닌 것들을 홀연 놓고 떠나셨다. 내게 불빛이 생긴 것도 그때쯤이었고 그림자가 생긴 것도 그때쯤이었다."(시조집 『어머니』 중 「어머니의 노래」)고 회고하고 있다. 그리고 『어머니』라는 연작시조집을 펴냈다. '어느 날 겨울 울음이 아닌 것들, 겨울 달빛이 아닌 것들' 그리고 자신에게 '불빛'과 '그림자'가 생긴 것도 어머님이 떠난 '그때쯤'이라고 하니 울음과 달빛, 그리고 불빛과 그림자 사이를 오가며 신웅순은 어머님에 대한 그리움이 얼마나 지극한가를 짐작할 수 있게 한다.

이러한 필자의 마음은 연작시조집『어머니』를 펼치면서 읽어갈수록 점점 깊어져만 가서 읽기를 몇 번이나 멈추곤 하였다. 아니 첫 작품「어머니 · 1」을 읽고 난 순간 더 이상 읽어갈 수 없었던 마음을 솔직히 털어놓을 수밖에 없다. 그것은 어머니에 대한 화자의 지극한 그리움과 슬픔 때문이기도 하였다.

> 머물다간 적막
> 먼 산녘
> 불빛 한 점은
>
> 스쳐간 고독
> 먼 강가
> 바람 한 점은
>
> 부엉새
> 울음 같았다
> 뻐꾹새
> 울음 같았다
>
> —「어머니 · 1」 전문

시조 작품「어머니 · 1」에서 '먼 산녘'과 '먼 강가'는 그리움의 공간이면서 그리움을 해소하는데 결코 이루어질 수 없는 공간이다. 그러하기 때문에 '먼'이라는 거리는 추상적일 수밖에 없으며, 그만큼 그리움은 실현될 수 없는, 아니 실현 불가능함으로써 '적막'하고 '고독'할 수밖에 없게 된다.

일반적으로 '적막'은 모든 것이 쉬지 않고 움직이고 있는 가운데 이루어진다. 움직임 속에 적막이 있게 마련이다. 왕성한 움직임이 강하면 강할수록 '적막'은 더욱 그 심도를 더해간다. '적막'은 어머니에 대한 사랑이 간절한 그리움으로 심금을 울리는데, 어머니에 대한 사랑에의 행동 표현이 불가능하거니와 거리적으로 '먼'에 차단됨을 깨닫게 됨으로써 화자는 더욱 깊은 '적막'함을 느끼게 된다.

또한 '고독'은 행복 없이는 있을 수 없다. A. 생텍쥐페리는 그의 『인간의 대지』에서 "생명이 생명과 그렇게도 잘 합쳐지고, 바람이 몰아치는 가운데에서도 꽃들이 꽃들과 섞이고 백조가 다른 모든 백조들을 아는 이 세상에서 홀로 사람들만이 그들과 고독을 함께한다"고 한다. 왜 '사람들'만이 고독할까. 그것은 행복을 항상 소망하기 때문이다. 이미 "어머니와 함께 한집에서 반세기를 살아온" 화자는 "50년 전 초가집에서 만나 50년 후 아파트에서 이별"하였고, 그러는 동안 삶의 행복을 느꼈음이 분명하다. 그러하거니와 '어머니'와 이루어질 수 없는 '먼' 거리를 가지게 됨으로써 '고독'할 수밖에 없게 된 것이다.

위 시조에서는 '적막'과 '고독'을 이루는 두 공간을 주목하지 않을 수 없다. '산녘'은 부동(不動)의 공간이요, '강'은 유동(流動)의 공간이 된다. 서로 대조되어 나타난다. 따라서 '적막'과 '고독'은 화자의 일정한 공간에서 절대 절명한 운명처럼 상존하게 된다. 그것은 '불빛'처럼 선명하게, 때로는 모습을 전혀 보이지 않으면서도 느낌으로만 마주하게 되는 '바람'의 움직임으로써 표현됨에서 볼 수 있다. 이러한 공간은 어머니를 잃은 뒤의 '적막'과 '고독'이 깊이를 더하게 되어 상실감을 극명하게 나타내준다.

그러나 이러한 '어머니에 대한 그리움'은 '먼'의 거리나 '산녘'과 '강가'의 공간에서만 머물지 아니한다. 밤과 낮이란 시간적 배경을 가진다. 즉 화자의 어머니에 대한 그리움이라는 감정을 '부엉새'와 '뻐꾹새'에 이입시킴으로써 밤에 우는 새 '부엉새'로부터 '밤'을, 낮에 우는 새 '뻐꾹새'로부터 '낮'이라는 그리움의 시간적 배경을 제시해놓고 있다. 이른바 '부엉새'

와 '뻐꾹새'는 그리움 표상인 울음을 통한 화자의 객관적 상관물(客觀的 相關物, objecctive correlative)이라 하겠다. 어머니에 대한 그리움의 정서를 울음으로 제시된 외부적 사실들, 즉 '부엉새'와 '뻐꾹새'라는 구체적인 사물과 그 울음을 통하여 간접적으로 화자의 정서를 환기시킨 것이다. 여기에서 화자는 대상을 유정물(有情物)로 만들어 자신의 감정을 대상 속에 이입하는 감정이입(empathy) 방식과 주어진 외부 사물을 통해 자신의 정서를 환기하는 정서 환기의 매개체나 자극제(stimulus)로 삼는 방식으로 표현한 것이다.

신웅순은 연작시조집 『어머니』의 '머리말'에서 굳이 '이순의 봄비'라 했다. 왜 시집을 일컬어 '이순의 봄비'라 했을까? 그 까닭을 알기 위해서 먼저 시 한 편을 골라본다.

하늘은
낮고
산은
깊었었지

유난히도 진달래꽃
붉게 핀
봄이었지

남몰래
산 넘어가서
울먹였던
그 봄비

— 「어머니 · 5」 전문

이 시 작품에서의 '봄비'란 말할 것도 없이 '눈물'을 의미하고 있다. "남몰래/산 넘어가서/울먹였던/그 봄비"는 곧 화자의 눈물이다. 눈물은 가슴이 먼저 더워지면서 얼굴이 달아오르고, 얼굴이 달아오르고 난 뒤에 터져 나오기 마련이다. 가슴이 더워질 만큼 무엇인가의 슬픔이 북받쳐 오르고, 그 슬픔을 이기지 못하여 결국 눈물이 나온다는 것이다. 그러함에도 불구하고 화자는 굳이 그에 대한 답을 내려주지 않는다. 오직 그러한 상황을 제시함으로써 가슴 깊은 슬픔을 대변해주고 있다. 즉 "하늘은/낮고/산은/깊었었지"라고 말한다. 이 세상에서 가장 높은 하늘이 제시되고, 가장 낮은 땅으로서 산이 제시되곤 한다.

그러나 하늘과 산은 일반적으로 인식하고 있는 그러한 하늘과 산이 아니다. 보통 '하늘은 높다'거나 '산도 높다'라고 말한다. 그런데 이 시 작품에서는 "하늘은/낮고/산은 깊었었지"라고 한다. 그렇다면 일반적으로 인식하고 있는 하늘과 산이 아니라는 것을 증명하고 있는 셈이다. 화자만이 인식하고 있는 하늘과 산이라는 의미이다. 보통 희망, 소망, 기원으로서의 하늘과 산은 높고 푸르기 마련이다. 그러나 화자는 하늘은 낮고, 하늘보다도 낮은 산은 두말할 것도 없이 더욱 낮아져 오히려 깊어져 있다고 한다. 그만큼 화자에게는 상실감에서 바라본 절망적인 하늘과 산이 된다. 화자는 "하늘은/낮고/산은/깊었었지"라고 회고함으로써 '어머니'를 잃은 슬픔을 극대화한 것이다.

어머니를 잃은 슬픔은 "유난히도/진달래꽃/붉게 핀/봄이었지"에서 구체화된다. 어머니를 잃은 슬픔은 덜어낼 수조차 없는 슬픔이 된다. 슬픔이 눈물로 표상되고, 눈물을 흘림으로써 가슴 속의 슬픔이 덜어내질 수 있다면 그 눈물은 오히려 정화적(淨化的)인 작용을 하게 되어 몸과 마음이 가벼워진다. 그러나 덜어낼 수 없는 슬픔이라면 가슴 속은 물론 두 눈에 보이는 모든 사상(事象)들이 모두 슬픔 안에 든다. 따라서 봄철을 맞아 곱게 핀 진달래꽃들마저 아름다움이라기보다는 화자로 하여금 슬픔을 더욱 고조화 시켜주는, 감정이입(empathy)으로의 상관물이 되어 '유난히도' 붉게 피어버린 '진달래꽃'으로 이순의 나이에 이르도록 오래오래 남아 있게 된다.

따라서 이 시 작품 속의 '하늘'이나 '산'이나 '진달래꽃' 등은 화자로 하여금 "남몰래/산 넘어가서/울먹"이게 하였던 슬픔 그 자체라고 볼 수 있으며, 그것은 또한 바로 '그 봄비'였거니와 어머니의 상실감에 따른 천상(=하늘)과 지상(=산)을 아우르는 극한적 슬픔의 표상으로 되어 있다. 이순에 이르러서도 쉽게 지워지지 않은 깊은 슬픔인 것이다.

다음 시 작품을 살펴보기로 한다.

> 외로움은
> 산녘이 없어
> 낙엽은 지지 않고
>
> 그리움은
> 들녘이 없어
> 바람은
> 불지 않는다
>
> 달빛이
> 그래서 서러웠던
> 지난날의
> 그 하늘가
>
> ―「어머니 · 13」 전문

위 시 작품에서 '외로움'과 '그리움'이 주요 시어로 나오고 있다. '외로움'은 혼자가 되어 적적하고 쓸쓸한 느낌을 말하거니와 이는 곧 같이 있었던 대상이 사라짐으로써 무엇인가 텅 비어버린 상태에 이름이다. 또한

'그리움'은 어떤 대상을 좋아하거나 곁에 두고 싶지만 그러할 수가 없어서 애태우는 마음의 상태라고 말할 수 있다. 그렇다면 '외로움'과 '그리움'은 둘 이상의 사람이 일정한 삶의 길을 같이하다가 어쩔 수 없는 상황 아래에서 홀로가 되었을 때 나타나는 감정의 표상에서 공통적으로 나타나는 속성이라 하겠다. 그러므로 '외로움'이나 '그리움'은 따로 생각할 수 있는 감정이 아니라 불가분의 관계를 이루는 추상적 특성을 가진다.

그럼에도 불구하고 화자는 '외로움'과 '그리움'을 별개의 감정으로 구체적 사상(事象)으로 표현하고 있다. 즉 '외로움'은 "산녘이 없어 지지 않"는 "낙엽"으로, '그리움'은 "들녘이 없어 불지 않"는 "바람"으로 표상한다. 여기에서 동행의 대상으로는 '산녘'과 '들녘'이 되고 화자의 모습으로는 '낙엽'과 '바람'이 된다. 이를 달리 생각해보면 '낙엽'은 결코 지는 일이 없으며, '바람'은 '들녘'이 있다면 마음대로 불 수 있다는 의미가 된다. 따라서 '외로움'은 동행의 대상으로부터 '지지 않'는 '낙엽'으로서 산녘에 같이 머물면 극복할 수 있는 감정이요, '그리움'은 동행과 더불어 살아가는 '바람'과도 같이 할 '들녘'을 가지면 이겨낼 수 있는 감정이 된다. 그러나 현실적으로 이는 불가능한 일이요, 또한 동행의 대상을 잃어버린 뒤에 확인한 자아 인식의 결과일 뿐이다. "달빛이/그래서 서러웠던" 것이며 그것은 벌써 지나가버린 "지난날의/그 하늘가"에서 확인될 사실이다.

그런데 이 시 작품에서도 그 배경으로 천상과 지상이 등장한다. 화자의 공간은 상실의 공간으로서 '산녘'과 '들녘'이라는 지상이요, 지상의 슬픔을 고스란히 간직하게 한 달빛의 공간인 '하늘'이 그러하다. 지상에 머물고 있는 화자의 영원한 대상(=어머니)인 '하늘'이야말로 그리움과 외로움을 불러일으켜주는 공간이라 하겠다.

늦가을

잎새 하나
천년으로 지고 있다

물빛도 스쳐가고
불빛도 스쳐가고

불이문
끊어진 길을
초승달이
가고 있다

———「어머니·35」전문

　이 시 작품을 언뜻 살펴보면 세월의 흐름을 묵묵히 바라보면서 그와
함께 순행하는 도가적(道家的)인 품격이 엿보인다. 어느 것 한 가지도 더
하지 않은 그대로 무위자연(無爲自然)의 삶을 묵묵히 지켜가면서 모든 것
을 초월한 모습을 보인다. 화자는 특히 "늦가을/잎새 하나/천년으로 지고
있다"고 말한다. '늦가을'이라는 계절은 당연히 낙엽이 지는 때라 하겠지
만 화자에게는 특별한 계절이 된다. 어느덧 노년에 이른 화자의 시간적
배경이라 할 수 있기 때문이다. 유년과 청년, 그리고 장년의 시절을 다
보내고 난 노년의 지금 "늦가을"에 "잎새 하나" 지는 것이 어찌 새삼스러
운 일인가 하겠다. 그러나 그것이 "천년으로 지고 있다"는 것은 긴 세월
동안의 깨달음에서 비롯된 것이라 할 수 있다. 모든 것을 초월한 화자의
삶을 일별해볼 수 있다는 것이다. 특히 이 초월적인 삶은 "물빛도 스쳐가
고/불빛도 스쳐가고"에서 아무 말 없이 바라보고 견디어가는 자세로 어
느 사이 어머니가 걸어온 삶의 길을 화자가 함께 하고 있는 것을 보여주
기도 한다.

　이 시 작품에 대하여 화자는「어머니의 노래」라는 글에서 다음과 같이

말하고 있다.

> 이보다 더 먼 곳에 세상천지 어디에 있을까. 바람이 바람이 아니라고 눈발이 눈발이 아니라서 산을 넘지 못하고 강을 건너지 못하는 미련들. 바람과 눈발을 맞으며 가슴으로 자지러진 외로움을 어머니는 어찌 감내하면서 살았을 것인가. 세월 어디쯤서 자취 없이 잦아들고 녹아들었을 겨울바람과 눈발들. 빙점의 길가에서 해마다 달개비, 씀바귀, 구절초, 산국들이 피고 지지 않는가

어머니가 살아오신 '길'은 세상천지 어디에 있을까 싶은 '그 먼 곳'에 있다. '바람이 바람이 아니라고 눈발이 눈발이 아니라서 산을 넘지 못하고 강을 건너지 못하는 미련들'이 남아 있을, "바람과 눈발을 맞으며 가슴으로 자지러진 외로움을" 감내하면서 살았을 어머니의 길이다. 화자는 그 '길'을 '초승달'이 되어 어머니와 함께 걷고 있다. "늦가을/잎새 하나"가 시간적이요 공간적인 아주 먼 "천년으로 지고 있다". 그 길이 곧 "불이문"이다.

절집에 가보면 천왕문(天王門)을 지나면 불이(不二)의 경지를 상징하는 불이문(不二門)이 서 있다. 불이문은 곧 해탈문(解脫門)이다. 불이는 둘이 아닌 경지이다. 나와 네가 둘이 아니요, 생사가 둘이 아니며, 생사와 열반, 번뇌와 보리, 세간과 출세간, 선과 불선(不善), 색(色)과 공(空) 등 모든 상대적인 것이 둘이 아닌 경지를 천명한 것이다. 이 시 작품에서는 법계의 실상이 여여평등(法界實相 如如平等)하다는 데에서 어머니와 함께 하는 길을 보여주고 있다.

연작시조집 『어머니』를 읽다 보면 시 작품 속에 '그리움'이나 '외로움(고독 : 적막. 13편)' '설움(슬픔)' 등이 시어가 많이 나온다. 또한 '울음(26편)'이란 시어가 나온다. 그리고 '별'이나 '달(그믐달 · 초승달 · 하현달

등)', '눈발'이라든가 '바람'도 많이 나온다(24편). 화자의 감정을 대신해 주는 객관적 상관물로 제시된 것이다. 무엇보다도 '비'가 가장 많이 나온 다(21편). '부슬비·봄비·겨울비·빗방울·소나기·가을비·비' 등이 어머니를 그리는 데에 따른 정감의 상관물로 표현된 시어들이다. 이와 같은 모든 시어들은 화자가 '어머니'를 본원적인 그리움의 표상으로서 표 현한 시어라고 해도 과언이 아니다. 시집에 수록된 전체 58편의 거의 모 든 작품들에서 만나는 시어들이기도 하다.

일찍이 우리에게는 소박한 생활 속에서 느껴지는 어머니의 절대적 사 랑의 가치와 의미를 꾸밈없이 노래한 작품이라 할 수 있는 고려가요 「사 모곡(思母曲)」이 있었다. 「사모곡」은 원래 신라의 목주(木州, 또는 木川. 지 금의 天安)라는 특정 지방에서 불려지던 제목도 없는 노래로 점차 전국적 으로 확산되고 여러 사람들의 입을 통해 전해지면서 '엇노래'라는 제목으 로 불리게 되었다. 이 노래의 1, 2행을 살펴보면 "호믜도 늘히언마ᄅᆞᄂ/ 낟ᄀᆞ티 들 리도 업스니이다"라면서 어머니의 사랑은 낫에, 아버지의 사 랑은 호미에 비유하여 둘 다 날[刃]을 지녔지만 낫의 날이 호미의 날보다 더욱 잘 든다고 노래하고 있다. 이어 3행과 5행은 아버님도 어버이지만 어머니만큼 우리들을 사랑하실 리 없다고 하여 어머니의 사랑을 아버지 와의 사랑과 비교하여 부각시키고 있다. 그러나 연작시조집 『어머니』속 의 화자는 어머니에 대한 그리움을 어느 누구와도 비교하지 않는다. 오 직 어머니만을 노래하였을 뿐이다.

일찍이 춘원 이광수는 「여성교실」이라는 글에서 "우리는 어머니에 대 한 무한한 사모와 감격을 가진다. 일생에 변함없는 사모, 그가 세상을 떠 난 뒤에도 더욱 간절하여지는 사모, 그것은 어머니에 대한 것밖에 더 있 으랴. 부처가 일신이라 하여도, 애인이 생명 같이 더 중요하다 하여도 그 것은 변할 수 있는 것, 조건적인 것, 그러나 어머니에 대한 우리의 사모는 영구적이요 무조건적이다."라고 말했다. 그런 어머니이기 때문일까? "일생 숨어 있는"(「어머니·23」) "이순의 산모롱가에 하현달로 뜨"(「어머니·17」)고, "만추의 아픈 이름만은 데려가길 못"(「어머니·53」)한 채, "평생을 들어본 적 없는 늦겨울 빗소리"(「어머니·51」)로 남아 있는 어머니, "영원히 눈발 날리는 가슴에나 있는 섬"(「어머니·26」)으로 불멸(不滅)한 그리움의 표상이 되어 화자의 가슴속에 남아 있는 것이다. 따라서 화자에게 있어서의 어머니는 고독과 적막을 함께 보낼 수 있는 동반자요, 설움과 울음으로부터 벗어나게 해줄 수 있는 피난처이기도 하다.

신웅순의 연작시조집 『어머니』 속의 어느 시조 작품 속에 어머니에 대한 그리움이 점철되어 있지 않겠느냐마는 첫 시조 작품에서 느끼는 그리움의 정서는 전체 시조 작품의 근간을 이루고 있으며, 시공(時空)을 초월하는 어머니에 대한 본원적인 그리움을 포괄하고 있다는 데에서 가히 절창(絶唱)이라 하겠다.

어머니에 대한 그리움의 미학(美學)

— 석야의 제3시조집『어머니』를 중심으로

유 선

1. 들어가는 말

예부터 어느 민족이건 그 민족 나름의 시가를 가지고 있는데, 그 시가를 일러 민족시(民族詩)라 한다. 예컨대 중국엔 오언(五言)이니 칠언(七言)이니 하는 한시(漢詩)가 있고, 일본엔 단카(短歌)니 하이쿠(俳句)니 하는 시가가 있으며, 우리나라엔 또 우리 민족 특유의 가락인 시조(時調)가 바로 그것이다.

우리 시조의 발원은 지금으로부터 천여 년을 헤아리며 오늘날의 시조는 타고 남은 구슬이다. 시조는 우리 민족 고유의 예술 양식이면서 국문학 장르 가운데 가장 빛나는 결정체이다.

우리 시조가 갖추고 있는 리듬 조직과 그 구조의 특성은 3장(三章)이란 겉틀에 있고, 그 겉틀이 내포하고 있는 뼈대는 6구(六句)며, 리듬 혹은 의미의 단락을 위한 최소 단위는 12소절(十二小節)로 구분된다. 이와 같은 리듬 구조를 흔히 정형이비정형(定型而非定型)이라 요약해왔다. 이는 시조가 엄격한 외형(外形) 법칙에 묶인 것이 아니라 신축성이 있는 언어 조직체로서 내재율을 질서화한 것이란 말임은 누구나 다 아는 사실이다.

우리 현대시조의 시기를 논할 때, 가람과 노산을 말하고, 그 뒤를 이어 초정과 호우 그리고 소안과 월하, 박재삼, 시천, 백수, 유동, 및 사천, 김제현, 김준, 이우출, 녹원, 김월준, 유태환 등을 들고, 다음으로 서벌, 김

경제, 정재호, 정태모, 박재두, 정하경 등을 내세울 수 있으며, 1966년 이후부터는 헤아릴 수 없이 많은 시조시인들이 탄생되고 있다.

이것은 현대시조의 초창기, 발전기, 완성기라는 뜻과 별로 다를 바가 없다. 왜냐하면 나는 문득 이 세 시기를 두고 초창기를 일러 시조의 서두를 열어 시상을 일으킨다는 시조의 초장, 그것을 발전시키고 시상의 부피를 결정하는 발전기를 일러 시조의 중장, 초, 중장의 사변을 한 덩어리로 묶어 정리하고 완성하기에 이르는 시기를 일러 시조의 종장이라고 유추하고 싶기 때문이다.

석야(石野) 신웅순(申雄淳)은 1983년 『시조문학』에 초천된 후 2년 만인 1985년 『시조문학』 여름호에 정훈, 박병순, 이태극의 심사로 천료되었다. 천료된 작품은 「개나리 소견(所見)」으로, 긴 겨울을 넘어 터지려는 개나리의 생태를 의인화하여 작자의 소망을 나타냈다.

기다림 파종되어
울음을 갈라놓고

외려 한이 그리워
밀어올린 새벽하늘

한 겨울
햇살이 더워
혼을 쏟는 모습이다.

싸락눈 그 너머로
아침은 또 다가와

응어리져 터지려나
어둠 다해 피는 갈망

역겨움
다하고 나면
타오른다 환희가

　　　　　　　　　　　　　　　　　　　　　　　　　—「개나리 소견」 전문

　여기서 32년 전 추억을 더듬어보기 위하여 '오로지 겸허할 뿐'이라는
천료 소감은 다음과 같다.

　　병실에서 하루를 지냈습니다. 오늘은 장거리 버스를 타고 싶습니다.
　베틀 위에 실려오던 내 고향 닭울음, 우리의 아픔을 지키던 이름 모를 풀
　꽃들, 당신의 침묵으로 혼자 앉아있던 큰 바위 얼굴 그리고, 새벽너머 들
　녘을 가던 교회당 종소리…….
　　선친 앞에 조촐한 상 차리렵니다. 소중한 다 할 수 없는 것들을 은등잔
　에 불을 붙여 보렵니다.
　　소리가 없다고 해서 움직임이 없는 것은 아니며, 봉오리가 작다 해서
　피지 않는 것이 아니며, 하잘 것 없는 들꽃이라 해서 슬픔이 없는 것은
　아니며, 이슬비라 해서 젖지 않는다고 누가 말할 수 있으랴.
　　오로지 그 앞에 겸허할 뿐입니다. 수고할 뿐입니다.

　그 후 석야는 시집으로『황산벌의 닭울음』(혜진서관, 1988),『낯선 아내
의 일기』(양문각, 1995)를 상재했고, 제1시조집『나의 살던 고향은』(오늘
의문학사, 1997)』, 제2시조집『누군가를 사랑하면 일생 섬이 된다』(푸른
사상사, 2008)』, 제3시조집『어머니』(문경출판사, 2016)』등 3권을 간행했
는데, 이는 마치 제1시조집이 시조의 초장이라면, 제2시조집은 중장, 제3
시조집은 종장과 닮은 역할을 한다고 생각된다.
　제1시조집『나의 살던 고향은』의「한산초(韓山抄)」1~50까지 단시조
50편과 제2시조집『누군가를 사랑하면 일생 섬이 된다』의「내 사랑은」

1~50까지 단시조 50편, 그리고 제3시조집 『어머니』의 「어머니」 1~58까지 단시조 58편, 모두 158수가 실로 한결같이 극단적인 절제의 어절 단위로 배행하여 표현한 것이 놀랍기 그지없다. 낱말로만 쓰고 있으면서도 대상의 풍경을 아늑하게 열어주는 부드러운 장력의 그 번짐이 거기에 있음이다. 물리적 실체들 사이에 아득한 관계를 맺고 다시 추상적인 내면의 흐름과도 관계를 세우는, 안과 밖을 이어주는 같은 의미나 유사 의미로 아름다운 '운(韻)'의 꼬리가 하나의 아늑한 내면의 이미지를 지닌 소리, 즉 들리지는 않으나 들리고 있는 소리, 대상의 찰라적 꼬리들이 거기에 흐르고 있기 때문이다. 본고에서는 제3시조집 『어머니』를 중심으로 하여 그 개략을 어우르면서 부별로 한두 편씩을 뽑아 살펴보기로 한다.

2. 몸말

석야의 제3시조집 『어머니』는 머리말에 「이순의 봄비」, 내용에 제1부 초가-「어머니」 10수, 제2부 대숲-「어머니」 10수, 제3부 부슬비-「어머니」 10수, 제4부 눈발-「어머니」 10수, 제5부 언덕-「어머니」 10수, 제6부 풍금-「어머니」 8수와 산문 「어머니의 노래」, 모두 단수 58편의 연작 단시조와 산문 어머니의 노래 1편, 그리고 끝으로 「또 다른 '자모사초'」라는 나태주 시인의 작품 해설이 자리 잡고 있다.

지난날 한국의 어머니들에게 생활의 즐거움과 그 가능성이 허용된 것이 있다면 그것은 오직 자녀들을 키우고 교육하는 일밖에 없었다. 시어머니의 학대와 남편의 횡포 밑에서도 어머니들이 소유하고 길들일 수 있는 것은 자녀들에 대한 애정과 결혼할 때 가지고 온 장롱뿐이었다. 실로 우리에게 생명을 부여한 어머니는 의, 식, 주를 제공하고 끝없는 사랑을 공급하는 아늑한 고향이요 따스한 피난처다. 그러기에 석야도 시조집 말미 어머니의 노래에서 "세상에서 가장 아름다운 이름, '어머니', 어머니라는 말만 들어도 눈물이 글썽해진다. 어머니의 존재는 그렇게 누구에게나 서럽고 애틋하다."라고 했고, 머리말에서는 "이순의 봄비를/어머니에게 바친다."고 했다.

그러기에 V.M. 위고는 "여자는 약하다, 그러나 어머니는 강하다"라 했고, J.F. 헤르바르트는 "한 사람의 어진 어머니는 백 사람의 교사에 필적한다"고 했다. 그리고 이광수는 「여성교실」에서 "우리는 어머니에 대하여 무한한 사모와 감격을 가진다. 일생에 변함없는 사모, 그가 세상을 떠난 뒤에도 더욱 간절하여지는 사모, 그것은 어머니에 대한 것밖에 무엇이 더 있으랴. 부부가 일신이라 하여도, 애인이 생명같이 더 중하다 하더라도 그것은 변할 수 있는 것, 조건적인 것, 그러나 어머니에 대한 우리의 사모는 영구적이요 무조건적이다."라고 설파했다.

어머니들은 실로 어린 자녀들의 피난처요, 선생이요, 벗이요, 간호사다. 뿐만 아니라 인력거·자동차·기차 등을 대신하는 것이다. 밥, 물, 옷, 양말, 사랑 등을 주고, 어디 이뿐이랴 과일, 떡, 누룽지 긁어 보관했다가 주고, 놀다가 들어오면 과자, 동네 잔칫집에 가서 가져온 빈대떡뿐 아니라 모든 것을 어머니가 마련해주는 것이었다.

> A 강이
> 서러워서
> 흐르는 게 아니다
>
> 산이
> 그리워서
> 서 있는 게 아니다

그 봄비
아득한 길을
뻐꾸기가
울어 그런 것이다.

「어머니·2」 전문

B 하늘은
　　낮고
　　산은
　　깊었었지

　　유난히도
　　진달래꽃
　　붉게 핀
　　봄이었지

　　남몰래
　　산 넘어가서
　　울먹였던
　　그 봄비

— 「어머니·5」 전문

　　위 시조 A와 B는 모두 고향의 초가에서 어머니에 대한 그리움을 나타
냈다. "세상에서 가장 아름다운 고통은 그리움이라 했던가. 어려서는 어
른이 그립고, 나이 들면 젊은 날이 그리우며, 여름엔 눈, 겨울엔 푸른 바
다가 그립다. 헤어지면 만나고 싶은 그리움, 만나면 같이 있고 싶은 그리
움, 돈도 그립고 사랑도 그립다. 동심도 그립고, 부모님도 그립고, 내 사
랑 모두가 그립다. 어떤 이는 만나기 싫고 헤어지기 싫어 그립다고 했다.
나는 누군가에게 그리운 사람이 되고 싶다. 누군가에게 그리워해주고,

그리운 나날이 되었으면 한다."

위에서 우선 A가 부정 → 부정 → 긍정인 시상의 전개라면, B는 긍정 → 긍정 → 긍정의 시상의 전개 방식을 취하고 있다. A에서 초장의 강은 흐르는 것이고, 중장의 산은 높이 솟아 있는 것으로 서로 동(動)과 정(靜)으로 대비시켜 '서러움'과 '그리움'을 부정하고 있다. 그런데, 종장의 '그 봄비'는 무엇을 의미하는 것인가. 머리말의 "이순의 봄비를/어머니께 바친다"에서 '이순의 봄비'는 이 시조집을 일컫는 것이겠지만 여기서는 어머니의 사랑에 보답하지 못하는 '서러움'이나 '그리움'을 상징한다고 생각된다. 그리고 뻐꾸기 우는 소리는 모두가 슬프다. 그중 마디 없는 울음소리가 마음을 더 흔든다. 뻐꾸기 세상에도 원통한 일이 있고 억울한 일이 있으며 슬픈 일이 있는가 보다. 그렇지 않으면 어찌 저리 섧게 울 수가 있을까 짐작하는 바가 있을 것이다, B시조에서도 초, 중장은 초가의 환경을, 종장에서는 어머니의 서러웠던 시절을 상징하고 있다. 모두 수작이라 여겨진다.

이보다
더 먼 곳이
어디
있으랴

영원으로
소멸해 간
아픈
꽃잎 하나

이순의
산모롱 가에

하현달로
뜨는구나

— 「어머니 · 17」 전문

이 세상에서 가장 위대한 언어는 "어머니"란 말이 아닌가 싶다. 자식에 대한 어머니의 본능적이고 무조건적인 모성애가 아니던가. 이미 작고하여 '먼 곳'으로 가신 어머니지만 이 모성애에 대한 간절한 효심이 꿈틀거리는 작품이다. '꽃잎'은 어머니를 아름답게 상징한 것이라 여겨진다.

종장의 '이순(耳順)'은 작자의 나이일 것이다. 하현달 하면 상현달을 생각하게 된다. 이들은 둘 다 반달이라는 공통점이 있지만 상현달은 음력 8일경 저녁에 떠서 보름을 향해 가는, 오른쪽이 둥근 반달이기에 젊어서 패기만만해 보이고, 하현달은 음력 22일경에 떠서 그믐을 향해 가는, 왼쪽이 둥근 반달로 늙어서 외로워 보이는 달이다. 상현달이 작자라면 하현달은 어머니다. 이와 같은 비유나 상징 등의 예술적 표현을 작자는『한국 시조창작원리론』에서 '기만(欺瞞)'이라고 했다 그렇다. "어쩌면 창작은 현실을 철저하게 기만하는 행위이다"라 말할 수 있을 것이다.

아직도 못 떠난 가을이 있었나보다
이미 떠나버린 겨울도 있었나보다

맨 처음 만남이 그랬고
맨 나중 이별이 그랬다

— 「어머니 · 27」 전문

위 시조는 자연 변환의 순환에 따른 인생의 역정을 형상화하였다고 여겨진다. 즉 사철 중 만물이 소생하는 봄과 흥겨운 잔치를 벌이는 여름이 생략되어 있음을 짐작할 수 있다. 즉, 봄은 생명의 경이와 신비감을 일으키게 하는 계절이다. 집 뜰의 조그만 화단에 꽃씨를 뿌리면서 생명에 관한 사색에 잠길 때가 있다. 모락모락 자라나는 어린이들의 맑은 눈동자와 밝은 웃음을 바라보면서 생의 신비감에 경이를 느낀다. 너, 나 없이 생명의 합창을 부르짖으면서 우리를 자연의 품으로 초대한다. 산이 있고 물이 흐르고, 오곡이 자라고 종달새가 노래하는 봄이다.

여름은 모두가 생명력이 왕성하여 날고 싶고 뛰고 싶은 시즌이다. 봄이 여심과 웃음의 계절이라면, 여름은 남성과 힘의 계절이요, 더위에 짜증나는 계절이 생략되어 있다.

가을은 모두가 떠나는 서글픈 계절이다. 바람 불면 우수수 낙엽이 떨어지고, 시들어가는 잔디밭에 팔베개로 누워 고개를 들어 유리알처럼 파랗게 갠 하늘을 우러르고 있노라면, 까닭 없이 무상감을 느끼면서 눈시울마저 뜨거워지는 것은, 오직 가을에만 느낄 수 있는 순수한 정감이다.

겨울은 모두가 떠나는 헐벗은 숲 속에 나뭇잎 하나 없고, 땅 위에 꽃 한 송이 없다. 이따금 텅 빈 버스가 굴러가는 소리를 낼 뿐 대기 속에서는 아무런 움직임이라곤 없다. 죽음 직전의 까맣게 막힌 감옥과 같은 계절이다. 종장에서는 회자정리 이자필반(會者定離 離者必反)의 심오한 경지를 나타내는 인생 역정을 암시하고 있다.

> 툇마루 햇살 엷은
> 내가 기다리던 곳
>
> 추녀 끝 달빛 아래는
> 어머니가 기다리던 곳
>
> 서 있는 높은 산이었던 곳
> 흐르는 긴 강이었던 곳
>
> ― 「어머니 · 33」 전문

위 작품은 마치 예부터 우리 겨레의 고유 신앙인 선교(仙敎), 즉 정화수 기도를 떠올리게 한다. 이 기도는 청정한 몸과 마음으로 시작할 수 있는 순수하고 참된 기도법이다. 신새벽 목욕재계하고 깨끗한 물 한 사발로 올리는 정화수에는 자손을 걱정하는 어머니의 간절하고 깊은 사랑과 하늘의 보우하심이 담겨 있다. 자손을 걱정하고 사랑하는 어머니의 간절한 마음, 더 나아가 이 나라와 온 국민을 걱정하는 그 진실한 마음은 하늘의 마음과 통했다. 그래서 지성이면 감천이라 했던가?

낮에는 "툇마루 햇살 옆"에서 일하러 나간 어머니를 "내가 기다렸던 곳"이고, 밤이 되면 "추녀 끝 달빛 아래는" "어머니가" 공부하러 간 자식인 나를 "기다렸던 곳"이다. 이렇게 초장과 중장을 재치 있게 대구로 구성하고, 종장에 와서는 이런 기다림이야말로 높은 산도 되고, 긴 강을 이루기도 하여 우리와 우리의 고향을 보듬고 나날을 살아가는 것이다. 아울러 초, 중, 종장의 각운 '곳'이 간절한 묘미를 더하여주는 수작이다.

외로움
잃어버리면
꽃이
피는가봐

그리움
잃어버리면
새가
우는가봐

그런 것
다 잃어버리면
사람이

우는가봐

─「어머니 · 39」 전문

어째서 "외로움" 잃으면 "꽃이" 피고, "그리움" 잃으면 "새가" 우는 것일까? '외로움'이란 의지할 곳 없이 막막하여 매우 쓸쓸함을 나타내는 말이다. 그러기에 J.W. 괴테는 "사람은 사회 속에서 모든 걸 배울 수 있지만 영감을 받는 것은 다만 외로움에서뿐"이라 했고, H. 발자크는 "외로움은 좋은 것이란 말은 말을 주고받을 수 있는 상대를 갖는 것은 하나의 기쁨"이라고 했다. 그래서 외로움은 기쁨을 낳는다고 했던가? 그리고 '그리움'이란 보고 싶어서 간절히 그리워하는 심정이다. 그러기에 G. 상드는 "사랑이란 우리들 혼의 가장 순수한 부분이 미지의 것에 향하여 갖는 성스러운 그리움"이라 했고, 김소월도 "봄, 가을 없이 밤마다 돋는 달도/예전엔 미처 몰랐어요//이렇게 사무치게 그리울 줄도/예전엔 미처 몰랐어요"라고 노래하지 않았던가?

초장과 중장의 첫 구와 둘째 구는 서로 대가 되고, 종장은 초장과 중장의 내용 상황 모든 것을 "다 잃어버리면" "사람이 우는가봐"라는 역설과 반어법으로 마무리를 지은 것으로 생각된다. 그리고 시적 효과를 누리기 위하여 '~리면', '~가봐'와 같은 요운과 각운의 묘미를 재치 있게 잘 살려 시상의 효과를 극대화시키고 있다.

봄날엔
사색도
열이
오르는가

터엉 빈

바닷가
어디쯤이
차가울까

바람이
떠난 눈밭에서
각혈하는
붉은 동백

— 「어머니 · 49」 전문

「어머니 · 49」에서 초장은 어째서 '봄날엔/사색도/열이/오르는가'라고
했는가 W. 워즈워스는 "봄철 숲속에서 솟아나는 힘은 인간에게 도덕성
의 선악(善惡)에 대하여 어떠한 현자보다도 더 많은 것을 가르쳐준다"라
했고, 김진섭은『생활인의 철학』에서 "만물이 춘광에 흠씬 취해 도연(陶
然)한 시간을 갖고 온갖 집이란 집의 뜰 안에 노래가 빛날 때 사람 마음엔
들 왜 물이 오르지 않으며 싹이 트지 아니하며 꽃이 피지 아니하며 시詩
가 뛰놀지 않겠습니까?'라 했다.

무리한 상상인지는 모르나 중장의 "터엉 빈/바다"는 허무한 세상을 암
시하고, "어디쯤"은 인생 역정의 단계나 과정을 유추하며, "차가울까"는
따스함의 반어법으로 생각된다.

종장은 인생 역정의 어려운 환경 속에서 어머니의 희생 정신과 변함없
이 따뜻한 사랑을 형상화했다고 생각된다. 김수장은『해동가요』에서 "동
백꽃은 한사(寒士)요, 박꽃은 노인"이라 했고, 문일평은『호암전집』에 "조
선 남방에는 동백꽃이 있어 동계에도 능히 염려(艶麗)한 붉은 꽃이 피어
무화(無花)의 시절에 홀로 봄빛을 자랑하고 있나니, 이 꽃이 동절에 피는
고로 동백꽃이란 이름이 생겼다."라는 말을 첨언해두었다.

체념은
어디쯤서
천둥으로
울다 가고

후회는
어디쯤서
소나기로
퍼붓다 가나

오늘도 먼 길 없는 길
가고 있을
겨울 낮달

— 「어머니 · 54」 전문

　위 시조의 초장에서 '체념'이란 ① '도리를 깨닫는 마음' 또는 ② '희망을 버리고 생각하지 않음'의 사전적 의미 중 중장의 '후회'로 미루어 ②로 보아야 옳다고 생각하며, 간단히 말하면 '확인된 절망'이라고 말할 수 있을 것이다. 김말봉은 『푸른 날개』에서 "체념은 일체의 삶을 무시하고 영원한 망각의 세계로 들어가려는 절망의 극치에서 오는 안도감인지도 모른다."라고 했다. '천둥'은 하늘이 움직이듯 요란하게 울리는 소리 즉 번개가 치며 일어나는 큰 소리를 말한다.

　중장의 '후회'는 '이전의 잘못을 깨닫고 뉘우침'이라는 뜻이나 간단히 "쾌락이 낳은 운명의 알"이라고 할 수 있고, J.J. 루소는 그의 『참회록』에서 "회한의 정은 득의했을 때에는 깊이 잠들고 실의했을 때에는 쓴맛을 더하는 것이다"라고 하였다. '소나기'는 '여름철에 갑자기 세차게 퍼붓다가 곧 그치는 큰 비'를 뜻하는데, 김동인은 『운현궁의 봄』에서 "한 방울의 비를 앞잡이 삼아 소낙비는 드디어 시작하였다. 우더덕 뚝 떡 좌—좌, 한

방울로 시작된 비는 한 순간 뒤에는 무서운 소낙비로 변하였다."라고 말하고 있다.

종장의 '먼 길 없는 길'은 먼 길이건만 길이 없는 길, 즉 처음 가는 먼 길을 말하는 것이다. 이어령은 「하나의 나뭇잎이 흔들릴 때」에서 "타인과 영원히 같이 걸을 수 있는 길이란 없다. 혼자 걸어야 하는 길, 미아처럼 울면서 혼자서 찾아다니는 길, 그것이 바로 고독한 인간의 자아일지도 모른다."라 했다. '겨울 낮달'에 그리운 어머니의 영상이 오버랩되어 있는 훌륭한 작품이다.

3. 나가는 말

이상에서 석야의 제3시조집 『어머니』를 일독하면서 각 부별로 한두 편씩을 골라 주마간산(走馬看山)격으로 두서없이 살펴보았다. 어머니에 대한 그리움이 참으로 절절하다.

실로 시를 쓰는 일은 영혼을 담금질하는 과정이다. 어떤 이는 머리를 짜는 듯한 고통을 말하기도 하지만, 그만큼 하나의 사물에 숨어 있는 의미를 캐내어 시어로 표현하기란 그리 쉽지가 않다. 그것은 독자를 염두에 두어야 하는 시 작품이란 목적을 가졌기 때문이며 객관적 사실을 있는 그대로 서술하는 산문이 아닌 까닭이다. 훌륭한 시 작품은 필자의 상상력을 최대로 동원한 구체적 표현일 때 독자의 정서를 흔드는 감동을 수반하게 된다. 결국 시는 필자가 독자에게 전하려는 의도의 표현이며 그 의도를 어떻게 표현해야 하는가의 문제는 작가가 감당해야 할 과제이다.

이규보는 「백운소설」에서 "시란 의(意)가 주가 됨으로 의를 표현하기가 가장 어렵고 말을 엮는 것은 그 다음이다. 의는 또한 기(氣)가 주가 됨으로 기의 우열로 말미암아 곧 의의 천심(淺深)이 생긴다. 그러나 기는 천부의 것이어서 배워서 얻을 수는 없는 것이다. 그러므로 기가 졸렬한 사람은 글을 꾸미는 것을 능사로 삼고 전혀 의를 앞세우지 않게 된다. 대체로 글을 꾸미고 다듬어 구절을 아롱지게 해놓으면 정말 아름답기는 하나, 그 속에 심후한 의가 함축된 것이 없어서 처음에는 볼만하나 다시 씹어보면 곧 맛이 없어진다."라고 그의 시론을 요약했다.

석야는 제1시조집『나의 살던 고향은』에서는 '한산초(韓山抄)'를 주제재로 삼아 모시, 봉선화, 논, 사너멀, 한산의 하늘 등 고향에 대한 역사와 전통, 그리고 자연의 생태'에 주 관심을 보이고 있으며, 자기 성찰에서 보편적 사랑에 이르기까지 인간 실천을 위한 탐구로 일관되어 있다. 제2시조집『누군가를 사랑하면 일생 섬이 된다』에서는, 내 사랑을 주제재로 하여 함박눈, 등불, 사색, 빗방울, 봄비 등 삶의 환경을 통해서 본능적 사랑에 대한 처리 문제에 보다 많은 관심을 기울이고 있다. 제3시조집『어머니』에서는 어머니를 중심 제재로 삼아 초가, 대숲, 부슬비, 눈발, 언덕, 풍금 등 생활 주변의 자연환경과 사물들을 어머니에 대한 그리움과 외로움 속에 담아 잉태시켜, 하나하나 단수의 시조 작품 58수를 탄생시키고 있다.

한편, 석야는「어머니의 노래」에서 "50년 전 초가집에서 만나 50년 후 아파트에서 이별"한 지 3년이 됐고, 어머니의 일상생활은 모든 감정이나 "어려움의 내색도, 틈도, 바람 부는 줄도, 물이 고이는 줄도, 물결치는 줄도 몰랐다"는 것이며, "가신 후에야 가슴에 파도가 치"고 "고독한 것들은 가까이에, 그리운 것들은 늘 멀리에 있다"는 것이다. 어머니에 대한 "아픈 생각들이 이제는 내 이순의 산모롱 가에 초승달로 뜨고 있다"는 것이다. 그래서 "눈 감으면 고즈넉 흔들리는 어머니의 불빛, 그것은 어머니가 내게 주고 간 영원한 그리움이며 안식처였다"라고 마무리했다.

앞으로도 어머니에 대한 그리움의 하늬바람은 계속 불 것이고, 외로움의 그늘은 계속 머물 것이며, 서러움과 그리움과 괴로움의 엇박자 속에서 보다 알차고 보석보다도 더 옹골찬 수작의 작품들이 탄생되리라 믿어 의심치 않는다.

석야의 양장본 제3시조집 『어머니』야말로 오랜만에 내 마음을 활짝 개게 하며, 따라서 우리나라 정치현실의 타락함과 그 악취에 몸살을 앓고 있는 국민들이, 아늑한 고향마저도 망각하게 된 이 마당에, 적지 않은 위안과 희망을 주는 영원한 작품집이 될 것이라 굳게 믿으며, 두서없는 졸필을 거둔다.

어머니에 대한 그리움의 미학(美學)

빈 잔에 담아보는 삶의 아픈 무게

—「어머니」를 중심으로

문복선

1. 머리말

석야 신웅순 시인은 충남 서천 출생으로 필자와 동향이다. 1985년 『시조문학』을 통해 시조시인으로 등단하였고, 1995년 『창조문학』을 통하여 평론가로 등림하였다. 1975년 서예가로 등단한 이래 한국의 대표적 서예가로 활동하고 있다. 50여 편의 학술 논문과 문학평론 100여 편, 학술 저서 16권, 그리고 시집 『어머니』 외 5권, 동화집 및 수상록 등 10여 권의 창작집이 있다.

신웅순 시인은 이렇듯 대학교수로서 학문과 후학 교육에 평생 동안 정열을 바치면서, 한편으론 시조시인으로, 문학평론가로, 서예가로, 시조창으로 그 활동 범위와 깊이는 실로 놀랄 만하다. 신웅순 시인을 보면 언제나 미소를 머금은 젊은 청년이다. 헌데 금년에 대학에서 정년퇴임이라 한다. 필자와 같은 천학이 어찌 짧은 글 한 편인들 드릴 수 있겠는가. 그러나 신 시인의 요청을 뿌리칠 수가 없어, 신웅순 시인의 시조집 『어머니』를 중심으로 정중히 감상하고, 우리의 고유한 가락에 담겨 있는 맛과 멋을 짚어보려고 한다.

2016년에 출간한 시조집 『어머니』에는 총 58편 작품이 수록되었다. 그 중 나름대로 7편을 선정하여 그 내용을 살펴보려고 한다. 어머니에 대한 그리움과 자연 사물에 대한 관찰과 그 자세, 그리고 빈 잔에 담은 삶의 무게를 노래한 작품으로 나누어보았다. 몇 편 안 되는 작품이지만, 여기에 담겨 있는 시인의 시적 대상으로서의 사물에 대한 인식과 인생관 세계관을 살펴보고, 또 작품 속에 나타나는 시어 선택과 그 조직 및 구사된 표현 기교의 특성, 끝으로 시인의 시적 창작 정신과 정서적 바탕을 이해하는 차원에서 작품에 접근해보기로 한다.

2. 어머니에 대한 그리움의 깊이

뚜욱 뚜욱
빗방울
소리인 줄 알았는데

우우우우
바람
소리인 줄 알았는데

살아온
누구의 길이
이런 소리
내는 건가

— 「어머니 · 20」 전문

초 · 중장에선, 뚜욱 뚜욱 떨어지는 빗방울 소리와 우우우 지나가는 바람 소리를 듣는다. 종장에서 화자는 빗방울 소리와 바람 소리를 인간의 삶의 길과 연결시키고 있다. 어떤 삶의 길이 그토록 우울하고 쓸쓸한 고독의 길인가. 이는 바로 어머니의 삶의 길이다. 신 시인은 "일생 어머니는 있었으나 어머니 자신은 없었다."라고 말했다. 현실적 고난에 무한한 인내와 헌신, 한숨과 탄식이 있을 뿐이다. 그래서 어머니의 삶의 길엔 언제나 비가 내리고 바람이 분다.

한 사람의 어진 어머니는 백 사람의 교사에 필적한다는 말도 있고, "천국은 어머니의 발밑에 있다"는 이슬람 고행승의 격언도 있으며, "신이 모든 곳에 있을 수 없어 어머니를 세상에 보냈다"는 서양 속담도 있다. 사람은 누구나 어머니에 대한 무한한 사모의 정과 깊은 감격의 눈빛을 갖고 있다. 그래서 어머니를 생각하거나 또 불러보면, 온몸이 짜릿해지는, 견딜 수 없는 아픔과 뜨거운 전율을 느낀다. 어머니의 자식에 대한 사랑은 아무런 조건이 없다.

신웅순 시인은 '어머니'란 제재로 한 권의 작품집을 냈다. 누군들 어머니에 대한 애틋한 추억과 가슴 짜릿한 그리움이 없겠는가. 그러나 신 시인의 어머니에 대한 그리움은 유별나게 그 깊이가 있고, 그리움의 색깔이 다른 것 같다. 다양한 사물에 빗대어 어머니의 모습을 구체적으로 형상화하고 있다. '뚜욱 뚜욱'과 '우우우우' 하는 의성어를 활용하여 생동감과 현실감을 느끼는 청각적 이미지로 어머니의 모습을 제시하고 있다. 나무는 언제나 바람으로 흔들리고, 어머니는 언제나 자식들 때문에 흔들린다.

초장, 빗방울 소리, 어머니의 삶은 언제나 주름 깊은 이마에 땀방울이 흐르고, 속적삼은 항상 젖어 있으며, 간난의 시간 속에, 자식 걱정에 아린 마음은 우울한 빗방울로 흐른다. 중장, 바람 소리는 어머니의 한숨 소리의 은유다. 어머니의 한평생이야말로 그대로 바람이다. 바람 부는 날 자식을 위해 가루를 팔러 가는 사람이 어머니요, 역풍이 불어도 자식을 위해 돛을 다는 사람도 어머니다. 무겁고 우울한 빗방울 소리, 쓸쓸하고 어지러운 바람 소리, 어머니의 헌신적 삶의 길을 우리는 경애의 가슴으로 우러르며, 어머니가 가는 길에 따뜻한 위로와 애틋한 그리움의 꽃향기를 뿌린다.

　　체념은
　　어디쯤서
　　천둥으로
　　울다가고

　　후회는
　　어디쯤서
　　소나기로
　　퍼붓다 가나

　　오늘도 먼 길 없는 길
　　가고 있을
　　겨울 낮달

　　　　　　　　　　　　　　　—「어머니·54」 전문

　위 작품은 천둥으로 울다간 체념과 소나기로 퍼붓다 간 후회를 앞세우고, 이를 지나서 길 없는 먼 길을 유유히 흘러가는 겨울 낮달을 노래했다. 정리하면, 초·중장은 시제상 과거요, 종장은 현재다. 초·중장은 계절적으로 여름이고, 종장은 겨울이다. 천둥과 소나기는 특성상 돌발적 놀람과 두려움이요, 심한 열정과 동시에 갈등을 상징한다. 반면 겨울의 낮달은 냉정하리만큼 안정적이고 이지적이며 유유자적하는 달관의 지혜를 상징한다.

　사람이 살다 보면 희망보다는 절망하고 체념하는 때가 더 많고, 보람찬 삶의 즐거움보단 자신의 잘못을 뉘우치는 후회의 시간이 더 많다. 사람이 살아가면서 어떤 힘든 상황에 부닥쳤을 때, 이를 극복할 수 있는 힘이 없거나 부족하면 희망을 버리고 단념을 한다. 삶에 있어서 어떤 목표를 향하여 나아가는 굳센 의지력이 필요한 반면, 이미 지나간 일에 대한 체념도 필요한 것이다. 때로는 "체념이 행복의 중요한 조건임을 잊지 말라"는 영국의 철학자 러셀의 말을 경청할 필요가 있다. 삶의 과정에서 진퇴를 가늠할 줄 아는 어머니의 마음은 인생에 있어서 가장 행복한 지혜를 갖고 있다. 또한 사람이 한평생을 살다 보면 후회하는 때가 한두 번이겠는가. 살다 보면 과거 자신의 행위에 대하여 후회하지만, 그보다도 오히려 해야 할 것을 하지 않는 행위에 대하여 진정으로 후회해야 한다. 왜냐하면 진정으로 후회한다는 것은 새로운 삶이 열리기 때문이다.

"후회는 미덕의 봄이다." 중세 라틴의 속담이다. 결핍의 세월, 질곡의 세월을 벗어나고픈 마음, 아쉬움과 외로움과 온갖 고뇌 속에서 체념과 후회의 삶을 살아온 어머니, 그 어머니가 차가운 겨울 하늘, 한없이 맑은 낮달이 되어 길 없는 먼 길을 하얀 미소로 흐르고 있다. 가는 길도 없고 지번(地番)도 없는 길, 자유롭고 거칠 것도 없는 평안한 길을 유유자적하며 흘러가는 어머니의 초월적 자애로운 모습을 잘 이미지화하였다. 고귀하고 성결한 달은 하늘의 사자(使者)다.

늦가을
잎새 하나
천 년으로
지고 있다

물빛도 스쳐가고
불빛도 스쳐가고

불이문
끊어진 길을
초승달이

가고 있다

—「어머니 · 35」 전문

　　초장에선, 늦가을에 지는 잎새, 중장에선, 스쳐가는 물빛과 불빛, 종장에서는 불이문 끊어진 길을 초승달이 외로이 가고 있는 모습을 깊이 있게 노래했다. 늦가을의 낙엽, 물빛과 불빛 등 소재들의 특성은 삶과 죽음을 연결하는 매체들이다. 늦가을 잎새가 떨어지고 물빛도 불빛도 스쳐간다. 유(有)에서 무(無)의 상태로 전환하는 과정이다. 낙엽도 물빛과 불빛도 더 이상 갈 수 없는, 불이문 끊어진 길을 초승달은 가고 있다. 초승달을 유한에서 무한으로 살아가는 의미 있는 존재로 제시하고 있다. 물론 초승달은 어머니의 상징물이다.

　　"낙엽은 결코 고독하지 않다. 낙엽은 결코 죽지 않는다. 나뭇잎이 지는 것은 보다 새로운 생(生)이 준비되어가는 목소리다."라고 이어령은 말했지만, 나뭇잎은 슬픈 음악처럼 진다. 인간의 생명도 영원하지 않다는 깨우침을 주며, 낙엽은 고별의 몸짓으로 쓸쓸히 사라진다. 중장의 물빛, 물은 인간의 사고 가운데 순수성에 의한 가장 큰 가치 부여 작용의 대상이다. 신선하고 순수함의 은유로서의 모든 이미지를 수용한다. 물은 양의적(兩義的)이다. 탄생과 죽음의 양의적 이미지를 혼합하고 있는 물은 존재의 실체를 끊임없이 변모시키는 근육적 운명이다. 물은 우리가 되돌아가는 것을 가능케 하는, 아름답고 충실한 죽음의 물질이다. 죽은 자로서의 물은 가장 모성적인 것이다. 죽음은 여행이며, 여행은 죽음이다. 죽음은 물의 흐름에 따라가는 진정한 여행길이다.

　　불빛, 불과 열은 가장 변화가 심한 영역 속에서 여러 가지 설명 방법을 제공한다. 천천히 변하는 모든 것이 다 생명에 의해서 설명되듯 신속하게 변하는 것은 모두 불에 의해서 설명된다. 여러 현상 중 서로 다른 두

가지 가치 부여, 즉 선과 악을 동시에 받아들일 수 있는 유일한 것이 불이다. 불은 낙원에서 빛나고 지옥에선 탄다. 그래서 불꽃은 세상의 모든 삶과 죽음이 무엇인가를 안다. 한편, 물은 차지만 강렬하다. 그렇기 때문에 물은 타고 있는 것이다. 그것은 일종의 상상적인 면에서 불의 효과를 갖는다. 불은 하늘로 향한다. 인간은 한없이 높고 푸르고 자유스런 하늘을 꿈꾼다. 이는 현실적인 평범한 수평적 생활에 대한 억눌린 본능의 해방을 의미한다. 우리의 꿈은 속세가 아닌 것을 추구한다. 이에 가장 인간의 이상에 맞는 곳이 위, 즉 천국이다. 이와 같이 상승하려는 꿈을 통해서 인간은 인간의 조건을 초월한다.

좀 길었지만, 불이문을 소개한다. 사찰 본당에 들어서는 마지막 문이 불이문(不二門)이다. 진리는 둘이 아니라는 뜻에서 유래한다. 이 문을 통과해야만 진리의 세계인 불국토에 들어갈 수 있음을 상징한다. 부처와 중생이 다르지 않고, 삶과 죽음, 만남과 이별 역시 그 근원은 모두 하나다. 불이문 들어가는 길이 끊어졌다. 그래서 어머니는 고귀한 사랑의 날개를 달고 초승달이 되어 불이문을 지나 먼 서방정토의 길을 가고 있는 중이다.

3. 자연사물에 대한 관찰과 그 자세

강이
서러워서
흐르는 게 아니다

산이
그리워서
서 있는 게 아니다

그 봄비
아득한 길을
뻐꾸기가
울어 그런 것이다

—「어머니·2」 전문

강이 서러워서 흐르는 게 아니고, 산이 무엇인가 그리워서 서 있는 게 아니라고 노래했다. 강과 산에 감정이입을 하였고, 서술어가 부정적이다. 종장에서 강이 흐르고 산이 서 있는 사유를 제시하였다.

강은 「어머니·35」에서 말했듯이 탄생과 죽음의 양면적 이미지를 혼합한 사물이다. 물은 대지의 참다운 눈이며, 생명 그 자체다. 물은 맑고 밝고 신선함의 은유다. "강물은 가장 허물없는 친구요, 해설 없는 인생이다"라는 말도 있거니와, "물은 어떤 강이든 변함이 없지만, 강 그 자체는 세류가 있는가 하면 급류도 있고, 대하와 여울, 맑은 물과 흐린 물, 차가운 물과 따스한 물 등 가지가지다. 인간도 이러한 강물과 같지 아니한가." 톨스토이의 말이다. 물은 사람을 순수하게 하며 지혜롭게 만든다. 사람들은 물에서 생명의 소리, 순수한 존재의 소리, 영원히 생성하는 것들의 소리를 듣는다. 흐르는 강물을 바라보고 또 그 소리를 들으며 사람들은 슬픔과 기쁨, 삶의 덧없음을 느낀다. 산 또한 무슨 사유나 감정을 갖고 있겠는가. 높고 깊은 산은 인간이 갖는 일체의 감정을 배제한다. 초자연적인 숭엄한 자세로 모든 사물을 수용하고 정화하며 또 그들의 친구가 된다. 산은 모든 것을 다 내주는, 가진 것 없는 부자다. 산은, 그 품은 뜻은 넉넉하고 너그러우나 말이 없다. 이렇듯 산과 강은 우리의 좋은 친구요, 이웃이다. 『논어』 옹야편에 "智者樂水 仁者樂山"이란 말이 있다.

종장을 보면, 봄비가 내리는 아득한 길을 뻐꾸기가 울고 있다. 봄은 생명의 경이와 신비감을 갖게 하는 계절이다. 그래서 촉촉이 비가 내리나

보다. 헌데, 반대로 "비는 죽음이요, 탐욕이요, 욕심이다"라고 『팔만대장경』은 말한다.

일반적으로 빗소리는 화자의 외롭고 우울한 정서를 고조시키는 기능을 갖고 있는 소재다. 봄비에 젖은 아득한 길은 어떤 길인가. 작품마다 '길'이란 말이 나온다. 이 작품에서는 '뻐꾸기 울음'이 주제어로 등장한다. 뻐꾸기는 초여름에 남쪽에서 날아오는 여름새로 산이나 숲에서 하루 종일 구슬프게 운다. 무슨 억울하고 슬픈 사연이 있는 듯 그 울음소리가 매우 무겁고 애잔하다.

뻐꾸기의 원관념은 물론 어머니다. 가난과 노동, 인내와 굴종 등 어머니의 한평생이 어느 것 하나 순탄한 게 있었으랴. 다만 내쉬는 게 한숨이요, 지나니 눈물이었으리라. 현재를 살고 있는 화자의 정서로 보아 뻐꾸기 울음소리는, 어머니에 대한 한없는 서러움과 한스런 그리움을 시적으로 형상화한 것이다.

봄날엔
사색도
열이
오르는가

터엉 빈
바닷가
어디쯤이
차가울까

바람이
떠난 눈밭에서
각혈하는

붉은 동백

─「어머니·49」 전문

초장에선, 봄날엔 사색도 열이 오른다. 중장, 차가운 바닷가, 그리고 종장에선, 동백꽃을 노래하였다. 초장은 개화 이전의 내적 상황을, 중장은 꽃이 피는 배경을, 마지막으로 개화 이후의 모습을 제시했다. 사색은 어떤 것에 대하여 깊이 생각하고 그 이치를 찾는 것이다. 철학에서 '인간의 본질은 이성적 사고를 하는 데 있다고 하는 인간관'을 '호모사피엔스'라고 한다. 지혜가 있는 사람을 뜻한다. 실제로 인간은 언제나 생각에서 떠나지 못하고 사는 존재다. 삶 자체가 생각임을 뜻한다. 봄은 소생과 약동의 계절이다. 봄은 이지가 아닌 감정의 계절이요, 봄철의 모든 숭앙은 사랑으로 연결된다. 봄엔 나이 든 사람들의 녹슨 심장에도 피가 용솟음치는 것을 느끼게 한다. 그리고 봄은 우리에게 철학의 많은 소재를 제공해 준다. 한편, 어떤 현상을 접해 깊이 생각하고 그 이치를 찾는 적극적 행위를 봄은 우리에게 요구한다.

중장. 텅 빈 바닷가는 종장, 눈밭과 함께 꽃이 피는 공간적 배경이다. '차갑다'는 초장, 봄날과 함께 계절적, 기후적 배경이다. 상록 활엽 교목인 동백은 해안, 산지, 촌락 등에 나며, 겨울의 거친 눈보라를 극복하고 바닷가 언덕에 피어나는 동백꽃을 감상하노라면 탄성이 저절로 나온다. 검푸른 바다와 옥빛으로 부서지는 파도, 그 끝에 하얀 모래 언덕, 파란 하늘을 이고 반짝거리는 초록빛 잎새 사이사이에 핀 붉은 동백꽃, 하나의 완벽한 빛깔의 스펙트럼을 이루고 있다. 동백꽃의 향기는 모래벌 십리는 넘는다. 꽃은 가장 속임 없는 사랑의 언어다. 삶의 희열을 느끼게 하는 꽃은 아름다운 침묵의 언어로 우리에게 사랑과 평화와 인정을, 그리고 고결한 꿈을 던져준다. 또 꽃들은 우리에게 위안과 희망과 기도와 깊은 사색의 자세를 가르쳐준다.

온갖 역경에 결코 굴하지 않고, 인내와 열정으로 자랑처럼 살아온 어머니의 뜨거운 가슴과 고결한 정신은 외로운 바닷가 눈밭에 핀 붉은 동백꽃이다.

4. 빈 잔에 담는 삶의 무게

생각도
만추가 되면
붉게도
물드는가

떠나지도
못한 것들
울지도
못한 것들

우수수
낙엽이 되어
빈 칸으로
지는구나

— 「어머니 · 28」 전문

위 작품 초장을 보면, 늦가을엔 단풍뿐만 아니라 생각도 붉게 물들었다는 내용이고, 중장에선 그 생각들이 낙엽처럼 떠나지도 울지도 못하다가 마지막 장에서 드디어 낙엽으로 모두 진다는 것이다. 「어머니 · 49」에선 "봄날엔/사색도/열이/오르는가"라고 노래하였다. 생각과 사색은 비가시적인 내적 상황이다. 이를 가시적인 외적 사물로 끌어내는 발상이나 그 기교가 매우 고차원적이다.

늦가을이 되면, 온 산하는 다홍으로 불탄다. 쓸쓸한 경이로움이 펼쳐진다. 앞 뒷산 언덕마다 얼마나 아름다운 풍광이 계절의 멋진 자랑으로 서는가. 그래서 당나라 시인 두목은 "霜葉紅於 二月花"라고 노래하였다. 가을은 차고 이지적이면서 그 속엔 분화산 같은 열정을 감추고 있다. 이지와 열정이 대담하여 폭발의 위험성을 내포하고 있는 것이 가을의 감정이요, 그 성격이다. 붉게 물든 단풍들이 불덩이인 듯, 그 빛이 사람의 마음에 강렬하게 육박해 온다. 이쯤 되면 시적 화자의 생각도 붉게 물들 수밖에 없을 것이다. 헌데, 붉게 물든 단풍은 낙엽으로 떠나는데 화자의 생각은 왜 떠나지도 못하고, 울지도 못하는가. 앞에서 이미 말했지만 "인간은 생각하기 위해 태어났다. 그러므로 사람은 한시라도 생각하지 않고는 살 수가 없다."(B. 파스칼) 사람의 생각이란 어떤 사상(事象)과 맞부딪침으로 인해 폭발한다. 화자는 단풍이란 아름다운 사물을 보고 있다. 단풍은 그 생명을 다하면 쓸쓸히 떠난다. 그러나 생각은 물들 수는 있어도 떠날 수는 없다. 그 속엔 깊이 영혼이 깃들여 있기 때문이다.

화자의 생각의 내용이나 그 대상이 무엇인지는 잘 나타나지 않는다. 그러나 유추해보면, 세월의 덧없음과 함께 삶에 대한 무상일 수 있고, 고뇌로운 삶의 흔적을 지우지 못한 아쉬움과 회한일 수 있으며, 아니면 어머니에의 한스런 그리움일 수도 있다. 사념의 끝을 놓을 수도 없고, 또한 감정 처리도 제대로 할 수 없는 상황이 결국 낙엽으로 귀결된다. 단풍이 낙엽으로 떠나듯 화자는 어쩔 수 없이 모든 사념 속의 아쉬움과 그리움과 회한, 모든 고뇌를 스스로 정화하고 해소시킬 수밖에 없을 것이다. 여러 가지 고뇌와 풀지 못한 감성에 집착하는 것이 오히려 삶을 진정으로 사랑하지 않는 것이란 역설적 사고를 하는 화자는, 진정 참된 자아의 모습을 찾아가는 것이리라.

빈 잔에는
설움만
있는 것이
아니다

달빛도
바람 소리도
같이
섞여 있다

아득한
뻐꾹새 울음도
바닥에
묻어 있다

—「어머니 · 12」 전문

위 작품의 주제어는 '빈 잔'이다. 원래 잔은 술잔의 준말로 음료를 따라 마시는 조그마한 용기다. '빈 잔'이란 아무것도 담기지 않은 상태다. 헌데, 작품 내용을 보면 빈 잔이 아니다. 설움이 담기고, 달빛과 바람 소리도 담겼으며, 뻐꾹새 울음도 잔 바닥에 담겨 있다. 빈 잔의 소유자는 물론 시적 화자다. 시적 화자는 누구인가? '어머니'란 시제로 보아 자식이겠지만, 소재, 즉 담긴 내용물로 보면 '어머니'일 수도 있겠다는 생각이 든다.

잔은 일반적으로 우리의 생명과 연관되는 음료를 담는다. 사람의 갈증을 풀어주고 기분을 상쾌하게 해주며 무한한 흥취도 맛보게 한다. 그러나 반대로 살다가 어떤 고통을 당하거나 실패를 했을 때, 우리는 비유적으로 '쓴 잔'을 마셨다고도 말한다. 위 작품 '빈 잔'에 담긴 첫 번째 것은 '설움'이다. 슬픔은 인간이 가질 수 있는 정서 가운데 가장 큰 것이고, 동시에 모든 예술의 전형이다. 슬픔은 나름대로 깊고도 부드러운 아름다움을 지닌다. 어떤 행복도 그런 요소를 지니지 못한다. "슬픔은 사랑 없이도 생겨나지만, 사랑은 슬픔 없이는 생겨날 수 없다"는 독일의 속담이 있다. 여기서 빈 잔에 담긴 화자의 슬픔은 어머니의 사랑과 연결된다. 중장, 달빛도 바람 소리도 섞여 있다. 달은 어머니의 등가물이다. 따뜻하고 다정하며 헌신과 사랑을 퍼붓던 어머니의 고결한 삶. 그 삶의 모습을 과일보다 향그러운 달로 환치하고 있다. 그래서 화자는 잔 속의 달빛을 보고 어머니에 대한 무한한 그리운 감정을 쏟고 있는 것이다.

바람 소리는 어떤가. 얼굴을 스치는 바람이 인간을 지혜롭게 만들기도 한다. 솔밭에서 불어오는 바람 소리는 우리에게 무한한 쾌감을 느끼게 한다. '바람은 어머니의 약손'이란 말도 있거니와, 가시가 없고 모나지 않은 바람은 보이지 않는 아름다운 악기 소리다. 그러나 "세차게 불어오는 거센 골짝 바람/높이 솟은 산마루에 부딪친다/죽지 않는 풀이 없고/시들지 않는 나무가 없다", 『시경』 소아 곡풍편에 나오는 시구다. 거센 바람 소리는 삶에 있어서 고난과 역경, 파괴를 상징한다. 바람같이 인생의 삶도 이중적 성격을 갖는다.

종장, 바닥에 깊이 묻어 있으니 뻐꾸기 울음소리도 아득히 들리나 보다. 앞에 「어머니 · 2」에서 뻐꾸기를 소개하였다. 들새나 물새보다 산새가 그윽한 맛을 더하고, 산새 중에서도 뻐꾸기가 선미(禪味)를 더 많이 가지고 있다. 뻐꾸기 소리는 아무래도 무거운 슬픔을 던져준다. 무슨 원통함이, 억울함이, 슬픈 일이 있기에 하루 종일 숲 속에 몸을 감추고 우는 것일까? 뻐꾹새는 어머니의 상징물이다. 한평생 분명한 존재 가치 및 그 위치를 확인도 못 하고 삶의 그늘에서 피땀에 젖은 온몸으로 고난의 세월을 사신 어머니의 회한에 찬 뜨거운 눈물을 보는 것 같아 가슴이 아려온다.

5. 맺는말

　이상으로 신웅순 시인의 작품 「어머니」 7편을, 시어 및 그 구조를 통하여 살펴보았다. 시집 구성이 '어머니'라는 한 시제를 시리즈 형식으로 엮은 것이 특징이다. 「어머니·20」, 「어머니·54」, 「어머니·35」에서 어머니에 대한 한없이 깊은 그리움을 노래하였다. 빗방울 소리, 바람 소리는 온갖 어려움을 극복하고 헌신적 삶의 길을 살아온 어머니의 숭고한 모습이다. 체념과 후회를 넘어 머언 길, 끊어진 불이문의 밝은 달이 되어 가고 있는 어머니의 성결한 모습을 구체적으로 형상화하였다. 「어머니·2」, 「어머니·49」에선 뻐꾸기 울음소리와 붉은 동백꽃을 통해 간난과 고난과 역경, 복종과 인내를 살다간 어머니의 고결하고 뜨거운, 그러면서도 슬프고 한스런 삶과 자애로움을 노래하였고, 끝으로 「어머니·28」, 「어머니·12」에선 삶의 회한 속에 아쉬움과 그리움과 슬픔을 빈 잔에 담아 스스로의 삶을 정화하고 있다. 공통적 주제는 힘들게 살다 간 어머니에의 눈물 같은 그리움의 정서를 차원 높은 시적 세계로 이미지화한 것이다.

　작품 속에 나타난 신웅순 시인의 사물에 대한 인식은 매우 진지하고 구체적이다. 전통적 사회 구조 속에서 인내와 복종과 헌신을 살다 간 어머니 모습을 여러 가지 사물을 통해서 리얼하게 이미지화하였다. 삶의 참 모습을 천착하고 세련된 정서의 세계를 제시하고 있으며, 고매한 인격과 진실하고 아름다운 인간의 정신세계를 진지하고 설득력 있게 노래하였다. 언어 조직과 표현 기교도 매우 다양하다. 적절히 반복을 하여 표현 내용을 집중 강조하였고, 일상 언어로서 심오한 사상, 감정 및 시적 정서를 깊이 있게 다뤘다. 간결한 시어 구사와 시적 생략과 여운이 돋보이며, 아울러 비유와 상징적 기법이 매우 차원이 높고 예리하고 감각적이다.

끝으로 신웅순 시인의 시적 창작 정신은, 평소 생활 모습대로 온 정신을 던진다. 사물을 대하는 진지하고 치열한 관찰과 절절한 감정을 절제하면서 이 모든 것을 진실한 시적 세계로 끌어올리는 신 시인의 시적 역량이 매우 놀랍다.

모상(母象), 그 영원의 아타락시아

이완형

1

　신웅순의 시조에는 늘 모상이 따라붙는다. '어머니의 노래'로 배태된 모상이 잠시도 그의 주위를 떠나지 않는 이유다. 그래서 그의 모상에는 모성애(희생, 인내, 자애) 외에도 피어남이 가득하다. 궁핍한 삶이 주는 위안, 절박한 그리움이 낸 인내, 핍박함에서 엎혀진 용서가 모상 속에서 수없이 엉김과 풀림을 되풀이하면서 묵언이 되는 까닭이 여기에 있다.

　"가신 후에야 가슴에서 파도가 치는 것이었다. 내가 할 수 있는 일은 시를 쓰는 일이었다. 기도하듯 시를 쓰는 일이었다. 강물 위에 배가 될 때까지 하나, 둘 풀잎을 띄워 보내는 일이었다."(「어머니의 노래」)는 독백은 그래서 시인의 가슴에 켜켜이 쌓인 모상의 알갱이들로 변한다. 「어머니」로 읽히는 연시조에서 그의 절절한 자회(自悔)와 간곡한 연민이 결코 안일한 모정과 사모에 그치지 않는 이유는 이 때문이다.

　그의 시조에 유독 순성(純誠)이 강하게 배어나는 것도 그래서이다. 이 순을 시조로 산 그가 그 어떤 회유에도 절대 버틸 수 있었던 것은 그러한 모상이 빚어낸 순성이 있어서 가능했고, 그 무한한 순성이 어머니를 좇으려는 애틋함과 상치되는 것도 그래서 가능했다. 그 어떤 눈속임도, 그 어떤 속삭임도, 그 어떤 눈요기도 그의 순성에 빗질을 할 수 없었던 것도 모상이 늘 서리고 있어서였다.

그의 시조들에서 연시조가 자주 목도되는 연유도 따지고 보면 그러한 그의 순성과 닮아 있다. 이어나간다는 의미보다 절실함을 유발하는 시상이 예사롭지 않게 시적 시야를 확보하는 것도 그러한 맥을 짚어가기 위한 수단이다. 그런 점에서 「어머니」 연시조도 마찬가지다. 어머니와 시인 사이에 순성이 존재함으로써 묵언을 더욱 값진 시상으로 빚어내는 탁월한 시탐은 그래서 가능한 것이었다.

그의 「어머니」 연시조가 아타락시아(ataraxia)를 연원하는 이유도 이에서 비롯된다. 좀처럼 마르지 않는 모상에서 연유된 순성이 아타락시아를 확보하면서 구축된 시성은 그래서 결코 흔들리지 않는다. 아니 이미 시인을 떠나 그 무한한 아타락시아에 머문다. 지독히도 혹독했던 박해에 대한 안식의 카타콤베(Catacombe), 그 아타락시아에 시인은 영원히 머물기를 주저하지 않았다. 그러기에 시인은 모상을 향해 묵언을 계속할 뿐이다. 기도하듯, 강물 위에 배가 될 때까지 묵언을 시인은 풀어놓아야 한다.

2

신웅순 시인의 시조에서 잦아지는 어머니는 '모성 연민'과 '자애 동정'이라는 타성과의 결부를 부인한다. '홀로서기'와 '지켜내기' 사이의 한과 독이 끝없이 폐합되면서 구축된 모상이 그들을 타부시하기 때문이다. 그 스스로 지속적인 '궁금증' 앞에 서기를 마다하지 않는 시적 토대 역시 알고 보면 그러한 한과 독 사이에서 피할 수 없는 경계선인 것이었다. 지금도 '내 사랑은?'을 연호하는 사유는 그래서 무모주의와 허탈주의를 통째로 배제한다.

신웅순 시인은 그러한 무모주의와 허탈주의를 극복하기 위한 방어적 기제로 '시조∩시조창∩시조이론'의 공집합을 주창해왔었다. 그 사이 끊임없이 절망과 배격과 치기어린 질시들이 그를 압박했고 무시했고 등한시까지 이어졌었다. 하지만 시인은 결코 그들과의 거리를 두지도 않았고 틈을 인정하려 하지도 않았다. 그저 이순이 되기까지 묵묵히 시조의 세계를 지켜올 뿐이었고, 여전히 시조창을 유유하게 읊었었고, 시조관련 논문에 몰두했었다. 그리고 언제부턴가 '내 사랑은' 뒤에 반드시 얹히겠다던 「어머니」를 연작하기 시작했다. 그토록 오랫동안 연호하던 「어머니」 연시조를 상재하게 된 것도 반태와 같은 저들에게 다가서기 위한 용서와 화해와 연민과 온정이었다. 그리고 그것은 늘 순성 사이에서 머물렀다. 그것은 아타락시아인 동시에 바다였고 섬이었고 불빛이었고 바람이었다. 그리고 끝내 어머니였다.

다
부서지면
물이
고이는구나

다
깨어지면
바람이
부는구나

그리곤
처얼석처얼석
물결이
이는구나

———「어머니 · 1」 전문

어머니는 늘 그리워야 되고 포근해야 되고 사랑이어야 하고 정겨워야 한다. 그런데 그런 어머니가 "다" "부서"진 "물"이 되고 "다" "깨어"진 "바람"이 된다. 그리고 나서도 "처얼석처얼석" 파도가 인다. 절박함과 간절함이 접점에서 심하게 상치되면서 반어와 역설이 격렬히 산화하는 현장이 되고 만다. 그래서 시인의 어머니는 다시 공이 된다. 다 부서지고 다 깨어져버리니 남는 것은 허고 무여서다. 그러면 그곳에 다시 만(滿)과 충(充)이 자리를 잡는다. "우수수" "낙엽이 되어" "빈칸으로" "지는"(「어머니 · 2」) 이유가 여기에 있다. 빈칸은 다시 채워지길 바라는 공간이랄 수 있다. 그 비움의 공간이기에 다 채워지기를 바라는 역설, 그 역설이 강렬하면 할수록 시인은 늘 비어 있게 된다. 그래서 빈칸은 시인에게 "바람"이 그것도 "한번도" "돌아보지 않고" 가는데 "비는" 그리도 "자꾸만" "뒤돌아보며"(「어머니 · 5」) 가는 지독히도 역설적인 현실이 되면서 자꾸 어머니를 찾게 만드는 까닭이다.

그런데 그렇게도 어머니를 찾고 바라고 기다리지만 어머니는 끝내 "빈칸"이 되고 만다. "어둠도" "달빛도" 보지 못한 "그 길"은 이제 "빈칸"(「어머니 · 5」)이 되고 마는 즈음에서 시인은 망연자실하며 자신을 내려놓는다. "어둠"과 "달빛"은 서로를 어우를 수도, 전혀 배치될 수도 있는 두 개의 공간이다. 아니 시간이다. 그러한 시공에 선 시인은 이미 "고쳐도" 고쳐도 "쓸 수가 없는" 그래서 더욱 "뵈지 않는" "가슴 한 켠"(「어머니 · 6」)을 쓸어내린다. 어머니가 보이지 않아서다.

그래서 시인은 어머니의 부재를 모두 자책으로 돌릴 수밖에 없다. "마른 것들"도 "젖은 것들"도 "붙이다" 만 것도 알고 보면 그런 속내의 또 다른 반추다. 그리고 나서야 시인은 그것들이 "다 설움이었고" "그리움이었"(「어머니 · 7」)음을 상기한다. 잃어버린 어머니를 찾아나서야 한다는 집념이 강한 강박관념으로 시인을 옥죈다. 그래서 시인은 "적막"이 "소나기"처럼 "지나가고" "외로움"이 "눈발"처럼 스쳐가는 곳에서 자신을 버린다. 시인이 "이별"과 "인생"(「어머니 · 8」)이 다녀간 그곳에 홀로 남을 수밖에 없는 이유다. 자신을 버리지 않고는 어머니를 찾을 수 없음을 "적막"과 "소나기"를 통해 각인되는 순간이다.

시인은 이제 어머니를 찾는 일에 하나의 신념을 건다. 그렇기 때문에 그것은 그 누구도 찾지도 보지도 못했던 모상을 만들어낸다. 그리곤 그것은 또 순성이 된다. 순성은 자신에게 충실한 사람만이 가지는 특권이다. 본래였던 자궁으로의 회귀, 그 진실한 회귀야말로 피에타에 얹혀진 순성이고 본성이다. 시인이 끝없이 반문과 대조를 통해서 다가가고자 하는 순성은 그래서 남다르다. 그것이 곧 아타락시아를 찾아가는 관문이기도 하기 때문이다.

그러나 그것은 참으로 길고도 먼 탐색이 아닐 수 없다. "봄날"에 "열"이 오르고 "터엉 빈" "바닷가"가 "차가운" 것은 그런 노정에 대한 시인의 지고한 노고인 셈이다. 그래서 시인은 "바람이" "떠난 눈밭에서" "각혈"(「어머니 · 9」)을 반복할 수밖에 없다. "동백"은 그렇기 때문에 굳은 의지의 개화여야 한다. 시인의 순성이 모상에 얹혀져 또 다른 아타락시아를 구축해야 하는 당연성이 "동백"으로 시인된다. "동백"이 시인의 순성이 되어야 하는 이유가 여기에 있다.

> 산이
> 아니면
> 외로움
> 어찌 있고
>
> 강이
> 아니면

슬픔
어찌 있으리

산과 강
그 아니면 어찌
달이 뜨고
배가 뜨리

—「어머니 · 10」 전문

　아타락시아는 평정 부동한 상태에 머물 때만이 그 극을 이룰 수 있다. 집념에 사로잡히거나 동요에 휩싸이게 되면 아타락시아는 더 이상 존재 의미를 저버리게 된다. 그래서 때론 쾌락으로 오인되기도 하는 아타락시아는 아파테이아(apatheia)와 맞선다. 시인은 세속을 버린 선사 같은 존재가 아니다. 예술지상주의를 추구하는 예술가나, 탈세속적인 면벽 수도승의 자세도 넘보지 않는다. 그는 결코 예술지상주의나 탈세속적인 공간에서 아타락시아를 추구하려 하지 않는다. "산이" "아니면" "외로움" "어찌 있고" "강이" "아니면" "슬픔" "어찌 있으리"라는 단호한 반문은 그래서 그러한 그의 시계를 관철시킨다. 그에게서 유독 목도되는 아타락시아, 곧 열심히 세상을 살아가면서도 어떤 것에도 흔들리지 않는 아타락시아가 엿보이는 까닭이다.

　이미 시인에게서 하나의 "산"이 되고 "강"이 되어버린 어머니. "산"과 "강"을 넘지 않고 뜨지 않으면 결코 "달"과 "배"가 될 수 없는 현실을 이제 직시로서 감내하는 시인 앞에 더 이상 감춰질 것은 아무것도 존재하지 않는다. "산"이 없으면 달은 그 순성을 잃어버릴 수밖에 없다. 마찬가지로 "강"이 없으면 "배" 역시 그 순성에서 멀어지기 마련이다. 그래서 "강"과 "산"에 배태된 모상은 시인에게 더 이상의 상처로 남지 않는다. 어찌면 너무나 평범하게 읽히고 말 시어들이 지독히도 반어적 연상을 반추하면서 평정과 부동심으로 나아가는 시인의 영감을 자유롭게 만든다. 시인이 종래 애타게 찾던 모상이 아타락시아에 얹혀지는 순간이다.

3

신웅순 시인은 늘 소박하고 꾸밈이 없는 원초이기를 바랐다. 그가 시조를 택한 것도 바로 그러한 의지의 일단이었다. "사족을 다는 것이 싫어 언어를 버렸다"(「어머니, 환경 그리고 사랑 – 신웅순론」)는 그의 단언은 서른 살 때 아버지를 여의고부터 시조를 썼다는 고백만큼이나 단호했다. 그래서 선택한 직정 언어는 그의 시세계를 단조로운 시정에 머무는 것을 거부한다. 「어머니」 연시조가 동일 제목으로 시정을 이어가면서도 결코 시사가 중복되거나 시상이 얽히는 누를 범하지 않는 것도 여기에서 그 연유를 찾을 수 있다. 그에게서 수없이 읽혔을 파도와 섬과 바람과 강과 산과 비와 달이 수많은 포장된 수식들과 맞서면서도 조금도 쉽게 읽히거나 약하게 비춰지지 않음은 각혈과도 같은 그의 직정 언어로 인해서다.

그래서 신웅순 시인은 결코 시조를 떠나서는 존재할 수 없다. "시침하는 손길마다 한 생애 끝나가고" "바늘은 실을 따라 피안까지 누"비는 모향(母鄕)(「한산초 · 13」)을 등지고 "유난히 파도가 많고" "유난히 바람이 많"아 "평생" "가슴"에 "등불이" "걸려"있는 "섬"(「내 사랑은 · 47」)으로 "내 사랑을"을 찾아 나서고야 마는 까닭이 여기에 있다.

하지만 그 구도, 구애의 길은 단순히 열의와 노심, 열정과 노고만으로 용허되는 것이 아니었다. "바람"과 "파도"가 "절대로 가슴엔 닿지를 말았어야"(「어머니 · 13」)했다는 자회는 그러한 모상의 상실에서 비롯된 것이다 그리하여 "평생을 깜빡이지 못하"고(「어머니 · 15」) "지금도" "집에" 들어가지 못한 "희미한 사랑채 불빛"(「어머니·20」)이 되어버린 지금에서야 "이순의 산모롱가에 하현달"이 되고서야 그친다.

하현달은 차오름과는 거리가 있다. 차라리 비는 쪽에 가깝다. 반반 이어서 굳이 '참'도 '빔'도 아니라고 한다면 오히려 하현달이라는 용어가 옹색하다. 그래서 하현달은 순회의 막바지에서 양쪽을 아우르다 비어둠으로써 가득함을 기다리는 공간적 이미지와 맞닿는다. 그것은 곧 잠깐의 어둠(질시와 반목과 멸시와 반감)이 지나면 망월(무욕과 화해와 배려와 포용)이 도래할 것이라는 충만된 기대를 동반한다. 시인이 순성해질 수밖에 없는 순간이다. 그리고 그것이 그만의 아우라를 구현하는 장으로 승화되면서 어머니로 객관화된다.

고독한 것들
늘
가까이에
있고

그리운 것들
늘
멀리
있는데

그런 것
다 갖고 가신
어머니의
서러운 불빛

— 「어머니·23」 전문

사람들이 어머니를 연호하는 까닭은 몇 가지로 세어진다. 하나는 불효로 인해서고, 둘은 자식 양육에서 오는 연모에서고, 셋은 타향살이에서 빚어진 모정에서고, 넷은 죄로 인한 자책에서고, 다섯은 빈곤이 가져온 곤혹에서고, 여섯은 연로로 말미암은 사모에서고, 일곱은 절명에 따른 절체감에서 등이다.

그런데 시인의 어머니 연호는 일반과는 그 지향점이 사뭇 다르다. 상징이나 비유, 또는 객관화와 같은 시적 장치를 추구해서만이 아니다. 거기에는 그들만의 아우라가 존재해서다. 그 형언할 수 없는 시계, 시정, 시향이 가져다주는 시적 공간은 그래서 오랜 생명력을 얻어낸다.

신웅순 시인의 어머니 연호도 그런 범주에서 크게 이탈하지 않는다. 그의 어머니 연호는 그의 원초, 곧 순성과 맞물리면서 아타락시아에 머물기를 희구하기 때문이다. "늘 가까이" "고독한 것들"이 있고 "늘 멀리" "그리운 것들"(「어머니·23」)이 있어서 절절한 시인에게서 어머니는 하현달을 모두 가져가버린다. 하현달이 "서러운 불빛"이 되는 것은 그 때문이다.

그런데 시인은 갑자기 "모든 것" "다" "갖고 간 줄" "알았는데" "내 울음" "내 달빛" "아니라며" "만추의" "풀벌레 울음만" "못 갖고"(「어머니·25」) 갔다고 허탄(歔嘆)해한다. 그리고 연이어 "흰구름도" "먼 하늘도" 다 "지우고"(「어머니·26」) "햇살도" "달빛도" 다 "버리고"(「어머니·29」) "노란 씀바귀꽃"이 된 채, "만추의" "핏빛 그리움"만 "영원히" "눈발 날리는" "가슴에나" "있는 섬"(「어머니·31」)에 가득하다고 먹먹해한다.

왜일까? 아직도 미련과 애욕과 집착과 욕망이 남아서일까. 아니 그것은 잔재된 자책이고 회한에서였을 것이다. 어머니 상실에 빗대진 자책과 회한을 모상으로 재구하려는 시인의 각고가 스며 있음이다. "영원히" "눈발 날리는" "가슴에나" "있는 섬"에서 설렘과 그리움이 배어나는 것은 그러한 이유에서이다.

씀바귀꽃은 '헌신'으로 읽혀진다. 양육, 궂은일, 시집살이, 봉양 등 숭고한 희생적 헌신은 그래서 "노란 씀바귀꽃"으로 상승한다. "노란 씀바귀꽃" 같은 순박한 헌신이 없었다면 우리의 존재는 무의미한 것이 되고 말기 때문이다. 좀 더 신비감을 자아내기 위해 '흰씀바귀꽃'을 굳이 기호하지 않은 시인의 의지가 감지되는 곳이기도 하다. '씀바귀꽃'의 꽃말이 주는 원초로서의 '순박함'을 모상 그 자체로 기억하고 싶은 시인의 충적(充積)이 배태된 까닭이다.

그래서 시인의 반문과 자언은 묵언으로 시각(始覺)을 자생케 한다.

내 빈 칸
다
지우고 떠난
봄비인데

마른 둑길
냉이꽃
구름처럼
덮인 오늘

이순의
몇 줄 빈 칸은
못 지우고
떠나는가

—「어머니 · 35」 전문

"다" "지우고 떠난" "내 빈 칸"이 다시 "못 지"운 "이순의" "몇 줄 빈 칸"으로 재현되는 것은 그러한 시각(始覺)의 단초가 된다. 이순을 시조로 살아온 시인의 각고가 아타락시아에 로그인되면서 그만의 모상을 아우라

하는 현장은 그래서 이채롭다. "부서진" "해조음 소리"가 "또" "잠을"(「어머니 · 38」) 깰 수밖에 없는 이유는 그래서 분명해진다. 이 지독히도 모순적이고 당착적인 "부서진" "해조음"이 "잠을" 깨는 순간이 시각(始覺)을 충전하면서 시각(詩覺)을 반추하기 때문이다. 시각(始覺)이 후천적인 수행을 통하여 무명을 끊고 마음이 본래 청정함을 깨닫는 것을 뜻하는 바에야, 그에서 배태된 아타락시아가 모상에 얹히는 현장을 읽게 하는 순간이라는 것이다.

4

이립
끄트머리에서
울먹이던
바람

가을비
눈발들
그 때 다
가져갔는데

그리운
아픈 이름만은
데려가지 못했다네

—「어머니 · 39」 전문

시인에게서 시조시인으로서 살아가야 할 명분과 사명이 재차 목도되는 부분이다. "이립" "끄트머리에서" "울먹이던" "바람"은 곧 아버지를 여의면서부터 시출된 시조 시작을 말함이고 "그리운" "아픈 이름만은" "데려가지 못했다"는 것은 이미 이순을 지난 즈음에서도 그 시작이 멈춤이 없음을 말하는 것이기 때문이다. 그리고 그것은 모상 정립에 대한 시인의 의지 반추이자 영원의 아타락시아를 추구하는 시인의 결단 모색이 지속되는 장이기도 하다.

유독 시인에게서 지속적으로 목도되던 모태의 한이 그 지고한 순회를 통해 빈 칸이 되고자하는 것은 바로 그러한 의지 반추와 결단 모색이 빚어낸 결과였다. "평생을" "깜박이지" "못하고"(「어머니·15」), "훌쩍 떠난" "페이지"(「어머니·18」)로 기억되는 공간은 모두 그러한 순회의 여정에서 비춰진 시인의 의지이고 모색이었다. 그리고 그것은 "불빛", "봄비", "눈발", "빈잔"에 얹히면서 "이순의 뒷장을" "사무치게" "적"(「어머니·24」)신다. 그 예사롭지 않은 시선이 이제 하나둘 빈칸을 채워간다. 그만의 아타락시아에 영원히 존재할 모상 정립을 위한 초석 마련을 위함이다. "우수수 바람 불면 잎새들이 지는데" "마지막" "이름 하나" "툭" "천년 후 가슴에나 닿을" "그리움"(「어머니·36」)은 그러한 간곡함의 표상이자 의지에 대한 천명이다.

> 한 발자국도 걷지 못하는 봄비도 있었다
> 찰나도 서지 못하는 가을비도 있었다
>
> 뉘 적막
> 다 적시고는
> 눈발로나 가는가
>
> —「어머니·58」 전문

"한 발자국도 걷지 못하는 봄비"와 "찰나도 서지 못하는 가을비"의 존재는 시인이 가야 할 세계에 대한 확언이자 자기 암시다. "봄비"는 생동의 원초로서 만물의 부활을 일궈내는 생명체다. 반면에 "가을비"는 결실의 마무리로서 다음 생을 기약하는 안식체이자, 결연체로 작용한다. 그런 "봄비"와 "가을비"가 "한 발자국도" "걷지 못하"고 "찰나도" "서지 못"했다는 시인의 절절한 독백은 시인의 모상이 순정의 아타락시아와도 일치되는 순간이다. 아울러 그가 둘러왔던 그 많은 앙금과 적한이 그만의 시계에 묻히면서 또 다른 묵언을 확인시켜주는 대목이기도 하다. 동일 제목으로 시상과 시정과 시향을 채워가는 신웅순 시인의 시적 장치는 그러한 기제로서의 시적 작용을 가능케 해준다. 한 번의 예외도 허락하지 않고 되풀이되는 시제를 통해 지속되는 문정(問情)이 이에 대한 구체적인 증좌인 셈이다. 「한산초」와 「내 사랑은」이 그랬고 「어머니」도 그랬다.

하지만 「한산초」와 「내 사랑은」이 '기다림'과 '궁금증'에 대한 회의이자 반의였다면 「어머니」는 그러한 중독에서 벗어나고 있다는데서 시선이 멈춘다. 시인이 종래 찾았던 모상이 그 실체를 드러내는 부분이기도 하지만, 그를 통해 지난했던 여고(旅苦)에서 벗어나 아타락시아를 찾아가기 위한 탐색이기 때문이다.

그래서 신웅순 시인의 모상은 당분간 지속될 것이다. '강물에 배가 뜰 때'까지 말이다.

석야 신웅순의 삶과 문학 살펴보기

— 시조집 『어머니』를 중심으로

김영훈

1. 머리말

사람은 모태에서 인간으로의 모습을 갖춘 이후 세상 밖으로 출생해 나오면서 급격하게 발달 과정을 거치는 동안 분화를 시작한다. 처음에는 미분화된 상태에서 인지 능력과 감각이 떨어지지만 점점 성장하면서 자연 성장과 의도적, 비의도적 교육이 가해지는 동안 신체적 · 지적 · 정서적 발달을 거듭하면서 점점 성숙해진다. 이런 과정을 거치면서 완전한 한 인간으로서 완성된다. 또한 정신적으로 가치관을 확립하면서부터는 육신을 넘어 영혼을 충족시킬 수 있는 삶도 함께 구축하게 된다. 인간은 이렇게 유 · 소년기의 발달단계를 거치면서 점점 분화하고, 이 단계를 지나 청소년기 이후에는 육신과 영혼을 함께 아우르는 사유 세계를 함유하게 된다.

인간은 이런 과정을 거치면서 인격을 갖추며 성장하는데 이 시기에 꿈과 희망을 설계할 수 있어야 한다. 자기를 실현하기 위함이다, 이때 자의식과 함께 미래를 향유할 수 있는 치밀한 의지와 집념을 필요로 한다. 이런 노력 없이는 결코 꿈이 실현될 수 없다. 뜻을 세운 후에도 이를 실현하기 위해서는 뼈를 갈고 닦는 부단한 노력과 의지가 요구된다.

필자가 이 신웅순의 시조론을 쓰면서 뜬금없이 이 원론적이고 일반론적인 인간 발달에 관한 진술로 글의 첫머리를 여는 이유가 있다. 신웅순의 삶을 추적해보면 유·소년기 이후 자신의 삶을 긍정적으로 설계하고, 스스로의 꿈을 실현하기 위해 도전한 흔적이, 그 궤적이 뚜렷함을 인지할 수 있다는 점이다. 유·소년 시절 이 왕성하게 분화하고 진화하며 인간 발달 과정을 거치듯이 끝없는 도전과 열정으로 똘똘 뭉쳐 한 평생을 참으로 알차게 살아온 이가 신웅순이다. 그를 바라보면 노년에 접어드는 지금도 진화를 멈추지 않고 있는 듯하다.

충청도 시골인 서천군 기산면 산정리에서 태어난 신웅순은 향리에서 유·소년기를 거치고, 고등학교 때 와서야 비로소 대전이라는 도회지로 나와 수학한다. 그 무렵 더욱 더 큰 꿈을 가꾸면서 장래를 설계하게 된다. 이 과정에서 일단 그는 부모의 간절한 뜻에 따라, 대전고등학교를 거쳐 공주교육대학을 졸업한다. 초등학교 교사가 되기 위한 일련의 과정이다. 그는 초등교사로서 이 나라의 초등보통 교육의 한 축을 맡아 정년을 할 때까지 천직으로 여기며 살 수 있는 기틀을 마련한다.

하지만 그는 5년 만에 노선을 바꾸어 초등학교 교육자의 길에서 학문 연구와 문학 창작의 길을 걷기로 작심한다. 잠시 더 교육자로서 중등학교 교사로 재직하는 기간이 있지만 더 이상은 머물지 않고 곧 여기서 자신이 꿈꾸는 세계로의 진입을 위한 궤도 수정을 한다. 자기 꿈을 실현할 수 있는 학사·석사·박사 과정을 마치고 나서 바로 그는 중부대학교 국어과 교수로 재직하면서 '시조' 창작과 더불어 시조를 학문적으로 탐구하는 연구와 시조 창작 방법을 배우고 싶어 하는 후학들을 양성하는 길을 걷는다. 한글 서예의 대가로도 자리를 잡는다. 시조창을 할 수 있는 능력도 키운다. 신웅순의 이러한 진화 과정은, 그가 유·소년기 이후에 자기가 꿈꾸어온 세상과 마침내 합일된다.

"신웅순, 그의 학구열이나 교육열은 모든 문인들의 귀감이 되고 으뜸의 반열에 서 있다. 신웅순이 그와 같이 많은 사람들의 존경을 받으며 우뚝 설 수 있는 것은 그의 인생철학이나 삶의 철학이 남달리 탐구적이고 목표 지향적이어서 끊임없이 자기 계발을 하고, 창작을 하고, 시조학을 연구하여 모든 문인들의 표본이 되는 족적을 남기기 때문이다."라고 이광녕은 말하고 있다.

필자 역시 시조시인이자 중부대학교 교수인 신웅순을, 자신의 꿈을 학자로서 서예가로서 시조창인으로서 원숙하게 실현하고 있던 그를, 2005년도에 조우하게 된다. 아동문학론 강의를 맡아달라는 요청으로 이루어진 상면인데 그 이후 신웅순의 삶을 추적하면서 느낀 바가 바로 이런 문학과 예술, 학문으로 분화하는 과정이었으며 괄목할 만한 진화였다. 유소년기에 인간 발달이 왕성하듯이 그의 분화와 진화는 중년 이후에도 그 속도를 멈추지 않았다는 것이다. 그건 참으로 불가사의한 일이다. 학문이 원숙해진 노년기인 60대 중반인 현재도 멈추지 않고 있으니 말이다.

지금부터 필자는 진화를 거듭하고 있는 그의 삶과 문학 세계를 좀 더 집중적으로 탐구하려고 한다. 특히 그가 발간한 제5시조집 『어머니』에 담겨 있는 시조를 통해 좀 더 구체적으로 시조문학의 작품성을 분석하고, 아울러 그의 학문의 세계를 고찰하면서, 그가 즐겨 애창하는 시조창을 엿보기로 한다. 마지막으로 그의 한글 서예 쪽도 기웃거리고자 한다. 이 글을 쓰는 목적이 여기에 있다.

2. 신웅순 교수의 삶과 문학 살펴보기

필자는 지금부터 시조작가 신웅순의 삶과 문학을 좀 더 미시적으로 관찰한다. 그는 우리 고유시인 시조를 쓰는 시인으로 널리 알려져 있지만 그의 삶은 한마디로 광폭이다. 시조 창작에만 매달려 있는 시조작가는 결코 아니다. 우선 그의 교직자로서의 삶이 조명되어야 한다. 앞에서 잠깐 언급했지만, 그를 외형적으로 보면 초등학교 교사로 시작해 중등학교를 거쳐 중부대학 교수로서 평생을 교단에 선 사람이다. 교직자로서의 일면도 광폭임을 한눈에 알 수 있다.

그는 필자와 공주교육대학교 선후배 사이이다. 필자는 그의 대학 4년 선배이다. 그리고 장르는 다르지만 같이 문학을 하는 문인으로서 대전 지역에 함께 살고 있다. 하지만 그동안은 근무하는 학교 급도 다르고, 문학 장르도 달라 문학인 모임에서 먼발치에서만 바라보았을 뿐이었다. 그러다가 2005년에 중부대학교에 개설된 아동문학 강좌에 출강 요청을 받으면서 두터운 인연이 시작된다. 그 이후 필자는, 그를 지도교수로 모시고 박사과정을 마치게 된다. 좀 더 가까이서 그를 바라보면서 교육과 문학·예술 세계를 조명할 수 있는 계기를 마련할 수 있게 된 것이다. 그를 이쯤해서 좀 더 분석적으로 고찰해보자.

먼저 필자는 신웅순을 시조작가로 인지하고 있다. 1985년『시조문학』을 통해 문단에 나온 이래 현재까지 30년이 넘는 동안『황산벌의 닭울음』(1988),『낯선 아내의 일기』(1995),『나의 살던 고향은』(1997),『누군가를 사랑하면 일생 섬이 된다』(2008),『어머니』(2016) 등 5권의 시·시조집을 발간했다. 혹자는 문단 경력에 비해 그를 과작하는 시조 시인으로 지적하고 있는 이도 있지만 그 스스로도 이를 인정하고 있다. 신웅순은 평론집『무한한 사유 그 절제 읽기』를 발간하면서 그 머리말에 "본서는 시조 평론집이다. 시조에 대한 열정이 책 한 권으로 작은 증명이 될 수 있다면 출발은 시조였으나 이제는 시조 평론가라는 이름을 듣고 싶다."고 스스로 고백하고 있다. 그만큼 시조 창작에 머물지 않고 문학의 외연을 넓혀 장르를 초월하는 의지를 보이고 있는 것이다. 그런 탓으로 시조 창작에만 몰두하는 작가에 비해 과작일 수밖에 없었다. 하지만 그의 시조 한 편한 편은 주옥같은 가작으로 다듬어지고 있다.

그러나 그의 문학에 대한 열정은 시조 창작과 시조 평론에만 머물고 싶어 하지는 않는다. 동화집 『할미꽃의 두 번째 전설』(1999)과 에세이집 『못 부친 엽서 한 장』을 펴내는 등 시조를 뛰어넘어 장르를 넘나드는 열정적인 문학가이기도 하다.

다음으로 필자는 그를 시조문학을 이론으로 정립하며, 시조를 깊이 탐구하는 학자이자 평론가로 인식하고 있다. 중부대학교 교수로서 후학을 길러내면서 그는 학술서인 『시의 기호학과 그 실제』(2000), 『현대시조시학』(2001), 『문학 · 음악상에 있어서의 시조 연구』(2006), 『한국 시조창작원리론』(2009) 등의 학술서를 저술했을 뿐만 아니라 『순응과 모반의 경계 읽기』(2000), 『무한한 사유 그 절제 읽기』(2006)라는 평론집을 가지고 있고, 그 밖에도 「육사시의 기호론적 연구」 외 40여 편의 논문도 발표한 학자이자 동시에 시조 평론가이다.

그는 서예가로서 주목을 받아왔다. 그의 예술 세계는 문학을 뛰어넘어 미술의 한 장르인 서예에도 괄목할 만한 성과를 이루어낸 것이다. 그의 한글 서예는 이미 정평이 나 있고, 명성을 획득하고 있다. 지금까지 시 · 서 · 도전시회(1996), 한국한글서예정예작가초대전(2012), 워싱턴 한국문화원 한글날 기념 한글 서예 초대전(2014), 한국교수서예가초대전(2015) 등 개인 전시회를 연 바 있다. 국전 특선 등의 상도 탈 만큼 뛰어난 작품 세계를 보여주고 있다. 필자의 정년퇴직 시에는 "아름다운 마무리 새로운 시작"이라는 성철 스님의 말씀을 빌려 써 만든 족자 휘호를 한 점 선물한 바도 있다. 그뿐만이 아니다. 정년을 앞둔 지금 신웅순은 시조평설집 발간과 함께 시 · 서전을 열정적으로 준비하고 있는 중이다.

그는 시조창을 하는 한국 전통 음악가이다. 시조 창작과 시조 평론에만 머물려고 하지 않는다. 시조에 관한 한 멀티플레이어 수준의 예술가가 되고 싶어 한다. 필자가 앞에서 분화와 진화를 거듭한다고 지적한 이유도 바로 여기에 있다. 그는 대전광역시 무형문화재인 한자이의 수하에서 직접 시조창을 15년 동안 수학했다. 그리고 대학원 석사과정 박사과정에 직접 강의과목을 개설하고 후학들에게 이수하도록 하는 열정을 쏟아낸 바 있다. 그는 이미 시조창뿐만 아니라 우리 전통 가곡을 열창을 하는 경지에도 이르고 있다.

그의 이론을 빌리면 시조작가는 시조 창작에만 머물지 말고 시조학에 관한 이론을 뒷받침할 수 있는 학문의 세계를 갖추어야 하고, 시조를 분석적으로 평할 수 있어야 하며, 조선시대 분류했던 대로 시조를, 음악으로 승화시킬 수 있는 경지에 닿아야 한다는 것이다. 그런 맥락에서 우리 고유의 예술인 서예가로서도 활동하고 있다. 즉, 시조작가는 서예가로도 일가를 이룰 수 있어야 한다는 것이 바로 신웅순의 주장이다. 그런 전인적인 시조인이 되기를 스스로 자청한 사람이다.

"물론 내가 평소 시조시인 신웅순을 몰랐던 것은 아니다. 그러나 시조창과 시조 작법의 일치라는, 평소 내가 잘 몰랐던 부분에 대한 고견을 들려주실 분으로서 다시 만나게 된 것이다."라고 이달균이 말한 것도 우연한 일이 아니다. 그의 문하에서 만학을 하며 박사과정을 수학한 필자로서는 그러한 스승을 모시며 그의 문학과 예술 그리고 진정한 교육자로서의 삶의 모습을 배울 수 있는 기회를 얻을 수 있었던 셈이다.

자기를 성취하는 삶이 가장 아름다운 삶이고 영원성을 가진다. 머슬로는 인간의 욕구 5단계 중에 마지막인 최상의 욕구가 '자기실현'이라고 피력한 바 있다. 신웅순이야말로 충청도에 위치한 시골 서천 작은 농가에서 1950년대 초에 태어나 순박하게 성장했고, 가난한 유년을 향유했지만 그는 학자요, 교육자요, 문학가요, 서예가로서 그의 꿈과 희망 담기에 성공한 전인적인 예술가요 학자요 교육자이다.

그는 지난해 연작시조집 『어머니』를 발간하고, 그 문학성을 인정받아

'한성기 문학상'을 수상한 바 있는데 필자는 이제부터는 그 속에 담긴 몇 작품을 중심으로 그의 시조 세계를 조명하려고 한다.

3. 시조「어머니」를 탐구하다

시조집『어머니』는 2008년『누군가를 사랑하면 일생 섬이 된다』이후 8년 만에 출간된 신웅순의 제5시집이다. 그는 '어머니'를 소재로 하고, 동시에 어머니의 희생과 봉사, 어머니의 헌신적 사랑과 그 속에 담긴 그리움을 주제로 한 연작시조 58편을 묶어 세상에 내놓았다. 읽으면 읽을수록 동일한 주제의 어머니인데도 각기 다른 그리움과 사랑으로 다가든다. 어머니에 대한 연민의 정, 쏟아붓기만 하던 무한대의 사랑과 애틋함으로 이어지는 이 연작시조들이 독자에게 큰 감동을 주고 있다. 그는 이 연작시조집『어머니』를 통해 독자와의 공감대를 형성하고 싶어 한다. 이 시조집에서 그는 어머니의 각각 다른 모습을 시조 작품으로 형상화한 것 같지만 궁극적으로는 이 시조 한 편 한 편을 통해 자신의 어머니에 대한 사랑과 그리움을 내보이고 있지 않은가 한다.

이 세상에 존재하는 언어 중 가장 아름답고도 숭고하면서도 수없이 말하고 또 말해도 싫증이 나지 않는 언어를 딱 하나만 고른다면 누구든지 '어머니'를 택할 수밖에 없다. 특히 우리 한국 정서 그것도 전통적인 유교 사상과 대가족 제도 속의 농경사회에서 고되게만 살아온 우리의 어머니는 그리움의 존재를 넘어 희생이었고, 한과 서러움을 간직한 채 아픈 대상이다.

"신웅순은 이러한 지고지순한 위대한 어머니를 시조의 대상으로 삼았다. 어머니는 우리가 만나는 최초의 인간이며 최초의 스승이며 최초의 친구이며 동행인이면서 최후까지 남을 오직 한 사람의 동행인이다."라고 이 시조집의 발문을 쓴 나태주도 말하고 있다. 특히 시조시인 신웅순과 같이 1950년대를 전후해서 태어나 유년을 살아온 세대들을 길러낸 우리의 어머니들은 생활 모습이나 가치관이 바뀌는 한 시대의 끝자락에서 살아온 어머니로서 현대화와 핵가족화 속에서 낀 시대를 살아온 이들이라 할 수 있다.

그들은 고되다 못해 평생을 아프게 삶을 살아온 이들이다. 앳된 나이에 시집을 와 가난한 살림을 꾸리며 시부모를 공경하고, 시댁 형제자매들의 치다꺼리를 다 해야 했다. 그렇다고 표 나게 지아비의 사랑도 받지도 못한 채 수두룩하게 태어난 자식들에게 젖을 빨리며 할 일만을 묵묵히 하면서 한스럽게 살아왔다.

나이가 들어 며느리를 얻었으나 이제는 봉양을 받기는커녕 오히려 '며느리살이'를 하면서 노년에는 아예 자기를 상실한다. 그 상황에서 손주들을 돌보기나 해야 하는 시대적 배경을 가지고 사는 어머니들이었다. 한평생 애잔하게 살면서 상실과 박탈감을 느끼면서 한숨 속에서 모질게 살수밖에 없던 신웅순의 어머니도 이중에 한 사람이다.

시조작가 신웅순 스스로도 이 제5시조집 『어머니』 말미에 쓴 자서적인 후기에 "나의 어머니는 집안 살림에 남편 뒷바라지가 전부였다. 하고 싶은 것이 얼마나 많았을까마는, 어머니는 있었으나 어머니 자신은 없었다. 이것이 어머니의 모습이었다. 모시삼고, 밭일하고, 빨래하고, 밥하고, 설거지하고 이런 것들이 어머니 일상의 전부였다."고 고백하고 있다. 또한 그는 "어머니는 생전 아프지도 않고 외롭지도 않은 줄 알았다. 내색하지도 않았고 내색할 줄도 몰랐다."고 말하고 있다.

그의 시조집 『어머니』를 읽다가 보면 자기 자신의 어머니에 대한 이런 잔영이 곳곳에 배어 있음을 쉽게 발견할 수 있다. 때로는 그리움으로, 때로는 고독함으로 때로는 실체가 분명한 사랑으로도 형상화되고 있다. 신웅순은 "나는 어머니와 함께 한 집에서 반세기를 살았다. 50년 전 서천 시골 초가집에서 만나 50년 후, 대전의 아파트에서 이별했다."고 말하고 있지만 이 한마디 말은 우리들의 어머니가 어떻게 살아왔는지를 단적으로 잘 알려주고 있다. 초가집은 전통적인 유교 사회를, 아파트는 핵가족화한 현대사회를 상징한다. 압축 성장을 해온 시대 속에서 우리의 어머니들은 짧은 세월을 일생으로 살았지만 수세기를 산 셈이다. 전통 농경 사회에서 산업사회로, 다시 지식·정보화 사회라는 패러다임의 변화 속에서 우리의 어머니들은 혼돈의 세월을 겪을 수밖에 없었다. 그런 가운데 그저 드러냄도 없이 어찌 보면 자기를 철저히 가리면서 자식을 키우고, 지아비를 섬기고, 시부모를 공경해왔다. 결국 시조작가 신웅순의 어머니도 그렇게 인고의 삶을 살다가 이승을 떠났다. 그걸 그는 나이가 들수록 애틋하게 느끼고 있는 것이다. 그런 마음을 담아 그는 이 가슴 아픈 추억들을「어머니」라는 58수의 연작시조로 담아 형상화시키고 있다.

늦가을
잎새 하나
천년으로
지고 있다.

물빛도 스쳐가고
불빛도 스쳐가고

불이문
끊어진 길을
초승달이
가고 있다

— 「어머니·35」 전문

위 시조에 나타나 있듯이 신웅순은 자신의 어머니를 초승달로 추억하고 싶어 한다. "하루 종일 하던 일손을 놓고는 들깻잎 사이로 초승달을 바라보았다. 흰 구름도 지우고 먼 하늘도 지웠다. 나뭇가지에 걸린 초승달이 바람 불면 마지막 잎새처럼 뚜욱 떨어질 것만 같았다, 어둑어둑해서야 어머니는 초승달을 바라보며 집으로 돌아왔다. 가도 가도 닿을 수 없는, 영면으로 소멸해간 어머니의 모습이 (작가가 맞는) 이순의 나이에 불현듯이 산모롱가에 초승달로 뜨고 있다."고 그의 '어머니의 노래'에서 추억한다. 그러나 필자가 보기에 그는 그의 작품 곳곳에서 어머니를 상현달보다는 오히려 하현달의 그리움으로, 애잔함으로 형상화하고 있다.

이보다
더 먼 곳이
어디
있으랴.

영원으로
소멸해간
아픈
꽃잎 하나

이순의
산모롱가에
하현달로
뜨는구나

— 「어머니·17」 전문

시조작가 신웅순은 어머니와의 작별을 서러워하고 있다. 서천군 기산면 산정리 그 시골 고향집 텃밭 밭고랑에서 일만 하시면서 자신을 양육

한 그 어머니를 아프게 추억한다. 이제는 돌아올 수 없는 먼 그곳으로 간 어머니를 그리워한다. 그는 어머니가 떠난 세상을 이보다 더 먼 곳이 어디 있을 수 없다고 읊으면서 서러워한다. 영원 속으로 사라져버린 아니 아예 소멸해간 아픈 꽃잎 하나는 바로 그의 어머니이다. 어머니는 세상을 뜬 지 20여년이 되었고, 자신은 지금 예순 후반이 되었는데도 그 나이에도 어머니는 산모롱가에 하현달로 떠 자신에게 다가온다는 구구절절한 표현이다. 다음 시조에서도 그는 어머니를 하현달로 추억한다.

젊었을 땐 먼 곳에서 새 울음소리 들렸는데
지금은 가까이에서 목어소리 들려온다.

몰랐네.
산 넘어 하현달이
일생
숨어 있는 줄을

— 「어머니 · 23」 전문

위 작품 「어머니 · 23」을 읽다 보면 독자는 목이 멘다. 젊었을 땐 먼 곳에서 새 울음소리만 들렸는데 지금은 가까이에서 목어 소리 들려온다고 했다. 목어는 현존하는 고기가 아니다. 절간 뒤편쯤 어디에 매달려 있는 물고기로 조각된 물체이다. 작가는 젊은 시절에는 어머니보다는 아름다운 새소리를 들었을 것이다. 어쩌면 강한 집념과 무한한 도전으로, 자기를 실현한다는 핑계로 어머니를 언뜻언뜻 잊었을 수도 있다. 그러나 그 어머니가 이승을 하직한 지금은, 더욱이 이순의 나이에 다가드는 지금은 어머니의 모습이 애절하고, 가슴 절절한 그리움으로 샘솟는다는 걸 뒤늦게 깨닫는다. 문득 하늘을 바라보니 산 너머 저쪽에 하현달이 보인다. 그

제야 그는 그 하현달 속에서 일생 동안 숨어 있는 어머니의 참 모습을 발견한다. 그동안 보이지 않던 어머니의 잔영인데 이제 그 잔영이 하현달로, 사무친 그리움으로 다가오는 것이다.

기러기 울음도
목이 쉬면
별자리를
이루는가

새벽 혼자
홑봉숭아
뒤꼍에서
붉게 울던

아득히
그믐달처럼
뜨고 지던
생각

―「어머니 · 34」 전문

위 작품 「어머니 34」에도 신웅순은 그믐달을 바라보며 어머니를 그리워하는 모습을 담고 있다. 어머니를 그리워하고 있는데 기러기 떼가 무리지어 날아간다. 끼럭끼럭 울음소리가 목이 쉬면서 별자리를 이룬다. 새벽 혼자서 홑봉숭아가 붉게 피었던 뒤꼍에서 흐느껴 울던 세월을 안고 있는데 그때 문득 그믐달은 아득히 뜨고 진다. 그 모습이 바로 어머니의 모습이다. 읽고 또 읽어도 작가의 어머니에 대한 그리움은 진하기만 하다.

어렸을 적 부엉새가 부엉부엉 울던 곳
그 겨울 하늘을 넘어 허공에서 얼었던
그 곳에 하현달이 떴다 참으로 높이도 떴다

— 「어머니 · 40」 전문

위 작품 「어머니 · 40」은 유일하게 전통적인 단시조 형태를 유지하고
있는 시조이다. 어렸을 적 기산면 산정리 앞산, 아니면 뒷산에서 부엉부
엉 울었던 그 부엉새를 떠올린다. 어머니가 그 추억 속에 섞여 있다. 바
로 그 자리에서 겨울 하늘을 넘어 허공에서 꽁꽁 얼어붙는다. 그는 그곳
에서의 하현달이 참으로 높이도 떴던 기억을 되살리고 있는 것이다. 그
렇게 신응순은 그믐달을 바라보며 어머니를 그리워하는 모습을 담는다.

그러나 그는 하현달로만 그리워하지 않는다. 그는 위 시조에서처럼 부
엉이 소리로 또 어느 때는 봄비로 추억한다. 제한된 지면에서 그의 연작
시조집 『어머니』를 다 살필 수 없는 게 아쉽지만 여기서 다시 필자는 어
머니에 대한 그리움을 뻐꾸기 울음으로, 부엉이 울음으로 환치시킨 몇
편을 더 감상하기로 한다.

머물다간
적막
먼 산녘
불빛 한 점은

스쳐간
고독
먼 강가에
바람 한 점은

부엉새

결계와 인연의 미학

울음 같았다
뻐꾹새
울음 같았다

—「어머니·1」전문

신웅순의 어머니는 그의 작품 속에서 부엉새 울음으로, 다시 살아나고 있고 뻐꾸기 울음으로 다시 살아난다. 어머니가 없는 적막한 산녘에서 아련히 들려오는 부엉이 울음소리와 뻐꾸기 울음소리에서 그는 어머니를 추억한다. 고향은 온통 적막에 싸이고 그 적막 속에 켜져 있는 호롱불빛 한 점은 먼 산녘에서 먼 강가에서 외롭기만 하다. 그러나 이 먼 산녘과 먼 강가의 그리움은 끝내 현실화할 수 없는 그리움이다. 한번 간 어머니는 돌아올 수 없다. 그뿐만이 아니다. 멀리 금강 하구둑 갈대숲을 적시며 흐르는 강가에 부는 바람 한 점은 마치 부엉새의 울음소리 같았고, 뻐꾹새 울음소리와도 같았다고 생각하며 현실화될 수 없는 그리움으로 목멘 채 사모곡을 부르고 있는 것이다.

시인 구재기도 "시조 작품 「어머니·1」에서 이 '먼 산녘'과 '먼 강가'는 그리움의 공간이면서 그리움을 해소하는데 결코 이루어질 수 없는 공간"이라고 말하면서 이어서 "그러하기 때문에 '먼'이라는 거리는 추상적일 수밖에 없으며, 그만큼 그리움은 실현될 수 없는, 아니 실현 불가능함으로써 '적막'하고 '고독'할 수밖에 없게 된다."고 지적하고 있다.

산이
먼저 가고
들이
따라서 갔다

그 때

진달래꽃
그 때
뻐꾸기 울음

뒤늦은 편지 끝 구절에
말없음표 찍고 간다

— 「어머니 · 11」

　　위 시조 「어머니 · 11」은 더욱 애잔하다. 그는 어머니를 따라 산이 먼저
갔고 들도 따라갔다고 노래한다. 그러나 그건 노래일 뿐 신웅순의 가슴
이 찰 수는 없다. 그저 빈산이고, 빈들일 뿐이다. 그 심정을, 그는 어머니
의 모습을 애써 그리면서. 보고 싶어 하지만 그리움만 사무칠 뿐이다. 그
리움으로 다가올 뿐이다. 그중에도 다행으로 그 슬픔이 독자에게까지 진
달래꽃이 되어, 뻐꾸기 울음이 되어 다가든다. 그렇게 영원 속으로 사라
지고 만 어머니의 상을 떠올리면서 사모곡을 불러보지만 그러나 여전히
그는 뻐꾸기 울음소리나 들을 수밖에 없는 것이다. 붉게 핀 진달래꽃을
바라볼 수밖에 없다. 어머니를 추억하기에는 그럴듯한 시적 장치를 하고
있지만 그 정답던 산자락이 먼저 가버리고, 들도 따라서 갔을 뿐 그곳에
서 있을 어머니는 그 속에서도 찾을 수 없다. 빈 가슴이다. 그저 진달래
꽃이, 뻐꾸기 울음이 뒤늦게 어머니를 그리워하는 이에게 말없음표를 찍
고 갈 뿐이다.

빈 잔에는
설움만
있는 것이
아니다

달빛도
바람 소리도
같이
섞여있다

아득한
뻐꾹새 울음도
바닥에
묻어 있다

—「어머니 · 12」 전문

신웅순은 어머니를 그리워하며 술잔을 든다, 그러나 그 빈 잔 속에는
설움이 가득하다. 영원으로 사라져간 어머니 때문이다. 다행히도 그 빈
잔 속에는 달빛이 가득 찬다. 바람도 같이 섞여 있다. 참으로 다행스럽
다. 어머니를 추억할 수 있기 때문이다. 게다가 향수를 자극할 뻐꾸기 소
리가 빈 잔을 채운다. 어머니 생전에 산밭에 나가 공유했던 뻐꾸기 소리
가 함께 묻어 있는 것은 작가에게 참 다행스러운 일이다.

아침
그 하늘이
얼마나
촉촉했는지

저녁
그 하늘은
또 얼마나
그윽했었는지

찔레꽃
필 때쯤이었나
뻐꾸기
울 때쯤이었나

— 「어머니 · 57」 전문

어머니 생전 어머니와 함께 한 아침의 그 하늘은 참으로 촉촉했었다. 그뿐이랴. 어머니와 함께 한 그 하늘은 또 얼마나 그윽했었는지, 생각하면 생각할수록 감미롭다. 어머니와 함께 한 그 시절이, 바로 그때가 찔레꽃 필 때쯤인가 아니면 뻐꾸기 울 때쯤이었나를 도무지 가늠할 수 없지만 생각하면 할수록 어머니와 함께 했던 그 시절이 그립구나. 지금은 같이 할 수 없지만 어머니는 늘 가슴에 그리움으로 남아 있구나.

이 작품 속에서도 다행히 아픔은 없다. 긍정적인 그리움만 있을 뿐이다. 유년을 사랑으로 감싸 준 어머니가 있을 뿐이다. 비록 지금 어머니는 붉은 꽃잎 하나 되어 영원으로 소멸했지만 말이다.

4. 맺음말

필자는 지금까지 신웅순의 삶과 문학을 잠시 살피면서 그가 지난해에 발간한 연작시조집 『어머니』를 중심으로 시조 몇 편을 감상했다. 신은 대우주를 창조하고 작가는 소우주를 창조한다고 한다. 그는 어머니를 소재로 하여 어머니에 대한 사랑과 그리움을 담은 애절한 시조 작품을 창작하고 있다. 어머니에 대한 그리움과 사랑과 어머니에 대한 정서 그리고 감사함을 담은 소우주를 창조한 것이다. 그렇다. 신웅순은 하느님의 마음을 닮은 어머니의 모습을 섬세하게 형상화시킨 시조 한 편 한 편을 모아두었다가 한데 묶어 독자에게 내놓고 있다.

결제와 인연의 미학

앞에서 말했듯이 물론 신웅순은 결코 시조 창작에만 몰두한 사람은 아니다. 학자로서, 평론가로서, 서예가로서, 시조창인으로서 광폭의 삶을 살아온 궤적을 가지고 있는 이다. 그런데 이순이 넘은 나이에 왜 하필이면 '어머니'라는 이름으로 연작시조 58편을 묶어 시조집을 발간해 독자에게 내놓았는지 묻고 싶다. 그건 우연한 일이 아니다.

필자는 신웅순을 모두에서 한평생을 꿈을 실현하기 위해 열정적으로 문학적 삶을 산 이로 평가했다. 그뿐만 아니라 전인적인 예술가로서의 길을 가기 위해 집념과 열정을 바치면서 큰 족적을 남긴 이라고도 지적했다. 그리고 나이가 들면 들수록 정체되는 삶보다는 오히려 지속적으로 분화를 하는 불가사의함을 말한 바도 있다. 정말 그는 멈추지 않는 진화 과정을 거치며 자신의 삶을 역동적으로 살아온 이다. 그런 힘이 어디에서 왔을까? 그 힘의 원천이 어디에 있는지 그게 궁금하다.

그 궁금함이 이 시조집을 읽으면서 풀렸다. 필자는, 연작시조 「어머니」를 정독하면서 그 속에 담긴 어머니의 사랑과 그 시조 속에 담긴 어머니에 담긴 연민과 그리움을 느끼면서 문득 깨달을 수 있었다. 어머니였다. 바로 어머니였다. 신웅순을 신웅순답게 만든 이는 바로 그의 어머니였다. 그의 끊임없는 진화를 통해서 삶을 열정적으로 살아가는 집념으로 문학예술 세계를 창조하고, 학문을 체계적으로 세우는 힘의 근원은 역시 어머니였다.

정년을 맞는 나이에 애타게 사모곡을 부르는 까닭이 바로 여기에 있지 않은가! 헌신적인 사랑을 쏟아붓는 어머니, 가진 것을 다 주고도 모자라다고 느끼는 어머니, 그 헌신과 자애로움, 고된 시집살이 속에서 지아비를 애지중지 받들고 섬기면서도 아들이 제자리를 잡으며 정말 자기가 하고 싶은 일을 하며 살 수 있도록 해준 그 힘, 이 사회를 밝고 아름답게 만들면서 세상의 한 축을 지탱하게 하는 엘리트가 되어주기를 간절히 빌며 소망하던 바람이 있었기에 현재의 신웅순이 있을 수 있었음을 문득 필자는 깨달았다.

시조작가 신웅순은 그 어머니를 초승달로, 그믐달로, 뻐꾸기 울음, 더러는 부엉이 울음으로 추억하고 있다. 더러는 봄비로, 금강 하구 둑 군산·서천 사이 바다를 향해 바다로 흘러가는 강물로도 추억한다. 뻐꾸기, 부엉이 정답게 울던 고향의 앞뒷산도 떠올린다. 그러면서 이제는 머얼리 이승을 하직하여 영원 속으로 붉은 꽃잎이 되어 사라져간 어머니를 간절히 그리워한다. 하지만 아직도 신웅순의 마음은 단단해진다. 앞으로도 이승을 떠난 어머니를 향하는 그리운 마음을 담아 진화를 좀 더 계속하고 싶어 한다. 그 결의는 단단하다.

제6부

절제의 시조미학

자연 친화의 서정, 근원적 자기 탐색의 시학

허만욱

1. 시인의 표정, 견결한 시적 자의식

뜻을 세우고 흔들림 없이 그 길을 걷는다는 것은 쉽지 않은 일이다. 특히 시작(詩作) 생활을 하는 시인의 삶은 구도자의 길을 걷는 것만큼이나 어렵고 고통스러운 일이요, 준열한 자기 책무가 따르는 외로운 여정이다. 시의 뼈에 고유한 언어의 칼날을 조탁하여 인식의 살을 붙이고, 수많은 파편적 조건 속에서 다양한 구상적 이미지를 조합하는 가운데 명료한 시적 화자의 목소리로 자신의 인생관을 표출하며 자기 세계를 열어가야 하기 때문이다. 그리고 한 시인의 내면세계와 그 곳에 뿌리를 내리고 창작된 작품 세계에 대하여 말한다는 것도 결코 쉬운 일이 아니다. 더구나 그 시인의 정신세계가 크고, 넓고, 깊으면 더욱 그렇다. 바로 신웅순 시인의 삶과 시작 활동을 논하는 일이 그러하다.

석야 신웅순 시인은 문학이론과 창작을 겸비한 학자 겸 문인으로서 남다른 문학적 열정과 시혼(詩魂)의 자질, 그리고 섬세한 예술혼을 바탕으로 그동안 많은 작품을 발표하였다. 그의 문예작품에는 인간의 심혼(心魂)과 미학, 그리고 의식을 철저히 형상화시킨 감동이 들어 있다. 특히 그는 서두르거나 조급해하지 않는다. 스스로를 '서천 촌놈'이라고 일컫듯이, 그는 비움과 느림의 미학을 실천하며 우직하고 성실한 삶을 살아왔다. 따라서 그의 수많은 작품들은 근원적이고 보편적인 인생관의 만만찮은 감성들이 여유로운 정서적 유대와 동질감을 이끌어내고, 타자에 대한 연민과 이해가 순정하게 혼융된 따뜻한 표정을 가지고 있다. 내면의 견결한 시적 자의식이 없이는 얻어질 수 없는 기품이다. 도도히 흐르는 대하(大河)처럼 깊고 넓은 시공간을 확보하여 삶 속에서 일어나는 풍부한 사고와 감정의 시상(詩想)을 여유와 관조로써 시폭(詩幅)에 담는 것이다.

그런데 그가 보여주는 시적 지조는 세계에 대한 상대적 성격이나 위치에 의하여 구축된 것이 아니다. 타고난 존재를 그 모습대로 지키고 성숙시키기 위한 것이요, 스스로의 삶에 대한 겸허한 사랑의 표현에서 비롯된 것이다. 그러므로 신 시인의 내면에 깊게 자리하는 시정신은 생명적이고 융합적인 공동체적 삶을 향한 사랑과 염원으로부터 발원된다. 이는 오직 나의 이익만을 추구하는 현대적 삶의 병폐에 대한 시인의 간접적인 비판이며, 자연과 인간이 호혜적으로 공존하는 균형 감각으로 노래한 근원적 자기 탐색의 시세계다. 그리고 한국적 전통 의식과 섬세함을 바탕으로 토속성과 지성이 융합된 서정의 시세계, 또한 한국적 정한을 넓은 폭으로 그려낸 서사의 시세계는 신 시인의 시맥을 관류하는 융합 정신의 시혼을 방증한다.

2. 자연 친화적 서정, 지적 직관의 미적 진경

인간은 자연과의 합일을 지향한다. 인간은 자연에 순응하고 귀의함으로써 자연으로부터 위안을 얻으며 여러 가지 보배로운 것들을 제공받는다. 그래서 예부터 자연과 인간의 모든 관계와 유대는 중요한 문학적 장치로 채택되어왔다. 특히 자연의 신비로움, 아름다움, 순수함 등은 인간사에서 접할 수 없는 고도의 가치를 지닌 것으로 인식되었으며, 인간사의 노력과 좌절, 고통과 회한, 전통과 미의식 등의 요소 역시 보편적인 시적 소재로 즐겨 활용되었다. 마찬가지로 신웅순 시인의 시편에서도 자연은 삶과 정서가 투사된 상관물로 존재한다. 인간과 자연의 다채롭고 다양한 측면들이 시적 소재로 수용되고 있으며, 그것들은 상징적 차원으로 확장되면서 시적 기능을 발현하고 있다. 즉 그의 시상(詩想)의 대부분은 자연과의 동화, 혹은 자연에 대한 수용적 태도로 전도된 시상에 의한 진정한 의미의 자연 친화적 이미지들이다. 이것들은 바람, 구름, 달, 별, 눈, 꽃, 새 등으로 변주되고 어릴 적 추억과 그리움으로 결합되어 익숙한 삶의 감정에서 유로되는 자연 친화적 서정성을 제공한다. 어떤 아류에도 휩쓸리지 않고 한국 전통 서정에 뿌리를 박고 시작(詩作) 활동을 해온 신 시인에게서 자연은 그대로 정신의 생리이자 영혼의 안식처이고, 시적 대상이자 심적 발상이며, 시 그 자체였다. 자연은 그의 상상틀에 의해 새롭게 재구성되는 또 다른 주체인 동시에, 인식론적 체험을 매개시킨 그 자신이었던 셈이다.

> 한 발자국도 걷지 못하는 외로움도 있나 보다
> 찰나도 서지 못하는 그리움도 있나 보다
>
> 거기서
> 감자꽃 피었네
> 거기서
> 무꽃이 피었네
>
> ──「어머니」 전문

> 훌쩍거리기도 하고
> 짤끔거리기도 하고
> 눈썹을 적실 때도 있었습니다

지난날
내 울다만
솔바람과
산그늘
그리고 저녁 빗방울들입니다

─「참깨꽃」 전문

　신 시인의 시편들은 대개 자연을 시적 대상으로 설정하거나, 자연 현상을 통해 자신의 시상(詩想)을 노래하고 있다. 그러므로 자연스레 자연 친화적인 서정과 내밀한 자연과의 교감, 그리고 자연에 대한 정밀한 관조의 시선을 만나게 된다. 어릴 적 어머니와 함께 밭에 나갈 때면 보았던 감자꽃이나 무꽃은 종일 일만 하고 밥만 하는 줄 알았던 어머니가 너무나 무거워 "한 발자국도 걷지 못하는 외로움"으로, "찰나도 서지 못하는 그리움"으로 놓고 가신 곳에서 피어난 서러운 꽃들이다. 보이는 것이 하늘이요 산과 들이었고, 들리는 것이 새소리, 바람소리, 풀벌레 소리였던 어린 시절의 산과 들은 시인의 삶의 전부여서 모든 것이 거기에서 일어났지만 또 모든 것이 거기를 떠나 이제 자연은 언제나 가슴 아린 "지난날/내 울다만/솔바람과/산그늘/그리고 저녁 빗방울들"이 되어버렸다. 자연 또는 풍경이 가시적 실체로서의 미적 대상이나 사변적 관조의 대상이 아니라, 보이지 않는 철리의 인과 혹은 비가시적인 이면의 비의까지를 투시하고자 하는 시인의 인식론적 체험을 병치시킴으로써 복합적으로 파악되는 자연이고 풍경이다. 즉 자연을 전면에 내세우고 있지만 그것의 예찬이나 단순한 관조의 세계에 그치지 않으며 자연의 비의를 깨닫고 그것을 형상화하려고 애쓴다. 지적 직관을 통한 근원적 생명의 리듬으로 자연을 묘사하여 삶의 원형질을 떠올리게 하고, 인생의 중량을 견주어 삶의 질서를 은연중 읽어내는 미적 진경을 보인다. 그것은 타자를 통한

황만옥 자연 친화의 서정, 근원적 자기 탐색의 시학

자기 확인이며 열린 자아로서 세계를 살아가는 관계적 삶의 한 방식일 것이다. 바로 자연과의 교감을 통한 자연 합일과 상생을 암시하는 신웅순 시인의 자연 친화적인 생태학적 상상력의 형상화라고 할 수 있다. 따라서 그의 시적 자아는 깊이 있는 관조와 교감을 통해 자연의 변화를 지켜보면서 삶의 의미를 천착하고 확장함으로써 자연과의 융합을 꿈꾼다. 자연에 대한 관조를 넘어 교감의 세계로 나아가고 있는 인생론적 시편인 것이다.

3. 울림의 미학, 생명 시학의 윤회적 상상력

한편 신웅순 시인의 시에서는 물소리, 빗방울 소리, 바람 소리, 새소리 등과 같이 늘 자연의 소리가 함께 하고 있다. "내 사랑 강기슭에 와/울음 그친 그 빗소리"(「어머니 · 6」), "그 때/진달래꽃/그 때/뻐꾸기 울음"(「어머니 · 11」), "아득한/뻐꾹새 울음도/바다에/묻혀 있다"(「어머니 · 12」), "젊었을 땐 먼 곳에서 새 울음소리 들렸는데/지금은 가까이에서 목어 소리 들려온다"(「어머니 · 23」), "평생을/평생을 들어본 적 없는/늦겨울/빗소리"(「어머니 · 51」), "기러기 울음 소리/그쯤에서/섞이고"(「내 사랑은 · 23」) 등 그 소리의 이미지가 한도 없고 거칠 것도 없다. 그렇다면 왜 그의 시에서는 이렇듯 유장한 자연의 소리가 날까. 이는 소리를 통한 시인의 상상력이 '유년', '고향', '부모님'과 같은 시공(時空)의 이미지들과 동질적 상징 체계를 형성하기 때문이다. 시인에게 소리의 개념은 어린 시절 고향 산천을 매개하는 무의식의 영역이 발현되는 지점에서 발생한다. 곧 소리는 시인으로 하여금 부재 의식과 현실과의 거리를 환기시키는 시적 효과의 출발점이며 의미 증폭을 도모하는 지향점으로 시인의 자연 인식과 시적 구성을 살펴볼 수 있는 매우 중요한 테마다.

뚜욱 뚜욱
빗방울
소리인 줄 알았는데

우우우우
바람
소리인 줄 알았는데

살아온
누구의 길이
이런 소리
내는 건가

—「어머니·45」 전문

　시적 화자에게 "빗방울 소리"나 "바람 소리"는 단순한 자연의 소리가 아니다. 그것은 힘들고 고단한 신고의 삶을 묵묵히 견뎌내던 어머니의 신음과도 같은 것이었고, 궂은 날에 바람 잘 날 없이 어머니가 살아왔던 길의 의미적 표상이다. 그러나 과거에 대한 회상은 오늘의 '나'를 일으켜 세우는 '정신적 힘'으로 작용한다. 더욱이 유년 시절의 추억은 누구에게나 내면 깊숙이 자리 잡고 있는 정서의 잠재된 본성으로서 "'어머니'의 짐을 다 부리고 나면 아무도 없는 곳에서 나 혼자 신선 같은 빗방울 소리, 바람 소리를 들어야겠다"(수상록『서천 촌놈 이야기』)는 시인의 말처럼, 이에 대한 재인식은 현재의 시간 속에서 계속적으로 작용하고 있는 정신을 확인하고 삶의 의미를 회복시켜 주는 근거가 된다. 그래서 시인은 혼돈된 삶이 있을 때마다 이를 끌어내 새로운 세계를 창조하는 원동력으로 삼고 있는 것이다. 이때 시간과 공간의 경계를 넘나드는 소리의 전방위적 특성은 삶의 시공간 전체를 이어내는 통로의 역할을 하거나 숨겨져 있는 서사를 이끌어내는 역할을 하며 시적 의미 형성에 기능하고 있다. 그의 시에서는 모든 존재가 소리를 내는 미적 갱신과 청각적 구조화를 통해 희로애락이 담긴 유년 시절의 기억을 살아 있는 현재적 소리로 전달한다. 바로 소리는 정서적 환기를 유발하는 이동 수단으로서 지각과 경험, 성찰과 숙고를 생산해내는 내면의 울림이 된다. 특히 자연의 소리는 현재를 정화하는 치유적 속성이나 유년 시절의 많은 스펙트럼을 매개하는 심리적 기능으로 울림의 진폭이 그만큼 넓고 깊다. 그리고 이때 신웅순 시인의 시적 여정은 자연 친화적 생명 시학의 상상력을 중심으로 한 자연 인식을 끊임없이 표면화하고 있으며, 시인의 세계 인식은 계절의 순환 원리와 맞닿아 있다.

> 못 부친
> 엽서 한 장
> 놓고 간
> 이는
>
> 봄비가
> 내리는 날이면
> 시가 되는
> 가슴 한 켠
>
> — 「내 사랑은 · 50」 부분

핀 꽃도 있고, 피는 꽃도 있고, 봉오리도 있습니다

봄비가 지나간 내 빈 칸들입니다

— 「망초꽃」 전문

그리움도

물빛 섞여
생각까지 적시는데

오늘은
영혼 끝자락
가을볕에 타고 있다

　　　　　　　　　　　　　　　　　—「내 사랑은·25」부분

산을
넘지 못한
그 많은
눈발들

　　　　　　　　　　　　　　　　　—「내 사랑은·17」부분

　인간은 봄, 여름, 가을, 겨울 사계절의 순환 속에서 살아간다. 생자필멸(生者必滅)과 회자정리(會者定離)의 이치 또한 마찬가지다. 음과 양, 동과 서, 남과 여, 물과 불 등 우주만물은 양분적 대립이 연쇄하고, 인간은 이 우주 공간에서 순환 반복되는 변화에 나름대로의 의미를 부여한다. 시적 화자는 시간을 파악하는 데 있어 지속이라는 관점에서는 영원한 것 혹은 무한히 지속되는 것으로 보고 있으며, 변화라는 관점에서는 순환적 계기성의 구조를 가진 것, 즉 변화의 과정을 통해 다시 원점으로 돌아와 반복을 거듭하는 것으로 보고 있다. "봄비가/내리는 날이면/시가 되는/가슴 한 켠"이 지심을 흔들어 봄을 깨우는가 싶더니, 어느새 천변에는 "핀 꽃도 있고, 피는 꽃도 있고, 봉오리도 있"는 개망초꽃이 온통인 여름에 와 있다. 그리고 "오늘은/영혼 끝자락/가을볕에 타고" 자꾸만 내달리던 계절은 어김없이 "산을/넘지 못한/그 많은/눈발들"이 내리는 겨울로 접어든다. 이렇듯 인간과 자연의 관계는 선순환의 고리를 형성하며 생명력을 이어가는데, 이는 화자가 생성과 소멸을 되풀이하는 우주적 질서를 수용하고 생명 시학적 상상력으로써 시쓰기의 원리를 확대시키고 있기 때문이다. 소멸 속에서 재발견되는 생성의 징후를 각인시키는 긍정적인 생명의식은 화자가 끊임없이 전하고자 하는 궁극의 메시지다.

> 무슨 한이 있었길래
> 산자락을 싹뚝 잘라
>
> 천형의 헤진 하늘
> 기중기로 들어 올려
>
> 간음을 당한 한 시대
> 수술대에 뉘어 놓나
>
> ——「한산초 · 32」 전문

환경 문제나 생태철학을 굳이 거론하지 않아도 우리 주위의 자연은 자체의 생명력을 상실해가고 있으며, 그 속에서 살아가야 하는 인간들의 미래는 또한 얼마나 암담한 것인지 쉽게 알 수 있다. "싹뚝 잘"린 "산자락"이 "기중기"에 매달려 이리저리 허공에 흔들거리며 옮겨지는 자연 파괴의 실태는 "간음을 당한" 훼손된 공간으로서의 상황을 사실적으로 묘사하고 고발한다. 생태 환경의 파괴와 위기의 근본적인 원인은 이 지구 상의 존재들 중에서 인간이 가장 고귀하다는 인간중심주의적 사고에서 비롯된다. 그러므로 생태학적 세계관은 자연과 인간의 상호 대등한 관계를 복원하는 동시에, 자연적 존재들을 수단과 도구의 대상적 존재에서 생명을 지닌 가치적 존재로 바라보는 인간적 사고의 전환에 있다. 이러한 전환의 가장 적합하고 강력한 방법은 과학적 합리성과 도구적 이성에 묶인 우리 인간의 감성적 인식의 발굴이다. 그리고 그것은 시적 세계관의 재발견이다. "수술대에 뉘어"지는 병든 자연을 통해 역설적으로 시인의 생태학적 상상력이 더욱 왕성하게 발양되고 있다. 시인에게 있어 자연은 고향, 부모, 추억 등 자신의 존재 문제가 투영되는 사유 공간이며, 시를 쓰고 시적 가치를 구현할 수 있는 에너지이기 때문이다. 생태시는 본질적으로 현대문명에 대한 자연의 물음이며, 인간의 이기에 대한 자연의 말 걸기다. 자연, 즉 생태계를 파괴하는 인간에 대하여 자연이 말을 거는 것이다. 결국 생태 문제를 탐색하며 이를 생명 시학적 상상력으로 풀어내는 신 시인의 생태학적 사고는 조화와 상생의 정신을 보여주는 견고하면서도 튼실한 시적 자양분이라 할 수 있다.

4. 인간 본연의 정서, 회억과 그리움의 연가

신웅순 시에서 물, 꽃, 바람 등의 자연 이미지와, 과거에 대한 그리움으로 대변되는 고향 이미지는 그의 시세계를 관통하는 중요한 형식적 특성이다. 특히 향토적인 정서가 내재된 그의 시적 미의식은 기억과 경험으로 응축된 삶의 한 부분을 표상하면서, 동시에 회억과 그리움을 병치시키는 구조를 통해 고향에 대한 끊임없는 회귀 의식을 드러낸다. 모태와 같은 안식처로서의 고향은 실상 우리들 마음 속에만 존재하는 시공간일지 모른다. 영원히 동심을 잃지 않는 순수함, 그것이 우리들 마음속에 존재하는 무시간성과 무공간성에서만 존재하는 것처럼 말이다. 눈에 보이는 모든 것은 시간이 흐름에 따라 변화한다. 그러나 추억은 그 기억이 새겨진 시간과 자리에 언제나 머물러 있다. 신 시인 역시 시원으로의 회귀를 통하여 고향에서의 유년 시절에 대한 그리움과 순수 인간의 본향 정서를 담아내고 있다.

육이오 때
다섯 살 난 아이가 지나간 길입니다
그 길가에 애기똥풀이 피었습니다.

— 「애기똥풀」 전문

　도시의 현실 공간에 둥지를 틀고 있으면서도 여전히 신 시인의 시적 상상력은 수시로 고향 깊숙이까지 파고든다. "다섯 살 난 아이" 때부터 기억되는 "그 길가에 애기똥풀"도 고향 풍정에 함몰된 시의식의 지점에서 피어난 꽃이다. 도시에서 고향으로 이어지는 이러한 시적 공간의 확대는 그의 시세계가 얼마나 단단히 고향 의식과 맞닿아 있는지를 보여준다. 벗어날수록 더욱 강한 흡인력으로 끌어당기는 고향 의식과 무관하지 않다. 그것은 다름 아니라 그의 내면세계에 자리하고 있는 '향토적 서정성'이라고 할 수 있다. 바로 "천년 후 가슴에 닿을 거기", "한산 세모시라는 서러운 이름과 가난" 때문에 한시도 잊은 적이 없는 그리움의 고향이다. 고향 서천은 생래적(生來的)인 삶의 터전으로서의 원초적 공간이면서, 고난과 역경에서 일어나게 하는 구원의 표상으로서 오랜 세월이 지난 지금에도 그리움의 원형으로 마음 속 깊이 간직되어 있다. 더욱이 고향에 대한 기억의 귀결처에는 언제나 가족이라는 그리운 시적 대상이 존재한다. "가을비 지나간 뒤에/동정 다는 어머니"(「한산초 · 7」)와 "그믐날 들녘을 넘어/저자 가는 아버님"(「한산초 · 13」), 그리고 고향집 뒤꼍 "봉숭아꽃 핀 장독대 옆에서 많이도 운"(「봉숭아」) 누이가 그들이다.

툇마루 햇살 옆은
내가 기다렸던 곳

추녀 끝 달빛 아래는

어머니가 기다렸던 곳

서 있는 높은 산이었던 곳
흐르는 긴 강이었던 곳

— 「어머니 · 33」 전문

고독한 것들은 늘 가까이에 있었고
그리운 것들은 늘 멀리에 있었다

고향의 눈발이 그랬고
고향의 부슬비가 그랬다

— 「어머니 · 18」 전문

시적 화자에게 가족은 그의 내면에서 자꾸만 소멸해가는 의지를 불러일으키고 새로운 생명력으로 허전한 마음을 위로해주는 끈질긴 불씨였다. 특히 '어머니'는 시적 화자에게 유년의 꿈을 반영하는 거울인 동시에, 현실적인 생활을 이끌어가게 하는 힘의 원천으로서의 상징적 의미를 지닌다. "추녀 끝 달빛 아래"의 어머니가 계시던 곳은 "높은 산이었던 곳"이고 "흐르는 긴 강이었던 곳"이기 때문이다. 즉 어머니의 삶의 체험을 바탕으로 형상화한 산과 강이라는 자연 표상은 복잡다단한 삶의 과정에서 고난을 극복하는 역동적 인식을 드러내 보이고, 생명의 본원을 회복하기 위한 근원적 사유에 가깝다고 할 수 있다. 일반적으로 현실을 개척하거나 초극하려는 끈질긴 생명력을 보여주는 모성의 강한 의지와 기운이 시적 발화의 공감 영역을 열어놓는다. 그런데 "산후조리를 잘 못해 몇 차례 심한 배앓이를 한 것 말고는 한 번도 아픈 적이 없었"던 어머니가 먼 길을 떠나시고 말았다. 어머니의 부재는 생명력의 상실이자 가장 근원적인 고향을 상실했다는 의미가 된다. 그래서 시인은 결여, 결핍, 결손 등 비

존재의 "고독한 것들은 늘 가까이에" 맴돌고, 고향에 내리던 눈발이나 부슬비처럼 "그리운 것들은 늘 멀리에" 떨어져 있다는 대비적 언술을 통해, 어머니에 대한 그리움을 극대화하며 역설적으로 현실에 존재하는 상실 의식을 깨닫는다.

농작물은 토양에 따라 그 품질이 다양한 모습으로 제 빛깔을 드러낸다. 시를 만드는 시인 역시 어떤 성품을 지니고 삶을 가꾸느냐에 따라 그가 추구하는 시관(詩觀)이 드러나게 마련인데, 신웅순의 시 쓰기 작업은 그의 인간적이고 순수한 감성과 곡진한 삶 속에서 비롯된다. 흔히 자연 친화의 생태시학은 자연과 사물과 나를 구분하지 않는 범우주적 공동체 인식으로 나아가고, 유년 체험을 발굴하는 시편들은 화해로운 인간 삶의 총체적 역사를 조망한다. 곧 맑고 깊은 서정성과 생태적 상상력으로 삶의 시혼을 빚고 있는 신웅순 시인의 시세계에서 확인할 수 있는 미적 특성이기도 하다. 이렇듯 시작(詩作)의 지평을 형성하는 자연의식과 이를 다양한 상상력으로 변주시키는 내적 탐구는 그의 작품을 근원적 공간에 대한 동일성을 끊임없이 염원하는 유기체적인 전체로서 인식하게 하는 효과적인 형상화 방식이다.

관계의 미학을 초월하는 시적 행보

이덕주

1. 신웅순의 시적 도약

신웅순의 최근 시집 『어머니』(문경출판사, 2016)를 펼쳐 그가 인도하는 문면을 따라가다 보면 그와 동행하고 있다는 느낌을 받는다. 마치 그의 손을 잡고 함께 고향의 언덕을 오르는 상상을 하게 한다. 손의 감촉이 조금은 젖어 있는 듯, 하지만 그의 손은 시간이 지날수록 따뜻해져온다. 그의 미소 짓는 얼굴과 잡은 손의 느낌이 우리들의 '어머니' 손과 어울려 온화하게 감득된다. 마치 할 말을 다하지 않으면서 숨겨진 많은 말과 의미를 그의 표정과 손길의 온기로 전해주고 있는 듯하다.

신웅순은 '어머니'에 대해 전해주고 싶은 언어가 너무 많은 시인이다. 시집 『어머니』는 어머니 연작시 58편을 통해 독자에게 우리의 '어머니'를 호명하게 한다. 또한 우리 각자의 '어머니'와 못다 한 말을 하게 한다. '어머니'에 대한 구체적인 상상을 하게 하며 '어머니'가 계신 현장으로 우리를 안내한다. 꿈속 같기만 한 그곳, 밀도 있는 원형적 서정의 세계로 우리를 인도한다. 그곳은 그의 형상화된 경험적 고백이 가득한 곳이다. 생생하게 구현되는 과거의 흔적이다. 과거로부터 호출되는 장면마다 근원을 희구하는 의지가 새로운 의미를 생성시키며 보편성과 자신만이 갖고 있는 특별한 기능마저 선보이는 장소다. 『어머니』가 주는 정서가 시인의 고향과 시적 대상에 대한 곡진한 사랑으로 '어머니'에 대한 연모의 과정까지 연속성을 지니며 유지되고 연결되고 있는 것이다.

『나의 살던 고향은』(오늘의문학사, 1997), 『누군가를 사랑하면 일생 섬이 된다』(푸른사상사, 2008)를 살펴보면서 못내 지울 수 없는 회고와 회상에 젖어드는 신웅순에 대한 인식을 새롭게 하게 된다. 신웅순은 자신의 시집의 '고향'과 '내 사랑'과 '어머니'라는 시적 대상을 통하여 근원으로 가는 길목인 시적 현장에 우리를 서 있게 한다. 과거에 대한 회상을 통해 각자 처해진 현실의 입장을 돌아보게 하고 자신의 본원에 대한 위치를 재확인하게 해준다. 분명 과거를 말하고 있는데 기묘하게 '지금 여기'를 되돌아보게 한다.

또한 그의 시를 읽고 있으면 그토록 많은 말을 들은 것 같은데 이상하게 또 경청할 말이 아직도 많이 남아 있는 것 같은 느낌을 받는다. 시를 쓰고 난 후 아직도 못다 한 말이 그에게 샘솟고 있는 진실성 때문일 것이다. 누구에게든 '어머니'가 속 깊은 샘물이듯이 그에게 '어머니'와 '고향'은 아무리 퍼내도 줄지 않는 현장의 '내 사랑'이며 근원으로 가는 우물인 것이다.

신웅순의 시는 내면에서 삭힌 정서로 시적 대상을 구체적으로 재현한다. 그의 시를 읽다 보면 시적 대상이 자연스럽게 행간에 녹아들어 역동적으로 우리에게 동감 의식으로 시적 대상을 공유하게 한다. 지각과 감각이 용해되어 자신만의 시적 장면을 연출하는 것이다. 선명하게 근접하는 감각적 묘사를 응용하여 실감 있게 재현의 율동을 시적 언어로 보여준다고 할 수 있다.

신웅순은 시편마다 자기만의 자화상을 다양한 모습으로 탄생시켜 현장으로 소환하여 연출을 하게 하며 단시조라는 형식을 통하여 압축적이면서도 구체적으로 자신의 시적 진실을 진설하고 있는 것이다.

그래서 그런가? 그의 시는 시적 실상에 폭넓게 다가갈 수 있도록 자기 정화 시스템을 가동하여 타자와 자신을 연민으로 포용한다. 그와 함께 시적 대상에 대한 사유와 성찰이 병행되고 있음을 드러내며 면면마다 질문과 답을 동시에 구하듯 시적 깊이에 대한 다양한 해석을 가능하게 하는 것이다.

2. 『나의 살던 고향은』의 시적 미학

신웅순의 시집 『나의 살던 고향은』은 고향에 대한 향수를 아우르며 재구의 의지를 현현한다. 고향에 대한 동감을 소환하는 '나의 살던 고향'은 그에게 자신을 존재하게 했던 귀의처다. 아련하게 감성을 자극하며 고향을 그리워해보지만 그곳은 자신이 성장했던 고향의 모습을 지니고 있지 못한다. 변하고 변해서 흔적만 겨우 간직하고 있는 별개의 장소가 되고 만다. 그 때문에 '나의 살던 고향'에 대한 향수는 신웅순 자신만의 재현이며 동시에 의도가 개입된 재구가 될 수밖에 없는 것이다.

신웅순에게 과거의 재현은 기억의 모호함으로 그 또한 쉬운 작업은 아닐 것이다. 하지만 그는 자신의 기억 속 존재하는 '고향'을 가감 없이 회상하는 범위 내에서 재현한다. 귀소 본능을 드러내며 자신의 심경을 현장감 있게 그대로 토로한다. 풍경에 풍경을 덧씌우면서도 어긋나지 않게 의도한 장면을 연출한다. 자신만의 고향이기 때문이다. 독자는 그의 고향을 함께 그려보며 독자자신의 고향이 그의 시 속에 함께 녹아들고 있음을 자연스럽게 향유하게 될 것이다.

『나의 살던 고향은』의 시 50편이 펼쳐내는 정경, 그곳에서 신웅순의 시적 행적을 시 두 편을 통해 우선 살펴보려 한다.

우주 밖 은색의 빛

베틀에 감겨지면

한 점 새벽 바람
어둠을 걷어가고

지금도 남은 적막을
숙명으로 깁는데

—「한산초 · 14」 전문

『나의 살던 고향은』은 단시조로 구성된 연작시다.「한산초 · 14」는 50편의「한산초」중 14번째 시라는 뜻이다. 한산모시를 짜는 과정을 지켜보며 관찰된 정감을 신웅순이 자신만의 필법으로 묘사한 것이다.

이 시에서 시적 주체가 된 베틀에 앉아 있는 시인의 어머니를 상상하게 된다. 지금 화자의 어머니는 밤을 새워가며 적막 속에서 베를 짜고 있다. 몰입의 시간이다. 어쩌면 어머니가 짠 모시를 아버지가 새벽 장에 팔기 위해 등짐으로 이고 가야 하는지도 모른다. 자식들의 학자금 마련을 위해 아니 당장 끼니를 잇기 위한 장에 나가 곡식을 마련해야 할 절절한 정황일 것이라는 예측도 하게 한다.

신웅순이 기억하는 어머니는 오로지 가족들의 생존을 위해 시간을 잊고 생계 수단이 된 베틀에 매달려 철컥철컥 이어지는 베틀 소리 장단에 맞추어 베를 '숙명으로 깁'고 있는 것이다. 베틀의 흔들림에 어머니의 팔과 손, 다리는 물론 온몸이 하나가 되어 함께 동작해야 했을 것이다. 그런 어머니를 기억하는 화자는 "우주 밖 은색의 빛/베틀에 감겨"진다고 상상을 형상화한다. 화자에게 어머니는 내면에 응결된 숭고미를 감추고 있는 시적 대상이다. 모시가 '우주 밖'에서 어머니에게 온 '은색의 빛'이라는 시적 정결, 어쩌면 어머니도 저 먼 '우주 밖'에서 지금 이곳에 와 있다는 상상으로 동시에 접근했다고 보아진다. 화자는 시적 정황에 대한 주체의

이덕주 관계의 미학을 조율하는 시적 행보

세계 해석을 우주적으로 돌려세우며 어머니를 그만큼 높게 위치시켰다고 해야 할 것이다. 어머니에 대한 강렬하고 자애로운 인상을 '우주'와 동일시한 것이다.

"한 점 새벽 바람/어둠을 걷어가고" 난 후 화자는 희망의 가능성을 엿본다. 하지만 "지금도 남은 적막을/숙명으로 깁는" 한산모시 완성의 작업은 여전히 어머니의 숙명이다. 화자의 시적 해석으로 보면 '어머니'라는 존재는 화자에게 이미 우주와 동일시되어 있다. 즉 화자에게 '어머니'는 관계의 미학을 초월하며 감내해야 하는 우주의 순환적인 운명의 존재인 것이다.

신웅순은 「한산초」 연작시를 통해 끊임없이 자신의 근원을 찾아간다. 자신의 본향을 향해 경험적 사유를 형상화된 정결미로 추동한다. 사실적인 장면을 상상하게 하면서 내면적 시 의식의 묘사에 절제미를 드러내고 있는 것이다.

> 철새떼 잦은 울음
> 백제 하늘 찾아가고
>
> 달빛 젖은 미루나무
> 낯선 밤 길을 떠나
>
> 고향은 간이역 불빛
> 철길에서 졸고 있다
>
> —「한산초 · 49」 전문

"철새떼 잦은 울음"을 짓는 장면을 신웅순의 화자는 고향의 간이역 앞에 펼쳐놓고 그 '울음'이 "백제 하늘 찾아가고" 있다고 화면을 전개한다. 화자는 고향을 떠나 객지를 떠돌고 있다. 고향에 대한 향수에 젖어 자신

철제와 인연의 미학

이 돌아가야 할 귀의처, 그곳은 '백제 하늘'과 맞닿은 곳이다. 화자에게 고향은 언제 떠올려도 자신에게 정겨운 풍경을 사실적으로 그리게 한다. 고향이 주는 몸짓을 그는 온전히 수용하고 싶어 한다. 그곳에서 고향과 화해의 아름다운 몸짓을 교류하고 싶은 것이다.

"달빛 젖은 미루나무"와 "고향은 간이역 불빛"이 마치 "철길에서 졸고 있"는 듯 정감 어린 풍경이 그대로 눈에 보이는 듯하다. 화자가 묘사하는 정경은 고향의 여러 가지 장면이 조화롭게 어울린 한 폭의 풍경화다. 감성적 서경을 불러일으키는 회상을 주며 독자를 실체의 존재감을 갖게 한다. 독자에게 정서가 이입되며 심미적인 정경을 마주치게 신웅순이 의도적으로 미적 장치를 구현하고 있는 것이다.

『나의 살던 고향은』의 시 50편이 보여주는 신웅순의 세계는 고향에 대한 향수이면서 동시에 자신의 근원에 대한 지향이다. 면면히 살피다 보면 고향의 산등성이, 그 사이를 흐르는 작은 개울 등 부지불식간 그가 그려내는 정경에 몰입하는 자신을 발견할 것이다.

신웅순은 자신에게 잔영으로 남아 있는 고향의 흔적을 시적 재현으로 형상화하며 자신만의 언어로 우리에게 고향 그 실체의 미학적 공간을 보여준다. 정서적 동감을 연속해서 부여하며 자신의 본향에 대해 구체적 실감을 감지하도록 생생하게 현시한다고 할 수 있다.

3. '내 사랑'의 실체

신웅순의『누군가를 사랑하면 일생 섬이 된다』는『나의 살던 고향은』 출간 이후 11년 만의 시집이다. 시적 대상에 대한 자신의 내면, 그 애증을 형상화시키며「내 사랑은」은 시리즈 50편으로 구성되어 있다.

이 시집에서 신웅순은 '내 사랑'에 대한 본원을 찾아가는 도정을 그려내며 '내 사랑'의 실체를 밝히려 한다. 지난한 행로가 될 수밖에 없는 운명을 지닌 그야말로 자신의 본원을 찾아가는 구도적 행로를 그려내려 한다. 그 때문인지 신웅순은 자신의 「시인의 말」에서 "후회도 있었던 내 영혼의 파편들이며 사랑하는 사람들에게 못 부친 엽서 한 장 한 장들"이라고 자신의 심경을 고백하고 있다.

신웅순은 시적 연륜이 무르익는 시기에 출간한 이 시집에서 시집의 문면마다 자신의 생에 대한 회고와 더불어 자신의 생에 대해 조금은 긍정적 일면이 작용하고 있음을 드러낸다. 부정할 수 없는 자아에 대한 긍정은 부정의 반복에서 비롯된다. 그는 시인의 운명이라는 관점에서 자신을 부정해보지만 오히려 그 부정을 토대로 자신이 올곧게 존재하고 있음을 시적 진술로 보여준다. 또한 『누군가를 사랑하면 일생 섬이 된다』의 시적 대상을 자신만이 펼쳐낼 수 있는 방식으로 새롭게 구성하려 한다. 생의 단면을 다 보여주는 듯 시집의 어느 면을 펼쳐도 문면마다 나름의 시선으로 본 압축적 언어에 대해 새로운 해석을 하게 하는 것이다.

얼마를 감겨가야
얼마쯤이 풀리는가

우주에서
미움 되어
놓쳐버린
철새울음

어딘지
지금도 몰라
가슴에선 달이 뜨고

— 「내 사랑은 · 6」 전문

이 시는 '철새울음'을 짓고 있는 화자 자신에게 주위를 휘둘러보며 자신은 물론 독자를 향해 물음을 던지게 한다. 자신의 존재는 "우주에서 미움 되어" 미아가 된, 즉 '놓쳐버린' 존재다. 그런 '철새'가 될 수밖에 없는 운명을 태생적으로 수용하며 화자는 '지금' 자신에게 회한에 서려 질문한다.

"얼마를 감겨가야 얼마쯤이 풀리는가". 미움이 서러움으로 치환된 자신의 부존재에 대해 동시에 의문을 끊임없이 제기하는 형국이다. 내면에 쌓인 부존재를 끝내 자신은 파악할 수 없다. 자신에게 온 회한들, 트라우마로 존재하는 시적 진실에 대해 해소의 반작용까지 확인하고 싶은 것이 화자의 진솔한 속내다. 하지만 화자가 할 수 있는 일은 오로지 자신의 심경에 대해 아픈 '가슴'을 드러내는 것이다.

신웅순이 화자로서 서 있는 위치를 자신이 알 수 있다면 이 시는 쓸 수 없다. "어딘지 지금도 몰라"야 하는 것이 화자가 할 수 있는 시적 임계점이다. "가슴에선 달이 뜨고" 그 달을 지켜보며 화자는 지금 우주의 미아가 될 수밖에 없는 자신을 탓해본다.

현실의 자괴감이 겹쳐지는 그곳에 화자인 신웅순이 있다. 하지만 신웅순의 화자는 그러한 자신의 심경을 "가슴에선 달이 뜨고" 있다고 형상화한다. 있는 그대로 자신의 내면을 보여주며 독자에게 또 다른 질문을 던지고 있는 것이다. 신웅순의 질문은 끝내 '내 사랑은?' 의문부호를 남기면서 우문우답으로 남을 것이다.

누군가를
사랑하면
일생
섬이 된다

유난히
파도가 많고
유난히
바람이 많은 섬

그래서
가슴에는 평생
등불이
걸려있다

—「내 사랑은 · 47」 전문

이 시에서 신웅순의 화자는 자신이 섬이 될 수밖에 없음을 담담하게 고변한다. 그런데 '섬'이 되는 이유는 누군가를 사랑했기 때문이라고 직설적으로 언술한다. 사랑하지 않았으면 '섬'이 되지 않았을 텐데, 그 누구에게 마치 항변하듯 아니 원망 섞인 목소리 투로 말하고 있는 것이다. 그 대상은 사랑의 대상이 될 수도 있겠지만 이미 '내 사랑'이라는 '사랑' 속에는 구태여 그것을 따지지 않으려 하는 시인의 의도가 내재되어 있다.

이 장면에서 화자에게 어떤 사랑의 대상이 중요한 것이 아니다. 화합하고 통합할 수 없는 수많은 사랑의 대상을 논할 필요가 없다. 이미 화자는 "바람이 많은 섬"이 되어 있기 때문이다. 시간이 경과하고 과정이 지나간 다음의 '섬'이 아닌 상처투성이의 운명을 감내하는 '섬'이기 때문이다.

화자는 "파도가 많고 유난히 바람이 많은 섬"이라는 철저히 혼자라는 규정 속에 자신을 가두려 한다. 사랑이라는 원죄에 의해 감당해야 하는 '섬'의 운명으로 화자를 귀속시키려 한다. '섬'이 될 수밖에 없다는 화자에게 사랑 역시 온전히 자신이 수용해야 하는 몫으로 거기에 어떤 선택의 여지를 남겨두지 않는다. 사랑과 '섬'은 이질적인 관계이면서 역설적으로 불가분의 관계를 맺는다. 화자는 외부의 충격과 모진 세파를 혼자 견디며 모든 것을 감수해야 한다. "그래서 가슴에는 평생 등불이 걸려있"는 것을 화자는 응시해야 한다. 화자에게 '등불'은 자신을 인도하려는 자신의 몸짓이다. 여기에서 화자는 재생하기 위해 자신의 '가슴'에 '등불'을 달게 했을 것이다. 신웅순의 화자에게 이러한 작은 의지, '섬'과 함께 견뎌야 하는 또 다른 의지라고 보아진다.

『누군가를 사랑하면 일생 섬이 된다』에서 「내 사랑은」 연작시를 통해 신웅순이 지향하는 것은 결국 '섬'으로서의 존재를 수용하면서도 끊임없이 자신을 더 나은 위치로 옮기려 하는 의지의 구현이라고 할 수 있다. 그는 세상과 맺은 자신의 위치, 그 운명과 인연을 어쩔 수 없어 '섬'이 된다 하더라도 자신이 '등불을 밝히는 섬'이 되어 자신은 물론 타자에게도 '불 밝히는 섬'이 되고 싶은 것이다.

4. '어머니'를 위한 본향의 길

신웅순의 『어머니』 속 어머니 연작시 58편은 '어머니'라는 대상을 통하여 자기 자신을 무작(無作)으로 드러낸다. 한 편 한 편 다른 세계를 연출하듯 보여주면서도 전체적인 맥락으로 또한 한 장면으로 연결된다. 무엇보다 억지로 쓴 흔적이 없다. 작위가 없다. 그래서 자연스럽게 읽히며 그가 펼쳐내는 시적 진실에 쉽게 동감을 불러일으키게 한다.

산이
먼저 가고
들이
따라서 갔다

그 때
진달래꽃
그 때
뻐꾸기 울음

뒤늦은 편지 끝 구절에
말없음표 찍고 갔다

─「어머니·11」 전문

화자는 '어머니'를 생각하면 말문부터 막힌다는 정황을 형상화한다. 하고 싶은 말이 너무 많으면 말을 할 수 없다더니, 누구든 '어머니'가 안 계신 나이 든 사람들에게 '어머니'를 추억하는 화자는 "말없음표 찍고 갔다"고 언술한다. 할 말을 다하지 못했음을 '말없음표'로 보여준다. 지금은 곁에 없는 '어머니'라는 존재, 자식의 일이라면 그 무엇이든 무조건 인정해주고 감싸주던 '어머니', 일단 편들어주면서 나무라던 그 '어머니'가 곁에 없는 것이 살면서 이렇게 큰 서러움이었다니 새삼 '어머니'가 귀한 존재임을 화자는 문면 속에 은연중 일깨우고 또 일깨운다.

어머니가 돌아가시던 당시를 회상하고 있는 것일까? 오랜 시간이 경과했는데도 "산이 먼저 가고 들이 따라서 갔다"고 술회하듯이 온 천지가 어머니의 죽음을 슬퍼하는 상황을 화자는 생생하게 되살린다. 화자의 슬픔에 대해 천지가 동조해주었다고 애상의 장면을 '산'과 '들'의 동조로 극대화한다. 어머니가 유명을 달리하는 모습, 그 시절 요령 소리에 맞추어 어머니의 운구는 '산'과 '들'을 함께 흔들며, 흔들리며 다른 세상으로 옮겨졌을 것이다.

"그 때 진달래꽃"이 만발하던 정경이 화자의 시야를 지금까지 점유했고 "그 때 뻐꾸기 울음"이 여태까지 화자의 귀에 이명처럼 남아 있었을

것이다. 환상과 환청이 되어 오래도록 화자를 '어머니'를 회억하는 시간
으로 함께 묶어놓았을 것이다.

여기서 더 무엇을 말해야 하는가. 이토록 절절하게 시적 대상에 공감
하듯이 자신의 한결같은 '어머니'에 대한 애상을 극적인 장면으로 극화하
고 있는데. 더 이상 말이 불필요한 것이다. "뒤늦은 편지 끝 구절에 말없
음표 찍고 갔다"는 문면에 화자는 말을 잇지 못하고 무연히 하늘을 바라
본다. 그리고 '어머니'의 모습에 자신을 겹쳐본다. 신웅순의『어머니』속
'어머니'의 초상화가 끝내 자신의 자화상이 되고 있는 것이다.

> 늦가을
> 잎새 하나
> 천년으로
> 지고 있다
>
> 물빛도 스쳐가고
> 불빛도 스쳐가고
>
> 불이문
> 끊어진 길을
> 초승달이
> 가고 있다
>
> —「어머니 · 35」 전문

이 시에서 화자는 "천년으로 지고 있"는 "늦가을 잎새 하나"를 지켜보
며 시적 내면이 형상화 되는 장면을 보여주고 있다. 저 작은 이파리에 어
린 '천년'이라는 시간을 숙고하게 한다. 작은 곳에 큰 의미를 설정하고
있는 것이다. 지상의 모든 존재에게 만물은 생겨나면 성장하고 노쇠해지

며 사라지는 성(成)・주(住)・괴(壞)・공(空)이 반복되듯이 신웅순의 화자는 존재와 시간의 이치를 궁구하게 한다. 즉 "늦가을 잎새 하나"의 의미와 내력을 '천년'이라는 시간성을 성찰하게 하며 보여주고 있는 것이다.

화자가 주시하고 있는 "늦가을 잎새 하나"가 성립하기 위해서는 나무의 성장이 그 앞에 있고 그 나무를 생성시킨 씨앗이 그 앞에 있고 또 그 앞에 성주괴공의 무한의 시간이 반복되었을 것이다. 따라서 여기에서 '천년'의 시간은 태초부터 흘러온 한계가 없는 시간이다. 화자가 "물빛도 스쳐가고 불빛도 스쳐가고" 있다고 하듯이 그 과정은 온갖 우여곡절을 수용하고 있었을 것이다. "늦가을 잎새 하나"에서 화자는 인연이 모이면 다시 모습을 드러내듯이 '불이문(不二門)'의 모습도 보았으리라. '불이문'은 방하착의 의미와 함께 분별과 차별이 없는 세계를 지향한다.

"불이문 끊어진 길"은 다양한 의미를 상징한다. 불이의 세계는 시간과 공간을 비롯한 상대적인 차별 경계를 뛰어넘는 초월의 세계이다. 따라서 '불이문'은 모든 것을 포용하는데 그마저 '끊어진 길'이라니 아득하면서도 화자가 일으키는 반전에 일순 아연해진다.

화자는 자연스럽게 시적 아이러니를 보여준다. 다시 반전은 거듭된다. "불이문 끊어진 길" 그곳에서 신웅순의 화자는 "초승달이 가고 있다"고 눈앞의 전개되는 '지금 여기'의 시적 진실을 보여준다. "불이문 끊어진 길"과 대비되는 시적 장면이다. '초승달'은 시작의 이미지가 강렬하다. "불이문 끊어진" 절망의 공간에 새로 '초승달'이 등장하고 있다. '지금 여기' 화자가 안내하는 '초승달'이 주는 의미가 다양하게 전개되고 있는 것이다. "불이문 끊어진 길" 그 자체를 다시 현상과 다름 아닌 불이로 보며 '초승달'과 함께 화자인 신웅순은 폭넓게 화해를 시도한다고 보아진다. 여기 '초승달' 속에서 신웅순은 화자가 된 자신의 진면목을 보고 싶고 또 보려 시도한다고 해야 한다.

이 짧은 단막극 같은 「어머니·35」로 펼쳐진 시세계에 신웅순은 현상과 근원을 아우르며 본원으로 가는 심경을 넓게 포진하듯 보여주고 있는 것이다.

5. 신웅순의 시적 행보

신웅순이 시와 인연을 맺은 것은 1988년 『황산벌의 닭울음』에서 비롯된다. 자유시를 지향하며 자신의 시세계를 확장하려 했던 시기의 시집이다. 이후 2007년 출간한 『못 부친 엽서 한 장』(문경사)에서 신웅순은 자신이 살아온 생의 내력을 성찰의 과정으로 밝히고 있다. 「또 이사」, 「집」, 「등나무꽃」 등 몇 편의 시를 자신의 산문과 함께 소개하는 그의 글을 대하다 보면 진솔한 문장이 주는 동감으로 신웅순의 삶과 존재 이유를 동시에 이해하고 긍정하게 한다.

신웅순은 자기 언어의 정리와 정돈 과정에서 언어의 축약이 이루어졌다고 고백한다. '언어를 버린다'는 심정으로 시를 쓰는 도정에서 자연스럽게 단시조에 근접했다고 한다. 지난 과정을 돌아본 그의 술회다. 따라서 그의 시편은 끝내 자신을 정제하며 단시조 중심의 시세계를 지향했다고 할 수 있다.

필자는 신웅순의 시조집 『나의 살던 고향은』, 『누군가를 사랑하면 일생섬이 된다』와 최근 시집 『어머니』까지 시집마다 두 편씩 선정하여 그의 시세계를 조명해보았다. 허락된 지면 관계로 부득이한 임의적 선택이 될 수밖에 없었다. 따라서 그의 확산되어가는 사상 체계와 함께 온전히 파악하는 일은 다소 미흡하다는 생각이 들었다. 그의 시세계에 대해 내력과 영역을 확인하고 밝혀보는 일이 자칫 오해를 주지 않을까 염려가 되기도 했다. 또한 '그의 시세계를 쉽게 예단해서는 안 되겠구나' 하는 생각도 들었다. 하지만 이번을 계기로 그가 단시조를 고집하는 이유도 조금은 짐작하고 이해할 수 있는 소중한 기회가 되었다. 나름 그 연유를 추리해본다.

단시조는 짧다. 단시조는 무엇보다 3장 6구 3/5/4/3의 정형화된 형식과 운율을 지켜야 한다. 압축과 정결미를 갖추고 면면마다 긴장의 미학을 실현해야 한다. 하지만 역설적으로 짧기 때문에 그 내면은 한없이 확장이 될 수밖에 없다. 시는 할 말을 다 한다고 이해되는 것은 아니다. 꼭 필요한 언어로 축약해 형상화하면 된다. 여백을 남기면서 정작 할 말을 다 드러내지 않으며 독자에게 상상을 주어야 한다. 감추며 더 큰 상상을 주어야 한다. 단시조의 효용성이라고 강조해도 될 것이다. 따라서 시적 파격을 용인한다 하더라도 한계 내에서 해야 한다. 즉 은근하게 이루어져야 한다. 신웅순은 단시조의 이러한 긴장미를 자신의 시에 용해시켰다고 할 수 있다.

시조는 또한 그 뜻 그대로 현장감이 있어야 한다. 신웅순의 시편에서 우리가 발견할 수 있는 있는 것은 '고향'과 '내 사랑'과 '어머니'라는 자칫 진부해 보이는 시적 대상이 오히려 현장감 있게 다가온다는 점이다. 그 이유는 대상에 대한 진솔한 대응에서 참되게 우러나오는 오랫동안의 숙고와 통찰에서 오는 대상과의 교류에서 진실성과 구체성이라는 시적 점화가 이루어졌기 때문이라고 할 수 있다.

과거의 현장이며 체험의 순간, 그 삶의 이면을 현장에서 학생들을 지도하며 오는 현실감 속에 동시대의 정서로 함께 수용할 수 있는 것은 신웅순만이 갖고 있는 특이점일 것이다. 과거는 당시 현실이었다는 인식 속에 현실을 보면서 지금의 현실을 과거와 대비하며 보는 즉 확장의 시선으로 과거를 용인하기에 가능하다고 할 수 있다. 달리 말하면 현상과 본질이 다르지 않다고 여기는 그만의 폭넓은 안목이 자신의 시에 적용되었다는 점이다. 신웅순의 시조가 언뜻 회상에 젖어 있어 보이지만 연륜이 있는 독자들에게는 그 또한 현장감으로 작용하는 이유가 된다. 젊은 독자들에게도 현실에 접근하면서도 자칫 잊기 쉬운 시적 대상과 함께 자신의 근원을 일깨운다고 할 수 있다.

시조의 시공간은 의외로 넓다. 한 시인의 우주적 사유가 압축되어 관념의 세계를 벗어나 오롯이 담겨 있어야 한다. 삭히고 삭혀서 삭힘마저 없애야 한다. 쉬운 언어로 형태를 단순화하듯 조립되어야 하지만 그야말로 속뜻은 깊고 넓어야 한다. 신웅순이 추구하는 단시조가 쉽게 써지지 않는 조건이 되기도 한다. 이러한 측면에서 그의 단시조가 쉬우면서 또한 쉽지 않은 장면을 보여주며 친근하게 다가온다고 할 수 있다. 신웅순의 시조가 독자에게 동감을 주고 나아가 공명을 일으켜 계속 확장되기를 기대하는 이유도 물론 여기에 있을 것이다.

향후 신웅순은 대학교수라는 중임을 벗고 시 창작에 더욱 몰입하며 자신만의 자유로운 사유에 침잠할 것이다. 관계의 미학을 초월하는 시적 탐구와 시에 대한 애정의 행보가 진정성 있게 계속될 것이다. 나아가 무상의 시세계로 점핑하면서 독자적인 통찰과 성찰의 시세계를 우리들에게 촌철살인의 단시조로 보여주며 새로운 시세계의 지평을 펼쳐나갈 것임을 예정해본다.

필자는 신웅순의 문학적 행로를 그와 고등학교 동문이라는 필연적인 문학적 도반으로서 지켜보려 한다. 그는 자신이 추구했던 시세계를 확장하고 시적 대상의 이면을 보면서 상대적인 관념을 초월하여 폭넓게 진화를 거듭할 것이기 때문이다. 이후 신웅순이 한국 시조 발전과 그 역사의 축이 되는 큰 버팀목이 되기를 기대해본다.

애상(哀傷)과 고적(孤寂)으로의 시적 변용

— 석야 신웅순 시인의 시조 세계

유준호

1. 들어가기

석야 신웅순 시인은 충남 서천 출생으로 1985년『시조문학』을 통하여
문단에 나와 다섯 권의 시집을 상재한 중견 시조시인이다. 뿐만 아니라
그는 시조 분야 학술 연구자로서도 능력과 업적을 높이 쌓은 훌륭한 학
자로 유수의 학술지와 저서를 통하여 이를 세상에 보여주고 있으며, 서
예가로서도 일가견을 이루고 있다. 또한 창조적 한글 서체를 창안(創案)
하여 그만의 석야체(石野體)를 보여주고 있다.

특히 그의 시조시인으로서의 자질은 아마도 그의 핏속에 DNA로 존재
하고 있었는지도 모른다. 그는『석북집(石北集)』의 저자로 시조명칭의 유
래를 보여준 신광수(申光洙) 선생의 후손이며, 상징시의 대가 폴 발레리
에게서 발견한 노장사상(老莊思想)을 시화(詩化)한「바라춤」의 시인 신석초
(申石艸)의 집안이기도 하다. 어쩌면 그가 시인이 되고 시조를 쓰는 그 재
질은 이런 인연에서 나온 생태적 숙명인지도 모른다. 꽃이 하루아침에
피지 않듯이 시인도 마찬가지여서 오랜 인(因)과 연(緣)이 작동하고 스스
로 내적 부단한 노력이 응집되고, 폭발되어야 한 편의 작품을 낳게 된다
고 보는데 그는 그런 면에서 조상으로부터 받은 그의 핏속에 그런 인자
(因子)가 숨어 있다가 적당한 환경을 맞아 피어난 시인이라고 본다. 이는
그의 작품을 통하여 확인해볼 수 있다.

원천적으로 시란 인간이 체험한 본질을 표현하는 그릇에 개인의 존재 인식과 감흥을 넣는 일이라고 생각한다. 이에 유의하면서 그의 시조집 『누군가를 사랑하면 일생 섬이 된다』, 『어머니』 두 권에 나타난 시조 세계를 살펴보려한다. 어느 시인이나 그의 시 속에는 그만이 가지고 있는 바탕 정서가 배어 있는데, 그의 시 바탕엔 고향의 그리움과 어머니에 대한 애틋한 애상(哀傷)의 정서가 이미지즘으로 나타나고 있다. 고향이나 어머니는 인간에 있어 돌아가야 할 영원한 우주이며 정신적 거점이다. 그러기에 그는 그 우주에서 '나(我)'라는 고적한 자아(自我)를 찾아 시작(詩作)을 하고 있었다고 본다. 그의 시 속엔 항용(恒用) 이런 생성 공간이 존재하고 있다. 원래 시조는 민족의 한이 땅에 이슬이 배어들듯 스며들어 하나의 틀 속에 싹이 트고 자란 우리 민족의 문학이다. 그러다 보니 시조 하면 민족 한만 맺힌 문학 장르인 양 믿고 있는 사람이 많다. 그러나 현대라는 시대성에 접맥되면서 현대시조는 새로운 양상의 정서를 창출 투영시키고 있으며, 시조 삼장의 표현 양태도 그 배행 방법이 다양화되고 있다. 그가 내놓고 있는 시조 배행 형태는 모두가 단시조로 소절별, 구별 배행을 한결같이 섞어 쓰고 있다. 그는 이런 시어의 배치로 시조의 전통 서술 기법인 초장의 일으킴, 중장의 펼침, 종장의 높임, 굽힘, 맺음의 형태를 취함으로써 시조의 유전자를 잃지 않고 있다. 그리고 초, 중, 종장의 배열 방법은 몇 작품을 제외하고는 모두가 초장과 중장은 병립, 또는 대립시키고, 종장에서 그것을 수렴하는 $A = B \rightarrow C$ 의 구조를 이루고 있다.

2. 자아를 찾아 나섬

시조집 『누군가를 사랑하면 일생 섬이 된다』의 주조(主潮) 세계는 잃어버린 자아(自我)를 찾아 나선 의문점에서 출발하고 있다. 많은 철학자들이 자아를 찾아 일생을 바쳤듯이 신 시인은 그 자아를 문학을 통하여 찾아 나서고 있다. 찾으면 찾을수록 깊은 수렁 같은 그 세계를 하나의 섭리 속에 설정하고, 이를 작품으로 형상화하고 있다. 그는 이 시집의 서문에서 '내 사랑은'은 "사랑하는 사람들에게 못 부친 엽서 한 장 한 장"이라고 하면서 "서러운 가슴 한 켠에 남아 흔들리는 풀꽃"이라고 하고 있는데 영혼의 파편이라고 스스로 명명한 그 자아가 '내 사랑'이다. 그 '내 사랑'은 실제 '해당화'도 되고, '허공', '섬', '빗방울', '달', '눈발', '한 척 배' 등의 구상적 모습이 되기도 하고, '쉼표', '빈 잔', '적막', '설움'과 같은 추상적 모습이 되어 나타나기도 한다. 즉, 그는 시적 이미지를 추상과 구상으로 변용시켜 표현하고 있다. 또한 현대시조의 미학적 독자성과 압축 여백의 미를 관조의 자세를 통하여 단시조 속에 갈무리하기도 한다.

상처 받은
낱말들은
어디에
있는 걸까.

강가를
걷다가
산모롱 막
지났을까.

망초꽃
에굽은 길가
혼자 눈물
서성일까

— 「내 사랑은 · 7」 전문

내적 자아로서의 「내 사랑은 · 1」은 평탄치 못하게 "굽을 돌고" 바닷가에 외로이 울음 머금은 "해당화"로 터져서 붉은 설움 쏟아내더니 "눈보라 휘몰리는" "빈 허공"이 되어 나타나고 있다. 이 시집의 출발은 이렇게 시작된다.

「내 사랑은 · 7」은 각장마다 설의적 의문문으로 맺고 있다. 몸에 밴 자아의 상처를 표현해주던 숱한 낱말(언어)은 어디로 다 사라지고 없는 것일까. 한탄 섞인 심성을 초장에서 표출하고 있다. "있는 걸까" 했지만 실은 "없는 걸까"와 동의어로 쓰였다. 중장에서의 "강가"는 세월이 서린 발자취를 표현하였다고 볼 수 있다. 아무래도 역사의 한을 품은 금강 가에서 뛰놀던 어린 시절을 유추하여 그때를 회상하고 있는 듯하다. 이 작품에서 "산모롱"은 인생의 굽이이다. 유년에서 청년으로 다시 장년으로 넘어가는 변곡점(變曲點)이라고 보아진다. 이 작품에서 특히 시선을 끄는 시어가 있는데 "막"이란 시어이다. 이 "막"은 '지금 금방'의 뜻과 '머무는 곳(幕)' '단락'을 뜻하는 시어로 글의 성분으로는 부사와 명사의 이중성을 가지고 앞뒤 낱말에 걸침을 이루는 표현이다. 그렇게 함으로써 시적 뉘앙스를 풍겨주어 상상력을 자극하고자 한 말이다.

그런데 왜 종장 첫머리에 "망초꽃"을 등장시켰을까. 망초꽃은 우리나라 천변이나 노변에 피는 아주 서민적인 꽃이다. 꽃 이름에 얽힌 이야기는 애처롭고 천하다. 이 꽃은 일제강점기 초기에 들어와 지천으로 피었기에 나라를 망하게 하는 꽃이라고 하여 붙여진 이름이라고 한다. 일명 '개망초'라고도 한다. 그래서 망초는 뜻밖에 붙여진 이 억울한 이름에 스스로 속에 눈물을 담고 있는지도 모른다. 이런 망초의 모습을 시인은 자신의 자아 속에 투영시켜 한 편의 시조를 맺음하고 있다. 아마도 망초의 모습에서 지난날의 자아를 발견하고 있는 듯하다. 이 시조 작품은 어딘가 쓸쓸하고 알 수 없는 설움이 배어 있다.

그리운 것들은
다
산너머
있는데

파도도
거기 있고
바람도
거기 있고

빈 칸을
서성이던 빗방울
거기
없다네

—「내 사랑은 · 8」 전문

　사람의 삶 속에 뿌리 깊이 자리한 것은 '그리움'이 아닐까. 지난 세월을 그리워하고, 지난 일을 그리워하며, 살아온 삶의 궤적을 그리워하는 동안 세월은 흐르고 환경도 바뀌어 자꾸만 그리움을 찾아 나설수록 자신은 알 수 없는 의문점이 늘어만 가는 게 인생이 아니겠는가. 그래서 그리움은 흘러가는 것인가 보다. 위 작품에서도 "그리운 것들"이 "다" "산너머"에 있고, 현재의 시적 자아의 자리엔 없다. 무한 자연인 "파도"며 "바람"은 그냥 그 자리에 있는데 마음자리에 있어야 할 그리움의 대상은 시나브로 사라지고 없다. 그래서 시적 자아의 자리는 "빈 칸"이 되었다. 그 "빈 칸"에 "서성이던 빗방울"은 시적 자아에게는 눈물 어린 사랑의 실체인데 지금은 사라지고 없다. 허망한 자아의 모습만 덩그러니 남아 시조의 바탕에 깔려 있다. 결국 '내 사랑'은 허망이 되어 머물고 있다.

산을
넘지 못한
그 많은
눈발들은

깊은 밤
읽는 이 없는
기인
편지를 쓰고

빈 칸이
되어 떠나갔지
쉼표가
되어 떠나갔지

— 「내 사랑은 · 17」 전문

이 시조는 시조라기보다 시에 가깝다. 행갈이한 모습만 보면 시조의 소절(음보) 단위에 소음보와 과음보가 뒤섞여 있다. 그러나 그 구성은 시조의 호흡 율격을 따르고 있어 구성상 묘한 느낌을 주는 작품이다. 이런 유형의 작품은 시집 『누군가를 사랑하면 일생 섬이 된다』 곳곳에 나타나 있다. 「내 사랑은 · 16」의 "눈물/많은 이가/한 번/다녀갔었지//"라든지 「내 사랑은 · 19」의 "강가에/혼자/왔다간/달빛일지 몰라//누군가의/울음/남겨둔/등불일지 몰라//"와 같은 행갈이와 음수율이 그것이다. 그는 "빈 칸"이 된 자아를 몰현실화된 주변에서 찾고 있다. 이 작품에서 시적 자아는 "눈발"로 "편지"로 떠돌다 "쉼표"가 되어 어디론가 떠나가야 하는 숙명을 지니고 있다. 수많은 자아의 상념인 "눈발"이 "산"이란 현실 벽에 가로막히고 삶의 사연을 밤새워 쓰지만 그걸 인식해줄 이는 어디에도 없어 스스로 아무것도 존재할 수 없는 "빈 칸"이 되어 떠다니다가 누군가가 눈짓을 주기를 기다리는 "쉼표"가 되었음을 표출한 작품이다. 「내 사랑은 · 8」에도 "빈 칸"이 나오고 여기서도 등장하는데 그 "빈 칸"의 정체는 무엇일까. 아무래도 상념도 현실도 없는 '무(無)'의 세계일 성싶다. 그러면 과연 그가 추구하는 '내 사랑'은 언제쯤 돌아오려나. 자못 궁금하다. 이 시조집의 어떤 작품을 보아도 그 궁금증에 대한 해답이 없다. 그 실체를 숨겨놓음으로써 애매성과 신비성으로 시적 여운을 도모하려 한 것일까.

기러기
울음소리
그쯤에서
섞이고

그믐
새벽 달빛
그쯤에서
젖는다.

인생의
어디쯤이 아프면
그렇게
되는 걸까.
— 「내 사랑은 · 23」 전문

언제나
눈발은
천리를
가는구나

언제나
별빛은
낭떠러지에
서있구나.

가지도
서지도 못하는
떨어지는
뺨 위의 눈물

— 「내 사랑은 · 29」 전문

　앞의 작품에서도 살펴보았지만 「내 사랑은」은 그 시상의 바탕에 늘 쓸
쓸한 고적과 애잔한 애상이 자리하고 있다. 「내 사랑은 · 23」, 「내 사랑
은 · 29」를 보아도 그렇다. 「내 사랑은 · 23」에서의 주목되는 시어는 "그
쯤"이다. 사전적인 뜻은 '그만한 정도'이며 화자의 주관적 시간, 주관적
자리를 지칭하는 단어로 시적 자아의 마음과 정신의 정서적 거리, 정서
적 시간을 표현하고 있다. 즉 시적 자아가 살아온 삶의 어느 지점, 어느
시간이다. 그런 면에서 볼 때 이 시어는 다분히 애매성(曖昧性)과 자의성
(恣意性)이 깃든 시어이다.

　우리나라에서 "기러기"는 겨울철새이다. 그러기에 철새처럼 떠도는 인
생을 '기러기'에 비유하곤 한다. 그 기러기의 울음은 하늘을 울리는데 그
울음이 시적 자아의 심성 속에서 동질화(同質化)되면서 "그믐 새벽 달빛"
과 호응하고 있다. 어쩌면 "새벽 달빛"은 소외(疏外)된 존재일 수 있다. 이
런 소외 의식은 모두가 아픈 인생에 감응(感應)하고 있는 시적 자아의 자
의식(自意識)에서 출발한다고 보아야 한다. 그래서 인생은 눈물이 나나
보다. 「내 사랑은 · 29」는 「내 사랑은 · 23」과 접맥되고 있다. 천 리 밖으
로 떨어지는 "눈발", 낭떠러지에 멈춰선 "별빛"은 서로 대립되어 나타나

고 있다. 옴짝달싹 못하는 고립무원(孤立無援)의 경지에 빠진 시적 자아의 모습이 선연히 떠오른다. 그래서 "뺨 위의 눈물"은 환희가 아닌 고적(孤寂)한 소외의 눈물로 그득하게 고였다가 떨어지는 게 아닐까.

> 누군가를
> 사랑하면
> 일생
> 섬이 된다.
>
> 유난히
> 파도가 많고
> 유난히
> 바람이 많은 섬
>
> 그래서
> 가슴에는 평생
> 등불이
> 걸려있다
>
> ―「내 사랑은·47」 전문

「내 사랑은·47」엔 이 시집 제목이 시구로 등장하고 시적 자아가 지향하는 희망 섞인 모습이 나타나 있다. 이 시조에서 "사랑"하면 "섬"이 된다고 했다. 일반적으로 '섬'의 심상은 떨어짐, 소외, 고립이고, '사랑'의 심상은 행복감이 충만한 흐뭇함, 고운 마음, 화목함인데, 화목한 마음이 고립되다니 일종의 아이러니이다. 그러나 여기서는 사랑에서 오는 행복감과 충만감으로 하나의 독립된 자아를 찾을 수 있다는 의도된 표현인 성싶다. 누구와도 타협이 안 되는 주관이 뚜렷한 인간 탄생을 표현한 말로 이해된다. 중장에 나타난 "파도"와 "바람"은 우리가 살아오면서 겪는 세상

풍파이다. 이 역경의 현실을 이겨내는 힘이 "사랑"에서 나온다는 심오한 시인의 철학이 여기 있다. 그래서 "사랑"이 "등불"이 되어 인생의 나침반으로 변용되고 있다. 이렇게 형상화된 이 작품은 앞의 작품에서 보여주던 쓸쓸함, 고적함을 사랑으로 수렴하여 희망과 광명으로 우뚝 서는 모습을 보여주고 있다.

3. 자연에 대한 인식과 그 투영

시조집 『어머니』는 가슴 절절한 사모곡(思母曲)이다. 민초의 표본이 되어 살아오신 어머니에 대한 헌사(獻詞)이며, 어머니에 대한 애틋한 정과 그리움을 담은 경전(經典)이다. 어머니는 누구에게나 생명의 우주이며, 정의 샘물이고, 영원한 마음의 고향이다. 이 시집에서 어머니의 모습은 '부엉새', '뻐꾸기', '봄비', '부슬비', '그믐달' 등의 자연물로 변용되어 나타나고 있다. 그러나 그 자연물들은 시조 속에서 서먹한 모습으로 등장한다. 돌아가신 어머니 모습의 표상(表象)이기 때문인가 보다.

이 시집에서 우리는 살아서도 자연이고 돌아가시어서도 자연인 어머니에 대한 인식을 자연에 투영시킨 시적 자아의 모습을 볼 수 있다.

강이
서러워서
흐르는 게 아니다.

산이
그리워서
서 있는 게 아니다

그 봄비
아득한 길을
뻐꾸기가
울어 그런 것이다

— 「어머니 · 2」 전문

산이
먼저 가고
들이
따라서 간다.

그 때
진달래꽃
그 때
뻐꾸기 울음

뒤늦은 편지 끝 구절에
말없음표 찍고 간다

— 「어머니 · 11」 전문

위 두 편의 작품에서는 "강", "산", "봄비". "들". "뻐꾸기"란 시어가 등장
한다. 이들을 원형 심상으로 보면 "산", "들"은 무욕, 무생명성 원리에 입
각한 자연화됨과 비정(非情), 불변(不變)의 세계를 상징하면서 포용, 생
성, 공간 원형, 이상향, 베풀음, 생의 원천, 무한 포용 등의 묵시적 이미
지를 가진 말이고, "강"은 새 생명 탄생, 신의 나라를 나타낸다고 프라이
(Northrop Frye)는 말하고 있다. 그러나 여기서는 '생명', '구원' 등의 심
상으로 볼 수 있다. 또한 서러움의 정서와도 맥을 같이하고 있다. 그리고
"봄비"는 '새로운 지평', '죽음의 재생', '유한성과 무한성의 합일'을 나타

내고 있다. 이는 '구원', '생명' 등과도 관련이 있다. 그렇다면 "진달래꽃", "뻐꾸기"는 어떤 원형 심상일까. 이는 중국의 설화가 동양적 정서가 되어 우리에게 미치고 있음을 볼 때 귀촉도, 망제혼의 울음과 맥이 닿아 있어 슬픔, 애상, 죽음으로 연결되고 있다. 「어머니·2」는 그의 작품에서는 드물게 "내 사랑은 가슴에 뜬 달이다. 아니다 섬이다. 내 사랑은 가슴에 있는 하늘과 바다다"라고 이미지를 전개하여 표현한 「내 사랑은·12」와 함께 정반합(正反合)의 구성 형태를 보여주는 작품이다. 이를 살펴보면 "강이/서러워서/흐르는 게 아니다", "산이/그리워서/서 있는 게 아니다"란 시구가 정, 반으로 등장한다. 이는 생성, 성장으로 삶의 모습이 생생하게 나타나는 "강"이 서러워서 흐르는 게 아니고, 생의 원천인 "산"이 무슨 애틋한 그리움 때문에 한 곳에 말뚝처럼 서서 머무는 게 아니라고 하고 있다. 그러면 왜 그럴까? 그것은 "봄비" 내리는 날 어머니의 영상일지도 모르는 "뻐꾸기"가 울기 때문에 서럽고, 그리운 것이라고 하고 있다. 궁극적으로 시적 자아의 어머니에 대한 끝없이 그립고 서러운 심정을 인연설로 서정의 끈을 만들어 시조화한 것이라 본다. 이와 연결하여 「어머니·11」을 살펴보면 "산"과 "들"은 앞 작품의 "산"과 원형 심상으로 볼 땐 동의 시어이고, "진달래꽃"과 "뻐꾸기"도 서로 호응하면서 서러움을 표출하고 있다. 여기 시적 자아는 어머니에 대한 지극한 애정이 너무나 서럽고 그리워 한마디 말도 못 한 채 받는 이 없는 편지를 쓰며 자기 감정에 마침표를 찍고 어디론가 훌훌히 떠나가고 있다. 그곳이 어딜까. 고향 산천의 어머니가 계신, 아니 아버지도 함께 계실 적막의 세계일까. 그의 시조 에세이의 「어머니」란 글에서 볼 때 "산"은 아버지고, "들"은 어머니로 나타나 있으니 그 부모님이 계신 선영(先塋)을 생각하며 시인이 품은 내적 심정을 표현한 작품이라 여겨진다.

이보다
더 먼 곳이
어디
있으랴.

영원으로
소멸해 간
아픈
꽃잎 하나

이순의
산모롱가에
하현달로
뜨는구나

―「어머니·17」 전문

바람은
그 날
불빛을 가져갔고

봄비는
그 날
그림자를 가져갔다.

영원히
돌아오지 않는
울음도
가져갔을까

―「어머니·31」 전문

신 시인은 "어머니"란 시조를 통하여 그 시적 변용을 꾀한 것들을 심심
찮게 보이고 있다. 여기서 변용(變容)이란 말은 원래는 미술용어로 대상
과 자연 형태를 그대로 재현한 것이 아니라 작자가 주관으로 그 모양이
나 형태를 의식적으로 확대 변개(變改)하여 이를 시어로 표현하는 것이
다. 즉, 주관에 의한 함축적 은유가 이에 해당한다. 이를「어머니」란 시조
에서 보면 감정의 배설이 아닌 응축어(凝縮語)로 표현하고 있는데, 어머
니를 변용시켜 표현한 시어는 "가슴에나 있는 섬", "소나기", "그믐달처럼
뜨고 지던 생각", "초승달", "철썩이는 파도", "엉겅퀴", "진달래", "씀바귀
꽃", "붉은 동백", "빗소리" 등이다.「어머니 · 17」에서도 어머니의 모습은
"꽃잎", "하현달"로 표현되고 있는데 "하현달"은「어머니 · 40」에서도 같
은 모습으로 등장한다. "더 먼 곳", "영원으로/소멸해 간"이란 시어는 시
적 자아에게 떠오른 영상으로 돌아가신 어머니의 존재 공간이다. 그곳
에서 어머니는 "산모롱가 하현달"로 현현(顯現)되어 뇌리에 자리하고 있
음을 표현한 작품이다. 이에 비견되어「어머니 · 31」은 그날(=돌아가시
던 날), 시적 자아의 가슴에 맺힌 모습을 초, 중장에서 대구 형식으로 표
현하고 있다. "불빛"으로 표현된 희망의 빛, "그림자"로 표현된 어머니의
잔영을 세월의 흐름을 품고 오가는 "바람", "봄비"가 다 가져가고 없는데
한번 떠나곤 소식이 없는 울음마저 다 가져가 그런 것일까, 지금은 남김
없이 다 가져가버리어 어머니의 모습까지도 잊으라고 하는가, 하는 시적
자아의 내적 탄식이 나타나 있다. 이렇게 그의 시조 속엔 지워지지 않는
애상의 그림자가 늘 드리워 있고, 고적과 적막이 형제처럼 살고 있다.

　　체념은
　　어디쯤서
　　천둥으로

울다 가고

후회는
어디쯤서
소나기로
퍼붓다 가나

오늘도
먼 길 없는 길
가고 있을
겨울 낮달

— 「어머니 · 54」 전문

　　"겨울 낮달"은 시적 자아인 '나'와 그 대상인 어머니가 고적과 적막 속에 쓸쓸하고 외로운 모습으로 변용된 것이다. "천둥"이나 "소나기"는 어머니에 대한 그리움의 정이 청각적 이미지와 시각적 이미지로 변용되어 나타난 공감각적 시어이다. 얼마나 어머니가 그리우면 그 어머니에 대한 그리움의 정이 천둥이 되고 소나기가 되었을까. 그런데 그 열렬한 그리움이 어쩌다 싸늘한 겨울 낮달로 떠 있을까. 참으로 가슴 시린 정서가 표출된 작품임을 새삼 느끼게 한다. 어머니도 시적 자아도 어제도 그랬듯 오늘도 이승에선 먼 길, 이승엔 없는 길을 으스스한 겨울 낮달이 되어 떠가고 있다. 그의 시조 에세이에 보면 "아버지는 빗발에 가셨고, 어머니는 눈발에 가셨다"고 하였는데 어머니는 눈발에 돌아가시었기에 "겨울 낮달"이 된 모양이다.

4. 마무리

　두 권의 시조집 『누군가를 사랑하면 일생 섬이 된다』와 『어머니』에 실려 있는 작품을 통괄하여 살펴보고 그중 몇 편을 선별해서 눈여겨보았다. 석야 신웅순 시인은 시조 작품을 만들어내는 데 있어 남다른 언어 감각을 가지고 있는 듯하다. 때로는 엉뚱한 언어적 연결로 시적 대상을 풀어내기도 한다. 'A는 B다'의 시적 서술이 그것이다. A와 B 사이가 간극(間隙)이 먼데도 이를 접합(接合)하여 여백의 미를 살려 단정적 진술로 풀어내고 있다. 또한 시조의 초, 중, 종장 사이에 적당한 여백의 공간을 늘 마련해놓고 그 여백을 독자에게 상상해보라고 숙제로 남겨주고 있다. 그리고 그는 시조의 밑바탕에 애상(哀傷)과 적막, 고적(孤寂)함을 깔아놓고 있다. 그래서 시조문학의 심연(深淵) 속으로 우리의 눈길을 한없이 끌어들이고 있다. 또한 시조의 구성 방식은 드물게 「내 사랑은 · 12」, 「내 사랑은 · 19」, 「어머니 · 2」 등과 같이 정반합(正反合)의 변증법적 구성 형태를 보여주기도 하지만 많은 여타의 작품들은 초, 중장을 병렬로 놓고 종장에서 이를 수렴하는 시조 형태를 보여주고 있다. 전통적 시조 형식이 일으키고, 펼치고, 높이고 굽혀 맺음하는 모습이라면 그의 두 시조집의 작품 형태는 그 전범(典範) 아래 적당한 재량을 발휘하여 한 편씩의 작품으로 빚어 내놓은 것이다. 여기에는 억지가 없다. 이는 우리가 흔히 보는 시조 창작 수법이 아니다. 석야는 「내 사랑은」 속에 두 여인(어머니와 아내)에 대한 사랑을 숨겨서 표현하더니, 아예 「어머니」를 독립시켜 연작으로 작품을 만들어 한 권의 시집으로 엮어냈다. 그런데 이제는 '아내'가 그 자리를 차지하려나 보다. 동인지 『금강시조』를 보니 「아내 · 1」이 시작되어 「아내 · 7」까지를 또 연작 형태로 내놓고 있다. 아직은 시조의 형태나 그에 대한 표현 방식과 바탕 정서가 「아내」에서도 같은 패턴으로 나타나고 있는데 글쎄 변할지 두고 볼 일이다. 그래서 앞의 두 시집에서 보여준 그의 적막한 시심이 앞으로 더 궁구(窮究)하여 정착될 그의 영혼의 영토 위에서도 같은 시심의 나무들로 성장하여 꽃을 피우고 열매를 맺을지, 아니면 다른 모습으로 성장하고 꽃을 피워 열매를 맺을지 자못 기대된다.

아득한 그리움과 사랑의 메시지

― 신웅순 시인의 시세계

김석철

신웅순 시인은 1985년 시조, 1995년 평론으로 등단하였으며 현재 중부대 교수로서 평론가, 서예가, 시조시인의 중진이다. 그동안 학술 논문 50여 편, 학술서 13권, 교양서 4권, 시조집 5권과 평론집, 동화집, 수상록 등 10여 권의 창작집을 펴냈으며, 몇 차례 서예 전시회도 개최하였고, 시조창에도 조예가 깊은 것으로 알고 있다. 그야말로 박학다식한 학자요, 선비이며 이론과 창작을 겸비한 시조시인이며 예술가임에 틀림없다. 필자는 다만 시조를 쓰는 사람으로 감히 여기에 사족을 달 만한 처지가 못 되지만, 30여 년 전 함께 시조 동인 활동을 한 일도 있거니와 그동안 신 시인의 작품들을 감명 깊게 읽어온 덕분에, 시조에 대해선 다소 말할 수 있겠다 싶어 슬며시 붓을 들게 되었음을 밝혀둔다. 신 시인은 이렇게 이미 시조집 5권을 펴냈으며, 시조의 본령인 단시조를 주로 쓰고 있는 특성을 보이고 있다. 여기서는 신 시인의 후기 작품에 해당한다고 볼 수 있는 1998년 이후 출간된 세 권의 시조집을 중심으로 살펴보기로 한다.

먼저 제3시조집 『나의 살던 고향은』에는 단시조 50수로 구성된 「한산초(韓山抄)」 연작시가 실려 있는데 각기 한 장을 2행씩으로 나누어 6행시조의 기사 방식을 동일하게 취하고 있음을 알 수가 있다. 그런가 하면 제4시조집 『누군가를 사랑하면 일생 섬이 된다』는 역시 단시조 50수로 이루어진 「내 사랑은」의 연작시를 수록했는데 주로 각 장을 4행씩 음보별(소절별)로 12행 배행하고 있으며 더러는 각 장을 3행씩으로 하여 9행시조도 끼어 있음을 발견할 수가 있다. 다만, 제5시집 『어머니』에 이르러서는 단시조 58수를 실었고, 그 기사 방식도 장별 구성을 취했으되 약간의 변모를 시도하여 4행, 6행, 10행, 12행 시조가 있기도 하다. 요약하면 신 시인의 시조 기사 방식에서의 느낌은 시각적 청각적인 면에서 우선 간결하고 깔끔하며 세련된 함축미를 지니고 있다는 것이 확연하다.

먼저 신 시인의 제3시집 『나의 살던 고향은』에서 두 편을 골라 보았다.

베틀 위에 실려오는
황산벌의 닭울음

결결이 맺힌 숨결
가슴속에 분신 되어

지금도 옷고름 풀면
날아가는 귀촉도

— 「한산초 · 2」 전문

신웅순 시인은 어린 시절 고향에서 민족의 애환을 체득하며 실감하고 살아왔다. 한산모시를 짜내는 '베틀'은 당시 어려운 농촌 환경과 가난했던 살림살이의 흔적이며 상징이다. 그리고 '황산벌' 또한 상징성이 짙은 어휘로 지금의 충남 연산 지역은 '황산벌 싸움'이 있었던 곳이다. 백제 의자왕 때 계백 장군이 결사대 5천 명을 이끌고 황산벌에서 신라 김유신 장군의 5만 대군과 맞서서, 적은 수의 백제 군사가 신라의 대군사를 네 번이나 용감히 물리쳤으나 결국은 역부족으로 신라에 승리를 안겨주고 말았다. 지금은 백제나 신라가 다 우리 땅이지만 당시 백제인으로서 패전의 맺힌 한은 절절했을 것이라고 짐작된다. 초장에서의 "닭울음"은 새벽 닭이 울 때까지 베를 짜며 밤을 지새우는 형국을 유추하게 함과 동시에 곧 새 날이 다가오리라는 암시가 아니겠는가. 또 중장의 "결결이 맺힌 숨결"은 백제인의 한스런 숨결이기도 하지만, 당시 고달팠던 조선 여인의 숨결이라고도 여겨진다. 종장 "지금도/옷고름 풀면/날아가는 귀촉도"에서는 지금까지도 그 한을 품고 살아오고 있음을 짐작케 하며 "날아가는 귀촉도"가 그 의미와 상징성을 배가시키고 있는 것이다. 백제의 패망은 그렇게 한 맺힌 결과를 가져왔다. 백제인의 비극적인 사실과 그 진실은 역사가 평가해주겠지만 백제의 땅은 신 시인의 고향이다. 특히 한산모시로 유명한 고을에서 어린 시절을 보냈다. 모시는 흰색이고 순수하며 부드러운 촉감의 우리 옷감이다. 사실 흰색은 우리 민족의 애환이 담긴 색채가 아니던가.

> 그리우면 보름달 떠
> 징이 되어 되울리나
>
> 그렇게도 울먹이던
> 적막으로 깔린 어둠
>
> 갈꽃은 서천을 밝혀
> 쓰러져서 타고 있다.
>
> ―「한산초 · 28」 전문

고향은 자기가 태어나서 자란 곳이다. 마음속에 깊이 간직한 그립고 정든 곳이지만 대부분의 현대인들은 마음의 고향조차 잃은 채 살아가고 있다. 신 시인의 작품에서 주로 발견되는 시적 모티브는 '그리움'과 '사랑'이다. 이는 어머니에 대한 상징성에서도 그 근원을 찾을 수 있을 것 같다. 초장의 "보름달"은 그 모양이 마치 '징'을 연상시킨다. 징소리는 음색이 부드럽고 장중하다. "보름달"은 결국 그리움과 징으로 변환되어 "그렇게도 울먹이던/적막으로 깔린 어둠"속에서 되울리고 있는 것이다. 종장 "갈꽃은 서천을 밝혀/쓰러져서 타고 있다"에서 보여주듯이 신 시인의 간절한 그리움은 닿을 수 없는 허무적인 쓸쓸함을 지니고 있다. 신 시인은 이 시집 『나의 살던 고향은』의 머리말에서 고향의 조각들을 이리저리 주워 맞췄다고 했다. 허리를 다치고, 붕대를 굵게 감고 비가 오면 폐촌에서 떼로 우는 풀벌레의 울음이, 갈 곳 없어 철썩이는 강물 소리가 이제는 싫다고 술회하고 있다. 베틀 위에 실려오는 황산벌의 닭울음, 얼레에 감겨지는 철새 떼의 울음소리, 물새들은 다 어디로 떠났는지 비가 오면 산과 들이 텅 빈, 하늘도 텅 빈 고향이 참으로 싫다는 것이다. 시인의 고향은 이미 꿈속에만 남아 있는 고향이 되었다. 개발이라는 미명으로 산업화 도시화의 물살에 떠밀려 파헤쳐지고 뚫리고 깎이어서 어린 시절의 추억 같은 건 찾기조차 힘든 고향이 되고 만 것이다.

　다음은 신 시인의 제4시집 『누군가를 사랑하면 일생 섬이 된다』에서 「내 사랑은」이라는 연작시조 세 편을 골라 감상해본다.

참으로
비가 많고
눈이 많은
사십에

참으로
산이 높고
강이 깊은
사십에

그 누가
맨 나중에 와

등불 하나
걸고 갔나

—「내 사랑은 · 31」 전문

우리의 삶에서 "비"와 "눈"은 낭만적인 모티브로 쓰이기도 하지만, 신 시인은 시련의 상징으로 앉혀놓고 있다. "높은 산", "깊은 강" 또한 삶의 시련과 고난으로 등장시키고 있는 것이다. 나이 사십은 인생의 중년기로서 중요한 시기이다. 자신이 거느리고 책임져야 할 가족이 있는가 하면 직장이나 사회에서 맡은 바 임무도 한층 더 무거운 때가 아닌가. 참으로 비도 많고 눈도 많을뿐더러 높은 산 깊은 강이 앞을 가로막는 시기가 바로 나이 사십인 것이다. 따라서 신 시인은 이처럼 "비"와 "눈", "산", "강"의 어려운 고비를 잘 참고 견디며 살아왔다. "그 누가/맨나중에 와/등불 하나/걸고 갔나"에서처럼 불혹의 끝자락에서 "등불"을 얻게 되었다. 상징성이 돋보인다. '등불'은 그야말로 값진 선물이 아니겠는가. 하늘은 스스로 돕는 자를 돕는다고 했다. "등불"은 누가 거저 가져다주는 게 아니다. 그만한 인내와 노력의 보답이기도 할 터이지만, 시인은 사랑하는 이가 가져다준 삶의 지혜일 거라고 믿는 것이다. 필자 또한 이제 그 "등불"이 신 시인의 앞날을 두고두고 밝게 밝혀주리라고 믿어 의심치 않는다.

누군가를
사랑하면
일생
섬이 된다

유난히
파도가 많고
유난히

침체와 인연의 미학

바람이 많은 섬

그래서
가슴에는 평생
등불이
걸려 있다

—「내 사랑은 · 47」 전문

　유난히 파도가 많고 바람도 많은 게 섬이다. 초장에서 "누군가를/사랑
하면/일생 섬이 된다"라고 했다. 시인은 긍정의 시안으로 '사랑'을 실천
하는 사람이다. '사랑'은 어떤 보답을 바라지 않고 무조건적으로 베푸는
게 사랑이다. 사랑을 베푼다고 해서 무슨 부담이 되거나 어떤 손해를 보
는 게 아니다. 사랑은 베풀면 베풀수록 샘물처럼 저절로 솟아나서 그 베
푼 사랑이 베푼 만큼 자신에게 돌아오는 게 사랑의 진리라고 했다. 사랑
처럼 귀하고 값진 게 또 어디 있을까? 무엇을 주고도 살 수 없는 게 '사랑'
이다. '사랑–섬–등불'로 이어지는 시상 전개가 「내 사랑은」의 주제를 더
욱 심화하고 있다. 또 "사랑", "섬", "파도", "바람", "등불" 등의 시어가 내
포하고 암시하는 다의성을 살펴보면 이 작품의 진정한 깊은 맛을 잘 느
끼게 한다.

머언
세월일까
머언
기슭일까

못 부친
엽서 한 장
놓고 간

김석철 이득현 그리움과 사랑의 메시지

이는

봄비가
내리는 날이면
시가 되는
가슴 한 켠

—「내 사랑은 · 50」 전문

신 시인의 「내 사랑은 · 50」은 끝없이 아득하고 머언 세월이요 머언 기슭이다. 초장에서 "~ㄹ까"의 의문형 어미를 달고 있지만 그 해석은 "~이다"의 서술종지형으로 가능하다. 봄비가 내리는 날이면 못 부친 엽서 한 장은 가슴 한 켠에서 시가 되고 사랑이 되고 그리움이 되고 있는 것이다. "봄비"는 다분히 시인의 시심을 돋우고 있는 제재다. 이 작품은 어쩌면 자아 성찰인 동시에 자아 인식의 깨우침이라고 할 것이다.

신 시인의 제5시집 표제는 『어머니』다. 여기에 「어머니」 연작시조 58편이 실려 있다. 그리고 이 시집의 말미에 덧붙인 「어머니의 노래」라는 신 시인의 자서 산문이 있는데 이는 이 시집에 수록된 작품을 감상하는 데 길라잡이가 되고 있어 이를 발췌하여 먼저 소개해본다.

세상에서 가장 아름다운 이름, '어머니', 어머니라는 말만 들어도 눈물이 글썽글썽해진다. 어머니의 존재는 그렇게 누구에게나 서럽고 애틋하다. 나는 어머니와 함께 한 집에서 반세기를 살았다. 50년 전 초가집에서 만나 50년 후 아파트에서 이별했다. 어머니는 집안 살림에 남편 뒷바라지, 자식 뒷바라지가 전부였다. 하고 싶은 것들이 얼마나 많았을까만, 일생 어머니는 있었으나 어머니 자신은 없었다. 이것이 어머니의 모습이었다. 모시삼고, 밭일하고, 빨래하고, 밥하고, 설거지하고 이런 것들이 어머니 일상의 전부였다. 어머니는 생전 아프지도 않고 외롭지도 않은 줄 알았다. 내색하지도 않았고 내색할 틈도 없었다. 바람이 부는 줄도 몰랐고 물이 고이는 줄도 몰랐다. 물결이 이는 줄도 몰랐다. 가신 후에야 가슴에서 파도가 치는 것이었다. 내가 할 수 있는 일은 시를 쓰는 일이었다. 기도하듯 시를 쓰는 일이었다. 강물 위에 배가 될 때까지 하나, 둘, 풀잎을 띄워 보내는 일이었다. …(중략)… 눈 감으면 고즈넉 흔들리는 어머니의 불빛, 그 것은 어머니가 내게 주고 간 영원한 그리움이며 안식처였다.

  이 가슴 절절한 사모곡에서 탄생된 작품들이 「어머니」 연작인 것이다. 그중에서 네 편을 골라 살펴보기로 한다.

> 머물다간
> 적막
> 먼 산녘
> 불빛 한 점은
>
> 스쳐간
> 고독
> 먼 강가
> 바람 한 점은
>
> 부엉새
> 울음 같았다
> 뻐꾹새
> 울음 같았다
>
> —「어머니 · 1」 전문

  '어머니'라는 말에는 인간다운 품성이 깃들어 있다. 인간다운 인간이 되고자 하는 상징성을 내포하고 있다고 할 것이다. 이 단수에서 사유의 깊이가 느껴지는 행간을 좀 더 유심히 더듬어보게 된다. 음미하고 또 음

미해볼수록 돌아가신 어머니에 대한 사모곡이 가슴을 저리게 한다. 시는
철학과 통하는 경지라고 했던가. 시는 시인에게 있어 영혼이고 혼불이라
는 걸 실감하게 된다.

> 이보다
> 더 먼 곳이
> 어디
> 있으랴
>
> 영원으로
> 소멸해 간
> 아픈
> 꽃잎 하나
>
> 이순의
> 산모롱가에
> 하현달로
> 뜨는구나

—「어머니 · 17」 전문

근원적 어머니에 대한 간절한 그리움이 녹아 있는 작품이다. 하늘보다
도 높고 바다보다도 깊은 부모님의 사랑이라고 했던가. 초장의 "이보다/
더 먼 곳이/어디/있으랴"라는 표현에서 신 시인의 말하고자 하는 바가 무
엇인지를 짐작할 수가 있다. 중장의 후구 "아픈/꽃잎 하나"에서 "꽃잎"의
다의적 상징성은 그야말로 귀하고도 값지다고 할 것이다. 또 종장엔 그
내포된 의미가 더욱 깊다고 본다. '상현달'과는 달리 '하현달'은 그 모양
새를 그려볼 때 어머니에 대하여 공손하게 엎드려 큰절을 올리는 모습이
얼핏 연상되는 것이다. 시조가 언어 예술이란 점에서 생각과 의미는 이

존재와 인연의 미학

렿게 오묘한 예술미를 느끼고 맛보게 한다.

> 생각도
> 만추가 되면
> 붉게도
> 물드는가
>
> 떠나지도
> 못한 것들
> 울지도
> 못한 것들
>
> 우수수
> 낙엽이 되어
> 빈칸으로
> 지는구나
>
> —「어머니·28」 전문

  늦가을을 맞아 시인의 시심도 붉게 물들고 있다. 사념의 언저리를 맴돌고 있는 만추의 풍경, 단풍과 낙엽을 스치고 가는 바람이며, 사랑하는 것들과 그리운 것들이 모두 작품의 제재가 될 수 있을 것이다. "생각도/만추가 되면/붉게도/물드는가". 붉게 물든 단풍보다도 더 붉게 물드는 어머니 생각! "떠나지도/울지도/못한 것들". 어머니에 못다 한 마음 한이 없는데, 어머니는 발자국 소리 하나, 바람 소리 하나 남기지 않고 홀연히 빈몸으로 떠나셨다. 붉게 물든 어머니 생각은 우수수 낙엽이 되어 허망하게 지고 있는 것이다.

  외로움

잃어버리면
꽃이
피는가봐

그리움
잃어버리면
새가
노래하는가봐

그런 것
다 잃어버리면
사람이
우는가봐

—「어머니 · 39」 전문

3연 12행의 정연한 작품이다. 각 장을 연으로 구성하고 음보별로 4행씩 배행하는 기사 방식을 취하고 있다. 신 시인의 작품들은 그 작품을 음미하고 또 음미해보면 기사 방식에 대한 해답을 얻을 수가 있다. 그렇게 작품 하나하나에서 그 내용이 중요하지만 기사 방식 또한 깊은 의미가 있음을 보여주고 있는 것이다. 또 각 장의 말미엔 "~가봐"의 각운을 앉혀 운율감을 꾀하면서 공감의 폭을 넓혀주고 있다. 우리는 누구나 다 '어머니'의 아들 딸들이다. 아무리 힘이 있고 지위가 높다 하더라도 '어머니' 앞에서는 한없이 작아지는 게 인간이다. 그만큼 어머니는 위대한 존재다. 신 시인의 어머니에 대한 노래는 산과 강을 따라가며 고독, 슬픔, 외로움, 그리움으로 가득 차 있다. 시인은 어머니를 부르다가 목이 쉬면 거기서 마침표를 찍겠다고 했다. 이보다 더 간절한 '사모가'가 어디 있겠는가.

이상 신웅순 시인의 시집 가운데 후기의 세 권을 중심으로 살펴보았다. 가슴에 남는 핵심어를 나름대로 대강 들어보면 어머니, 한산초, 사랑, 그리움, 슬픔, 외로움, 아픔, 바람, 산, 강, 등불 등이라고 본다. 신 시인의 시세계인 아득한 그리움과 끝없는 사랑의 메시지를 감지할 수 있는 제재들이라고 생각된다. 한결같이 정갈한 언어의 깔끔성과 중의성, 다의성의 함축미를 담고 있어 시조의 깊은 맛을 맛볼 수 있는 즐거움이 있었다. 필자의 미천한 지식으로 그나마 주마간산 격의 감상인 것만 같아서 부끄러움이 앞선다.

절제의 기품을 가진 그리움의 노래

— 신웅순 시조에 부침

김일연

시조는 이 시대 파격의 문학입니다.

힙합의 랩처럼 그렇게 토하고 배설해내는 것이 이 난세의 흐름이라면 정형시인 시조는 이 시대의 파격임이 분명합니다.

그러나 시의 미덕이 무엇인가요. 절제야말로 시의 미덕이며 은유야말로 시의 미학입니다. 세상에 최고였던, 그러나 지금은 재현해내지 못하고 있는 우리나라 문화유산 중에 청자가 있습니다. 고려시대 청자는 그 문양이 화려하고 화려해진 것을 거쳐 마지막에 순청자에 도달하였습니다. 순청자는 그 모든 풍부한 문양을 줄이고 절제하여 도자기의 원조였던 중국으로부터 '비색'이라고 칭송받은, 오로지 그 비색으로만 빚어내었던 소박한, 그러나 진정한 청자였습니다. 비유하자면 시조는, 시조 중에서도 특히 3장 6구 45자 내외로 이루어지는 단시조는 시문학의 순청자와도 같은 시의 요체인 것입니다.

신웅순 시인은 이러한 단시조의 시인입니다. 제가 만난 시인의 모든 작품은 단시조였습니다. 그것은 시인의 기질과 체질이 단시조에 특화되어 있다는 것을 말해줍니다. 기질이며 체질인 것을 무엇으로 가릴 수 있을까요. 그리하여 시인의 작품들은 단시조가 가지고 있는 절제의 품위를 한껏 드러내 보여줍니다.

그리고 또한 시인의 시조는 대부분 연작으로 존재합니다. 하나의 제목으로, 하나의 주제로 수십 편의 작품들을 써냅니다. 그것은 그의 집중력을 말해줍니다. 하나의 주제에 대한 그의 천착의 깊이를 말해주는 것이지요.

'태초의 직립원인이 살았던 원시의 어느 무덤 자리에서 진달래꽃 한 다발의 흔적이 발견되었다'는 내용의 이야기를 어느 고고학 강의 시간에 들었던 기억이 있습니다. 그것은 내게 놀라운 충격이었고 수십만 년의 시간을 뛰어넘어 소박한 원시인이었던 그 누가 느꼈을 아득한 그리움의 무게를 가슴이 아릿하게 함께 느껴보았었지요. 신웅순 시인의 시조도 바로 이러한, 인류가 생겨난 이후부터 지구상에서 사라질 순간까지 인간의 삶과 예술의 모티브가 될 '그리움'에 대한 노래들입니다.

> 강이 있어 꽃은 붉게 피는 것이다
> 산이 있어 꽃은 붉게 타는 것이다
> 그리운 사람이 있어 꽃은 붉게 지는 것이다
>
> ―「내 사랑은 · 34」 전문

이 시조를 읽으며 문득 생각나는 시가 있네요.

> 雨歇長堤草色多 　비 갠 긴 언덕에 풀빛 푸른데
> 送君南浦動悲歌 　남포에 임 보내는 슬픈 노래 울리네
> 大同江水何時盡 　대동강 물이야 언제 다 마르랴
> 別淚年年添綠波 　해마다 이별 눈물 보태는 것을

고려시대 정지상의 작품 「송인(送人)」입니다. 고금을 통하여 우리나라의 대표적인 정한의 이별시이지요. 「송인」에 나타난 대동강처럼 강은 '사랑'에 있어 이별의 장소입니다. 잠시의 이별일수도 있고 긴 이별일 수도 있고 영원한 이별일 수도 있습니다. 예로부터 강은 이 세상과 또 다른 세상의 경계에 있기도 하였으니까요. 그 강을 건네주는 나룻배는 새들이

인도하지요. 서양에서는 백조들, 우리나라에서는 북녘을 보고 앉은 솟대의 오리나 기러기들입니다. 또한 저승에는 망각의 강인 레테가 흐른다고 하지요. 죽은 이는 모두 이 망각의 강물을 마시고 과거의 기억을 잊는다고 합니다. 이처럼 강을 건넌다는 것은 전혀 다른 세계로 들어감을 뜻하고 한 세상에서 맺었던 인연을 끊는 것을 암시하기도 합니다.

강이 있어 꽃은 붉게 피는 것이다

임 보내는 그날의 "긴 언덕에 풀빛 푸른데" 여기 시인의 강 언덕에는 꽃이 붉게 피었습니다. 강이 있어 꽃은 붉게 피어나고, 강을 건너간 '사랑'이 있어 더욱 붉게 피어나는군요. 비 갠 언덕의 파릇한 풀빛보다 더 강렬하네요.

붉음이란 어느 독립투사가 태극기에 토한 드높은 의기의 핏빛이고, 새 마음을 다짐하며 바라보는 불끈 솟아오르는 동해의 일출이거나 장엄한 서해의 일몰의 빛이고요. 또한 "캐스터네츠를 치며 발을 내미는/두 팔을 쳐들고/풍화한 언덕을 흔드는//허리의 쓰러지는/불꽃의 헝겊"(허만하, 「무희」)으로 드러낸 열정적인 짚시의 춤의 빛깔이거나 죽느냐, 사느냐의 경계에서 펄럭거리는 투우사의 붉은 천의 빛깔, 혹은 격정적인 사랑의 빛깔이며 사랑을 잃고 우는 통곡의 빛깔이기도 한 정열의 빛깔이니까요. 이 시조에는 이 "붉게"라는 시어가 각 장마다 들어 있어 강조되고 있습니다. 특히 종장의 "붉게"에서는 비장미까지도 느끼게 해주는군요.

강이 강이라는 이름을 버리고 닿는 곳은 바다라는 영원입니다. 꽃이 피어나서, 그리고 우리가 태어나서 온갖 이야기를 만들며 엎치락뒤치락 흐르다가 마침내 우주라는 깜깜한 영원 안에 무화되는 것처럼 강도 그렇게 흘러 바다에 닿습니다. 바다로 흐르기 위해 강은 있는 것처럼 우리도,

지상의 모든 생명도 흐르기 위해서 있습니다. 그들이, 또 우리가 바다에 닿기까지 그러나 몇 개의 산을 넘어야 할까요.

산이 있어 꽃은 붉게 타는 것이다

저는 강도 좋아하지만 산도 좋아합니다. 그래서 가끔 정겨운 우리나라의 산에 오릅니다. 많은 산행 중에도 기억나는 산행은 쉽게 오른 산보다 고생하며 어렵게 다녀온 산들입니다. 특히 무더운 여름이나 눈보라 휘몰아치는 겨울날에 산행이 잡혀 있으면 고생을 각오해야 합니다. 한 길쯤은 눈이 쌓인 위에 또 눈보라 치는 대관령을, 또는 그러한 한라산을 체인을 감은 무거운 발을 겨우 옮기며 힘겹게 오르던 기억은 사라지지 않습니다. 곧 숨이 차서 죽을 것 같고 떨어져 나가 내 것이 아닌 것 같은 다리의 감각으로 올랐으니까요. 그러나 삶은 언제나 자욱한 안개 속에 있다는 것을 실감으로 보여주는 건가요. 겨우 정상에 올라보면 보이는 건 운무뿐일 때가 더 많았습니다. 영화 〈히말라야〉를 보며 정말 그들은 산을 오르며 목숨을 태운다는 생각을 했습니다. 어떻게 잘 태워야 할까요. 지리산을 내려오면서 내게 주어진 목숨의 촛불을 얼마나 깨끗하게 마지막까지 잘 태울 수 있을까, 그런 생각도 했었습니다. "산이 있어 꽃은 붉게 타는 것"이라면 힘들게 올라야 할 산이 있어 우리네 삶도 그을음 없이 붉게 타 완전 연소할 수 있을 것이겠지요.

그리운 사람이 있어 꽃은 붉게 지는 것이다

이 시조는 초장엔 강을, 중장엔 산을, 종장엔 그 강산 안에서 살아가는 사람을 놓았습니다. 강이 있어 꽃은 피고 산이 있어 꽃은 타고 그리운 사람이 있어 꽃이 진다는 이 간단한 노래 속에는 참 많은 이야기가 들어 있네요.

톨스토이는 「사람은 무엇으로 사는가?」라는 단편소설에서 제목과 같은 내용의 마지막 질문의 답을 '사랑'이라고 말하고 있습니다. 사람은 사랑으로 살아가는 거라고요. 하지만 평생 사랑으로 사는 사람이 얼마나 될까 싶네요. 필경은 꽃이 지듯이 사랑을 잃어버리고 그 그리움으로 살아가는 것이겠지요. 세상에는 피는 꽃의 수만큼 지는 꽃이 있는데 그러면 그리움의 수도 지는 꽃의 수만큼이나 많을 테고요.

생각해보면 동서고금을 통하여 이 그리움이란 우리를 살아가게 하는 것, 우리를 흐르게 하고 아무리 험한 산도 넘게 하는 무엇이며 그 깊이와 넓이와 울림에 따라 우리가 그리는 그림이며 시이며 부르는 노래에 다름 아니군요.

신웅순 시조집 『어머니』를 보며 시인의 이러한 그리움의 대상을 확인할 수 있었습니다. 시조집 『어머니』의 전편이 어머니에 대한 그리움과 아쉬움, 가슴 아픔을 노래하고 있었습니다. 그토록 애틋한 어머니가 가시고 난 뒤에 어머니는 시인의 종교이며 영감의 원천이 됩니다. 아름다운 순간은 사라지고 나서야 영원이 되는군요. "생전 아프지도 않고 외롭지도 않은 줄 알았던 어머니", 그 어머니와 같이 한 40년("나는 어머니와 함께 한집에서 반세기를 살았다. 50년 전 초가집에서 만나 50년 후 아파트에서 이별했다." 신웅순 시집 『어머니』 후기)의 세월이 한순간처럼 여겨지고 "가신 후에야 가슴에서 파도가 치고" 그리고 어머니는 비로소 어디에나 계시는 어머니가 됩니다.

때로는 하현달로(이순의/산모롱가에/하현달로/뜨는구나 —「어머니 · 17」)

때로는 빗방울 소리, 바람 소리로(뚜욱 뚜욱/빗방울/소리인 줄 알았는데//우우우우/바람/소리인 줄 알았는데 ─「어머니·20」)

시인에게 있어 어머니의 길은 비의 길, 바람의 길이었고 그리하여 어머니는 '빗방울 소리' '바람 소리'와 같은 자연의 일부가 되어 내 곁에 계시는 것입니다.

아침엔/비가/부슬부슬/내리더니

오후엔/비가/주룩주룩/내린다

평생을/들어본 적 없는/늦겨울/빗소리이다
─「어머니·51」 전문

어디에도 그리움에 관한 토로는 없지만 무심한 듯 이어가는 담담한 어조에서 뼈에 스미는 그리움의 소리를 듣습니다. 일견 쉬운 것처럼 보이는 이 작품은 실은 많은 내공이 있어야 쓸 수 있는 시조이며 특히 종장 "평생을/들어본 적 없는/늦겨울/빗소리이다"에서는 섬뜩하게 빛나는 개성을 가진 시인의 면모를 느끼게도 합니다.

"아침/그 하늘이/얼마나 촉촉했었는지//저녁/그 하늘도/얼마나/그윽했었는지"(「어머니·57」) 당신이 계셨음으로 인해 아침의 하늘이 촉촉하였던 것임도, 저녁의 하늘이 그윽하였던 것임도 깨닫게 되네요. 살아생전 어머니의 사랑도 그러하셨겠지만 시조집『어머니』에 흐르는 시인의 어머니 사랑이 참으로 지극합니다.

『삼국유사』권 제3 「분황사의 천수관음이 눈먼 아이의 눈을 뜨게 하다」에는 눈이 멀어버린 아이의 어머니인 희명의 노래가 나옵니다.

무릎을 낮추며
두 손바닥 모아,
천수관음 앞에
기구의 말씀 두노라.
천 개의 손엣 천 개의 눈을
하나를 놓아 하나를 덜어,
두 눈 감은 나니
하나를 숨겨주소서 하고 매달리누나.
…(하략)

　　　　　　　—「도천수관음가」(이가원·허경진 옮김) 부분

　어머니의 기도는 천수관음도 움직입니다. 어머니의 기도가 노래가 가진 주술적인 힘에 얹혀졌겠지요. 아이의 눈이 다시 밝아졌고요, 희명의 모성애는 시대를 건너 지금까지 회자되고 있습니다.

　그렇습니다. 사라지지 않는 아름다움은 없다고 하지만 어머니는 사라지지 않는 아름다움으로 영원히 계시는 분임을 알겠습니다. 어머니의 사랑이야 말로 톨스토이가 말한 그 아가페적인 사랑에 가장 근접한 사랑임도 물론이겠지요. 요즈음 '희생'과 '헌신'이란 말 속에 여성을 가두지 말자는 페미니스트들의 발언이 있긴 하지만 그러나 그것으로 어머니의 사랑에 조그마한 흠집도 내지 말아야 할 일입니다.

　자크 데리다라는 철학자는 그의 책『눈 먼 이의 회상』에서 '보는 것이 눈의 본질이 아니라 눈물이 눈의 본질'이라 하였습니다. '보는 것'은 곧 앎인데 그 앎만을 추구하는 '보는 눈'이 인류를 비탄에 빠트렸다 하였습니다. 그리하여 인류를 구원하는 것은 '눈물을 흘릴 줄 아는 눈', '참회의 울음을 우는 눈, 울고 있는 눈'만이 '보는 눈'의 폐해인 폭력과 광기와 전쟁의 광포한 역사에서 사람을 구원할 수 있는 '선한 눈'이라고 한 것입니다. 모든 문학은 해피엔딩을 지향하고 있고 모든 서정시는 부처의 자비의 눈, 예수의 사랑의 눈과 같은 선한 눈, 울고 있는 눈을 가지고 있다고 생각합니다. 시는 사람들에게 그들의 얼굴에 달려있는 눈의 본질이 무엇인가를 보여주며 삶을 해피엔딩으로 이끄는 문학 양식입니다.

시인의 노력에 따라 단시조의 정형 안에는 무한에 가까운 넓이와 깊이도, 없음에 가까운 가벼움과 비움도 넣을 수 있습니다. 코끼리도 냉장고에 넣을 수 있는 것이 단시조이고 거대한 사막에서 바늘 하나 집어내는 것이 또한 단시조입니다.

44년의 교직 생활을 내려놓으시는 신웅순 교수의 정년을 축하드리는 마음을 얹어 절제의 품격을 보여주고 있는 시인의 선하고도 고아한 작품 앞에 소박한 글을 올립니다.

구성진 창보(唱譜)처럼 읽히는
신웅순의 시조미학

이달균

1. 먼저 시조의 원류를 알자

2016년인가, 어느 월간 잡지에 월평을 쓰다가 문득 한계에 부딪혀 그 소회를 밝힌 적이 있다. 시조를 쓰는 한 사람으로서 애써 외면해왔던 것에 대한 자책과 반성이었다. 시조인들은 시조 700년의 뿌리라고 말들 하지만 우린 그 시원(始原)에 관한 탐구를 제대로 하지 않는다. 누구나 잘 알고 있듯이 시조는 시조창에서 시작되었고, 『청구영언』이나『해동가요』, 『가곡원류』에 실린 노랫말들을 중심으로, 즉 음률을 뺀 언어만의 시를 써 왔기 때문이다. 그러다보니 지금은 시조창을 포함한 가곡인과 음률과 가락을 뺀 시조시인 두 부류로 나눠져 전혀 다른 장르인 양 활동하고 있다. 시조창을 부르는 사람들은 시조 창작을 못 하고, 시조를 쓰는 사람들은 시조창을 못 한다.

시조의 종장 음보는 3-5-4-3을 지켜야 한다. 반드시 첫 세 글자를 지켜야 하고, 다음 다섯 글자 이상을 지켜야 한다. 그 이유를 물으면 "시조 고유의 정형이기 때문에"라고 말한다. 그렇다면 "왜 이런 고유의 정형성이 만들어졌는가?"라고 질문하면 대답은 궁색해진다. 그것은 바로 시조 창을 모르기 때문이다. 노래를 하다 보면 밀고 당기기도 하고, 절정에서 소리를 지르기도 하다가 서서히 음률을 고르며 마무리를 짓기도 한다. 이런 가락이 노랫말을 만나 하나의 정형을 이룬 것이 아니겠는가. 그래

철제와 인연의 미학

서 초장은 초장의 음보가 있고, 중장은 중장대로, 종장은 종장만의 음보가 있는 것이다.

이런 고민을 해결해주실 분을 찾던 중 신웅순 교수님을 알게 되었다. 물론 평소 시조시인 신웅순을 몰랐던 것은 아니다. 그러나 시조창과 시조 작법의 일치라는, 평소 내가 잘 몰랐던 부분에 대한 고견을 들려주실 분으로서 다시 만나게 된 것이다. 그래서 계간 『시조예술』지를 접하게 되었고, 간간히 지침서로 펼쳐보게 되었다. 『시조예술』은 이런 부분에 대한 고민 끝에 탄생된 잡지인데 지금은 아쉽게도 간행되지 않고 있다. 이 책이 여느 시조 잡지와 다른 점은 바로 이런 인식에서부터 출발하기 때문이다. 신 교수님께서 밝힌 권두 에세이 한 부분을 인용해본다.

"시조에도 변하지 않는 것이 있고 변해야 하는 것이 있다. 변하지 않는 것은 3장 6구 12음보요 이것이 노래로 불려야 한다는 것이다. 이것이 변한다면 그것은 이미 시조가 아니다. 노래로 불리지 않는 현대시조는 반만 시조일 뿐, 현대시조가 아닌 옛시조만 부른다면 한낱 유산에 지나지 않을 것이다. 부르기 위해 3장 6구 12음보가 생겼는데 지금도 많은 시조들이 지어지고 있는데 현대시조를 부르지 않고, 자유시의 대가 되는 정형의 문학으로만 창작할 것인가 아니면 고시조만을 불러 과거의 유산으로 보존해야 할 것인가."

이 말은 고시조를 고집하자는 것이 아니라 현대시조를 쓰되 원래 노래의 양식이었던 음보를 제대로 알고 쓰자는 진정한 의미의 시조 운동의 필요성을 역설하고 있다. 이 책은 예전에 잘 알지 못했던 기본적 소양을 조금이나마 알게 해주었고, 그런 인연을 밑천으로 더러 교수님께 다가가기도 했다.

이 글을 쓰면서 다소 장황하게 이런 인연을 밝히는 것은 신웅순의 시조가 이런 바탕 위에서 창작된 것이기 때문이다. 이제 보내주신 세 권의 시조집을 중심으로 따라가보자.

2. 한산(韓山)은 어디이며 누구인가
— 시집 『나의 살던 고향은』을 중심으로

1997년에 펴낸 시인의 시조집 『나의 살던 고향은』은 「한산초(韓山抄)」 연작 단수 50수로 이뤄져 있다. 제목에서 읽을 수 있듯 이 시집은 고향 연모 시편들이다. 그런데 시인의 말을 읽어보면 고향에 대한 절절한 사랑과 그리움을 노래하면서도 옛 모습을 잃어버린 것에 대한 비극적 애환을 드러내고 있다. 이를테면 다음과 같다. "비가 오면/산과 들이 텅 빈/하늘도 텅 빈/내 고향이 참으로 싫다./시간을 잘라낼 수만 있다면/잘라낸 시간을 다시 맞출 수만 있다면/앙상한 뼈로 논밭이 드러난 고향/내 고향의 사금파리들을 이리저리 주워 맞췄다." 비록 고향은 다시 옛 모습으로 돌아올 수 없으나 사랑하는 사람들, 그들의 체온을 닮은 사람들을 만나고 싶다는 염원을 표시한다. 이 시집은 눈물을 딛고 따뜻한 온기를 찾아가는 시집이다.

「한산초」 연작이 말하는 한산은 그의 고향이며, 시인을 키운 몸과 얼을 얘기하고 있다. 구체적인 지명으로 다음백과에서 한산군을 찾아보면 "충청남도 서천군 한산면 · 화양면 · 기산면 · 마산면 일대에 있던 옛 고을"이라고 알려준다. 지금은 충남 서천군 일대를 말하는데 이 지방의 대표적인 특산물은 중요무형문화재 제14호로 지정된 한산모시이다. 특별히 이 시집 제1부에서 모시를 언급하고 있는 것을 보면 올 곱고 깨끗한 한산모시의 특성이 시인의 성정과 불가분의 관계에 있음을 알 수 있다.

절절이 젖어오는

주류성의 퉁소 소리

모시옷에 표백되어
금강물은 굽이치고

전설을 찾아 백학이
남은 한을 쫓는다

— 「한산초 · 1 − 모시」 전문

　주류성은 나당 연합군의 파죽지세에 항거한 백제의 거점이며 임시 수
도였다. 그러나 끝내 성은 함락되고 백제는 멸망의 길에 든다. 지금 금강
은 그 비극의 역사는 모른 채 흘러가지만 시인은 그곳에서 천 년 전 퉁소
소리를 듣는다. 금강은 부여에서는 백마강, 또 다른 이름으로는 곰나루
라 불리기도 했다. 이 물을 젖줄 삼은 사람들은 아직도 이곳에서 삶을 영
위하고 있고, 이 물로 밥 짓고 모시옷을 해 입었을 것이다. 그들의 수많
은 애환은 전설이 되어 떠돈다.

　이 시 중장에 쓰인 "모시옷에 표백되어"는 다른 시에서도 계속 노래된
다. "그 어둠 물들이며 태모시 펼쳐내면", "풀먹여 결 고른 티끌", "한 올
한 올 숨을 뽑아", "베실 새로/들려오는 함성 소리", "한 필 한 필 삼경을/
숨소리에 포개놓고", "감으면 저며 와서/베실을 가르는데"…… 로 1부 전
체로 계속 변주된다. 물론 1부를 제외한 다른 시편에서도 등장한다.

　시인은 모시의 순한 결과 아름다운 맵시를 통해 옛 역사의 한때를 거
닐며 시 몇 수로 정한을 달래고 있다. 그렇다. 이 시를 통해 보면 한산모
시는 그냥 의식주의 한 부분인 단순한 옷이 아니라 면면히 이어오는 백
제인의 혼이며 삶 그 자체인 것이다. 「한산초」 연작을 쓰면서 굳이 서시
에 해당하는 작품으로 모시를 택한 것은 그만한 이유가 있었으리라 여

이덕규 구영직 정묘(晶猫)처럼 읽히는 신웅순의 시조미학

겨진다.

한생을 달군 벌이
차돌처럼 한은 굳고

징소리도 뒹군 마당
못다 버린 목소리들

햇불로 밝혀온 역사
처용들이 웃는다

— 「한산초·18」 전문

2부의 '봉선화' 역시 1부에서 노래한 한산모시처럼 금강과 백제의 한은
이어진다. 하지만 자세히 들여다보면 1부에서 노래한 백제의 정한에 예
속되지 않고 간간이 신라와 현대를 불러와 화해의 꽃을 피우려는 심사를
드러낸다. 위 시 "햇불로 밝혀온 역사/처용들이 웃는다"는 19번에 이르
러서는 "에밀레로 오열하다/우레되어 흩어지면" 같은 구절로 변주되다가
종장 "태평무로 춤을 춘다"로 종결된다. 첫 구절인 "반만년"과 "태평무"는
갈등보다는 화해 혹은 미래를 여는 노래처럼 읽힌다.

신명으로 번진 들불
꽃불로는 끄지 못해

비가 오면 풀벌레는
폐촌에서 떼로 울고

두고 간 고향의 불빛
매립되어 피는 들꽃

— 「한산초·24」 전문

3, 4, 5부에선 금강에서 비롯된 산하와 도시들이 문명이란 이름 아래서 유린되는 현장을 고발하고 있다. 위 시는 도시로 떠나간 사람들과 지역과 정신의 매립을 아프게 노래한다. 누천년을 이어온 집과 마을들이 사라진다. 문명이란 이름의 들불을 어찌 꽃불로 끌 수 있을까. 아이 울음소리 들려오지 않는 마을은 풀벌레들의 울음만 자욱하다. 어디 그뿐인가. "허리 다친 푸른 산맥/붕대 굵게 감은 도로//시대마다 굽이치며/산하 붉게 물이 들고//무더기 들꽃으로 핀/혼불 밝힌 아파트"(「한산초·30」)에 이르면 구체적인 모습으로 드러난다. 이농은 풀벌레의 마을로 전락되고 시대는 산맥에 붕대를 감는다.

이 시집은 백제의 역사에서 현대에 이르기까지 금강 하구의 변화되는 모습에 돋보기를 들이대고 있다. 전체 5부로 짜여진 50수의 시조는 한 수의 시조처럼 읽힌다. 한산 서사시라고 해도 무방하다. 시인은 어떤 소재라도 3장 6구 12음보면 충분하다고 말하는 듯하다. 이 시집은 시인의 단단한 시조적 고집을 보여준다. 단아한 언어들로 파격 없는 단수 정형에 충실하겠다는 의지를 보여주는 시집이라 하겠다.

3. 사랑에 관한 질문
―『누군가를 사랑하면 일생 섬이 된다』를 읽고

2008년 펴낸 이 시조집은 사랑에 관한 질문으로 가득 차 있다. 동서고금을 막론하고 사랑만큼 많이 노래되어온 것이 있을까. 고전에서부터 유행가에 이르기까지 사랑은 끊임없이 회자되어왔고 앞으로 영원할 것이다. 그런 까닭으로 사랑의 빛깔은 수없이 다양하다. 지고지순한 사랑이 있는가 하면 팜 파탈이 있고, 능욕의 처절함이 있다.

그렇다면 이 시조집의 사랑은 어떤 모습일까? 시인의 말에서 "'봄비가 내리는 날이면 시가 되는 가슴 한 켠'으로「내 사랑은」은 막을 내렸다. 50 편의 시조들은 사랑하는 사람들에게 못 부친 엽서 한 장 한 장들이다. 서러운 가슴 한 켠에 남아 흔들리는 풀꽃들이다. 바람에 날아갈 것 같아 이제는 이 천치들을 그들에게 부쳐줘야겠다."고 고백하고 있다.

> 함박눈 때문에
> 인생은
> 굽을 틀고
>
> 늘 거기
> 섬이 있어
> 사랑은 출렁이나
>
> 울음이 섞인 내 나이
> 해당화로 터지고
>
> ——「내 사랑은 · 1」 전문

사랑은 타자에 의해 피어나지만 그 궁극엔 자신의 내면을 향해 있다. 육체는 늙고 병들어 세월 속에 소진해 가지만 애정만은 언제나 늙지 않는다. 그러므로 사랑은 타자를 향해 있는 듯하지만 결국 자신을 향해 있음을 우린 부인하지 못한다. "사람들 사이에 섬이 있다./그 섬에 가고 싶다"는 너무나 잘 알려진 정현종의 시「섬」을 떠 올리지 않더라도 우린 모두 섬처럼 외롭다. 잔잔해 보이는 섬이지만 가까이 가면 언제나 낮게 출렁이고, 자칫 노를 잃으면 불귀의 객이 되기도 한다. 나는 너에게 섬이고 너는 나에게 섬이다. 오늘 합일을 이룬다 해도 결국 사람은 다시 둘로 돌아간다. 그래서 우린 더욱 사랑을 갈구하는 것이다.

이 시에서 우리가 눈여겨봐야 할 부분은 "울음이 섞인 내 나이"라는 구절이다. 중년의 한 시인은 왜 해당화처럼 붉은 울음을 우는가. 이 시에서 내게 붉은 울음을 준 대상은 구체적으로 드러나지 않는다. 내 「사랑은·2」에서도 '사랑은/거센 눈보라/휘몰리는/빈 허공'이란 추상적인 대상으로 드러난다. 이루지 못할 어떤 여인에게 혹은 내 시의 독자에게 아니면 추구하고자 하는 이념 등등 대상은 무수히 많다. 각각의 시편들이 같은 듯 다른 목소리를 가지는 이유가 바로 그것이다.

행간에는
강물이
그리 많이
흘러갔고

강과 산
닿지 않게
저어온
한 척 배

내 사랑
띄어쓰지 못하고
빈 칸만
끌고 왔네

— 「내 사랑은·33」 전문

이 시의 종장 "내 사랑/띄어쓰지 못하고/빈 칸만/끌고 왔네"는 무엇을 은유하는가. 붙여 쓰기는 고사하고 띄어 쓰지도 못한 그 미완의 사랑, 아예 빈 칸으로 된 사랑은 무엇인가. 이 절망을 시인은 감정을 배제한 채 담담히 얘기한다. 채워 넣고 싶어도 채워 넣을 수 없는 그 원고지의 빈칸은 무엇을 의미하는가. 시를 강의하고 자연과 역사를 노래하였지만

이달균 구성진 창보(唱譜)처럼 읽히는 신웅순의 시조미학

백면서생으로서는 그 변화를 어찌할 수 없다. 시를 쓰되 시로 무기를 삼을 수 없는 현실은 막막하기만 하다. 사랑과 현실과의 괴리는 단절된 것인가.

그 단절의 대상은 무엇인가. 시집 『나의 살던 고향은』에선 구체적으로 선명하게 드러내던 것들을 이 시집에선 그 대상을 뚜렷이 명시하지 않는다. 그러면 왜 다소 공허하게 들릴 수도 있는 사랑의 사연을 50편으로 묶었는가. 어쩌면 이 시인은 내 사랑의 대상을 독자들의 것으로 치환시키기 위해 일부러 명시하지 않은 것은 아닌가. 시인의 말에서 밝힌 "사람들에게 못 부친 엽서 한 장 한 장"은 어떤 대상을 명시하지 않는 것이리라. 그렇다면 사랑의 더 큰 덕목은 세세한 세사의 것이 아닌 무욕 혹은 피안임을 의미하는 것은 아닐까. 그 심안으로 가고자 하는 소망을 어찌 구체적인 대상으로 명시할 수 있을 것인가.

시인은 끝내 그 질문엔 대답하지 않는다. "바람은/눈과 비를/데려올 수 있지만//산너머/그리움은/데려오지/못하네." 눈과 비는 보이는 대상이지만 그리움은 손에 잡히는 대상이 아니다. 깊고 먼 심연의 것이다. 이렇듯 어떤 화두를 던지듯 스스로 질문하고 스스로 대답을 찾아보란 뜻일 게다. 소통은 손가락으로 혹은 펜으로 이뤄지지 않는다. 마음이 닫혔음을 아는 순간, 자신의 내면을 열고 들어가 심안의 눈을 뜰 때 비로소 소통은 이뤄지는 것이다.

4. 어머니, 천 년의 그리움으로 부르는 이름
—시집 『어머니』를 읽고

2016년 시인의 마음은 다시 어머니를 향해 있다. 모든 생명엔 어머니가 있다. 이 시집은 정년을 앞두고 이순에 상재되었다. 가족, 아니 어머

칠레와 인연의 미학

니를 두고 수십 편의 시를 쓴다는 것은 어려운 일이다. 누구나 피붙이에 대한 시들 몇 편은 갖고 있다. 그러나 이렇게 한 시집을 고스란히 어머니를 대상으로 하기란 쉽지 않다. 아니, 쉽지 않아서가 아니라 위험해 보이기 때문에 꺼려하는 것인지도 모른다.

　어머니라는 대상은 너무 오래 정형화된 상징이기 때문이다. 시인은 어떤 경우에도 오랜 상징을 극복하고 새롭게 인식하여 표현해내야 하는 소명이 있다. 자칫하면 현상에 그칠 우려가 있고, 남이 쓴 명작 아래서 고통을 맛보다가 필을 꺾기도 한다. 일본의 인기 하이쿠 작가였던 바쇼는 안락한 삶을 포기하고, 순수예술의 외로운 길을 걸었다. 그만큼 창작은 취미가 아닌 험난한 길인 것이다.

　　　강이
　　　서러워서
　　　흐르는 게 아니다

　　　산이
　　　그리워서
　　　서 있는 게 아니다

　　　그 봄비
　　　아득한 길을
　　　뻐꾸기가
　　　울어 그런 것이다

　　　　　　　　　　　　　　　　　　　　　—「어머니 · 2」 전문

「어머니」 연작 또한 「내 사랑은」처럼 따로따로 쓰였지만 종국에는 한 편의 시로 읽힌다. 이 시에서 어머니는 낳고 키워준 혈육 간의 어머니이기 이전에 생명의 대지이며 온 우주처럼 다가온다. 슬픈 날엔 강에 묻고 그리운 날엔 산에 기댄다. 봄비 아득한 길, 뻐꾸기 울음 따라 걷는 그 길은 하염없다. 어머니의 존재가 그렇고 대자연의 근원이 그렇다.

> 젊었을 땐 먼 곳에서 새울음 소리 들렸는데
> 지금은 가까이에서 목어 소리 들려온다
>
> 몰랐네
> 산 너머 하현달이
> 일생
> 숨어있는 줄
>
> ─「어머니 · 23」 전문

이 작품은 감태준의 「사모곡(思母曲)」을 연상케 한다. "어머니는 죽어서 달이 되었다./바람에게도 가지 않고/길 밖에도 가지 않고,/어머니는 달이 되어/나와 함께 긴 밤을 같이 걸었다."

이 시에서도 어머니는 일생 숨어서 자식의 뒤를 비추는 하현달로 그려진다. 58수의 어머니를 노래했지만 기실 어머니라는 시어는 제목을 제외하고는 한 곳도 보이지 않는다. 어머니에 대한 헌사는 자연의 다른 모습으로 끊임없이 펼쳐진다. 새울음 소리는 젊었을 때의 모습이고, 목어 소리는 현재 바라보는 어머니의 모습이다. 새울음은 요란하고 직접적인 느낌으로 다가오지만 목어 소리는 안으로 정제된 다소 무거운 음색으로 들려온다. 서녘 하늘에 뜬 같은 별이라도 젊은 날에 본 별빛과 나이 차서 보는 별빛은 다르지 않겠는가.

이 시편들은 선명한 이미지와 이미지들로 직조되어 있다. 한 수 한 수가 비애의 아름다움을 간직한 단수서정의 표본처럼 다가온다. 우리는 민감한 주제를 앞세워 쓴 생경한 시조들을 많이 만난다. 삭이고 다독이는 과정은 힘든 일이지만 절차탁마가 결여된 작품은 시조의 격을 떨어뜨리고 만다. 신웅순 시인의 이 시편들은 그런 의미에서 경종을 울려준다. 어머니는 봄비로 왔다가 기러기 울음처럼 떠나고, 마침내는 그믐달처럼 처연히 뜨고 진다. 그러므로 시인에게 어머니는 대지이며 온 우주가 된다.

5. 시조창보(時調唱譜)처럼 가슴 저며오는 노래들

시조창인의 입장에서 보면 신웅순의 시조는 구성진 하나의 시조창보가 아니겠는가? 단아한 서정성이 그렇고, 정형의 미학이 그러하다. 갇혀 있다기보다는 깊고 그윽한 언어로 열려 있다. 겉으론 축약하고 축약하지만 내면엔 바람이 불고 강이 흐른다. 끊어질 듯 이어지는 음률은 그리운 이를 생각게 한다. 한산모시에 관한 추억이 없더라도, 하염없이 그립고 사랑한 이가 없더라도 노래는 밤새 초승달처럼 내 창에 부딪혀 심사를 달래줄 것이다.

자전시론

나의 여정, 나의 시

석야 신웅순

1. 나의 처녀작, 사향(思鄕)

바람은
평행선에서 노을을 밀고
피안에서 그보다도 먼 끝 역에서
어둠을 몰고 온다

그 길에 내가
낙도처럼 섰다

달은 가슴 뒤안에 떠서
먼 꿈으로 가나

가도 가도 끝없는 파초밭
그 시린 손끝에서 연생하여
스스러이 수천의 밤을 밝힌다

평야는 죽은 듯이 잠들고
나무 가지 가지 날리며
그 가지 사이사이로 어둠 날리며
시냇가로
밝은 밤을 찾아드는
내 쉰 목소리

오늘도

내 노래는

피안으로 파문지는 평행선 상에 내려

그보다도 먼 끝역에서

기적 소리로 나는 고향을 달린다

—「사향」 전문

1971년 12월 25일(토) 『공주교대학보』에 실렸던 처녀작이다. 내 나이 스물한 살, 46년 전, 교대를 다닐 때이다.

나는 집 두서너 채밖에 없는 공주 금학골에서 하숙을 했다. 싼 하숙비 때문이기도 했지만 시를 쓰기 위해서였다. 그런데 시는커녕 친구들과, 때론 혼자 소주, 막걸리만 마셨다.

산은 적막했고 소쩍새 소리는 적막을 찢었다. 온 천지가 깨지는 것 같았다. 산골 물소리는 어둠을 찢었다. 온 천지가 쪼개지는 것 같았다. 달 밝은 밤이면 적막한 금학골은 달빛 때문에, 어둠 때문에 물은 물대로 새는 새대로 자기들끼리 시끄러웠다. 거기서 쓴 것은 이 시 한 편과 「어머니」라는 시밖에 없다. 끄적댔던 나머지 것들은 세상의 빛도 보지 못하고 내 젊은 세월의 남루 속에서 죽고 말았다. 재주가 없다는 것을 깨달았다. 이후 시를 그만두었다.

2. 다시 시를 쓰다

1980년 주경야독할 때, 내 나이 서른 살, 아버지가 돌아가셨다. 나는 다시 시에 손을 댔다. 실낱같은 숨이 여태껏 이어져온 것은 참으로 용하다. 시는 얼마나 내게 위안이 되어주었던가. 못쓰는 시이나 참 잘했다는 생각이 든다.

1979년 3월 나는 5년간의 초등학교 교사 생활을 청산하고 학업에 뜻을 두고 사범대학에 편입학했다. 그해 10·26사태가 터졌다. 주경야독해야 했던, 해야 할 일이 많았던 나에겐 큰 충격이었다. 아니 모든 사람들에게도 엄청난 충격이었다. 18년의 군사정권이 막을 내리는 순간이었다.

서울의 봄이 오는가 싶더니 다시 군사정권이 들어섰고 터널의 긴 겨울 끝은 보이지 않았다. 가슴이 뻥 뚫리는가 싶더니 신군부 장악으로 다시 세상은 철커덕 문이 닫히고 말았다.

12·12쿠데타를 거쳐 이듬해 5·18광주민주항쟁이 일어났다. 급박하게 세상이 돌아가고 있었다. 철저한 언론 통제로 광주에 무슨 일이 벌어지고 있고 매일 몇 명이 죽어나가는지 알지 못했다. 많은 양민들이 죽어나가고 있다는 것쯤은 누구나 다 입소문으로 알고 있었다. 간간이 외신 보도로 개략적인 진실만을 접할 수 있었다.

훗날에 쓴 당시의 지친 심경의 시 한 편이 남아 있다.

퇴근길에 만나는 은행잎 고향 어디쯤서
퇴근하는 철새들이 울고
몇 년간 한 번도 찾은 일이 없는
포장마차에 가
나는
여자의 소줏잔에 뜬 죽어 있는 도시의
더운 입술에
마구 입술을 부벼댄다

비가 내리면
그렇게 살아야만 하는
길 바닥에 삐닥하게 서 있는 리어카와
질서 없이 가슴 포갠 빈 연탄재와

젊은이들이 비우고 간 깡소주 몇 개
그리고 나의 늙어빠진 추운 실체

포장집을 나오면 몇 바퀴 골목을 돌아와
할딱거리고 있는 찬비가 나를 기다린다
얼마만큼 뿌린 분노를
하루 종일 뒤집어쓴 먼지 때문에
후회의 잎을 떨어뜨리고
반성의 비를 맞고 있는 플라타너스가
나를 기다린다

목이 길어질수록 자꾸만 움츠러드는
나의 생리가
막다른 골목에서는 담쟁이 넝쿨로
낡은 벽을 타오르다 비밀은 붉은 물이 들고
밤이면 영하의 음성으로 뚝 떨어져
나는 침실에서 가슴팍을
조심스럽게 누른다

그런 날이 자주 있었다
그리고 침대에서 세상을 묻고
우는 날이 자주 있었다

―「저녁에서 밤까지」 전문

  암담한 한때였다. 쓰지 않으면 못 견딜, 그 무엇이 나를 짓누르고 있었다. 어떤 행위로든 어떤 생각으로든 표출하지 않으면 안 되었다. 당시엔 그런 출구가 누구한테든 필요했다. 부모 모시고 동생 먹여살리고 공부도 해야 했던 나에게는 먹고 사는 일이 더 절실했다. 현실에 응전하지 못하고 혼자만으로 스스로를 지키지 않으면 안되었던 부끄러운 시절이었다.

3. 결혼, 석 · 박사 시절

그해에는 하루가 멀다 하고 비가 자주 왔다. 나는 몸도 아팠었고 마음도 무척 아팠었다. 나는 아픈 몸을 이끌고 충혼산을 산책하며 육신과 마음을 달래곤 했다. 30대 중반 1984년 평택에서 신혼 살림을 할 때였다. 「비가 오면 」은 그때의 심경을 노래한 것이다.

> 비가 오면
> 거리와 골목이 비어 있고
> 산과 들이 비어 있다.
> 자그만 도시가 비어 있고
> 우리들의 가슴이 비어 있다.
> 그래서 버리고 싶은 것이 너무 많고
> 그래서 포기하고 싶은 것이 너무나 많다.
> 오늘 하루도 아팠던 이름 석자
> 공터에 연탄재처럼 몰래 버리고 싶었는데
> 어느덧 나는
> 어둠 속에 일찍 오기를 기다리는 문패 앞에서
> 안절부절하며 손님처럼 기웃거리고 있었다
>
> ― 「비가 오면」 전문

1973년 교육대학을 졸업하고 내 고향 서천에서 초등학교 선생을 했다. 동생들도 가르쳐야 했고 빚도 청산해야 했고 효도도 해야겠고 그런저런 이유가 나를 그렇게 만들었다. 그런저런 일 다 마친, 짧다면 짧고 길다면 긴 5년의 초등학교 교사 시절, 내 나이 스물아홉에 교직 생활을 깨끗이 청산했다.

학업의 길은 순탄치 못했다. 먹고사는 것이 전부였던 주경야독의 대학 생활. 그때 아버지까지 돌아가셨으니 당시의 심정을 무슨 말로 설명할 수 있으리. 시대와 함께 우리들에게 준 특별한 선물들이었다. 1982년 교직에 다시 발을 들여놓았으나 학업에 대한 갈증은 더해만 갔다.

이러다간 시간 밖을 뒷걸음질쳐가는 것이 아닌가. 이런저런 생각들이 나를 더욱 옥죄었다. 언제나 나는 잔걸음을 재촉할 수밖에 없었다.

이유가 무엇이었는지 지금도 모른다. 서른 중반에 5, 6년 간 이름 모를 심한 병에 시달렸다. 혹독한 세월을 지나 마흔 살이 되어서야 또다시 학업, 석·박사 공부에 손을 대기 시작했다. 어쩌면 내게 학업은 마약과 같았다. 교직 생활에 만족했으면 별 문제가 없었을 것을. 언제나 나는 나에게 스스로의 굴레를 씌웠다. 당시의 신혼 초는 그렇게 행불행이 함께 존재했던 시절이었다.

연탄가스가 샐까 봐 매일매일 목숨을 담보했던, 요강이 쩡쩡 얼어붙었던 겨울 평택 잔다리 내 신혼 사글세방, 평택의 겨울은 일찍 왔고 평택의 저녁 노을은 언제 보아도 아름다웠다. 나는 언제나 동녘의 아침 노을을 보며 출근했고 서녘의 저녁 노을을 보며 퇴근했다.

어느 늦가을 그때에 썼던 시조이다.

지난 밤 철새들이
울고 간 저녁 하늘

들국화는 무성히 펴
하루 종일 물이 들고

저 들로 넘치는 햇살
주홍으로 출렁거려

물끄러미 바라보니
달빛이 처져 있고

431

대열 잃고 흩어지는
인기척에 놀란 새들

새로운 날 찾으려고
그 얼마를 방황했나

삼십 년 지났어도
또한 갈망 오건마는

끝내는 시간 밖을
뒷걸음만 쳐가는가

저 멀리 외로움 뒤에
미소 띤 아내 얼굴

타다 남은 햇살들이
때를 벗고 사라지면

어김없이 찾아오는
이 마을의 차운 바람

어느새 가려진 시계
잔걸음을 재촉한다

— 「어느 날 퇴근길」 전문

　석·박사 하던 시절, 반지하 방에서 살았었던 때였다. 아내는 밥을 챙겨놓고 일찍 출근했다. 밥을 먹고 그릇은 설거지통에, 반찬은 냉장고에 넣어두었다. 언제나 하다 만 아내의 흔적을 치우지 못했다. 지금도 크게 변한 것은 없지만 그때는 미래의 안착을 위해 부단히 노력하고 있었던 때였다.

「비 내리는 저녁」이라는 그때의 시 한 편이 찡하니 가슴 한 켠에 남아 있다.

> 미움 받고
> 미워만 하다
> 어두워서야 사람들을 사랑하는 천부의 가슴 윗목
> 사랑하지 못하고
> 마음 주지 못하고
> 빵을 위하여 인간을 버린 오늘 하루
> 불청객 그 하루조차 다 버리지 못하는 나와 함께
> 빈 저녁 나앉은 발가벗은 나무들
> 빈 거리에 하루를 진열해놓고 파는 종점 가게 불빛들
> 시대에 늦은 사람들이 긴 그림자를 따라 종종걸음치고 있었다.
> 이 긴 골목길 언덕 인생의 대답 끝에 붙어 있는
> 절박한 초인 단추를 누르면
> 언제나 타인일 수 밖에 없는 낯선 목소리
> 죽은 공터에서 한풀 꺾여 우는 바람 소리
> 그 소리조차 희미해진 그러나 굵게 쳐진 비밀을
> 나는 지금 역사의 회랑 어디쯤서 듣고 있는가
> 침묵으로 일생을 선문답하는 자물쇠와
> 아직은 어둠 속에 남아 있는 아침을 지키는 부뚜막의 온기
> 아내가 놓고 간 젖은 구두가 보송보송 말라 있었다.
> 세간살림들도 내겐 이리 다정한 식구이련만
> 진정 고향의 비는 변두리 어디쯤서 다시 만날 수 있을까
> ──「비 내리는 저녁」전문

어떻게 해서라도 집을 장만해야겠다는 생각이 들었다. 아이들도 이 학교 저 학교로 옮겨다녀서는 안 되겠다는 생각이 들었다. 그래서 무리를

했다. 이때 나는 석·박사 공부하느라고 정신이 없었으나 가장으로서 용기를 냈다. 나도 나이지만 가족을 먼저 생각해야 했다. 그래서 집을 샀다. 집값이나 전셋값이 큰 차이가 없는 것이 다행이었다. 나에게는 부담스러웠지만 기회를 놓치지 않았다. 기쁨은 말할 수 없었다. 어깨에 무거운 돌을 올려놓기는 했어도 마음만은 편했다. 더 이상 이사하지 않아도 되었고 아이들이 학교를 옮기지 않아도 되었다.

그때의 시 「집」이다.

> 해마다 몇백을 올려주어야 하고
> 해마다 이사를 해야 하고
> 억울하고 속상해서 집을 샀다
> 전세 살아 올려주나 빚진 집값 이자 주나
> 뭐 별다를 게 있겠는가
> 우스운 것이 인생이라는 것도 배웠다
> 마흔 해를 이 동 저 동으로 표류하다 도착한 섬
> 바람 부는 이 마을 섬 주민이 되고부터
> 푸른 물결 가르며 가는 선장이 되고부터
> 아내는 도시락을 맛있게 싸주었다
> 베란다의 하늘을 걷고 있는 아내의 눈부신 하얀 손
> 연탄에서 해방되었다는 아내의 기뻐하는 젊은 얼굴
> 내 집은 송파구 가락동 가락아파트 21동 508호
> 항상 칸이 모자라는 주민등록등본과 아이의 생활기록부
> 직장 주소록에 이제 막 찍은 마르지 않은 마침표의 잉크
> 찾다가 돌아갔던 친구들에게 알려줘야겠다
> 편지가 되돌아갔던 친구들에게도 알려줘야겠다
> 막 도착한 이삿짐 박스에 하얀 눈이 얇게 쌓이고 있었다

—「집」 전문

4. 나의 살던 고향은

나는 충남 서천에서 낳고 서천에서 자라 서천에서 초등학교 선생을 했다. 어렸을 때였다. 5, 60년대만 해도 서천 전역이 모시를 생업으로 해서 살아왔다.

달 밝은 밤 감꽃이 필 때면 이웃 움집에서 철컥철컥 베 짜는 소리가 들려왔다. 감꽃이 떨어지는 봄밤에도, 빨갛게 홍시가 익어가는 달 밝은 가을밤에도 들려왔다. 나는 사랑방에서 늦게까지 공부했다. 자정이 넘으면 바로 옆에서 쏙독새 소리가 들려왔다. 처마 아래까지 내려와 괴성으로 울어댔다. 새소리가 어찌나 크고 무서웠던지 모른다. 멀리서는 소쩍새 소리가 '소쩍쩍 소쩍' 아득히도 울었다. 겨울이면 부엉새 소리도 '부엉부엉' 들려왔다. 그 멀고도 가까운 새소리에 잠이 들기도 깨기도 했다.

새벽 달빛이 문틈으로 비쳐오면 어린 나는 시인이 되곤 했다. 한 많은 백제 여인이 금강물과 달빛으로 베를 짜는 상상에 빠지곤 했다. 그러한 분위기는 훗날 나를 시인이 되게 만들었다. 서른 살쯤에 쓴 시조「한산초(韓山抄) – 모시」가 그 배경이 되었다.

베틀 위에 실려오는
황산벌의 닭울음

결결이 맺힌 숨결
가슴속에 분신 되어

지금도 옷고름 풀면
날아가는 귀촉도

—「한산초 · 2」 전문

풍경 소리 어둠 밖을
등잔불 이어가고

한 올 한 올 숨을 뽑아
무릎에 감는 슬기

온 밤을 잉아에 걸고
백마강물 짜아가네

　　　　　　　　　　　　　—「한산초 · 5」 전문

　　모시는 습기가 중요하다. 습기가 있는 움집에서 베를 짜야 하고 습기 있는 밤에 짜야 상품을 받을 수 있다. 아낙네들은 낮에는 들일을 나가고 주로 밤에 베를 짰다. 먹고살기 위해 할 수 없었지만 생업 그 자체가 늘 그랬다. 농사로는 근근이 먹고 모시를 팔아서는 자녀들의 학비와 용돈을 대었다. 한산 세모시는 동이 트기 전 새벽 4시경에 성시를 이룬다. 날이 새면 모시 시장은 금세 파하고 만다. 습기 때문이다. 나의 아버지는 자정 넘어서 한산장에 가곤 했다. 건지산성을 넘어 족히 두세 시간은 걸어서 가야 한다. 나는 초등학교와 중학교 시절을 그런 분위기 속에서 자랐다.

이승을 헹궈내어
풀밭에 널으면

다림질 하는 햇살
그리움은 마르는데

홍건히 젖은 젖가슴
신앙문도 잠그고

　　　　　　　　　　　　　—「한산초 · 12」 전문

시침하는 손길마다
한 생애 끝나가고

바늘은 실을 따라
피안까지 누벼가네

그믐날 들녘을 넘어
저자 가는 아버님

— 「한산초·13」 전문

　나는 잃어버린 백제 왕국의 역사를 모시에다 재생하고 싶었다. 무엇보다도 백제를 사랑하고 금강을 사랑하고 한산모시를 사랑했다. 금강물이 굽이쳐 흐르는 서천 내 고향을 누구보다도 사랑했다. 한산모시에 내 조상들이 살았던 찬란했던 백제 왕국을 살려낼 수는 없을까를 생각했다. 나의 아둔함을 채찍질할 뿐이었다.

우주 밖 은색의 빛 베틀에 감겨지면
새벽 바람 어둠을 걷어가고,

— 「한산초·14」 부분

이승을 헹궈내어 풀밭에 널으면
다림질 하는 햇살 그리움은 마르는데,

— 「한산초·12」 부분

시침하는 손길마다 한 생애 끝나가고
바늘은 실을 따라 피안까지 누벼가네.

— 「한산초·13」 부분

이것이 당시 우리 어머니들의 모시 이야기였고 삶의 이야기였다. 우리 어머니들은 태어나면서부터 그런 한을 갖고 태어났는지 모른다. 시부모 시집살이, 남편 시집살이, 자식 시집살이를 숙명적으로 안고 태어났는지 모른다. 한을 달랠 모시라도 없었으면 무엇으로 한을 풀며 살았을 것인가.

태모시를 쪼개고 또 쪼개어 한 올 한 올 숨을 뽑아 무릎에 감는 그 슬기를 한이 없는 여인은 터득할 수가 없다. 한이 없는 사람은 그런 숙명적인 작업을 할 수가 없다. 째고, 삼고, 날고, 매고, 감고, 짜고 그 수많은 온갖 정성이 서린 모시 공정이 우리 어머니들의 손끝에서 이루어졌다. 얼마나 많은 어머니들이 그런 인고의 세월들을 풀어내며 일생을 살았을까. 한겨울 한 필 한 필 삼경을 숨소리에 포개놓았을, 혼자서 기나긴 밤을 잉아에 걸고 백마강물 짜아갔을, 다시는 그런 모습을 볼 수 없는 돌아가신 어머니들이었다.

> 바람 불면 쓰린 속을
> 잡풀로만 달래는데
>
> 강물은 콜록이며
> 들녘으로 수혈하고
>
> 웃자라 흔들리는 갈
> 달빛으로 울고 있다
>
> ─「한산초·31」 전문

아련한 고향의 모습은 꿈속에서만 남아 있을 뿐 고향은 거인 문명에 의해 무참히 쓰러지고 있었다. 맑고 깨끗하던 개천은 공장의 폐수와 농약, 각종 쓰레기로 오염되었다. 물고기와 패류, 게류들이 없어졌다. 고속도로가 뚫리고 아파트들이 들꽃처럼 이 산 저 산에서 피어났다. 상업화의 물결에 침몰당한 고향 풍경은 그 옛날 고향은 아니었다. 사랑하는 고향은 나의 가슴에서 영원히 사라지고 말았다.

무심코 버린 농약병이 철새와 물고기를 폐사시켰다. 공장에서 흘려보낸 폐수가 전 생태계를 파괴시키고 물의 정화 기능을 잃게 만들었다. 언제까지 이런 상태가 계속될 것인가. 사람이 자연을 보호하지 않으면 자연은 사람을 보호하지 않는다. 후손에게 깨끗한 자연을 물려주는 것보다 더 급한 것이 어디 있는가. 그래서 시를 썼다.

무슨 한이 있었길래
산자락을 싹뚝 잘라

천형의 헤진 하늘
기중기로 들어 올려

간음을 당한 한 시대
수술대 위에 뉘어놓나

—「한산초 · 32」 전문

자연은 투병 중에 있다. 산맥이 잘려나가고 다친 허리는 도로로 칭칭 붕대를 감았다. 아파트들은 산을 뭉개고 무더기로 솟아올랐다. 자연을 보호하자는 캠페인이라도 대대적으로 벌여야 할 것 같았다. 산업화에 매진하던 1980년대에 시조「한산초」50편을 썼다. 그 누구도 읽어주지도 않는 시조이지만 나에겐 참으로 소중한 작품들이다.

5. 내 사랑은

내 가슴에 달이 뜨기 시작한 것은 언제부터였을까. 아득한 10, 20대를 거쳐 3, 40대를 거쳐오는 동안 떴다가 사라진 달은 몇 개나 될까.

> 가슴에
> 일생
> 떠 있는
> 달인지 몰라
>
> 가슴에
> 일생
> 떠 있는
> 섬인지 몰라
>
> 그래서
> 하늘과 바다가
> 가슴에
> 있는지 몰라

— 「내 사랑은 · 12」 전문

로버트 월러의 『매디슨 카운티의 다리』에서 한 작가가 전 세계 독자들에게 남긴 명구가 있다. 그 한 구절이 지금도 가슴에 남아 있다.

> 모호함으로 가득한 세상에서 이런 확실한 느낌은 오직 한 번밖에 오지 않는다오. 당신이 아무리 여러 생을 살더라도 말이오.

인간의 감정이란 아무도 알 수 없는, 어쩌면 숭고한 그 무엇인지 모르

경계와 인연의 미학

겠다. 지천명에도 그랬으니 더는 무슨 말이 필요하랴.

> 함박눈 때문에
> 인생은
> 굽을 틀고
>
> 늘 거기
> 섬이 있어
> 사랑은 출렁이나
>
> 울음이
> 섞인 내 나이
> 해당화로 터지고
>
> ―「내 사랑은·1」 전문

나이를 먹게 되어도 울음은 자꾸만 섞이게 된다. 따뜻한 봄이면 해당화는 투욱 터지게 되어 있다. 젊었을 적 그렇게도 퍼부었던 함박눈들, 늘 거기 섬이 있어 사랑은 출렁거리는 것이다.

누군가가 40대는 사실주의 시대라고 했다. 20대의 낭만주의 시대를 지나 3, 40대에 사실주의 시대로 접어들면 고독해진다. 정신없이 살아온 3, 40대. 그만큼 3, 40대는 외롭다. 고독도 나이를 먹는가 보다. 누군가 채워주기를 바라고 누군가가 적셔주기를 바라던 3, 40대의 고독. 그러나 어느 누구도 그것을 채워줄 수 없고 적셔줄 수 없다는 것을 깨닫게 된다. 인생의 허무를 뒤늦게 터득하게 되는 것이다.

어쩌면 사람 냄새가 나는 5, 60대의 휴머니즘 시대가 인생에서 가장 아름다운 나이일지 모른다. 인생에서 가장 높은 데에서 바라볼 수 있지 않은가. 그래서 5, 60대는 더더욱 서럽고 그리운 나이일지도 모른다.

유난히
파도가 많아
참말로
서러운 사람

유난히
길이 많아
참말로
그리운 사람

그렇게
많은 빗방울
서성이다 간
그 사람

— 「내 사랑은 · 37」 전문

그 많은 빗방울 서성이다 간 사람은 누구인가. 지난날 그렇게 많은 소나기를 퍼붓다 간, 그렇게 많은 함박눈을 퍼붓다 간 이는 누구인가?

이젠 많은 사람을 만나면서, 많은 사람과 대화하면서 살고 싶지 않다. 우리에게는 그럴 시간이 많이 남아 있지 않다. 몇 사람이라도 얼마나 그 사람이 소중하고 애틋한 사람인가를 생각하며 살 것이다. 만나는 그 사람은 나를 위해 태어난 사람이라고 생각하며 살 것이다.

세상에서 제일 아름다운 어머니, 세상에서 제일 소중한 아내, 그리고 세상에서 제일 애틋한 연인을 만났으니 나는 참으로 행복한 사람이다.

참말로
서러운
사람은

파도가 없다

참말로
그리운
사람은
바람이 없다

그 많은
파도와 바람이
방파제에서
부서진 것이다

—「내 사랑은 · 45」 전문

　그 누가 내 가슴에 있어 잠도 아니 자고 파도와 바람을 수 없이 밀어내고 있는가. 방파제에서 부서지는 파도와 바람. 그래서 그리운 사람은 바람이 없는가 보다. 내 사랑은 거기까지였다.

제일
외로운 곳에
놓여 있는
빈 잔

그 바람 소리
듣는 이
아무도
없는 빈 잔

달빛이
가져가 제 눈물도

담을 수
없는 빈 잔

—「내 사랑은·20」 전문

빈 잔에서 몇 년을 앓았던 지난날의 쉼표와 마침표들. 힘든 것, 아픈 것들 다 주고 떠난 젊은 날의 그 많은 낱말들은 다 어디에 있는가.

설움도 다녀가고 고독도 다녀가고, 새벽 달빛도 소쩍새 울음도 빈 잔을 다녀갔다. 빈 잔은 여름 산처럼 적막했다.

이립에 떠났던 생각들, 불혹에 떠났던 사색들이 이순에 와서야 집으로 돌아오는가. 10년은 주막에서 잔을 비우고 10년은 골목에서 패싸움 하고 나머지 10년은 창살 없는 감옥에서 천자문을 외웠다.

인생은 빈 잔인지 모른다. 비워도 비워도 비워지지 않는 빈 잔인지 모른다. 그동안 내 곁을 떠났던 낱말들이 그 많은 빚을 갚지 못하고 그 많은 짐을 벗지 못하고 자꾸만 자꾸만 비천한 세월들을 비우고 있다. 그때마다 술잔에는 그믐달이 뜨고, 먼 섬도 뜬다. 얼마나 아득하기에 내 술잔에서 아득히도 뜨는 것인가.

아름답게 살고 싶다. 소중하게 살고 싶다. 애틋하게 살고 싶다. 그리고 빈 잔으로 살고 싶다. 인생은 한 조각 구름, 한 줄기 바람으로 허공에 성호를 긋고 가는 것이 아닌가.

세상에서 가장 외로운 곳에, 세상에서 가장 아름다운 곳에 빈 잔이 놓여 있었다. 한 줄기 새벽 바람이 빈 잔 위를 스쳐가고 있었다.

6. 어머니

나는 충남 서천군 기산면 산정리 181번지에서 태어났다.

야트막한 산 언덕 중턱에 있는 초가집이 내 집이었다. 매일 고갯길을 올랐다. 그냥 올랐고 괜히 올랐다. 보는 것이 먼 들녘이요, 먼 천방산이요, 먼 북쪽 하늘이었다. 심심할 때면 바위 고개에도 올랐다. 아침에도 올랐고 저녁에도 올랐다. 보는 것이 먼 들녘이요, 먼 희리산이요, 먼 서녘 하늘이었다.

> 산은
> 달 때문에 저리도 높고
>
> 들은
> 달 때문에 저리도 멀다
>
> 일생을 기다려야 하는 산
> 일생을 보내야 하는 들
>
> ―「어머니 · 44」 전문

나는 산과 들을 보며 자랐다. 초등학교나 면사무소에 갈 때면 산을 넘고, 중학교나 읍내에 갈 때는 들을 건넜다. 초등학교 때는 무서운 공동묘지를 지났고 중학교 때는 긴 개천을 건넜다.

거기서 나는 초등학교, 중학교를 다녔고 나이 들어선 5년을 초등학교 선생을 했다. 내 고향의 달은 언제나 산에서 떠서 들을 오랫동안 비추다가 산으로 졌다. 달 때문에 산은 높고 달 때문에 들은 멀어졌다. 산녘에서 누군가를 기다렸고 들녘으로 누군가를 보냈다. 이것이 내 고향의 숙명이었다. 그때 그 달은 내 가슴에 떠서 영원히 지지 않고 있다. 어두울 때마다 지금도 내 인생의 들을 멀리 비추고 있다.

아버지는 산이었고 어머니는 들이었다. 오래전에 아버지는 산을 넘고 어머니는 들을 건넜다. 다시 산 같은 나와 들 같은 아내가 남아 또 나의 자식들을 기다리며 살고 있다. 이제는 고향집이 아닌 도심의 회색 아파트였다.

> 산이
> 먼저 가고
> 들이
> 따라서 갔다
>
> 그 때
> 진달래꽃
> 그 때
> 뻐꾸기 울음
>
> 뒤늦은 편지 끝 구절에
> 말없음표 찍고 갔다

— 「어머니 · 11」 전문

서른 살 때 아버지가 돌아가셨다. 지독히도 더웠던, 비가 참으로 많이도 쏟아졌던 한여름이었다. 아버지는 지게에다 산 하나를 지고 가셨다. 20년 후엔 어머니가 따라서 가셨다. 지독히도 추웠던, 참으로 눈이 많이도 퍼부었던 한겨울이었다. 어머니는 광주리에 들을 이고 가셨다. 아버지는 빗발로 가셨고 어머니는 눈발로 가셨다.

농촌이었고 산촌이었던 고향 마을. 고갯마루에 오르면 겨울엔 우우우 북풍이 몰아쳤고 들을 질러가면 여름엔 더위가 훅훅 달아올랐다.

어머니가 가신 10년 후 나는 '어머니' 시를 쓰기 시작했다. 나를 낳아 길러주신 내 어머니를 시 아니면 달리 갚을 길이 없었다.

사월이면 앞산엔 진달래꽃 천지였고 오월이면 뻐꾸기 울음 천지였다. 이제야 편지 끝 구절에 말없음표 찍고 간 진달래꽃, 뻐꾸기 울음. 나는 어렸을 때 책이 없어 동화책 한 권조차 읽지 못했다. 강과 산, 들과 나무, 꽃과 나비 이런 것들이 내가 읽은 동화책 전부였다. '어머니' 하고 부르면 이런 몇 개의 단어밖에 생각나지 않는다. 나이 들어 언어의 감옥에 갇혀 살아왔던 것은 이 때문이었다.

> 늦가을
> 잎새 하나
> 천년으로
> 지고 있다
>
> 물빛도 스쳐가고
> 불빛도 스쳐가고
>
> 불이문
> 끊어진 길을
> 초승달이
> 가고 있다

— 「어머니·35」 전문

고독한 것들은 항상 가까이에 있고 그리운 것들은 늘 멀리에 있다. 어머니는 그곳에서 누군가를 기다렸다. 그러다 어느 날 겨울 울음이 아닌 것들, 겨울 달빛이 아닌 것들을 홀연 놓고 떠나셨다. 내게 불빛이 생긴 것도 그때쯤이었고 그림자가 생긴 것도 그때쯤이었다.

산녘에는 초승달이 떴다.

"참, 예쁘구나."

어머니는 일손을 놓고 들깻잎 새로 초승달을 바라보았다. 흰 구름도 지우고 먼 하늘도 지웠다. 나뭇가지에 걸린 초승달이 바람 불면 마지막 잎새처럼 투욱 떨어질 것만 같았다.

어둑어둑해서야 어머니는 집으로 돌아왔다.

가도 가도 닿을 수 없는, 영원으로 소멸해간 아픈 생각들이 이제는 내 이순의 산모롱가에 초승달로 뜨고 있다.

우수수 바람 불면 잎새들이 지는데

마지막
이름 하나
툭,
지는

천년 후 가슴에나 닿을
거기가 그리움입니다

—「어머니 · 36」 전문

어머니는 늦게까지 밭에서 일했다. 집으로 돌아올 때면 초승달은 언제나 어머니의 뒤를 따라왔다. 사립문을 들어서면 초승달은 갑자기 대숲으로 사라졌다. 고샅에 내리던 어둠은 이내 대숲으로 빨려들어갔다. 금세 어둠은 마을 전체를 새카맣게 덮었다.

그렇게 낮과 밤을 이어주던 어머니의 초승달이었다.

천 년 후 가슴에나 닿을 그 이름. 내 가슴이 얼마나 멀었으면 초승달은 여기까지 따라왔을까. 얼마나 멀었으면 초승달은 높이도 떴을까.

언제나 내 가슴에 떠서 내 가슴으로 지는 어머니의 초승달은 갈수록 높이 높이도 뜬다.

눈 내리는 불이문 앞에서 모든 것을 놓쳐버린 내 어머니. 지난날 고향의 초승달은 낮게 낮게도 떴는데 지금 타향의 초승달은 높이 높이도 뜬다. 어머니는 지금도 내가 걱정이 되는가 보다.

> 이보다 더 먼 곳이 어디 있으랴
> 영원으로 소멸해간 아픈 생각 하나
> 이순의 산모롱가에 하현달로 뜨는구나
>
> ─「어머니·22」 전문

이보다 더 먼 곳이 세상천지 어디에 있을까. 바람이 바람이 아니라서 눈발이 눈발이 아니라서 산을 넘지 못하고 강을 건너지 못하는 미련들. 바람과 눈발을 맞으며 가슴으로 자지러진 외로움을 어머니는 어찌 감내하면서 살았을 것인가. 세월 어디쯤서 자취 없이 잦아들고 녹아들었을 겨울바람과 눈발들. 빙점의 길가에서도 해마다 달개비, 씀바귀, 구절초, 산국들이 피고 지지 않는가.

겨울의 산과 들은 참으로 아름답다. 잎을 떨구고 가을걷이가 끝난 저 텅 빈 산과 들은 얼마나 평화롭고 고요한가. 겨울 빗소리, 겨울바람 소리가 스쳐가는 산과 들. 저녁 햇살과 새벽 달빛이 잠깐 왔다 가는 산과 들. 그런 고독이 없었다면 산과 들은 얼마나 외로울 것인가. 그런 적막이 없었다면 겨울은 또 얼마나 허전할 것인가.

눈 감으면 고즈넉 흔들리는 어머니의 불빛. 그것은 어머니가 내게 주고 간 영원한 그리움이며 안식처였다.

희미한 불빛은 바람이 가져갔고, 긴 그림자는 봄비가 가져갔다. 그리고 핏빛 눈물은 노을이 가져갔다. 아픈 생각들, 그 마지막 하나도 이제는 영원으로 소멸해갔다.

"친구, 언제 만나 우리 한 잔 하이."

그러면 몇 년이 훌쩍 가버린다. 어쩌다 만나면 주름살이 더 늘었고 서리가 하얗게 내렸다. 그래도 젊어졌다고 하면 '정말?' 하며 아이처럼 좋아한다.

이것이 인생인가 보다.

어느덧 나도 이순의 후반기에 접어들었다. 어쩌다 밤하늘을 쳐다보면 하현달이 떠 있다. 어제가 보름인 것 같은데 벌써 하현달이다.

뚜욱 뚜욱
빗방울
소리인 줄 알았는데

우우우우
바람
소리인 줄 알았는데

살아온
누구의 길이
이런 소리
내는 건가

—「어머니 · 45」 전문

그렇다. 갈수록 '뚜욱뚜욱' 빗방울 소리가 더 크게 들려오는 것 같다. '우우우우' 바람 소리가 더 크게 들려오는 것 같다. 그것이 어머니가 살아온 길인가 보다.

「어머니」의 짐을 다 부리고 나면 아무도 없는 곳에서 나 혼자 신선 같은 빗방울 소리, 바람 소리를 들어야겠다. 빗방울 소리, 바람 소리는 남아 있지 않겠는가. 남은 것은 세상에서 가장 소중한 아내를 위해 이 세상 다할 때까지 두고 두고 쓸 것이다.

찾아보기

인명, 용어

경제와 인연의 미학

찾아보기

아

작품, 용어

실제와 인연의 미학

경계와 인연의 미학

신웅순 申雄淳

　1951년 충남 서천 출생. 호는 석야(石野), 본관은 고령(高靈). 대전고등학교와 공주교육대학교, 숭전대학교 국어교육과를 졸업하고, 명지대학교 대학원 국어국문학과에서 문학박사 학위를 받았다. 초·중등학교 교사, 명지대학교 객원조교수를 거쳐, 현재 중부대학교 교수(국어국문학과, 문헌정보학과)로 재직하고 있다. 한국국어교육학회 이사, 명지어문학회 회원, 한국비교문학학회 회원, 한국시문학회이사, 라깡과 현대정신분석학회 이사, 한국시조학회 이사, 한국현대문예비평학회 부회장 등을 역임했다.

　1985년『시조문학』을 통해 시조로, 1995년『창조문학』을 통해 평론으로 등단하였으며, 국제펜클럽, 가람시조문학 회원, 한국시조시인협회 이사, 한국평론가협회 이사, 한국시인협회 시조학소장, 한국문인협회대전지부 평론분과위원장, 인터넷 시조박물관장을 역임했다. 한국창조문학가협회, 한국동화구연지도사협회이사, 국제펜클럽한국본부 충남지역 초대 부회장, 한국시조예술연구회 회장으로 활동했다. 창조문학대상(평론, 2001), 하운문학상(평론, 2013), 한남문인상 대상(시조, 2013), 한성기문학상(시, 2016), 한밭시조문학상(2016), 역동문학대상(시조, 2017)을 수상했다.

　저서로는『한국 시조창작원리론』등 학술서 14권,『시조로 찾아가는 문화유산』등 교양서 5권,『어머니』등 시집과 시조집 5권,『무한한 사유 그 절제 읽기』등 평론집 3권,『서천 촌놈 이야기』등 에세이 3권, 동화집『할미꽃의 두 번째 전설』서예평론『현대 한글 서예평설』등이 있다.

필자
소개

———

홍문표 전 명지대 교수, 오산대 총장
유창근 전 명지전문대 교수
김석환 명지대 명예교수
이상우 한남대 교수
권갑하 시조시인
김우영 소설가, 중부대 외래교수
이정자 문학박사
이광녕 문학박사
채수영 문학평론가
권기택 시인
원용우 전 교원대 교수
백승수 문학박사
박은선 문학평론가
이완형 문학평론가
최길하 시조시인
이석규 시조시인, 가천대 명예교수, 한국시조협회 이사장
나태주 시인
구재기 시인
유 선 문학평론가, 시조시인
문복선 시조시인
김영훈 동화작가, 문학박사
허만욱 문학평론가, 남서울대 교수
이덕주 문학평론가
유준호 시조시인, 문학평론가
김석철 시조시인, 문학평론가
김일연 시조시인
이달균 시조시인
신웅순 시조시인, 중부대 교수

자문
위원

―――――

홍문표, 원용우, 이석규, 유창근

간행
위원

―――――

오선근, 장인애, 김동환, 홍재현, 윤혜영, 김석환, 이상우,
김영훈, 김영화, 김희철, 공태수, 김우영, 허천일, 김경철, 권기택

절제와 인연의 미학